# DEAN KOONTZ

# Frankenstein

## I. El hijo pródigo

punto de lectura

**Dean Koontz** (Pensilvania, 1945), licenciado en Literatura Inglesa por la Universidad de Shippensburg, lleva escribiendo desde su adolescencia. Considerado uno de los mejores autores de suspense del mundo, sus libros han sido traducidos a treinta y ocho idiomas y de ellos se venden diecisiete millones de ejemplares al año. Prueba de su éxito es que diez de sus novelas han alcanzado el número uno en la lista de *best sellers* del *New York Times*.

www.deankoontz.com

DEAN KOONTZ

# Frankenstein

## I. El hijo pródigo

Traducción de Pablo Usabiaga

Título: Frankenstein I. El hijo pródigo
Título original: *Dean Koontz's Frankenstein. Book One: Prodigal Son*
© 2005, Dean Koontz – Kevin J. Anderson
© De la traducción: Pablo Usabiaga
© Santillana Ediciones Generales, S. L.
© De esta edición: noviembre 2007, Punto de Lectura, S. L.
*Torrelaguna, 60. 28043 Madrid (España)*   www.puntodelectura.com

ISBN: 978-84-663-1022-2
Depósito legal: B-44.378-2007
Impreso en España – Printed in Spain

Diseño de cubierta: El Orfanato
Diseño de colección: Punto de Lectura

Impreso por Litografía Rosés, S.A.

179 / 4

# Frankenstein

# Primero…

Aunque soy un tipo hablador, hasta este momento nunca me había parecido necesario comenzar dando explicaciones acerca de cómo me puse a escribir un libro. En el caso de la serie que se dará a conocer como *Frankenstein de Dean Koontz*, parecen necesarias unas pocas palabras explicativas.

Escribí un guión para una serie piloto de televisión de sesenta minutos con ese título. Un productor y yo cerramos un trato sobre los episodios extra que emitiría USA Network. Puesto que a Martin Scorsese —el legendario director— le gustó mi guión, se sumó como productor ejecutivo. Asimismo, también entusiasmado con el guión, se incorporó un cotizado joven director. A petición de USA Network, escribí una versión de dos horas. Sobre la base de ese guión, se reunió a un maravilloso reparto.

Después USA Network y el productor decidieron que había que introducir modificaciones de envergadura. En su nuevo formato, el programa no me interesó en absoluto y me retiré del proyecto. Les deseé buena suerte y me volqué en llevar a cabo el concepto original en forma de libro. Tenía la esperanza de que *ambas* versiones tuvieran éxito en sus respectivos medios.

Posteriormente, Martin Scorsese también expresó su deseo de abandonar la serie. Le agradezco mucho a Marty que fuera tan entusiasta y perspicaz respecto al programa que él quería hacer. Teniendo en cuenta su trayectoria, es extremadamente humilde: encaja en la definición exacta de la cortesía y se mantiene aferrado a los valores del mundo real en un negocio en el que no muchos lo están.

Por último, quisiera dar las gracias también a Philip K. Dick, un gran escritor y una buena persona, que hace veintitrés años compartió conmigo la pequeña anécdota de pedir «algo demasiado exótico para el menú» en su restaurante chino favorito. Finalmente he encontrado una novela en la que esa historia encaja. El plato que hizo huir a Phil hace relamerse a Victor Frankenstein.

Porque el poder del hombre para hacer por sí mismo lo que desea significa, como hemos visto, el poder de algunos hombres para conseguir que otros hagan lo que *ellos* desean.

C. S. LEWIS, *La abolición del hombre*

# Capítulo 1

Deucalión rara vez dormía, pero cuando lo hacía, soñaba. Todos sus sueños eran pesadillas. Ninguna le asustaba. Después de todo, él era un embrión de pesadillas, y una vida llena de terror le había fortalecido.

Por la tarde, mientras se echaba la siesta en su sencilla celda, soñó que un cirujano le abría el abdomen para insertarle una masa misteriosa, retorcida. Despierto pero esposado a la mesa de operaciones, lo único que podía hacer era aguantar la intervención.

Después de que le cosieran el tajo, sintió que algo se arrastraba dentro de su cuerpo, como si quisiera explorarlo.

Detrás de su mascarilla, el cirujano dijo: «Se acerca un mensajero. La vida cambia con una carta».

Despertó del sueño y supo que había sido profético. Carecía de poderes psíquicos de naturaleza clásica, pero a veces le acechaban presagios en sus sueños.

\* \* \*

En estas montañas del Tíbet, un resplandeciente crepúsculo evocaba un espejismo de oro fundido desde los glaciares y los campos de nieve. Un filo dentado de picos del Himalaya, con el Everest como empuñadura, cortaba el cielo.

Lejos de la civilización, este vasto panorama aliviaba a Deucalión. Durante varios años había preferido evitar a la gente, con excepción de los monjes budistas de este lugar barrido por el viento.

Aunque no había matado a nadie desde hacía mucho tiempo, todavía albergaba deseos de furia homicida. Aquí se esforzaba siempre por reprimir sus impulsos más oscuros, buscaba la calma y esperaba encontrar la verdadera paz.

Desde un balcón de piedra del monasterio encalado, mientras contemplaba el banco de témpanos salpicado por el sol, pensó, y no era la primera vez, que esos dos elementos, fuego y hielo, definían su vida.

Nebo, un monje anciano que estaba a su lado, le preguntó:

—¿Estás mirando las montañas o más allá, hacia aquello que has dejado atrás?

Aunque Deucalión había aprendido a hablar en varios dialectos tibetanos a lo largo de su prolongada estancia en este lugar, él y el viejo monje hablaban a menudo en inglés, ya que ello les permitía tener mayor privacidad.

—No echo de menos muchas cosas de ese mundo. El mar. El ruido de los pájaros de la costa. Unos pocos amigos. Las Cheez-it.

—¿Los quesos? Aquí tenemos quesos.

Deucalión sonrió y pronunció la palabra más despacio de lo que lo había hecho previamente.

—Las Cheez-it son unas galletas con sabor a queso *cheddar*. Aquí en el monasterio buscamos la iluminación, el sentido, la determinación…, buscamos a Dios. Aun así, las cosas más humildes de la vida cotidiana, los pequeños placeres, parecen definir para mí la existencia. Me temo que soy un alumno frívolo, Nebo.

Mientras se ceñía el hábito de lana contra el cuerpo ante los coletazos de la brisa invernal, Nebo respondió:

—Al contrario. Jamás he tenido un alumno menos frívolo que tú. Con sólo oírte hablar de las Cheez-it, yo mismo me siento intrigado.

Un voluminoso hábito de lana cubría el cuerpo lleno de cicatrices y de retazos de Deucalión, aunque sólo en contadas ocasiones llegaba a molestarle el crudo frío.

El monasterio de Rombuk, una maravilla arquitectónica de paredes de ladrillo, torres elevadas y elegantes techos con forma de mandala, se aferraba peligrosamente a la árida ladera de una montaña: imponente, majestuoso, oculto del mundo. Cascadas de escalones se extendían a los lados de las torres cuadradas, hacia la base de los niveles principales, dando acceso a los patios interiores.

Banderas de oración amarillas, blancas, rojas, verdes y azules, que representaban los elementos, se agitaban con la brisa. *Sutras* cuidadosamente escritos adornaban las banderas, de modo que cada vez que la tela ondeaba al viento, se enviaba simbólicamente una oración en dirección al cielo.

Pese al tamaño y a la extraña apariencia de Deucalión, los monjes lo habían aceptado. Él asimilaba sus enseñanzas y las filtraba a través de su singular experiencia. Con el tiempo, le habían abordado con preguntas filosóficas para tratar de saber cómo se entendían bajo su punto de vista. No sabían quién era, pero se daban cuenta intuitivamente de que no era un hombre normal.

Deucalión permaneció de pie un rato sin hablar. Nebo esperaba a su lado. El tiempo tenía escaso significado en el mundo de los monjes, y después de doscientos años de vida, y quizá con otro tanto por delante, Deucalión a menudo vivía sin ser consciente del tiempo.

Los mástiles de las banderas, revueltos por la brisa, hacían un ruido seco. De pie en la ventana de una alta torre, un monje soplaba una trompeta de concha llamando a la oración del atardecer. Dentro, en lo más profundo del monasterio, los cánticos comenzaron a resonar a través de la fría piedra.

Deucalión miró fijamente hacia los cañones que se alzaban al este del monasterio, invadidos por una penumbra púrpura. Desde algunas de las ventanas de Rombuk, uno podía caerse sobre las rocas desde una altura de más de trescientos metros.

En medio de ese ocaso, una figura distante comenzó a acercarse.

—Un mensajero —anunció—. El cirujano del sueño decía la verdad.

Al principio el viejo monje no podía ver al visitante. Sus ojos, del color del vinagre, parecían haberse desteñido por el sol sin filtrar propio de esa extrema altitud. Pero entonces se abrieron completamente.

—Debemos recibirlo en las puertas.

\* \* \*

A la luz de las antorchas, las salamandras se arrastraban por las vigas ensambladas con hierros de la puerta principal y las paredes de ladrillo que la rodeaban.

En cuanto traspasaron las puertas, de pie en el patio exterior, el mensajero contempló sobrecogido a Deucalión.

—Yeti —susurró. Era el nombre que los sherpas habían acuñado para el abominable hombre de las nieves.

Con las palabras saliendo de su boca con vapores de aliento helado, Nebo protestó:

—¿Es que ahora se acostumbra preceder el mensaje con un comentario grosero?

Deucalión, al que una vez lo habían perseguido como a una bestia y había vivido doscientos años como un marginado, estaba inoculado contra todo ultraje. Era incapaz de sentirse ofendido.

—Si yo fuera un yeti —dijo en la lengua del mensajero—, posiblemente sería así de alto. —Medía casi dos metros—. Podría tener esta sólida musculatura. Pero sería mucho más peludo, ¿no crees?

—Su... supongo que sí.

—Un yeti nunca se afeita. —Inclinándose sobre el mensajero como si fuera a contarle un secreto, Deucalión añadió—: Debajo de todo ese pelo, un yeti tiene una piel muy sensible. Rosa, suave... si la rozara una navaja de afeitar, seguramente le haría un corte.

Armándose de valor, el mensajero preguntó:

—Entonces, ¿qué eres?

—Big Foot —contestó Deucalión en inglés, y Nebo se rió; pero el mensajero no comprendió la broma.

Nervioso por la risa del monje, con escalofríos provocados no sólo por el aire helado, el joven tendió un bulto de piel de cabra gastada fuertemente atado con una correa de cuero.

—Aquí. Dentro. Para ti.

Deucalión enrolló la correa alrededor de su fuerte dedo, la arrancó de un tirón y desenvolvió el bulto, dejando entrever un sobre: se trataba de una carta cuyas arrugas y manchas denotaban un largo trayecto.

La dirección del remitente era de Nueva Orleans y el nombre el de un viejo amigo de confianza: Ben Jonas.

Todavía mirando de reojo y nerviosamente a la mitad deforme del rostro de Deucalión, el mensajero consideró que era preferible estar en compañía de un yeti que un viaje de regreso a través de la oscuridad y del áspero frío del puerto de montaña.

—¿Puedo pasar la noche aquí?

—Cualquiera que atraviese estas puertas —le aseguró Nebo— puede disponer de todo lo que necesite. Si tuviéramos, incluso te ofrecería Cheez-it.

Desde el patio exterior ascendieron por la rampa de piedra y cruzaron la puerta interior. Dos monjes jóvenes llegaron con linternas como respondiendo a una llamada telepática para escoltar al mensajero hasta los aposentos de los huéspedes.

En el vestíbulo, iluminado por velas, en una hornacina que olía a sándalo e incienso, Deucalión leyó la carta. Las palabras que Ben había escrito a mano con una cuidada caligrafía en tinta azul transmitían un mensaje de capital importancia.

Junto con la carta venía un recorte de prensa del *Nueva Orleans Times-Picayune*. El titular y el texto le importaron menos a Deucalión que la fotografía que los ilustraba.

Aunque las pesadillas no le asustaban y hacía mucho tiempo que había dejado de temer a ningún hombre, su mano tembló. El frágil recorte crujió y un insecto correteó por sus dedos temblorosos.

—¿Malas noticias? —preguntó Nebo—. ¿Alguien ha muerto?

—Peor. Alguien sigue *vivo* aún. —Con una mueca de incredulidad, Deucalión miraba fijamente la fotografía, que parecía más fría que el hielo—. Debo irme de Rombuk.

Esta afirmación entristeció visiblemente a Nebo.

—Durante un tiempo me he sentido reconfortado porque a mi muerte tú serías el que pronunciaría las oraciones.

—Todavía te queda mucha cuerda —respondió Deucalión—. Te conservas como un pepinillo en vinagre. Además, tal vez yo sea el último de la Tierra a quien Dios escucharía.

—O quizá el primero —replicó Nebo con una enigmática sonrisa cómplice—. Está bien. Si tienes intención de volver a caminar hacia el mundo que está detrás de estas montañas, primero déjame darte un regalo.

\* \* \*

Como estalagmitas de cera, las velas amarillas se erguían sobre candeleros dorados, iluminando tenuemente la habitación. Adornando las paredes había mandalas pintados, diseños geométricos encerrados en un círculo que representaba el cosmos.

Reclinado sobre una silla con almohadones de fina seda roja, Deucalión miraba fijamente el techo, con flores de loto talladas y pintadas.

Nebo estaba sentado formando un ángulo con él, inclinado, y examinaba su rostro con la atención de un estudioso que estuviera descifrando rollos de intrincados *sutras*.

Durante las décadas que había pasado en ferias ambulantes, Deucalión había sido aceptado como si en él no hubiera nada sorprendente. Todos los demás eran también marginados, por elección o por necesidad.

Se había ganado buenamente la vida trabajando en espectáculos de circo que se llamaban «diez en uno», porque ofrecían diez entretenimientos bajo una misma carpa.

Sobre su pequeño escenario, se sentaba de perfil, con el lado bueno de la cara orientado hacia el pasillo de serrín por el que se iba de un espectáculo a otro, desde la mujer gorda hasta el hombre de goma. Cuando la gente se reunía a su alrededor y comenzaba a preguntarse qué diablos pintaba en semejante espectáculo, él se daba la vuelta para mostrar el lado destrozado de su cara.

Los hombres mayores ahogaban un grito y se estremecían. Las mujeres se desmayaban, aunque cada vez menos a medida que fueron pasando las décadas. Sólo se permitía la entrada a personas mayores de dieciocho años, porque los niños, al verlo, podían quedar traumatizados de por vida.

Una vez que había mostrado completamente el rostro, se ponía de pie y se quitaba la camisa para enseñar su cuerpo hasta la cintura: las cicatrices, los imperecederos ribetes de primitivas suturas de metal, las extrañas excrecencias...

Ahora, al lado de Nebo había una bandeja con varias agujas finas y minúsculos frascos de tinta de muchos colores. Con diestra habilidad, el monje estaba tatuando el rostro de Deucalión.

—Éste es el regalo que te doy: un dibujo protector. —Nebo se inclinó para inspeccionar su trabajo y comenzó a delinear trazos aún más intrincados en oscuros azules, negros y verdes.

Deucalión no hizo mueca alguna de dolor, no habría gritado aunque mil avispas le clavaran los aguijones.

—¿Estás creando un rompecabezas en mi rostro?

—El rompecabezas *es* tu rostro. —El monje sonrió ante su trabajo y ante el irregular lienzo sobre el que estaba grabando sus elaborados diseños. Goteando color, goteando sangre, las agujas pinchaban, brillaban y tintineaban cuando, en algunos momentos, Nebo utilizaba dos al mismo tiempo—. Con tanto dibujo debería darte algo para el dolor. En el monasterio hay opio, aunque por lo general no aprobamos su uso.

—No le temo al dolor —respondió Deucalión—. La vida es un océano de dolor.

—Quizá la vida fuera de aquí.

—Incluso aquí traemos con nosotros nuestros recuerdos.

El viejo monje eligió un frasco de tinta carmesí y agregó detalles al dibujo, tratando de disimular las concavidades grotescas y las superficies rotas, creando una ilusión de normalidad bajo los motivos decorativos.

El trabajo continuó bajo un pesado silencio hasta que Nebo afirmó:

—Esto servirá de diversión a los ojos curiosos. Por supuesto, ni siquiera un dibujo tan recargado podrá ocultarlo todo.

Deucalión alzó la mano para palpar el tatuaje ardiente que cubría la superficie de tejidos cicatrizados similar a un espejo roto.

—Viviré por las noches y sin dejarme ver, como ya he hecho tantas veces.

Tras tapar los frascos de tinta y secar las agujas con un paño, el monje dijo:

—Una vez más, antes de que partas... ¿la moneda?

Deucalión se puso más recto en la silla y cogió al vuelo una moneda de plata con la mano derecha.

Nebo observó cómo Deucalión hacía que la moneda girara en sus nudillos —haciéndola *caminar*, como decían los magos—, en una exhibición de notable destreza, dado el gran tamaño y la brutal apariencia de sus manos.

Hasta ahí, cualquier buen mago podría haberlo hecho.

Con el pulgar y el índice, Deucalión lanzó la moneda al aire. La luz de la vela hizo titilar la moneda a medida que ésta ascendía.

Deucalión la atrapó en el aire y la apretó en su puño... para luego abrir la mano y mostrar que estaba vacía.

Cualquier buen mago podría haber hecho esto también, y que la moneda apareciese detrás de la oreja de Nebo, cosa que también hizo Deucalión.

Sin embargo, el monje siempre se quedaba perplejo con lo que venía después.

Deucalión volvió a lanzar la moneda al aire. La luz de la vela volvió a hacerla destellar. Entonces, ante los ojos de Nebo, la moneda simplemente... se esfumó.

En el vértice del arco descrito por el movimiento, mientras daba vueltas, dejó de existir. La moneda no cayó al suelo. Las manos de Deucalión no estaban cerca de ella cuando desapareció.

Nebo había presenciado este acto de ilusionismo muchas veces. Lo había observado a unos pocos centímetros, y aun así era incapaz de explicar qué había ocurrido con la moneda.

A menudo había meditado sobre ello. En vano.

Ahora Nebo sacudía la cabeza.

—¿Es magia de verdad o simplemente un truco?

Sonriendo, Deucalión contestó:

—¿Y cuál es el sonido de una sola mano al aplaudir?

—Aun después de todos estos años, sigues siendo un misterio.

—Como la vida misma.

Nebo recorrió el techo con la mirada, como si esperase ver la moneda fijada a alguna de las flores de loto talladas y pintadas. Bajó su mirada azorada nuevamente hacia Deucalión y dijo:

—Tu amigo de América te dirigió la carta con siete nombres de destinatario diferentes.

—He utilizado muchos más.

—¿Problemas con la policía?

—No por mucho tiempo. Simplemente... siempre intentando volver a empezar.

—Deucalión...

—Un nombre procedente de la mitología antigua; ya no hay mucha gente que lo conozca. —Se levantó de la silla, haciendo caso omiso del dolor punzante de los incontables pinchazos de aguja.

El anciano volvió su rostro hacia arriba.

—En América, ¿volverás a la vida de las ferias ambulantes?

—No hay lugar para mí en las ferias. Ya no hay espectáculos de circo como en los viejos tiempos. Resultan políticamente incorrectos.

—Cuando había espectáculos de circo, ¿en qué consistía tu número?

Deucalión se dio la vuelta, dejando atrás los mandalas de la pared iluminados por las velas; su nuevo rostro tatuado quedó oculto en las sombras. Cuando habló, un sutil latido de luminosidad se deslizó a través de sus ojos, como la vibración de un relámpago oculto tras densas nubes.

—Me llamaban… el Monstruo.

# Capítulo 2

*Nueva Orleans*

El tráfico fluía lánguidamente en la hora punta matutina por la autopista I-10 Express, como el río Mississippi que serpentea a través de Nueva Orleans.

Cuando la detective Carson O'Connor salió de la autopista en el barrio de Metairie, situado a las afueras, tratando de atajar por intrincadas callejuelas, la mañana comenzó a empeorar.

Detenida interminablemente en un cruce, manoseaba con impaciencia el volante de su coche. Para disipar su creciente sensación de sofoco, bajó la ventanilla.

A esa hora las calles ya estaban hirviendo. No obstante, a ninguno de los cabezas huecas de los telediarios se le ocurriría freír un huevo sobre el pavimento. La escuela de periodismo les había dejado suficientes células en el cerebro como para darse cuenta de que sobre esas calles se podría freír por los dos lados incluso un helado.

A Carson le gustaba el calor pero no la humedad. Tal vez algún día se mudaría a algún lugar más agradable, caluroso pero seco, como Arizona. O Nevada. O el infierno.

Sin haber avanzado ni un paso, miró cómo el minuto cambiaba en el reloj del salpicadero y entonces descubrió la razón del atasco.

Dos chicos jóvenes de alguna de las pandillas de la ciudad, vestidos con coloridas prendas, permanecían en el paso de cebra para bloquear el tráfico cada vez que el semáforo se ponía en verde. Otros tres recorrían la fila arriba y abajo, de un coche a otro, golpeando las ventanillas, extorsionando a los conductores.

—Le limpio el parabrisas. Dos pavos.

Como el chasquido de un arma semiautomática, los seguros de las puertas de los coches se echaban uno tras otro a medida que los jóvenes empresarios daban rienda suelta a su labia vendedora, pero ningún coche podía arrancar hasta que el conductor pagara la tarifa.

El que parecía ser el jefe apareció en la ventanilla de Carson, petulante y lleno de falso buen humor.

—Le limpio el parabrisas, señora.

Tenía en la mano un trapo mugriento que parecía haber sido pescado en alguno de los muchos canales llenos de maleza de la ciudad. Tenía una fina cicatriz blanca sobre unos de sus pómulos oscuramente bronceados que se arrugaba en varios puntos de sutura, lo que sugería que había tenido una pelea con cuchillo un día que el médico de urgencias era el doctor Frankenstein. Su escasa barba denotaba falta de testosterona.

Tras tomarse un segundo y mirar más de cerca a Carson, Cara de Cicatriz sonrió.

—Eh, bella dama, ¿qué hace en este cacharro? *Usté* se merece un Mercedes. —Levantó uno de los limpiaparabrisas y lo soltó haciéndolo golpear contra el cristal—. Pero bueno, ¿dónde tiene la cabeza? Aunque no es que una bonita patilarga como *usté* necesite un cerebro.

Un coche sin distintivos tenía sus ventajas para el trabajo de un detective de perfil bajo; sin embargo, cuando había conducido un coche patrulla, nunca la había molestado un mierda como éste.

—Estás violando la ley.

—Alguien está *cabreao* esta mañana.

—El parabrisas está limpio. Esto es extorsión.

—Cobro dos pavos por limpiarlo.

—Te aconsejo que te alejes del coche.

El chico levantó el trapo, listo para manchar el parabrisas.

—Dos pavos y lo limpio; tres pavos *pa* no limpiarlo. La mayoría de las mujeres, sean femeninas o masculinas, elige la segunda opción.

Carson se quitó el cinturón de seguridad.

—Te pedí que te alejaras del coche.

Lejos de emprender la retirada, Cara de Cicatriz se inclinó sobre la ventanilla, a pocos centímetros de ella. Tenía el aliento endulzado por un porro matutino y agriado por problemas de encías.

—Deme tres pavos, su número de teléfono, una bonita disculpa y a lo mejor no me meto con su linda jeta.

Carson cogió la oreja izquierda del gilipollas, la sacudió lo suficiente como para partirle el cartílago y le golpeó la cabeza contra la puerta. Su aullido sonó menos como el de un lobo que como el de un niño.

Le soltó la oreja y, mientras salía del coche, abrió la puerta contra él lo suficientemente fuerte como para tumbarlo.

Mientras el joven caía despatarrado de espaldas, golpeándose la cabeza contra el pavimento y provocándole un despliegue de constelaciones en un planetario interior, Carson le puso un pie sobre la entrepierna, incrustándoselo lo justo para que se retorciera y quedara inmovilizado, haciéndole temer que sus joyas terminaran hechas picadillo.

Le puso la placa de policía delante de las narices y dijo:

—Mi número de teléfono es el 911.

Entre los coches retenidos, con las cabezas altas y en alerta, los cuatro amigos de Cara de Cicatriz les miraban atónitos y enfadados, pero también divertidos. El tío que estaba bajo el pie de la mujer era un colega, y una humillación a un colega era una humillación a todos, incluso aunque tal vez éste fuera un poco lo que llamaban un petardo, un fantasma.

Carson le dijo al amigo de Cara de Cicatriz que tenía más cerca:

—Pon fin a todo esto, pedazo de mierda, a menos que quieras que te haga un agujero.

El gilipollas que tenía bajo el pie intentó escabullirse hacia atrás como un cangrejo, pero ella apoyó el pie con más fuerza. Se le saltaron las lágrimas y prefirió someterse, ante la perspectiva de tener que pasarse tres días con un saco de hielo entre las piernas.

Pese a la advertencia, dos de los otros cuatro pandilleros comenzaron a rodearla.

Con una habilidad casi de prestidigitación, Carson guardó la placa y desenfundó su pistola.

—Fijaos en esta señorita que tengo bajo mi pie, éste sí que ha sido arañado —lo que quería decir humillado—, pero ninguno de vosotros ha sufrido nada todavía. A vosotros os pueden caer dos años en chirona, o tal vez moleros a palos y dejaros lisiados de por vida.

No se movieron, pero tampoco se acercaron más.

Carson sabía que les importaba menos su pistola que el hecho de que ella hablara como hablaba. Puesto que conocía la jerga, dieron por hecho —acertadamente— que ya había estado en situaciones como ésta, en muchas, y aun así se la veía entera y sin miedo.

Hasta el más tonto de los pandilleros —y casi ninguno de ellos ganaría un céntimo en *La ruleta de la fortuna*— podía imaginarse su historial y evaluar qué oportunidades tenía.

—Es mejor que os rajéis, que conservéis lo que todavía tenéis —dijo, advirtiéndoles que se fueran—. Si insistís en tocarme las narices, vais a salir perdiendo.

Por delante de su coche, más cerca del cruce, los coches comenzaron a moverse. Vieran o no lo que estaba pasando por sus espejos retrovisores, los conductores comprendieron que el timo había concluido.

Cuando los coches que los rodeaban comenzaron a andar, los jóvenes empresarios vieron que ya no tenía sentido quedarse allí, dado que los clientes se habían retirado. Salieron en estampida como caballos enloquecidos tras la explosión de un trueno.

Bajo su pie, el limpiador de cristales no terminaba de admitir la derrota.

—Eh, perra, tu identificación, ahí decía homicidios. ¡No puedes tocarme! No he *matao* a nadie.

—Menudo imbécil —masculló ella mientras guardaba la pistola.

—No puedes llamarme imbécil. Me he *graduao* en el instituto.

—¡Que vas a haberte graduado!

—Bueno, casi.

Antes de que el zoquete —como era de prever— se ofendiera por la descortés caracterización de su agudeza mental y la amenazara con demandarla por abuso de poder, sonó el móvil de Carson.

—Detective O'Connor —contestó.

Cuando oyó quién y por qué llamaba, le quitó el pie de encima al pandillero.

—Esfúmate —le ordenó—. Quita tu triste culo de la calle.

—¿No me vas a encerrar?

—No vales ni siquiera el papeleo. —Volvió a su conversación en el móvil.

Refunfuñando, el pandillero se puso de pie, cogiéndose con una mano la entrepierna de su pantalón de tiro bajo, como si tuviera dos años y estuviera abrumado por la necesidad de hacer pis.

Era de los que no aprenden de la experiencia. En lugar de largarse en busca de sus amigos y referirles algún cuento de cómo, después de todo, había dado cuenta de esa poli perra y le había partido los dientes de un puñetazo, permaneció allí de pie, burlándose de ella con lo del trato abusivo, como si sus quejidos y amenazas pudieran provocarle un súbito remordimiento.

Cuando finalizó la llamada, Carson guardó el teléfono y el ofendido extorsionista exclamó:

—La cosa es que ya sé tu nombre, así que puedo averiguar dónde vives.

—Aquí estamos obstaculizando el tráfico —dijo ella.

—Puedo ir a cogerte bien cogida una noche, romperte las piernas, los brazos, partirte todos los dedos. ¿Tienes gas en la cocina? Voy a cocinarte la cara en uno de los fuegos.

—Suena divertido. Abriré una botella de vino y prepararé unos aperitivos. Lo único es que la cara que se va a cocinar en uno de los fuegos es la que estoy viendo delante de mí.

La intimidación era su mejor herramienta, pero no lograba hacer girar el tornillo que tenía delante.

—¿Te gustan las tapas? —preguntó.

—Perra, estás loca como una rata con los ojos rojos sumergida en alcohol de quemar.

—Es probable —asintió ella.

Cara de Cicatriz se echó hacia atrás.

Guiñándole un ojo, Carson dijo:

—Yo puedo averiguar dónde vives *tú*.

—Mantente alejada de mí.

—Y tú, ¿tienes gas en *tu* cocina?

—Lo digo en serio, psicópata gilipollas.

—Ah, ahora me quieres camelar —dijo Carson. *Camelar* significaba *hablarle dulcemente*.

El pandillero se animó a darse la vuelta y largarse a toda velocidad, esquivando los coches.

Sintiéndose mejor por cómo marchaba la mañana, Carson se sentó al volante de su coche, cerró la puerta de un tirón y arrancó para ir a recoger a su compañero, Michael Maddison.

En un principio tenían que afrontar una jornada de investigación de rutina, pero la llamada telefónica había trastocado las cosas. Habían encontrado una mujer muerta en la laguna del City Park y, por el aspecto del cuerpo, no se había ahogado accidentalmente mientras practicaba natación nocturna.

# Capítulo 3

Sin utilizar la sirena ni el faro giratorio portátil, Carson condujo a buen ritmo por Veterans Boulevard a través de un calidoscopio de enormes centros comerciales, tiendas de lubricantes, concesionarios de automóviles, carteles de bancos y franquicias de comida rápida.

Más adelante, siguieron parcelas de chalés adosados que alternaban con hileras de edificios de apartamentos y pisos. Michael Maddison, de treinta años y aún soltero, había encontrado aquí un insulso apartamento similar al de cualquier otra ciudad americana.

Que fuera insulso no le molestaba. Con su trabajo a ritmo de jazz y el zumbido de vudú de Nueva Orleans, sobre todo en su puesto de detective, sostenía que terminaba su jornada cotidiana con una sobrecarga de color local. Un apartamento normal y corriente era lo que le anclaba a la realidad.

Vestido para el trabajo con una camisa hawaiana, una chaqueta deportiva color habano que le cubría la funda de la pistola y unos pantalones vaqueros, Michael estaba esperando que llegara el coche de Carson. Tenía un aspecto irónico y tranquilo, pero, igual que ciertos cócteles engañosos, debajo había dinamita.

Llevaba una bolsa de papel blanco en una mano y sostenía un donut en la boca con la delicadeza de un perro perdiguero que le trae un pato al cazador. Michael se sentó en el asiento del copiloto y cerró la puerta.

—¿Qué es eso que te ha salido en los labios? —preguntó Carson.

Cogiéndose el donut de los dientes, intacto y apenas marcado, respondió:

—De crema con sirope de arce.

—Dame.

Michael le tendió la bolsa blanca.

—Hay uno de azúcar glaseado y dos de chocolate. Elige.

Carson hizo caso omiso de la bolsa, le arrebató el donut de la mano y exclamó:

—El sirope de arce me vuelve loca.

Dando un gran mordisco y masticando vigorosamente, arrancó el coche y salió a toda velocidad.

—A mí también me vuelve loco el sirope de arce —suspiró Michael.

El anhelo que denotaba su voz le indicó a Carson que él no sólo ansiaba el donut de sirope de arce. Por razones que iban más allá de la conservación de una relación profesional, fingió no darse cuenta.

—Ya verás cómo te gusta el de azúcar glaseado.

Mientras Carson salía de Jefferson Parish por Veterans Avenue hacia Orleans Parish para coger el Pontchartrain Boulevard hasta Harrison y luego dirigirse hacia el City Park, Michael hurgó en la bolsa de donuts, dejando claro que elegía uno de los que quedaban sólo como consecuencia de la cruel necesidad.

Tal como ella había previsto, se decidió por el de chocolate —no el de azúcar, que ella había recomendado imperiosamente—, le dio un mordisco y cerró la bolsa estrujando el papel.

Echándole una mirada a Carson al pasar un semáforo en ámbar un instante antes de que se pusiera rojo, espetó:

—Aminora un poco y ayuda a salvar el Planeta. En mi iglesia comenzamos cada jornada laboral con una hora de dulces y meditación.

—*Yo* no pertenezco a la Iglesia de los Detectives de Culo Gordo. Además, acabo de recibir una llamada: encontraron a la sexta víctima esta mañana.

—¿La sexta? —En medio de otro mordisco al donut de chocolate inquirió—: ¿Cómo saben que se trata del mismo asesino?

—Porque ha hecho otra intervención quirúrgica. Como en los otros casos.

—¿Hígado? ¿Riñón? ¿Pies?

—La mujer debió de tener unas manos bonitas. La encontraron en la laguna del City Park con las manos amputadas.

# Capítulo 4

La gente acude al City Park, un parque de seis hectáreas, a dar de comer a los patos o a relajarse bajo los dispersos robles de Virginia, recubiertos de un manto de musgo negro. Disfrutan de los jardines botánicos, perfectamente cuidados, de las fuentes *art déco* y de las esculturas. A los niños les encanta este parque temático de cuento de hadas y adoran los famosos caballos voladores del antiguo tiovivo.

En este momento los espectadores se congregaban para observar la marcha de una investigación criminal que tenía lugar en la laguna.

Como siempre, Carson se sintió asqueada por estos mirones de curiosidad morbosa. Entre ellos había abuelas y adolescentes, hombres de negocios trajeados y borrachines canosos sorbiendo licores baratos de sus botellas envueltas en bolsas de papel, y le daban la sensación de hallarse en la *Noche de los muertos vivientes*.

Robles centenarios se erguían cerca de un estanque de agua verdosa rodeada de hierbajos. A lo largo del borde de la laguna serpenteaban caminos pavimentados, conectados entre sí por elegantes puentes de piedra.

Algunos fisgones habían trepado a los árboles para tener una mejor vista de lo que había más allá de la cinta policial.

—No se parecen a la gente que se ve en la ópera —dijo Michael mientras él y Carson se abrían paso a empellones a través de los atontados que permanecían dispersos por el camino—. Y en realidad tampoco a los que se ven en las carreras de camiones.

En los siglos XIX y XX, la zona había sido un lugar popular para los duelos de los apasionados criollos. Se encontraban después del anochecer, a la luz de la luna, y se enfrentaban con delgadas espadas hasta que brotara la sangre.

En la actualidad, el parque permanecía abierto por las noches, pero los combatientes no iban armados por igual, como en los viejos tiempos. Los predadores acechaban a sus presas confiados en poder escapar de todo castigo en esta época en la que parece estar deshaciéndose la civilización.

Ahora, agentes uniformados mantenían a raya a los morbosos, entre los cuales tal vez podía hallarse el criminal, que había regresado para deleitarse tras el asesinato. Detrás de ellos, la cinta amarilla de la escena del crimen se había colgado como una ristra de banderines de carnaval, de roble a roble, bloqueando una parte del camino que discurría junto a la laguna.

A Michael y a Carson los conocían muchos de los oficiales y forenses que estaban presentes: a algunos les caían bien, otros los envidiaban, y unos pocos los aborrecían.

Ella había accedido al puesto de detective a una edad récord; Michael ostentaba la segunda marca. Y coger el carril rápido implicaba pagar un precio.

Y también se tenía que pagar un precio si el estilo no era el tradicional. Y con algunos cínicos de los del tipo «tira *p'alante* hasta que te jubiles» había que pagar un precio si uno trabajaba como si creyera que el trabajo fuera importante y que la justicia valía la pena.

Al traspasar la cinta amarilla, Carson se detuvo e inspeccionó la escena del crimen.

Un cadáver de mujer flotaba boca abajo en el agua estancada. Su cabello rubio se abría en abanico como una nube, radiante donde recibía motas de luz de Luisiana filtrada por los árboles.

Como había entrado aire en las mangas del vestido, los brazos flotaban a la vista. Terminaban en muñones.

—Nueva Orleans, el romanticismo del pantano —dijo Michael, citando un tradicional eslogan de la oficina de turismo.

A la espera de instrucciones, los forenses todavía no habían accedido a la escena del crimen. Siguieron a Carson y ahora permanecían de pie exactamente al otro lado del perímetro señalado.

Como detectives investigadores, Carson y Michael debían formular un plan sistemático: determinar la geometría adecuada para la investigación, los objetos que fotografiar y los ángulos de las tomas, las posibles fuentes de pistas…

En este asunto, Michael solía dejar hacer a Carson, ya que ella tenía una intuición a la que, sólo para irritarla, él llamaba ojo de bruja.

Carson se dirigió al agente que se encontraba más cerca del lugar del crimen.

—¿Quién es el oficial al mando?

—Ned Lohman.

—¿Dónde está?

—Ahí, detrás de esos árboles.

—¿Por qué diablos está pisoteando la escena del crimen? —interrogó ella.

Como dándole la respuesta, Lohman apareció de detrás de los robles con dos detectives de homicidios del modelo antiguo: Jonathan Harker y Dwight Frye.

—Dork y Dink* —gruñó Michael.

Aunque estaba demasiado lejos como para haberle oído, Harker les echó una mirada fulminante. Frye les hizo una seña.

—Esto va a reventar —dijo Carson.

—Un gran momento —asintió Michael.

En lugar de ir a bravuconear metiéndose en la escena del crimen, ella esperó a que los detectives se le acercaran.

Qué bonito habría sido dispararles a esos bastardos en las rodillas para evitar que contaminaran la escena del crimen con sus torpezas. Mucho más satisfactorio que un grito o que un disparo de advertencia.

Cuando Harker y Frye llegaron hasta ella, ambos sonreían petulantes.

Ned Lohman, el oficial uniformado, tuvo el tino suficiente como para evitar los ojos de ella.

Carson se contuvo.

—Éste es nuestro bebé; dejad que nosotros le hagamos echar el eructo.

* *Dork* significa «zumbado» en inglés; *dink*, «tontorrón». (*N. del T.*)

—Estábamos en la zona —dijo Frye— y atendimos la llamada.

—Interceptasteis la llamada —sugirió Carson.

Frye era un hombre fornido de aspecto grasiento, como si su apellido no proviniera de su linaje familiar sino de su método preferido para preparar los alimentos que consumía*.

—O'Connor —dijo—, eres la única persona irlandesa que conozco que no me agrada tener cerca.

En una situación como la que tenían entre manos, que había comenzado a partir de un extravagante homicidio hasta convertirse, en cuestión de semanas, en una serie de seis muertes, Carson y su compañero no iban a ser los únicos en el departamento a los que se les asignara la tarea de investigar los aspectos particulares del caso.

Sin embargo, se habían hecho cargo del primer asesinato, y por lo tanto tenían prioridad para investigar los homicidios que estuvieran vinculados, hasta que el asesino acumulara suficientes víctimas como para forzar el establecimiento de un equipo de emergencia. Y llegados a ese punto, ella y Michael serían casi con certeza designados para encabezar la misión.

Harker tendía a calentarse con facilidad —por el sol, por envidia, por imaginarios desaires a su competencia, por cualquier cosa—. El sol sureño había blanqueado sus cabellos rubios hasta volverlos casi blancos, lo que le confería a su rostro un perpetuo aspecto de haber sido pasado por agua hirviendo.

* *Fry* significa en inglés «freír». (*N. del T.*)

Sus ojos, azules como una llama de gas, duros como gemas, revelaban lo que realmente era, aunque él intentara disimularlo con una suave sonrisa.

—Teníamos que ponernos en movimiento rápidamente, antes de que se perdieran pruebas. Con este clima, los cuerpos se descomponen muy deprisa.

—Ah, no seas tan duro contigo mismo —dijo Michael—. Yendo a un gimnasio y con un poco de decisión, tendrás buen aspecto de nuevo.

Carson se hizo a un lado con Ned Lohman. Michael se reunió con ellos mientras ella sacaba su cuaderno y decía:

—Dame el informe de lo que habéis hecho.

—Escuchadme, detectives: sé que vosotros lleváis las riendas de esto. Se lo dije a Frye y Harker, pero ellos tienen su rango.

—No es culpa tuya —le tranquilizó ella—. Yo ya debería saber que los buitres siempre llegan los primeros a los muertos. Empecemos por fijar la hora.

Lohman miró su reloj.

—La llamada nos la hicieron a las siete y cuarenta y dos, es decir, hace treinta y ocho minutos. Un tío que hacía *footing* encontró el cuerpo y llamó. Cuando llegué, el tío estaba por aquí, corriendo, para mantener el ritmo cardiaco. —En los últimos años, los corredores provistos de móviles habían encontrado más cuerpos que cualquiera de los otros ciudadanos—. En cuanto al lugar —prosiguió—, el cuerpo sigue exactamente donde fue hallado por el tipo que hacía *footing*. No hizo el menor intento de auxilio.

—Las manos seccionadas habrán sido una pista suficiente como para que se diera cuenta de que una

reanimación cardiorrespiratoria no serviría de nada —sugirió Michael.

—La víctima es rubia, tal vez teñida, de raza blanca.
¿Tienes alguna otra observación que añadir? —preguntó
Carson a Lohman.

—No. No me he acercado a ella, no contaminé na-
da, si es eso lo que quieres saber. Todavía no le he visto el
rostro, así que no puedo adivinar su edad.

—El lugar, la hora… ¿y en cuanto a los detalles del
hecho? —volvió a preguntar a Lohman.

—Asesinato. No se seccionó las manos ella misma.

—Tal vez se cortó una —asintió Michael—, pero no
las dos.

# Capítulo 5

Las calles de Nueva Orleans estaban repletas de alternativas: había mujeres de toda condición posible. Unas pocas eran hermosas, pero aun así, de un modo u otro, no abundaban las más atractivas.

Durante años de búsqueda, Roy Pribeaux no había encontrado todavía una mujer que satisficiera todos sus requisitos.

Le enorgullecía ser perfeccionista. Si él hubiera sido Dios, el mundo habría sido un lugar más ordenado, menos descuidado.

En el reino del Todopoderoso Roy, no habría habido gente fea o poco agraciada. Ni moho. Ni cucarachas, ni siquiera mosquitos. Nada que oliese mal.

Bajo un cielo azul que ni él podría haberlo hecho más perfecto, pero con una humedad pegajosa que no habría admitido, Roy se paseaba por el Riverwalk, el emplazamiento de la Feria Mundial de Luisiana de 1984, que se había rehabilitado como zona de esparcimiento público y centro comercial. Estaba de caza.

Tres mujeres vestidas con camisetas sin mangas y pantalones muy cortos pasaron pavoneándose, riendo entre ellas. Dos se fijaron en Roy.

Sus miradas se cruzaron, él les comió el cuerpo con los ojos, y luego las descartó a las tres tras una ojeada.

Incluso después de años de búsqueda, continuaba siendo optimista. *Ella* estaba por allí, en alguna parte, su ideal, y la encontraría, aunque tuviera que hacerlo por pedazos.

En esta sociedad promiscua, Roy seguía siendo virgen a los treinta y ocho años, algo de lo que no se sentía orgulloso. Se estaba reservando. Para la mujer perfecta. Para el amor.

Mientras tanto, pulía su propia perfección. Hacía dos horas de ejercicios físicos todos los días. Se veía a sí mismo como un hombre del Renacimiento: leía literatura durante una hora exactamente, estudiaba algún tema nuevo también una hora exacta, y meditaba acerca de los misterios y los asuntos más importantes de su época durante otra hora.

Sólo se alimentaba con productos orgánicos. No compraba carnes procesadas industrialmente. No estaba contaminado con ninguna basura de la polución, ningún pesticida, ningún residuo radiológico, ni desde luego con ningún resto de material genético de los alimentos procesados con métodos de bioingeniería.

Esperaba que en algún momento, una vez que hubiera refinado su dieta hasta la perfección y que su cuerpo funcionara con la precisión de un reloj atómico, dejara de eliminar residuos. Procesaría cada bocado tan exhaustivamente que éste se convertiría completamente en energía y ya no produciría orina ni heces.

Tal vez fuera *entonces* cuando encontraría a la mujer perfecta. A menudo fantaseaba sobre la intensidad con la que disfrutaría del sexo. Tan profundamente como la *fusión nuclear.*

A los residentes les encantaba el Riverwalk, pero Roy sospechaba que la mayoría de la gente que se encontraba allí ese día eran turistas, habida cuenta de cómo se detenían y se quedaban embobados ante los dibujantes de caricaturas y los músicos callejeros. Los puestos en los que se apilaban las camisetas de Nueva Orleans no atraerían a tal cantidad de lugareños.

Roy se detuvo súbitamente ante un carrito de color rojo brillante en el que vendían algodón de azúcar. El aroma del azúcar quemado proyectaba una neblina dulce alrededor del puesto.

La vendedora de algodón estaba sentada en un taburete, bajo una sombrilla roja. Tenía veintitantos años, y más que fea, era de cabellos rebeldes. Parecía tan ancha y mal formada como un teleñeco, aunque sin tanta personalidad.

Pero estaban sus ojos. *Sus ojos.*

Roy quedó cautivado. Sus ojos eran unas piedras preciosas de un valor incalculable, colocadas en un estuche polvoriento y desaliñado; eran de un asombroso azul verdoso.

La piel que rodeaba los ojos se arrugó de manera atractiva cuando le atendió y le sonrió.

—¿Qué desea?

Roy dio un paso adelante.

—Quisiera tomar algo dulce.

—Sólo tengo algodón de azúcar.

—No sólo tienes eso —dijo, maravillado de lo sofisticado que podía ser.

Ella le miró azorada.

Pobre chica. Él resultaba demasiado delicado para ella.

Roy confirmó:

—Sí, algodón de azúcar, por favor.

Ella cogió un cono de papel y comenzó a hacerlo girar en el recipiente del azúcar caliente, envolviéndolo con una nube.

—¿Cómo te llamas? —preguntó Roy.

Ella dudó, pareció sentir apuro. Apartó la mirada.

—Candace.

—¿Una chica llamada Candy que es vendedora de dulces? ¿Es obra del destino o sólo buen sentido del humor?*

Ella se ruborizó.

—Prefiero que me llamen Candace. Hay demasiadas connotaciones negativas cuando... una mujer con exceso de peso se llama Candy.

—Bueno, no eres una modelo anoréxica, pero ¿qué hay de malo en ello? La belleza viene en toda suerte de envoltorios.

Por supuesto, rara vez, más bien nunca, Candace había escuchado palabras tan amables procedentes de un hombre tan atractivo y deseable como Roy Pribeaux.

Si a ella también le hubiera dado por pensar que algún día dejaría de excretar residuos, se habría dado cuenta de inmediato de que él estaba mucho más cerca de la meta que ella.

* Candy, abreviatura habitual del nombre Candace, significa en inglés «azúcar». (N. del T.)

—Tienes unos ojos preciosos. Más que preciosos. De ésos a los que uno se pasaría mirando años y años.

El rubor de Candace se intensificó, pero su timidez se vio tan abrumada por el asombro, que volvió a cruzar la mirada con él.

Roy sabía que no debía abordarla de un modo demasiado agresivo. Tras una vida de rechazos, sospecharía que estaba preparando el terreno para humillarla.

—Como cristiano —explicó, aunque en verdad no tenía creencia religiosa alguna— considero que Dios ha hecho hermoso a cada ser en al menos un aspecto, y debemos saber reconocer esa belleza. Tus ojos son sencillamente… perfectos. Son ventanas para ver tu alma.

Poniendo la nube de algodón de azúcar en un soporte sobre el mostrador, ella apartó los ojos nuevamente, como si fuera pecado permitir que él los disfrutara demasiado.

—No he ido a la iglesia desde que mi madre murió hace seis años.

—Oh, lo lamento. ¡Debe de haber muerto tan joven!

—Cáncer —reveló Candace—. ¡Me enfadé tanto! Pero ahora… echo de menos la iglesia.

—Podríamos ir juntos alguna vez y luego tomar un café.

Ella volvió a atreverse a mirarle a los ojos.

—¿Por qué?

—¿Por qué no?

—Es que… Tú eres tan…

Simulando sentirse avergonzado, Roy miró hacia otra parte.

—¿Es que no soy tu tipo? Sé que a alguna gente puedo parecerle superficial…

—No, por favor, no he querido decir eso. —Pero no podía lograr explicar qué era lo que *había* querido decir.

Roy sacó una pequeña libreta del bolsillo, garabateó algo con un lápiz y arrancó un pedacito de papel.

—Aquí tienes mi nombre, Ray Darnell, y mi número de móvil. Tal vez cambies de idea.

Mirando fijamente el número y el nombre falso, Candace dijo:

—Siempre he sido más bien una… persona reservada.

Qué criatura tan entrañable, tan tímida.

—Lo comprendo —respondió él—. He tenido muy pocas citas. Estoy demasiado chapado a la antigua para las mujeres de hoy día. Son tan… descaradas. Me hacen sentir vergüenza.

Cuando intentó pagar el algodón de azúcar, ella no aceptó el dinero. Él insistió.

Se marchó, mordisqueando la golosina, sintiendo la mirada de ella. Una vez que estuvo fuera de su campo de visión, arrojó el algodón de azúcar en una papelera.

Se sentó en un banco al sol y consultó la libreta. En la última página había una lista. Después de tantos esfuerzos en Nueva Orleans y previamente en otros sitios, sólo había tachado de la lista el penúltimo punto el día anterior: *manos*.

Puso entre signos de interrogación el último de la lista, esperando poder tacharlo pronto.

¿OJOS?

# Capítulo 6

Es un hijo de la Misericordia, nacido y criado por la Misericordia.

En su habitación, que no tiene ventanas, se sienta a una mesa y se afana en un grueso libro de crucigramas. Nunca duda ante ninguna definición. Las respuestas le llegan inmediatamente, y enseguida escribe letras en los recuadros, sin cometer un error jamás.

Su nombre es Randal Seis porque cinco varones habían recibido el nombre de Randal y habían venido al mundo antes que él. Si él venía al mundo alguna vez, le darían un apellido.

En el tanque, antes de tener conciencia, le habían educado mediante transferencia directa de datos al cerebro. Una vez que le habían traído a la vida, había continuado su aprendizaje en sesiones de sueño inducido por fármacos.

Conoce la naturaleza y la civilización con todo detalle, sabe cómo son y cómo huelen lugares en los que no ha estado nunca. Aun así, su mundo se limita a una sola habitación.

Los agentes de la Misericordia llaman a ese espacio la barraca, que es un término para referirse al alojamiento de los soldados.

En la guerra contra la humanidad —una lucha por ahora secreta pero no por ello destinada a mantenerse oculta para siempre—, él tiene dieciocho años, aunque su vida comenzó hace cuatro meses.

Su apariencia exterior indica que tiene dieciocho años, pero atesora más conocimientos que la mayoría de los sabios de mayor edad.

Físicamente es fuerte. Intelectualmente, avanzado.

Emocionalmente, hay algo en él que falla.

No piensa que su habitación sea una barraca. Piensa que es su celda.

Él mismo, sin embargo, es su propia cárcel. Vive casi siempre ensimismado. Habla poco. Anhela el mundo que está más allá de su celda, más allá de sí mismo, y sin embargo le da miedo.

Se pasa la mayor parte del día con los crucigramas, inmerso en las construcciones verticales y horizontales de palabras. El mundo que está más allá de su cuartel es atractivo, pero también desordenado, caótico. Puede sentirlo apretar su cuerpo contra las paredes, presionando, presionando; y sólo al fijar su atención en los crucigramas, sólo al poner *orden* en las casillas vacías, rellenándolas con las letras *absolutamente correctas*, puede evitar que el desorden exterior invada su espacio.

Recientemente ha empezado a pensar que el mundo le asusta porque el Padre le ha *programado* para que le asuste. Después de todo, del Padre ha recibido su educación, y su vida.

Esta posibilidad le confunde. No puede comprender por qué el Padre lo habría creado para que fuera… disfuncional. El Padre persigue la perfección en todas las cosas.

Una cosa le da esperanza. Fuera, en el mundo, y no muy lejos, exactamente ahí, en Nueva Orleans, hay otro como él. No es una de las creaciones del Padre, pero comparte el mismo sufrimiento.

Randal Seis no está solo. Si pudiera encontrar a su par, se entendería mejor a sí mismo... y sería libre.

# Capítulo 7

El aire de un ventilador giratorio acariciaba suavemente los documentos y las notas del caso —sostenidos por un improvisado pisapapeles— que estaban sobre la mesa de Carson. Más allá de las ventanas, el atardecer anaranjado se había tornado carmesí, y luego más profundamente púrpura.

Michael estaba en su mesa, situada junto a la de Carson, en la División de Homicidios, ocupado en gran parte por el mismo papeleo. Carson sabía que él estaba a punto de irse a casa, pero normalmente esperaba a que ella diera el toque definitivo al trabajo del día.

—¿Has mirado el casillero? —preguntó ella.

—Hace diez minutos —le recordó Michael—. He ido ya varias veces. Voy a tomar un tentempié y me voy a *quedar* al lado del casillero hasta que aparezca el informe.

—Hace horas que deberíamos haber recibido el informe preliminar de la autopsia de esa muchacha de la laguna —se quejó Carson.

—Y yo debería haber nacido rico. Imagínate.

Carson estaba revisando las fotos de los cadáveres, tomadas *in situ*, mientras Michael observaba.

La primera víctima, una joven enfermera llamada Shelley Justine, había sido asesinada en algún lugar y arrojada junto al canal de London Street. Los análisis revelaron la presencia de cloroformo en la sangre.

Después de que el asesino la dejara inconsciente, la mató de una cuchillada en el corazón. Le quitó las orejas con exquisita precisión. El análisis de péptidos no había hallado niveles de endorfina elevados en la sangre, lo que indicaba que la cirugía había tenido lugar tras su muerte. Si hubiera estado viva, el dolor y el terror habrían dejado huellas químicas.

La segunda víctima, Meg Saville, una turista de Idaho, también había sido dormida con cloroformo y acuchillada estando inconsciente. El Cirujano —ése era el nombre con el que le había bautizado la prensa— había serrado cuidadosamente sus pies.

—Si se limitara a llevarse *siempre* los pies —dijo Michael—, sabríamos que se trata de un podólogo, y ya le habríamos encontrado.

Carson colocó la siguiente foto sobre el montón.

Las dos primeras víctimas habían sido mujeres; sin embargo, no habían abusado sexualmente de ninguna de ellas.

La tercera víctima era un hombre, con lo que el asesino resultó ser un maniaco que defendía de buena fe la igualdad de oportunidades. El cuerpo de Bradford Walden —un joven camarero de un tugurio del otro lado del río, en Algiers— había sido hallado con el riñón derecho extraído quirúrgicamente.

El cambio hacia los recuerdos de origen interno no era perturbador —el impulso de coleccionar pies y orejas no resultaba menos inquietante que el capricho por un riñón—, pero *sí* curioso.

Se hallaron restos de cloroformo, pero esta vez los análisis de péptidos demostraron que Walden estaba vivo y despierto durante la operación quirúrgica. ¿Acaso el cloroformo había dejado de hacer efecto demasiado pronto? En todo caso, Walden murió en una penosa agonía, con la boca rellena de trapos y sellada con cinta adhesiva para amortiguar sus gritos.

A la cuarta víctima, Caroline Beaufort, una estudiante de la Universidad de Loyola, la habían descubierto con las dos piernas amputadas; su torso yacía en el banco de una parada de tranvías en el Garden District. La había anestesiado con cloroformo y estaba dormida cuando la asesinaron.

Para su quinto crimen, el Cirujano prescindió de la anestesia. Mató a otro hombre, Alphonse Chaterie, un tintorero. Cogió su hígado mientras la víctima estaba viva y despierta: ni restos de cloroformo.

Más recientemente, al cuerpo encontrado esa mañana en la laguna del City Park le faltaban ambas manos.

Cuatro mujeres, dos hombres. Cuatro con cloroformo, una sin cloroformo y la otra se vería cuando estuvieran los análisis. A todas las víctimas les faltaban una o más partes del cuerpo. Las tres primeras mujeres habían sido asesinadas antes de obtener los trofeos, mientras que los hombres estaban vivos y despiertos al practicárseles la cirugía.

Aparentemente, ninguna de las víctimas conocía a las otras. Y hasta ahora tampoco habían salido a la luz detalles que las relacionaran entre sí.

—No le gusta ver sufrir a las mujeres, pero no tiene problemas para hacer agonizar a los hombres —afirmó Carson, como ya había señalado otras veces.

A Michael se le ocurrió una nueva idea.

—Tal vez el asesino es una mujer y tiene más simpatías hacia las de su propio género.

—Sí, puede ser. ¿Cuántas mujeres han sido asesinas en serie?

—Ha habido pocas —respondió él—. Y, me enorgullezco de decirlo, los hombres han tenido mucho más éxito en el asunto.

Carson se preguntó en voz alta:

—¿Hay alguna diferencia fundamental entre seccionar partes de cuerpos femeninos y escarbar buscando órganos internos masculinos?

—Ya hemos recorrido ese camino. ¿Dos asesinos en serie recolectando pedazos de cuerpos en la misma ciudad durante el mismo periodo de tres semanas? «¿Es lógica esa coincidencia, Míster Spock?» «La coincidencia, Jim, es sólo una palabra supersticiosa para describir acontecimientos complejos que en realidad son consecuencias matemáticamente inevitables de una causa primaria.»*

Michael hacía que este trabajo resultara menos horripilante y más tolerable, pero a veces a ella le entraban ganas de darle un mamporro. Fuerte.

—¿Y eso qué significa? —preguntó.

* Diálogo entre dos personajes, Míster Spock y Jim, de la película *Star Trek*. (*N. del T.*)

Él se encogió de hombros.

—Nunca entendí a Spock.

Como si su aparición hubiera estado prevista en un guión, Harker dejó caer un sobre en el escritorio de Carson.

—El examen médico de la mujer de la laguna. Me lo enviaron a mi casillero por error.

Carson no quería llegar a un enfrentamiento abierto con Harker, pero no podía pasar por alto una clara interferencia.

—Me estás pisando el terreno otra vez, presentaré una queja al jefe.

—Lo siento —respondió Harker con cara de póquer. Su rostro enrojecido brillaba con un lustre de sudor—. No tenemos la identificación de la mujer, pero parece que también la durmieron con cloroformo, la llevaron a algún lugar y la mataron clavándole un estilete en el corazón antes de quitarle las manos.

Harker seguía allí de pie, con la luz del sol embotellada en su rostro vidrioso, y Michael dijo:

—¿Y?

—Habéis comprobado a todos los que tienen fácil acceso al cloroformo. Investigadores que hacen experimentos con animales, empleados de compañías de suministro de material médico… Pero hay dos sitios en Internet que ofrecen fórmulas para prepararlo en el fregadero de la cocina, con chismes que se pueden comprar en el supermercado. Sólo digo que este caso no encaja en ningún molde típico. Estáis buscando algo que no habéis visto jamás. Para detener a este tío, debéis dirigiros a un lugar más extraño, un nivel por debajo del infierno.

Harker se dio la vuelta y se encaminó hacia la puerta de la habitación.

Carson y Michael vieron cómo se marchaba. Acto seguido Michael dijo:

—¿Qué ha sido eso? Casi parecía tener una genuina preocupación por la gente.

—En su época fue un buen poli. Tal vez una parte de él lo siga siendo.

Michael meneó la cabeza.

—Me gustaba más cuando era un gilipollas.

# Capítulo 8

Por la penumbra del atardecer venía Deucalión con una maleta, vestido con ropas muy gruesas para una noche tan sofocante.

Esta zona era mucho menos glamurosa que el Barrio Francés. Bares sórdidos, casas de empeño, licorerías.

El Luxe Theater, que antaño había sido un gran cine, se había transformado en una reliquia venida a menos especializada en viejas glorias. Sobre la marquesina, unas letras de plástico medio sueltas y torcidas explicaban con detalle el doble programa:

JUEVES A DOMINGO
REPOSICIÓN DE DON SIEGEL
*LA INVASIÓN DE LOS LADRONES DE CUERPOS*
*COMANDO*

La marquesina estaba a oscuras, el cine estaba cerrado, por esta noche o de forma permanente.

No todas las farolas de la calle funcionaban. Según se acercaba al Luxe, Deucalión halló un camino entre sombras.

Se cruzó con algunos peatones, apartó la cara disimuladamente y llamó la atención sólo por su altura.

Se deslizó por un pasadizo que había junto al cine. Durante más de dos siglos, había utilizado puertas traseras o entradas aún más ocultas.

Detrás del cine, una bombilla desnuda en un armazón de alambre, colocada sobre la puerta trasera, daba una luz tan tenue y gris como el callejón lleno de basura.

Con sus múltiples capas de pintura ajada y descascarillada, la puerta era una costra en medio de la pared de ladrillos. Deucalión examinó el pestillo, la cerradura... y decidió llamar al timbre.

Pulsó el botón, y un fuerte zumbido vibró a través de la puerta. Dentro del tranquilo cine debió de sonar como el eco de una alarma de incendio.

Unos momentos después oyó un pesado movimiento en el interior. Sintió que lo estudiaban a través de la mirilla.

La cerradura hizo un ruido y la puerta se abrió mostrando una dulce cara y unos ojos alegres que miraban desde una prisión de carne. Con un metro setenta y tal vez unos ciento cuarenta kilos, el tipo tenía el doble de tamaño de lo que debería.

—¿Eres tú Jelly Biggs? —preguntó Deucalión.

—¿Qué, acaso no lo parezco?

—No eres lo suficientemente gordo.

—Cuando era una estrella del diez en uno, pesaba casi el doble. Ya no soy lo que era.

—Me ha enviado Ben. Soy Deucalión.

—Ya, me lo figuraba. En los viejos tiempos, una cara como la tuya era el número estrella de la feria.

—Ambos tenemos un don, ¿no?

Dando un paso atrás para hacer pasar a Deucalión, Biggs dijo:

—Ben me ha hablado mucho de ti. No mencionó el tatuaje.

—Es nuevo.

—Ahora están de moda —convino Jelly Biggs.

Deucalión traspasó el umbral y entró en un pasillo ancho y deteriorado.

—Y yo —dijo secamente— siempre he estado a la moda.

*  *  *

Detrás de la gran pantalla de cine, el Luxe desplegaba un laberinto de pasadizos, armarios y habitaciones que jamás había visitado ninguno de sus clientes. Con un modo de andar bamboleante y una respiración pesada, Jelly guiaba a Deucalión a través de cajones, cajas de cartón mohosas, carteles curvados por la humedad y expositores que promocionaban viejas películas.

—Ben puso siete nombres en la carta que me envió —dijo Deucalión.

—Una vez mencionaste el monasterio de Rombuk, así que se imaginó que todavía seguirías allí; pero no sabía qué nombre estabas usando.

—No debería haber hecho públicos mis nombres.

—Que yo conozca tus alias no significa que pueda hacer vudú contigo.

Llegaron a una puerta que tenía una capa de pintura verde, gruesa como una coraza. Biggs la abrió, encendió la luz y con un gesto le indicó a Deucalión que entrara primero.

Al otro lado de la puerta había un apartamento sin ventanas pero acogedor. Era una combinación de dormitorio y salón, con una pequeña cocina. A Ben le encantaban los libros, y había dos paredes repletas.

Jelly Biggs dijo:

—Has heredado un bonito lugar.

La palabra clave golpeó la mente de Deucalión antes de que le hiriera como un aguijón punzante.

—¿Heredado? ¿Qué quieres decir? ¿Dónde está Ben?

Jelly lo miró sorprendido.

—¿No recibiste mi carta?

—Sólo la suya.

Jelly se sentó en una de las sillas cromadas de vinilo rojo que estaban junto a la pequeña mesa para comer. Ésta crujió.

—Ben fue apuñalado.

El mundo es un océano de dolor. Deucalión sintió que lo bañaba esa vieja marea que le era tan familiar.

—Ésta no es la mejor zona de la ciudad, y cada día está peor —repuso Biggs—. Ben compró el Luxe cuando se retiró de las ferias ambulantes. Se suponía que el barrio iba a cambiar por completo, pero no fue así. Hoy día sería difícil vender este edificio, así que Ben quería esperar.

—¿Cómo ocurrió? —preguntó Deucalión.

—Le dieron más de veinte puñaladas.

La ira, como un hambre largamente reprimida, se apoderó de Deucalión. En una época la ira había sido su alimento: aunque se diera un festín de ella, seguía muerto de hambre.

Si dejaba que la ira creciera, ésta se transformaría rápidamente en furia, y lo devoraría. Durante décadas había guardado este rayo en una botella fuertemente sellada, pero ahora deseaba quitarle el tapón.

Y luego... ¿qué? ¿Volver a convertirse en el monstruo? ¿Perseguido por turbas con antorchas, con tridentes y armas de fuego, huyendo, corriendo con perros de presa sedientos de su sangre aullando sobre sus talones?

—Era el segundo padre de todos nosotros —dijo Jelly Biggs—. El mejor de los jefes de circo que jamás haya conocido.

Ben Jonas había sido una de las pocas personas con las que Deucalión había compartido sus verdaderos orígenes a lo largo de los dos últimos siglos, uno de los pocos en quien había confiado plenamente.

—Fue asesinado después de ponerse en contacto conmigo —concluyó.

Biggs frunció el entrecejo.

—¿Insinúas que hay una relación?

—¿Encontraron al asesino?

—No, lo cual no es infrecuente. La carta que te envió y su asesinato... es sólo una coincidencia.

Tras dejar al fin su maleta en el suelo, Deucalión afirmó categóricamente:

—No existen las coincidencias.

Jelly Biggs le miró desde su silla y encontró la mirada de Deucalión. Sin decir una palabra comprendieron que además de los años pasados en ferias ambulantes, compartían una manera de ver el mundo que estaba tan llena de significado como de misterios.

Señalando hacia la cocina, el gordo dijo:

—Además del cine, Ben te ha dejado sesenta mil dólares en efectivo. Están en el congelador.

Deucalión reflexionó sobre esta revelación un momento y luego declaró:

—Él no confiaba en mucha gente.

Jelly se encogió de hombros.

—¿Para qué quiero el dinero con lo guapo que soy?

# Capítulo 9

Ella era joven, pobre e inexperta. Nunca se había hecho la manicura, y Roy Pribeaux le propuso hacérsela.

—Me hago la manicura a mí mismo —dijo—. Una manicura puede ser erótica, ¿sabes? Sólo dame una oportunidad. Ya verás.

Roy vivía en un enorme *loft*, que era la mitad superior de un edificio rehabilitado en el Warehouse District. Muchas naves de esta parte de la ciudad se habían transformado en espaciosos apartamentos para artistas.

Debajo, una imprenta y una empresa de montaje de ordenadores compartían la planta principal. Para Roy Pribeaux existían en otro universo; él no los molestaba y ellos a él tampoco.

Él necesitaba su privacidad, sobre todo cuando llevaba a una mujer nueva y especial a su *loft*. Esta vez el nombre era Elizabeth Lavenza.

Aunque podía parecer extraño para una primera cita —o para la décima, da igual— sugerir una manicura, había embelesado a Elizabeth lo suficiente como para que ella aceptara. Él sabía bien que las mujeres modernas responden a la sensibilidad de los hombres.

Primero, en la mesa de la cocina, colocó sus dedos en un cuenco poco profundo con aceite templado, para ablandar tanto las uñas como las cutículas.

A la mayoría de las mujeres también les gustaban los hombres que las mimaban, y en este sentido la joven Elizabeth no era diferente a las demás.

Además de la sensibilidad y del deseo de mimar, Roy tenía un tesoro oculto de entretenidas historias y sabía hacer reír a una chica. Elizabeth tenía una risa encantadora. Pobre diabla, no tenía la menor posibilidad de resistirse a él.

Cuando las yemas de sus dedos estuvieron lo suficientemente empapadas, él las secó con una toalla suave.

Utilizó un quitaesmalte natural, sin acetona, para quitar el color rojo de las uñas. Después pasó suavemente una lima, esculpiendo la punta de cada uña en una curva perfecta.

Apenas había comenzado a recortar las cutículas cuando sucedió algo embarazoso: sonó su móvil especial, y él sabía que la que llamaba tenía que ser Candace. Aquí estaba, cortejando a Elizabeth, y llamaba la *otra* mujer de su vida.

Se disculpó y fue presuroso a la zona que hacía de comedor, donde había dejado el teléfono sobre la mesa.

—¿Hola?

—¿Señor Darnell?

—Conozco esa voz encantadora —susurró mientras se desplazaba hacia el salón, lejos de Elizabeth—. ¿Eres Candace?

La vendedora de algodón de azúcar rió nerviosamente.

—Hemos hablado muy poco, ¿cómo has podido reconocer mi voz?

Estaba de pie ante una de las altas ventanas, dándole la espalda a la cocina.

—¿No reconoces la mía? —preguntó a su vez.

Casi podía sentir a través de la línea cómo ella se ruborizaba cuando admitió:

—Sí que la reconozco.

—Me alegra tanto que hayas llamado —murmuró discretamente.

Con timidez, ella respondió:

—Bueno, he pensado…, ¿tal vez un café?

—Un café para conocernos mejor. Sólo dime dónde y cuándo.

Esperaba que ella no dijese *ahora mismo*. Elizabeth estaba esperando y él disfrutaba haciéndole la manicura.

—¿Mañana por la noche? —sugirió Candace—. Normalmente suelo terminar de trabajar hacia las ocho.

—Te encontraré en el carrito rojo. Seré el hombre que lleva una amplia sonrisa.

Inexperta en el flirteo, ella dijo torpemente:

—Y… supongo que yo seré la de los ojos.

—Por supuesto —contestó él—. Esos *ojos*.

Roy colgó. El móvil no estaba registrado a su nombre. Por puro hábito, pasó un paño para limpiar las huellas dactilares y lo lanzó al sofá.

El apartamento, moderno y austero, no tenía muchos muebles. Su orgullo eran los aparatos de gimnasia. Sobre las paredes había reproducciones de los esquemas anatómicos de Leonardo da Vinci, los estudios de la forma humana perfecta hechos por aquel gran hombre.

Volvió con Elizabeth, que seguía en la mesa de la cocina, y explicó:

—Mi hermana. Hablamos todo el tiempo. Estamos muy unidos.

Cuando terminó la manicura, exfolió la piel de sus perfectas manos con una mezcla aromática de aceite de almendras, sal marina y esencia de lavanda (de su propia fabricación), con la que le masajeó las palmas, el dorso de las manos, los nudillos y los dedos.

Finalmente, enjuagó ambas manos, las envolvió en un limpio papel blanco de carnicero y las selló en una bolsa de plástico. Mientras las colocaba en el congelador, dijo:

—Me alegra tanto que hayas venido para quedarte, Elizabeth.

No hallaba nada extraño en hablar a sus manos seccionadas. Sus manos eran su esencia. Ninguna otra parte de Elizabeth Lavenza valía la pena como para ponerse a hablar de ella o a ella. Las manos eran *ella*.

# Capítulo 10

El Luxe era un hotel de estilo *art déco* con una recargada ornamentación; glamuroso en sus tiempos, había sido un entorno adecuado para las películas de William Powell, Myrna Loy, Humphrey Bogart e Ingrid Bergman. Como muchas de las caras de Hollywood, su *glamour* estaba ajado.

Deucalión acompañó a Jelly Biggs por el pasillo central, entre filas de mohosos asientos llenos de remiendos.

—El condenado DVD se ha cargado el negocio de las viejas glorias —se quejó Jelly—. La jubilación de Ben no resultó ser como él esperaba.

—En la marquesina pone que continúa abriendo de jueves a domingo.

—No desde que Ben murió. Casi hay suficientes fanáticos del 35 milímetros como para que valga la pena. Pero algunos fines de semana teníamos más gastos que ingresos. No he querido hacerme responsable de ello, ya que ahora el Luxe es de tu propiedad.

Deucalión elevó su mirada hacia la pantalla. El terciopelo carmesí y dorado colgaba pesadamente, lleno de polvo y cubierto de moho.

—Así que... ¿dejaste las ferias cuando lo hizo Ben?

—Cuando los espectáculos de circo comenzaron a desaparecer, Ben me nombró gerente del cine. Aquí tengo mi propio apartamento. Espero que eso no cambie... suponiendo que quieras continuar con el negocio.

Deucalión señaló una moneda de veinticinco céntimos en el suelo.

—Encontrar dinero es siempre una señal.

—¿Una señal de qué?

Mientras se encorvaba para recoger la moneda, Deucalión dijo:

—Cara, ya no tienes trabajo. Cruz, ya no tienes trabajo.

—No me gustan las probabilidades.

Deucalión lanzó la moneda al aire y la atrapó a mitad del vuelo. Cuando abrió su puño, la moneda había desaparecido.

—Ni cara ni cruz. Sin duda una señal, ¿no crees?

En lugar de sentir alivio por conservar su trabajo y su hogar, la expresión de Jelly era de preocupación.

—Varias veces he soñado con un mago que tiene un extraño don.

—Es sólo un truco.

—Puede que yo tenga algunos poderes psíquicos. Mis sueños a veces terminan siendo verdaderos.

Deucalión tenía mucho que decir al respecto, pero permaneció callado, esperando.

Jelly miró las cortinas mohosas, la moqueta raída, el cielo raso decorado, todo menos a Deucalión.

—Ben me contó algo acerca de ti, cosas que no parecía que pudieran ser reales. —Finalmente su mirada se cruzó con la de Deucalión—. ¿Tienes dos corazones?

Éste prefirió no responder.

—En el sueño —prosiguió Jelly—, el mago tenía dos corazones… con una puñalada en cada uno. —Un batir de alas en lo alto atrajo la atención de Deucalión—. El pájaro llegó ayer —continuó—. Una paloma, por lo que parece. No he conseguido echarla.

Deucalión siguió con la vista el vuelo del ave prisionera. Sabía cómo se sentía.

# Capítulo 11

Carson vivía en una calle bordeada de árboles, en una casa sin nada de particular excepto la galería que recorría tres de sus lados.

Aparcaba en la acera porque el garaje estaba repleto de paquetes con pertenencias de sus padres, de los cuales nunca tenía tiempo de ocuparse.

Cuando se dirigía hacia la puerta de la cocina, se detuvo bajo un roble cubierto de musgo. Su trabajo la endurecía, la ponía en un estado de máxima tensión. Arnie, su hermano, necesitaba una hermana tierna. A veces no lograba relajarse en el trayecto del coche a casa; necesitaba un momento para sí misma.

Aquí, en la húmeda noche y entre la fragancia del jazmín, sintió que no se encontraba en condiciones de entrar en la maquinaria de la vida doméstica. Sus nervios estaban tan tensos y rígidos como los rizos de un rastafari, y su mente iba a toda velocidad. El aroma a jazmín le recordó el olor de la sangre, algo que nunca le había ocurrido.

Los recientes asesinatos habían sido tan siniestros y se habían sucedido tan rápido que no podía dejar de pensar en ellos durante su tiempo de ocio. En circunstancias normales, era setenta por ciento poli y treinta por ciento mujer y hermana; en esos días, era cien por cien poli, las veinticuatro horas, los siete días de la semana.

Cuando Carson entró en la cocina, Vicky Chou acababa de meter todo en el lavavajillas y lo estaba poniendo en marcha.

—Vaya, la he liado.

—No me digas que has puesto la colada en el lavavajillas.

—Peor. Puse un filete con zanahorias y guisantes.

—Ah, nunca hay que mezclar naranja con verde en el mismo plato, Vicky.

La mujer suspiró.

—Tiene más reglas para la comida que una combinación de *kosher* y vegetariano.

Con su salario de poli, Carson no podía pagar una acompañante a tiempo completo para cuidar de su hermano autista. Vicky había cogido el trabajo a cambio de habitación y comida… y por gratitud.

Cuando a la hermana de Vicky, Liane, la habían acusado junto con su novio y otras dos personas de conspiración para cometer un asesinato, se encontró atrapada en una telaraña de pruebas en su contra y sin poder hacer nada. Era inocente. Durante el proceso por el cual los otros tres acabaron en la cárcel, Carson había limpiado el buen nombre de Liane.

Vicky trabajaba transcribiendo informes médicos, y lo hacía muy bien. Estar en casa le permitía tener un horario flexible para transcribir cintas para distintos doctores. Si Arnie hubiera sido un autista que exigiera más atención, Vicky no habría podido realizar su trabajo, pero el chico era más bien inactivo.

Viuda a los cuarenta años —ahora tenía cuarenta y cinco—, era una belleza asiática, perspicaz, dulce y solitaria. No sufriría toda la vida. Algún día, cuando menos lo esperara, un hombre entraría en su vida y su situación actual llegaría a su fin.

Carson manejaba esa posibilidad del único modo que su ajetreada vida le permitía: la ignoraba.

—Aparte de la mezcla de naranja y verde, ¿cómo ha estado hoy?

—Obsesionado con el castillo. A veces parece calmarle, pero otras... —Vicky frunció el ceño—. ¿De qué tiene miedo?

—No lo sé. Supongo que... de la vida.

* * *

Carson quería que Arnie tuviera una gran habitación, para lo cual demolió una pared, uniendo dos dormitorios. Esto parecía justo, ya que su condición le robaba al chico el resto del mundo.

La cama y la mesilla de noche estaban colocadas en un rincón. Había una televisión en una consola metálica con ruedas. A veces él veía dibujos animados en DVD, los mismos una y otra vez.

El resto de la habitación estaba dedicada al castillo.

Cuatro robustos tablones bajos formaban una plataforma de tres metros y medio por dos y medio. Por encima de los tablones se erguía una maravilla arquitectónica de piezas de Lego.

Pocos chicos de doce años habrían sido capaces de crear un castillo a escala sin un plano, pero Arnie había montado una obra maestra: paredes y salas, barbacanas y bastiones, murallas y parapetos, torretas y torres, los barracones, la capilla, el arsenal, la torre del homenaje con elaborados baluartes y almenas.

Llevaba varias semanas obsesionado con la tarea, construyéndolo en un intenso silencio. Una y otra vez desarmaba partes terminadas sólo para reestructurarlas y mejorarlas.

La mayor parte del tiempo permanecía de pie agregando piezas al castillo —un hueco de entrada en la base de los tablones le permitía meterse y construir su proyecto desde dentro, así como desde los cuatro costados—, pero a veces, como ahora, trabajaba sentado en un taburete giratorio. Carson hizo rodar un segundo taburete hacia la construcción y se sentó a mirar.

Arnie era un chico de pelo oscuro y ojos azules, cuyo aspecto le habría asegurado un lugar privilegiado en el mundo si no hubiera sido autista.

En momentos como éste, cuando su concentración en la tarea era total, era incapaz de tolerar que nadie estuviera tan cerca de él. Si Carson se le hubiera acercado a menos de un metro o metro y medio, se habría puesto muy nervioso.

Cuando estaba embelesado con un proyecto, podía pasar días enteros en silencio, que sólo era roto por una reacción sin palabras ante cualquier intento de interrumpirle el trabajo o de invadir su espacio personal.

Carson le llevaba más de dieciocho años. Había nacido el año en que ella se fue de la casa de sus padres. Aunque no hubiera padecido autismo, no habrían tenido la estrecha relación que suele haber entre hermanos y hermanas, ya que no habrían podido compartir muchas vivencias.

Tras la muerte de sus padres, hacía cuatro años, Carson obtuvo su custodia. Llevaban juntos desde entonces.

Por razones que no era capaz de explicar del todo, había aprendido a amar a este niño tierno y retraído. Ella creía que no le habría querido más si hubiera sido su hijo y no su hermano.

Tenía la esperanza de que algún día se produjera algún descubrimiento revolucionario en el tratamiento de los autistas en general o en el caso particular de Arnie. Pero sabía que su esperanza tenía pocas posibilidades de hacerse realidad.

Evaluó los cambios más recientes que había llevado a cabo en la muralla exterior del castillo. La había reforzado con contrafuertes dispuestos a intervalos regulares, que servían también como empinadas escaleras por las que los defensores podían alcanzar los corredores que se encontraban detrás de los parapetos.

Últimamente, Arnie perecía estar más temeroso de lo habitual. Carson no podía quitarse de la cabeza la sensación de que él percibía que se avecinaba algún problema y de que estaba urgentemente decidido a prepararse para ello. No podía construir un castillo real, así que se refugiaba en este hogar-fortaleza de fantasía.

# Capítulo 12

Randal Seis entrecruza «esfinge» con «xenófobo», terminando el último crucigrama del libro.

Le esperan otras colecciones de palabras cruzadas. Pero al haber completado este libro, está blindado contra el aterrador desorden del mundo. Ha conseguido protección.

Estará a salvo durante un tiempo, aunque no para siempre. El desorden se va construyendo. El caos presiona las paredes. Finalmente, deberá llenar más esquemas de casillas vacías con letras sensatamente elegidas, con el propósito de impedir que el caos entre en su espacio privado.

Por el momento a salvo, se levanta de la mesa de trabajo, se sienta en el borde de la cama y presiona un botón de llamada que está encima de su mesilla. De este modo pide el almuerzo.

No come siguiendo una pauta regular, porque no puede comer cuando está obsesionado con los crucigramas. Prefiere que la comida se enfríe antes que interrumpir la importante tarea de rechazar el caos.

Un hombre de blanco trae una bandeja y la coloca sobre la mesa de trabajo. Mientras su sirviente está presente, Randal Seis mantiene su cabeza arqueada para impedir cualquier intento de conversación y para evitar el contacto de las miradas.

Cualquier palabra que le diga a otra persona hace que disminuya la protección que ha conseguido.

A solas de nuevo, Randal Seis toma su almuerzo. Con gran delicadeza.

La comida es blanca y verde, tal como a él le gusta. Pechuga de pavo en filetes con salsa de nata, puré de patatas, pan blanco, guisantes y alubias. De postre, helado de vainilla con crema de menta.

Cuando termina, se atreve a abrir la puerta y a deslizar la bandeja en el pasillo. Cierra la puerta de nuevo rápidamente y entonces se siente tan seguro como siempre.

Se sienta en el borde de la cama y abre el cajón de la mesilla. En el interior hay unas pocas revistas.

Puesto que Randal Seis ha sido educado mediante transferencia directa de datos al cerebro, el Padre le insta a abrirse al mundo, a mantenerse al corriente de los acontecimientos actuales por medio del vulgar método de leer diversas publicaciones y periódicos.

No soporta los periódicos. Son incómodos de leer. Las secciones se vuelven confusas, las páginas no están bien ordenadas.

Peor aún: la tinta. La tinta se le queda en las manos, manchándole con el sucio desorden del mundo.

Puede quitarse la tinta lavándose con jabón y agua caliente en el cuarto de baño contiguo a la habitación, pero seguramente una parte de ella se le cuela por los poros y de ahí pasa a su torrente sanguíneo. De este modo, un periódico se convierte en un agente de contagio que le infecta con el desorden del mundo.

De todas maneras, entre las revistas que están en el cajón de la mesilla hay una historia que recortó de un periódico local hace tres meses. Ésta es su luz de esperanza.

La historia se refiere a una organización local de investigación que está reuniendo fondos para encontrar la curación del autismo.

De acuerdo con la definición más estricta de la afección, Randal Seis no sería un autista. Pero le aqueja algo que se parece mucho a esa triste dolencia.

Dado que el Padre le ha instado fervientemente a comprenderse mejor a sí mismo como un primer paso hacia la curación, Randal lee libros sobre el tema. Pero no le dan la paz que encuentra en los crucigramas.

A lo largo de su primer mes de vida, cuando todavía no estaba claro qué era lo que le funcionaba mal, cuando todavía podía soportar los periódicos, leyó algo sobre esta campaña benéfica local para apoyar la investigación sobre el autismo, y de inmediato se reconoció a sí mismo en las descripciones de la dolencia. Entonces se dio cuenta de que no estaba solo.

Y lo que es más importante, vio la foto de otro como él: un chico de doce años, fotografiado con su hermana, una oficial de policía de Nueva Orleans.

En la foto, el chico no mira hacia la cámara sino hacia un lado. Randal Seis reconoce el gesto evasivo.

Sin embargo, increíblemente, el chico está sonriendo. Parece feliz.

Randal Seis no ha sido nunca feliz, en ningún momento de los cuatro meses que han pasado desde que salió del tanque de creación convertido en un muchacho de dieciocho años. Ni una vez. Ni por un momento. En ocasiones se siente algo así como seguro... pero nunca feliz.

A veces se sienta y se queda mirando fijamente el recorte de periódico durante horas.

El chico de la foto es Arnie O'Connor. Sonríe.

Tal vez Arnie no sea feliz todo el tiempo, pero es evidente que al menos a veces lo es.

Arnie tiene los conocimientos que necesita Randal. Arnie tiene el secreto de la felicidad. Randal lo *necesita* tanto que por las noches permanece despierto intentando desesperadamente pensar en alguna forma de obtenerlo.

Arnie está en la ciudad, tan cerca... De todas maneras, desde el punto de vista práctico, está totalmente fuera de su alcance.

En sus cuatro meses de vida, Randal Seis nunca ha salido de las paredes de la Misericordia. El simple hecho de que le lleven a otra planta de ese mismo edificio para suministrarle un tratamiento le resulta traumático.

Un barrio de Nueva Orleans resulta algo tan inaccesible para él como un cráter de la luna. Arnie vive con su secreto, intocable.

Si Randal pudiera llegar hasta donde está el chico, aprendería el secreto de la felicidad. Tal vez Arnie no quiera compartirlo. Eso no tendrá importancia. Randal conseguirá obtenerlo de él. Randal conseguirá *obtenerlo*.

A diferencia de la gran mayoría de los autistas, Randal Seis es capaz de desplegar una violencia extrema. Su furia interior es casi igual a su miedo hacia el mundo desordenado.

Ha ocultado esta capacidad de violencia a todo el mundo, incluso al Padre, porque teme que si alguien llegara a saber de ella, le ocurrirá algo malo. Ha visto en el Padre cierta… frialdad.

Coloca la foto del periódico en el cajón de la mesilla una vez más, bajo las revistas. En su imaginación se le presenta la imagen de Arnie, el sonriente Arnie.

Arnie está allí fuera, bajo la luna de Nueva Orleans, y Randal Seis es atraído hacia él como el mar hacia la costa por las mareas lunares.

# Capítulo 13

En la pequeña cabina de proyección, tenuemente iluminada, había un sofá de muelles junto a la pared y montones de libros se apilaban en cada superficie plana. Era evidente que a Jelly le gustaba leer mientras pasaba las películas.

Señalando una puerta distinta de aquella por la que habían entrado, el hombre gordo dijo:

—Mi apartamento está tras esa puerta. Ben ha dejado una caja especial para ti.

Cuando Jelly fue a buscar la caja, Deucalión se sintió atraído por el viejo proyector, sin duda el original del cine. La monstruosa maquinaria tenía unas enormes bobinas de alimentación y receptoras. La película de 35 milímetros se introducía en un laberinto de ruedas dentadas y guías hasta el orificio que había entre la bombilla de alta intensidad y la lente.

Estudió los tiradores de ajuste y se afanó hasta lograr vislumbrar en su interior el ojo ciclópeo del proyector. Quitó una tapa metálica para examinar los engranajes internos, las ruedecillas y los motores.

Este dispositivo podía proyectar una brillante ilusión de vida sobre la gran pantalla, a través de los palcos, la platea alta y los asientos de abajo.

La propia vida de Deucalión, en su primera década, había parecido a menudo una ilusión oscura. Con el tiempo, sin embargo, la vida se había vuelto demasiado real, obligándole a retirarse en las ferias ambulantes, en los monasterios.

Jelly regresó con una vieja caja de zapatos llena de papeles y se detuvo cuando vio a Deucalión jugueteando con el proyector.

—Me pone nervioso que juegues con el proyector. Es una antigüedad. Es difícil obtener repuestos y conseguir un técnico. Ese chisme es la sangre que da vida a este lugar.

—Tiene hemorragias. —Deucalión volvió a colocar la tapa para proteger las delicadas piezas—. La lógica revela los secretos de cualquier máquina, sea un proyector, una turbina de avión o el universo mismo.

—Ben me advirtió que tú pensabas demasiado. —Jelly colocó la caja de zapatos encima de una pila de revistas del corazón—. Te ha enviado un recorte en su carta, ¿no?

—Y ese recorte me ha hecho cruzar medio mundo para llegar hasta aquí.

Jelly levantó la tapa de la caja.

—Ben coleccionaba montones de estas cosas.

Deucalión recogió el recorte que estaba encima, examinó la foto y luego el titular: «Victor Helios dona un millón a la Sinfónica».

Al ver al hombre de la foto, casi sin ningún cambio después de tanto tiempo, Deucalión se sobresaltó, igual que le ocurrió en el monasterio.

* * *

*Cimitarras de relámpagos destripan el vientre negro de la noche, y después explosiones de truenos sacuden una vez más la oscuridad a través de los marcos de las altas ventanas. De las parpadeantes lámparas de gas, la luz brinca sobre las paredes de piedra de un laboratorio tenebroso. Un arco eléctrico zumba entre los polos envueltos en alambre de cobre de un artefacto espeluznante. Las chispas saltan desde los peligrosos transformadores sobrecargados y desde los mecanismos de pistones.*

*La tormenta se vuelve más violenta, arrojando rayo tras rayo sobre los vástagos colectores que tachonan las torres más altas. La increíble energía está siendo canalizada hacia...*

*... él.*

*Él abre sus pesados párpados y ve otro ojo magnificado por un dispositivo ocular que se parece a una lupa de joyero. La lupa se desplaza, y ve la cara de Victor. Joven, serio, esperanzado.*

*Con un gorro blanco y una bata salpicada de sangre, su creador, este aspirante a Dios...*

\* \* \*

Con manos temblorosas, Deucalión dejó caer el recorte, que planeó hacia el suelo de la sala de proyección.

Ben le había preparado para esto, pero se sintió horrorizado otra vez. Victor vivo. *Vivo.*

Durante un siglo, o más, Deucalión se había explicado a sí mismo su propia longevidad mediante el simple hecho de que él era un caso sin igual, traído a la vida por medios singulares. Por tanto él podía tener una existencia más allá del alcance de la muerte. Nunca había tenido un constipado, ni una gripe, ni una enfermedad o malestar físico.

Victor, sin embargo, había nacido de la unión de un hombre y una mujer. Tenía que heredar todas las enfermedades de la carne.

De un bolsillo interior de su chaqueta, Deucalión extrajo un rollo de papel pesado que siempre llevaba en su bolsa de viaje. Le quitó el nudo, desenrolló el papel y lo miró fijamente durante un momento antes de mostrárselo a Jelly.

Examinando el retrato a lápiz, Jelly dijo:

—Es Helios.

—Un autorretrato —explicó Deucalión—. Tiene... talento. Lo cogí de un marco de su estudio... hace más de doscientos años.

Evidentemente, Jelly sabía lo suficiente como para no sorprenderse ante esa afirmación.

—Se lo mostré a Ben —prosiguió Deucalión—. Más de una vez. Así fue como reconoció a Victor Helios y supo quién era en verdad.

Dejando a un lado el autorretrato de Victor, Deucalión eligió un segundo recorte de la caja y vio una foto de Helios recibiendo un premio de manos del alcalde de Nueva Orleans.

Un tercer recorte: Victor con el fiscal del distrito durante su campaña electoral.

Un cuarto: Victor y su encantadora esposa, Erika, en una subasta benéfica.

Victor comprando una mansión en el Garden District.

Victor otorgando una beca en la Universidad de Tulane.

Victor, Victor, *Victor.*

Deucalión no recordaba haber arrojado a un lado los recortes o haber cruzado la pequeña habitación, pero debía de haberlo hecho, ya que lo siguiente que recordaba era haber dirigido su puño derecho y luego el izquierdo contra la pared, atravesando la vieja escayola. Cuando retiró las manos, sin soltar los pedazos de listones, una sección de la pared se desmoronó y cayó a sus pies.

Se oyó a sí mismo rugiendo con ira y angustia, y logró ahogar un grito antes de perder el control.

Cuando se volvió hacia Jelly, su visión se volvió brillante, borrosa, de nuevo brillante, y supo que un sutil latido de luminosidad, como ardientes relámpagos detrás de las nubes en una noche de verano, le iluminó los ojos. Él mismo había comprobado el fenómeno mirándose en espejos.

Con los ojos muy abiertos, Jelly parecía estar a punto de salir corriendo de la habitación, pero finalmente dejó escapar su respiración contenida.

—Ben dijo que te disgustarías.

Deucalión casi no pudo reprimir una risa ante el mesurado juicio y el aplomo del hombre gordo, pero temió que su risa se convirtiera en un grito de furia. Por vez primera en años, casi había perdido el control de sí mismo, a punto de consentir los impulsos criminales que habían formado parte de él desde el momento de su creación. Dijo:

—¿Sabes lo que soy?

Jelly le miró a los ojos, estudió el tatuaje y la devastación que éste había medio ocultado, evaluó su descomunal tamaño.

—Ben... me lo explicó. Veo que puede ser verdad.

—Créetelo —le aconsejó Deucalión—. Mis orígenes son el cementerio de una prisión, los cadáveres de criminales, combinados, revitalizados, *vueltos a nacer*.

# Capítulo 14

Fuera, la noche era cálida y húmeda. En la biblioteca de Victor Helios, el aire acondicionado enfriaba el ambiente hasta el punto de que era necesaria una alegre fogata en la chimenea.

El fuego aparecía en algunos de sus recuerdos menos placenteros. El gran molino de viento. El bombardeo de Dresde. El ataque del Mossad israelí sobre el complejo destinado a investigación en Venezuela, que había compartido con Mengele en los años posteriores a la Segunda Guerra Mundial. Aun así, le gustaba leer al lado de un acogedor fuego crepitante.

Cuando, como ahora, estaba leyendo detenidamente publicaciones de medicina como *The Lancet*, *JAMA* y *Emerging Infectious Diseases*, el fuego servía no solamente para crear una atmósfera agradable, sino también como una expresión de sus eruditas opiniones científicas. Solía arrancar artículos de las revistas y lanzarlos a las llamas. A veces, quemaba números enteros.

Como siempre, las figuras consagradas del mundo científico no lograban enseñarle nada. Se mantenía lejos de ellos. Aun así, sentía la necesidad de permanecer atento a los avances de la genética, la biología molecular y demás disciplinas relacionadas.

Sintió la necesidad, por otra parte, de tomar un vino que fuera más adecuado para acompañar las nueces que el Cabernet que Erika le había servido. Tenía demasiado tanino. Habría sido preferible un refinado Merlot.

Erika estaba sentada en un sillón frente al suyo, leyendo poesía. Se había embelesado con Emily Dickinson, lo que irritaba a Victor.

Dickinson había sido una excelente poeta, por supuesto, pero obsesionada con Dios. Sus versos podían confundir a los ingenuos. Veneno intelectual.

Cualquier necesidad de dioses que Erika pudiera tener, podía ser satisfecha en esa misma habitación. Su hacedor, después de todo, era su marido.

Físicamente, había hecho un refinado trabajo. Era hermosa, grácil, elegante. Parecía tener veinticinco años pero sólo llevaba viva seis semanas.

El mismo Victor, aunque tenía doscientos cuarenta años, habría pasado por un hombre de cuarenta y cinco. Había sido más difícil mantener su apariencia jovial que lograr la de ella.

La belleza y la gracilidad no eran las únicas características que debía tener la mujer ideal. También deseaba que ella fuera sociable e intelectualmente sofisticada.

En este sentido, en muchos pequeños detalles, Erika le había fallado y había resultado ser lenta en el aprendizaje pese a la transferencia directa de datos al cerebro, que incluían enciclopedias de protocolo, historia culinaria, cata de vinos, agudeza y mucho más.

Conocer un tema no significa saber aplicar ese conocimiento, por supuesto, pero Erika no parecía estar esforzándose lo suficiente. El Cabernet en lugar del Merlot, Dickinson...

De todas maneras, Victor debía admitir que ella era más atractiva y aceptable que Erika Tres, su inmediata predecesora. Podría no ser la versión final —sólo el tiempo lo diría—, pero pese a sus carencias, Erika Cuatro no era un ser del que debiera avergonzarse del todo.

Entre las tonterías publicadas en las revistas de medicina y Erika leyendo a Dickinson, se hartó y se levantó del sillón.

—Me siento creativo. Creo que pasaré un rato en mi estudio.

—¿Necesitas que te ayude, cariño?

—No. Quédate aquí, pásatelo bien.

—Escucha esto. —Su deleite era infantil. Antes de que Victor pudiese detenerla, leyó unos versos de Dickinson—: *La Estirpe de la Miel / No preocupa a la Abeja* — */ Un Trébol, para ella, siempre es / Aristocracia.*

—Encantador —afirmó—. Pero, para variar, podrías leer un poco a Thom Gunn y Frederick Seidel.

Podría haberle dicho qué leer y ella habría obedecido. Pero él no deseaba a un autómata por esposa. Quería que fuera de espíritu libre. Él sólo le reclamaba obediencia absoluta en lo referente al sexo.

Ya en la inmensa cocina, similar a la de los restaurantes y en la que el personal podía preparar sin problemas una cena completa para cien personas, Victor entró en la despensa. Los estantes del fondo, repletos de comida enlatada, se deslizaron hacia un lado cuando presionó un interruptor oculto.

Detrás de la despensa, en un lugar secreto en medio de la casa, estaba su estudio, que no tenía ventanas.

Su laboratorio público era Helios Biovision, la empresa por la cual era conocido en todo el mundo y con la que había ganado una fortuna mayor que la que había acumulado en épocas anteriores.

Y en Las Manos de la Misericordia, un hospital adaptado para atender las necesidades de su trabajo principal y cuyo personal eran hombres hechos por él mismo, intentaba conseguir la creación de una nueva raza que reemplazara a la imperfecta humanidad.

Ahí, detrás de la despensa, su refugio de tres por cuatro metros le ofrecía un lugar para trabajar en pequeños experimentos, a menudo aquellos que estaban en la cúspide de su histórica empresa.

Victor creía ser a los arcanos equipamientos de los laboratorios lo que Papá Noel a los talleres de juguetes llenos de aparatitos.

Cuando Mary Shelley recogió una leyenda local basada en hechos reales y construyó una ficción sobre ella, convirtió a Victor en un personaje trágico y lo había matado. Él comprendía su propósito dramático de darle una escena en la que muriera, pero se resistía a aceptar que le hubiera representado como un ser trágico y un fracasado.

El juicio de ella acerca del trabajo de él era arrogante. ¿Qué otra cosa trascendente había escrito ella? Y de los dos, ¿quién estaba vivo y quién no lo estaba?

Aunque su novela sugería que su lugar de trabajo era una fantasmagoría llena de toda clase de aparatos tan ominosos en su apariencia como en sus fines, ella había sido muy vaga en los detalles. Hasta la primera adaptación cinematográfica de su novela, el nombre de Frankenstein no se había convertido en sinónimo de «científico loco» y de laboratorios llenos de ruidos metálicos, zumbidos y chisporroteos, y de espeluznantes aparatos, artilugios y cachivaches.

Era divertido que en el diseño de los platós, Hollywood hubiera acertado a medias, no en cuanto a las máquinas y objetos reales, sino en lo referente a la atmósfera. Incluso el estudio que estaba detrás de la despensa tenía un aroma a infierno con máquinas.

En la mesa de trabajo central había un tanque de metacrilato lleno de solución antibiótica lechosa. Dentro estaba la cabeza amputada de un hombre.

En realidad, la cabeza no había sido amputada, ya que nunca había estado adherida a cuerpo alguno.

Victor la había creado sólo para que alojara un cerebro. La cabeza no tenía cabellos, y los rasgos toscos no habían acabado de formarse.

Los sistemas auxiliares le proporcionaban sangre oxigenada rica en nutrientes y equilibrada en enzimas, y drenaban los residuos metabólicos, todo ello por medio de numerosos tubos de plástico que entraban a través del cuello.

Sin necesidad de respirar, la cabeza estaba casi tan inactiva como si estuviese muerta. Pero los ojos se movían detrás de los párpados, lo que sugería que estaba soñando.

Dentro del cráneo, el cerebro tenía consciencia, pero poseía una personalidad completamente rudimentaria, suficiente para el experimento.

Victor se acercó a la mesa y se dirigió al residente del tanque de metacrilato:

—Es hora de trabajar, Karloff.

Nadie podía afirmar que Victor Helios, alias Frankenstein, no tuviera sentido del humor.

Los ojos de la cabeza se abrieron. Eran azules y estaban inyectados en sangre.

Karloff había sido educado de forma selectiva mediante transferencia directa de datos al cerebro; por lo tanto, sabía hablar en inglés.

—Estoy preparado —dijo con una voz gruesa y ronca.

—¿Dónde está tu mano? —preguntó Victor.

Los ojos rojos se movieron de inmediato para mirar hacia una mesa más pequeña que se hallaba en un rincón de la habitación.

Allí, una mano viva yacía en un cuenco poco profundo de solución antibiótica lechosa. Al igual que la cabeza, esta maravilla de cinco dedos estaba conectada a numerosos tubos y a una bomba eléctrica de bajo voltaje que podía transferir energía a sus nervios, y de este modo a su musculatura.

Los sistemas que mantenían la cabeza y la mano eran independientes entre sí, y no estaban conectados por ningún tubo ni cable.

Después de leer los indicadores de estado en el equipo y de realizar unos pocos ajustes, Victor ordenó:

—Karloff, mueve el pulgar.

En el cuenco, la mano seguía quieta. Quieta. Y entonces… el pulgar se movió, se dobló por el nudillo, y volvió a estirarse.

Victor había estado buscando durante mucho tiempo esos genes que pudieran portar los elusivos poderes psíquicos que la humanidad había experimentado a veces, pero que no había sido nunca capaz de controlar. Recientemente, había logrado este pequeño éxito.

Este amputado de última generación, Karloff, acababa de mostrar telequinesia psicomotora: el control de su mano, absolutamente separada, por medio de un ejercicio mental.

—Haz un arpegio —pidió Victor.

En el cuenco, la mano se levantó sobre la base de su palma y rasgueó el aire con todos los dedos, como si estuviera punteando las cuerdas de un arpa invisible.

Complacido con esta demostración, Victor volvió a hablar.

—Karloff, cierra el puño.

La mano se cerró poco a poco, más apretada, más apretada, hasta que los nudillos sobresalieron sólidos y blancos.

En la cara de Karloff no se veía emoción alguna, aunque la mano parecía ser la exquisita expresión de la ira y de la voluntad de violencia.

# Capítulo 15

Nuevo día, nueva muerte. Era la segunda mañana consecutiva que Carson acompañaba el desayuno con el descubrimiento de un cadáver mutilado.

Un equipo de televisión estaba en la puerta de la biblioteca, extrayendo sus bártulos de una furgoneta con satélite, cuando Carson clavó los frenos, dio un volantazo y encajó su vehículo entre dos coches patrulla que se encontraban aparcados formando un ángulo con la acera.

—Bato récords de velocidad para llegar aquí —rezongó— y los medios de comunicación ya están en la escena del crimen.

—Soborna a la gente adecuada y la próxima vez puede que te llegue el aviso antes que al Canal 4 —sugirió Michael.

Mientras cruzaban la acera hacia la biblioteca, un periodista gritó:

—¡Detective O'Connor! ¿Es cierto que esta vez el Cirujano ha extraído un corazón?

—Tal vez les interese tanto —le dijo ella a Michael— porque ninguno de esos bastardos *tiene* corazón.

Se apresuraron a subir los escalones hacia el recargado edificio de piedra roja, con arcos y columnas de granito.

El policía que estaba en la puerta, mientras los dejaba pasar, dijo:

—Encaja en el esquema, tíos. Es una de las suyas.

—Siete asesinatos en poco más de tres semanas ya no es un esquema —replicó Carson—. Ha arrasado con todo.

Mientras entraban en la sala de lectura, que contaba con una gran tarima central, Michael comentó:

—Tenía que haber traído el libro que todavía no he devuelto.

—¿Has sacado un libro? ¿El señor DVD con un *libro*?

—Era una guía de DVDs.

Forenses, fotógrafos policiales, criminalistas y personal de la oficina de exámenes médicos hacían de guías sin decir una palabra. Carson y Michael siguieron sus gestos y movimientos de cabeza a través de un laberinto de libros.

Cuando habían recorrido las tres cuartas partes del pasillo de estanterías, se encontraron con Harker y Frye, que estaban acordonando la escena del crimen con cinta amarilla.

Dejando claro que el territorio les pertenecía a él y a Carson, Michael dijo:

—El caco de las manos de ayer es el ladrón de corazones de esta mañana.

Frye se las arreglaba para tener un aspecto grasiento y pálido. Su cara carecía de color. Tenía una mano apoyada sobre su abultada tripa, como si en el desayuno hubiera tomado langostinos con pimientos en mal estado.

—Por lo que a mí respecta, podéis quedaros con éste. He perdido el gusto por el caso —declaró.

Aunque Harker también había cambiado de idea, sus razones no eran idénticas a las de Frye. Su cara tenía el rojo hirviente de siempre, y sus ojos eran igual de desafiantes. Se mesó el cabello desteñido por el sol y dijo:

—A mí me parece que quienquiera que lleve el mando está en la cuerda floja. Si comete un error, los medios tirarán su carrera al váter.

—Si eso significa cooperación en lugar de competencia —respondió Michael—, aceptamos.

Carson no estaba tan dispuesta como Michael a olvidar la zancadilla que les habían tendido esos dos, pero preguntó:

—¿Quién es la víctima?

—El guarda jurado nocturno —contestó Harker.

Mientras Frye permanecía detrás, Harker se agachó para pasar por debajo de la cinta amarilla y los guió hacia el final del pasillo, donde giró para seguir por otro largo corredor repleto de estanterías.

Un cartel en el extremo de la estantería indicaba: «Aberraciones psicológicas». Nueve metros más allá, el muerto yacía boca arriba. La víctima parecía un cerdo en mitad del proceso de despiece en el matadero.

Carson entró en el nuevo pasillo pero evitó avanzar sobre las salpicaduras de sangre, dejando la zona húmeda libre de contaminación para no entorpecer el trabajo de los forenses.

Mientras evaluaba la escena con tranquilidad e intentaba adecuarse a ella, planeando el enfoque, Harker dijo desde atrás:

—Parece como si le hubiera roto el esternón con la habilidad de un cirujano. Lo ha hecho con total profesionalidad. El tío se mueve con herramientas.

Michael acudió junto a Carson y le dijo:

—Al menos podemos descartar el suicidio.

—Casi *parece* suicidio —murmuró Carson pensativamente.

—Bien, recordemos los fundamentos de esta relación. *Tú* eres la persona razonable —comentó Michael.

—Hubo una pelea —dijo Harper—. Alguien sacó unos libros de los estantes.

Entre ellos y el hombre muerto se interponían unos veinte libros desparramados por el suelo. Ninguno se encontraba abierto. Algunos estaban en estantes en montones de dos o tres.

—Demasiado ordenado —razonó ella—. Más bien parece que alguien los estaba leyendo y luego los puso a un lado.

—Tal vez el doctor Jekyll estaba sentado en el suelo, estudiando su propia locura —conjeturó Michael—, cuando el guardia lo descubrió.

—Mirad la zona húmeda —señaló Carson—. Se limita justo a la zona que rodea el cuerpo. No hay muchas salpicaduras sobre los libros. No hay signos de pelea.

—¿Que no hay signos de pelea? —se burló Harper—. Díselo al tío al que le falta el corazón.

—Su arma sigue en la funda —prosiguió Carson—. Ni siquiera trató de sacar el arma, y menos de hacer un disparo.

—Cloroformo desde atrás —sugirió Michael.

Carson no respondió acto seguido. Durante la noche, la locura había entrado en la biblioteca, portando un bolso con instrumental quirúrgico. Podía oír los suaves pasos de la locura, escuchar su lenta y tenue respiración.

El hedor de la sangre de la víctima provocó en la de Carson una estremecedora corriente de miedo. Algo de esta escena, algo que ella no podía terminar de identificar, era extraordinario, sin precedentes en su experiencia, y tan antinatural como para ser casi *sobrenatural*. Ese algo le hablaba a sus emociones más que a su intelecto; la incitaba a verlo, a saber qué era.

A su lado, Michael susurró:

—Aquí entra en escena tu viejo ojo de bruja.

A Carson se le secó la boca del miedo; de pronto se le helaron las manos. El miedo no era algo extraño para ella. Podía estar asustada y a la vez comportarse de forma profesional, alerta y lista para la acción. A veces el miedo le aguzaba el ingenio, le aclaraba los pensamientos.

—Más bien parece —dijo finalmente— como si la víctima se hubiera tumbado allí y se hubiera quedado esperando la carnicería. Mira su rostro.

Los ojos estaban abiertos. Los rasgos parecían relajados, no estaban contraídos por el terror ni por el dolor.

—Cloroformo —sugirió Michael de nuevo.

Carson meneó la cabeza.

—Estaba despierto. Mira los ojos. La expresión de la boca. No estaba inconsciente cuando murió. Mira las manos.

La mano izquierda del guarda jurado yacía abierta a su lado, con la palma hacia arriba y los dedos extendidos. Esa posición sugería que le habían sedado antes de asesinarlo.

La mano derecha, sin embargo, estaba fuertemente apretada. Si hubiera estado bajo los efectos del cloroformo, habría tenido el puño relajado.

Carson apuntó estas observaciones en su cuaderno y luego dijo:

—Y bien, ¿quién encontró el cuerpo?

—Una bibliotecaria del turno de mañana —respondió Harker—. Nancy Whistler. Está en el servicio de señoras. No quiere salir de allí.

# Capítulo 16

El baño de señoras olía a desinfectante con aroma a pino y a perfume White Diamonds. El servicio de limpieza era responsable del primero, y Nancy Whistler del segundo.

Era una mujer joven y bonita que desmentía la imagen estereotipada de las bibliotecarias; llevaba un vestido veraniego ajustado tan amarillo como los narcisos.

Estaba inclinada sobre uno de los lavabos y se salpicaba la cara con agua fría. Bebía con las manos a modo de cuenco, se enjuagaba y la escupía.

—Lamento estar tan aturdida —se excusó.

—No hay problema —aseguró Carson.

—Me da miedo salir de aquí. Cada vez que me parece que ya no *puedo* vomitar más, vuelvo a hacerlo.

—Me encanta este trabajo —le dijo Michael a Carson.

—Los policías que comprobaron el perímetro me dicen que no hay signos de que haya sido forzada ninguna entrada. Así que, ¿estás segura de que la puerta principal estaba cerrada con llave cuando llegaste al trabajo? —presionó Carson.

—Absolutamente. Dos cerrojos, ambos echados.

—¿Quién más tiene las llaves?

—Diez personas. Tal vez doce —respondió Nancy—. Ahora mismo no estoy en condiciones de recordar los nombres.

Sólo se podía presionar a un testigo hasta cierto punto en el periodo inmediatamente posterior a su encuentro con un cadáver sangrante. No era el momento de ponerse cabrona.

—Envíame un correo electrónico con la lista de los que tienen llave. Pronto —le pidió.

—Está bien, por supuesto. Comprendo. —La bibliotecaria hizo una mueca como si fuera a vomitar otra vez. Sin embargo, dijo—: Dios, él era odioso, pero no se merecía *eso*. —Las cejas arqueadas de Michael le arrancaron una explicación—: Bobby Allwine. El guardia.

—Define *odioso* —requirió Michael.

—Siempre estaba... mirándome, diciéndome cosas inapropiadas. Tenía un modo de abordarme que era... sencillamente extraño.

—¿Acoso?

—No. Nada que fuera demasiado osado. Simplemente extraño. Como si no *se enterara* de las cosas, la forma de comportarse. —Meneó la cabeza—. E iba a los tanatorios para divertirse.

Carson y Michael intercambiaron una mirada y él dijo:

—Bueno, ¿quién no lo hace?

—Asistía a las ceremonias de los tanatorios, a los funerales —aclaró Whistler—. De gente a la que ni siquiera conocía. Iba dos, tres veces por semana.

—¿Por qué?

100

—Decía que le gustaba mirar a los muertos en sus ataúdes. Decía que eso... le relajaba. —Cerró el grifo—. Bobby era una especie de bicho raro. Pero... ¿por qué alguien le arrancaría el corazón?

Michael se encogió de hombros.

—Un recuerdo. Una gratificación sexual. Una cena.

Consternada y asqueada, Nancy Whistler salió corriendo hacia uno de los retretes.

Carson le dijo a Michael:

—Ah, bonito. Realmente bonito.

# Capítulo 17

Pintura desconchada, estuco viniéndose abajo, hierros forjados oxidados, enredaderas combadas amarilleando con el calor y hongos de aspecto pustuloso prosperando entre las muchas grietas del hormigón de la acera constituían un motivo decorativo repetido hasta en el menor detalle del edificio de apartamentos.

Sobre el irregular césped, que parecía como si alguien le hubiera echado sal, un cartel anunciaba: «Apartamento disponible / Sólo para perdedores».

En realidad, sólo las dos primeras palabras estaban en el cartel. No era necesario mostrar las otras tres. Mientras aparcaba junto a la acera, Carson las dedujo de las condiciones en que se encontraba el lugar.

Además del cartel, en el césped de delante había una bandada de siete flamencos rosados.

—Apostaría mi culo a que hay un par de gnomos de plástico en algún lugar por aquí —dijo Michael.

Alguien había pintado cuatro de los flamencos con tonos tropicales —verde mango, amarillo piña—, tal vez con la esperanza de que un cambio de color lograra que los adornos resultaran menos absurdos, aunque no menos horteras. La nueva pintura se había desgastado en algunas partes, dejando ver el rosa original.

A causa no de las connotaciones de pobreza casi marginal sino de lo estrafalario del lugar, se trataba de un edificio ideal para bichos raros como Bobby Allwine, el del corazón robado. Habrían venido a parar aquí y, en compañía de otros de su misma clase, ninguno de ellos llamaría especialmente la atención.

Un viejo entrecano estaba de rodillas en los escalones de la fachada, reparando la abrazadera de una cerca.

—Perdone. ¿Usted trabaja aquí? —preguntó Michael, exhibiendo su placa.

—No más de lo que necesito. —El viejo miró a Carson de arriba abajo con gesto de apreciación, pero siguió hablándole a Michael.

—¿Quién es ella?

—Hoy es el día de «trae a tu hermana al trabajo». ¿Es usted el encargado?

—Encargado no parece ser una palabra que encaje con nadie ni nada en este vertedero. Sólo soy una especie de hombre orquesta. ¿Vienen a ver la casa de Bobby Allwine?

—Las noticias vuelan.

Mientras bajaba su destornillador y se ponía de pie, el hombre orquesta dijo:

—Las buenas noticias sí que lo hacen. Síganme.

Dentro, el hueco de la escalera era estrecho y oscuro, y estaba desconchado, húmedo y maloliente.

El viejo tampoco olía demasiado bien y, mientras le seguían hasta el segundo piso, Michael comentó:

—No volveré a quejarme de mi apartamento nunca más.

103

Ante la puerta 2-D, mientras hurgaba en el bolsillo buscando la llave maestra, el hombre orquesta dijo:

—Oí en las noticias que le habían arrancado el hígado.

—Fue el corazón —puntualizó Carson.

—Mejor todavía.

—¿No le caía bien?

El viejo abrió el cerrojo y dijo:

—Apenas le conocía. Pero gracias a eso el apartamento vale cincuenta pavos más. —Al ver la incredulidad en sus caras les aseguró—: Hay gente que pagará un extra.

—¿Quién? —preguntó Michael—. ¿La familia Addams?

—Sencillamente, gente a la que le gusta que su casa tenga alguna historia.

Carson se deslizó dentro del apartamento, y cuando Michael vio que el viejo la seguía, le apartó a un lado y le dijo:

—Le llamaremos cuando hayamos terminado.

Las persianas estaban bajadas. La habitación se encontraba inusitadamente oscura para una tarde tan luminosa.

Carson encontró el interruptor de la luz.

—Michael, mira esto.

En el salón, el techo y las paredes estaban pintados de negro. Los suelos de madera, los rodapiés, la puerta y los marcos de las ventanas también eran negros. Las persianas también.

El único mueble era un sillón de vinilo negro, en el centro de la habitación.

Tras cerrar la puerta a sus espaldas, Michael comentó:

—¿Acaso Martha Stewart* tiene una línea caliente de diseño de urgencia?

Las ventanas estaban cerradas. No había aire acondicionado. El calor húmedo, la negrura y una intensa fragancia dulce, familiar, hizo que Carson se sintiera alelada, estúpida.

—¿Qué es ese olor? —preguntó.

—Regaliz.

Pesado, dulce, envolvente, el olor era realmente el del regaliz. Aunque debería ser agradable, a Carson le provocó náuseas.

El suelo negro tenía un lustre brillante, libre de polvo o pelusas. Deslizó una mano por el alféizar de una ventana y no halló rastros de suciedad.

Como le había sucedido en la biblioteca ante el cadáver de Allwine, el miedo se apoderó de ella: un escalofrío de desasosiego le subió por la espina dorsal y le encajó un beso frío en la nuca.

En la cocina, meticulosamente limpia, Michael dudó si abrir la puerta negra de la nevera.

—Aquí uno se siente como en una escena de Jeffrey Dahmer**: cabezas amputadas entre frascos de pepinillos y mayonesa, un corazón en una bolsa de plástico de congelador.

* Famosa empresaria estadounidense de productos del hogar. (N. del T.)

** Asesino en serie conocido como «El carnicero de Milwaukee». (N. del T.)

Incluso el interior de la nevera había sido cubierto con pintura de aerosol negra, pero no contenía cabezas. Sólo un pastel de café y un poco de leche.

La mayor parte de los armarios estaban vacíos. En un cajón de la encimera había tres cucharas, dos tenedores y dos cuchillos.

Según su ficha de empleado, hacía dos años que Allwine vivía aquí. Un inventario de sus posesiones daría la impresión de que estaba listo para marcharse, como si estuviera a la espera de un aviso repentino y quisiera viajar ligero de equipaje.

La tercera habitación era el dormitorio. El techo, las paredes y el suelo eran negros. Hasta la cama y las sábanas. Una mesilla negra, una lámpara negra y una radio negra con resplandecientes números verdes.

—¿Qué lugar es *éste*? —se preguntó Carson en voz alta.

—¿Tal vez era de un culto satánico? O sencillamente era un fanático del rock duro.

—No hay cadena de música. No hay televisión.

Michael encontró el origen del aroma a regaliz. Sobre un asiento sin acolchar empotrado en la ventana había una bandeja que contenía unas cuantas velas gruesas, negras, ninguna de las cuales estaba encendida en ese momento. Se inclinó para olfatearlas.

—Aromatizadas.

Carson reflexionó sobre el tiempo y el esfuerzo necesarios para crear esta absoluta negrura, y de pronto pensó en Arnie y su castillo de Lego. Bobby Allwine tenía un empleo e interactuaba con el mundo, pero en algún nivel era tan disfuncional como su hermano.

Sin embargo, Arnie era benigno, mientras que a juzgar por los indicios disponibles, la psicología de Allwine tenía que ser, en lo más profundo, maligna.

—Esta casa vale *cien* pavos extra al mes —declaró Michael.

Cuando Carson encendió la luz del cuarto de baño contiguo, el extraordinario contraste le aguijoneó los ojos. La pintura, las baldosas del suelo, el lavabo, el retrete, todo era de un *blanco* resplandeciente, con un brillo mantenido con asiduidad. El olor acre del amoniaco no permitía la intrusión del aroma a regaliz.

De la pared opuesta al espejo del tocador sobresalían cientos de cuchillas de afeitar. Todas estaban colocadas a presión sobre la escayola, en un mismo ángulo, dejando expuesta la mitad de la hoja, como perversos colmillos de plata. Hilera tras hilera de cuchillas de afeitar nuevas, limpias, destellantes.

—Parece como si la víctima estuviera todavía más loca que su asesino.

# Capítulo 18

En la alta sociedad de Nueva Orleans, las cenas de gala eran una necesidad política, y Victor se tomaba en serio sus responsabilidades.

Dentro de la mansión del periférico Garden District, sus amas de llaves —Christine y Sandra— y su mayordomo —William— se habían pasado el día preparándose para el evento de esa noche. Limpiaron todas las habitaciones, pusieron flores y velas, barrieron las galerías cubiertas. Los jardineros se ocuparon del césped, de los árboles, de los parterres y de los setos.

Estas personas eran todas creaciones suyas, hechas en Las Manos de la Misericordia, y por lo tanto incansables y eficientes.

En el comedor principal la mesa estaba dispuesta para doce personas, con manteles de lino Pratesi, cubertería de plata Buccelatti, porcelana de Limoges, históricas bandejas de plata de Paul Storr y un monumental candelabro también de Storr que representaba a Baco y su séquito. El brillo reinante era mayor —y entrañaba un valor mayor— que cualquier estuche de diamantes de Tiffany's.

Las amas de llaves y el mayordomo permanecían a la espera de la inspección del amo. Entró en el comedor, ya vestido para la cena, y examinó los preparativos.

—Sandra, has elegido la porcelana adecuada para los invitados de esta noche.

A ella, su aprobación le arrancó una sonrisa, aunque tensa.

—Pero, William, hay marcas de dedos en un par de esas copas.

De inmediato el mayordomo recogió las copas señaladas y se las llevó.

Dos centros de mesa de rosas color crema flanqueaban el candelabro, y Victor dijo al respecto:

—Christine, tienen demasiado verde. Quítales algunas hojas para darle énfasis a las flores.

—Yo no hice los arreglos florales, señor —respondió ella, y pareció consternada de tener que revelar que había sido la esposa de Victor quien se había ocupado de las rosas—. La señora Helios prefirió hacerlo ella misma. Ha leído un libro sobre arreglos florales.

Victor sabía que Erika le caía bien al personal y que se preocupaban de que ella se sintiera bien.

Suspiró.

—De todas maneras, vuelve a hacer los arreglos, pero no le digas nada a mi esposa. —Nostálgico, cogió una de las rosas y la hizo girar lentamente entre el pulgar y el índice. Después la olfateó y advirtió que unos pocos pétalos presentaban ya signos de estar marchitos—. Ella es tan... joven. Ya aprenderá.

\* \* \*

Según se acercaba la hora de la cena, Victor se dirigió al dormitorio principal para averiguar qué era lo que estaba demorando a Erika.

La encontró en el vestidor, ante su tocador. Su cabello color bronce, que le llegaba a los hombros, brillaba como la seda. La exquisita forma y la delicada suavidad de sus hombros desnudos le excitaron.

Por desgracia, mostraba demasiado entusiasmo por los efectos del maquillaje.

—Erika, tu perfección no puede mejorarse.

—Deseo tanto verme hermosa para ti, Victor.

—Entonces quítate eso que te has puesto. Deja que brille tu belleza natural. Te he dado todo lo que necesitas para resultar deslumbrante.

—Qué dulce —dijo ella, pero parecía dudar de si acababan de hacerle un cumplido o una crítica.

—Ni la esposa del fiscal del distrito ni la esposa del presidente de la universidad estarán pintadas como divas de la música pop.

La sonrisa de Erika se desdibujó. Victor consideraba que la franqueza con un subordinado —o una esposa— era siempre preferible a evitar una crítica para no herir los sentimientos.

De pie detrás de ella, deslizó sus manos por los hombros desnudos y se inclinó para inhalar el perfume de sus cabellos. Apartó su maravillosa melena, la besó en la nuca y sintió cómo ella se estremecía.

Toqueteó su collar de esmeraldas.

—Los diamantes serían una mejor elección. Por favor, cámbiatelo. Por mí.

En el espejo del tocador, sus ojos se cruzaron y entonces ella bajó la mirada hacia el despliegue de cepillos y frascos de maquillaje que tenía delante. Habló con un susurro:

—Tus criterios para todo son… tan exigentes.

Victor la besó en el cuello nuevamente y le contestó también en un susurro:

—Por eso te he hecho. Mi esposa.

# Capítulo 19

En el coche, de camino al Barrio Francés para una cena rápida en Jackson Square, Carson y Michael intercambiaban comentarios sobre el caso como si fueran jugadores de ping pong.

—Con Allwine no se usó cloroformo —aseguró Carson.

—Aún no tenemos los resultados de los análisis de sangre.

—Recuerda su cara. No se usó cloroformo. Eso les convierte a él y al tintorero, Chaterie, en las excepciones.

—Con el otro hombre, Bradford Walden, se usó cloroformo —afirmó Michael—. Si no fuera así, los tres formarían un conjunto.

—El Cirujano se llevó sus órganos internos como recuerdo.

—Pero de las mujeres sólo se lleva orejas, pies, manos... ¿Te ha enviado Nancy Whistler esa lista de personas que tienen llave de la biblioteca?

—Sí. Pero después de ver el apartamento de Allwine, creo que fue él quien le abrió la puerta al asesino; el tipo no necesitó llave.

—¿Cómo has llegado a esa conclusión?

—No lo sé. Es sólo un presentimiento.

—Analicemos un poco a las víctimas —sugirió Michael—. Primero... He abandonado la idea de que estén relacionadas entre sí de alguna manera. Son presas escogidas al azar.

—¿Qué análisis te ha llevado a esto?

—De vez en cuando yo también tengo un presentimiento.

—¿Hay algo significativo respecto a qué parte se lleva de cada víctima en particular?

—Elizabeth Lavenza, nadando sin manos. ¿Eran las manos importantes para su vida, para su trabajo? ¿Era pianista? ¿Tal vez pintora? ¿Quizá masajista?

—Como ya sabes, era cajera de una librería.

—Meg Saville, la turista de Idaho.

—Se llevó sus pies.

—No era bailarina de ballet. Sólo una recepcionista.

—Se lleva las orejas de una enfermera, las piernas de una estudiante universitaria —dijo Carson—. Si tiene algún significado, es inescrutable.

—Se lleva el hígado de un tintorero, el riñón de un camarero de bar. Si hubiera escarbado en el hígado del camarero, podríamos construir una teoría al respecto.

—Patético.

—Totalmente —convino Michael—. El camarero del bar llevaba un estilo de vida gótico, y Allwine vivía en la negrura. ¿Eso supone alguna relación?

—Yo no hablaría de *gótico* en cuanto a su apartamento; diría sencillamente *loco*.

Carson aparcó en un lugar prohibido en Jackson Square, cerca de un restaurante cajún frecuentado por la policía.

113

En el momento en que llegaban a la entrada, Harker salía del lugar con una gran bolsa de comida para llevar, trayendo consigo un delicioso aroma a bagre, lo que le recordó a Carson que se había saltado el almuerzo.

Como si no le sorprendiera en absoluto encontrárselos o reanudara una conversación que habían dejado a la mitad, Harker dijo:

—Hay noticias de que el alcalde podría solicitar que se forme un equipo de emergencia a lo sumo este fin de semana. Si vamos a estar juntos en esto, no estaría mal que comenzáramos a intercambiar ideas ahora mismo.

—Seguramente ya conoces tu reputación. Todos los del departamento os tachan a ti y a Frye de cerdos hambrientos de gloria —respondió Carson.

—Envidia —masculló Harker con desdén—. Hemos cerrado más casos que nadie.

—A veces haciendo reventar al sospechoso —puntualizó Michael, refiriéndose al caso de un tiroteo en el que habían estado involucrados agentes y Harker había evitado por los pelos que presentaran cargos en su contra.

La sonrisa de Harker era despectiva.

—¿Quieres saber mi teoría acerca del guarda jurado de la biblioteca?

—¿Acaso quiero un cáncer de páncreas? —preguntó a su vez Michael.

—Las habitaciones negras son deseos de muerte —conjeturó Harker.

—Maldita sea —exclamó Carson.

—Trató de cortarse las venas con todas y cada una de las cuchillas de afeitar que tenía en la pared del cuarto de baño —prosiguió Harker—, pero sencillamente no pudo reunir el valor suficiente.

—¿Habéis ido al apartamento de Allwine tú y Frye?

—Sí. Vosotros dos —contestó Harker— sois *nuestros* bebés, y a veces sentimos la necesidad de haceros echar el eructo.

Se abrió camino entre ambos, se alejó y miró hacia atrás después de haber dado unos pasos.

—Cuando *tengáis* una teoría, me alegrará oírla.

—Tengo una pequeña lista de corazones que me gustaría arrancar *a mí* —le dijo Michael a Carson.

# Capítulo 20

Después de que Víctor saliera de la *suite* principal, Erika se embutió en un vestido de St. John que conseguía ser a la vez impactante y respetable, sutilmente sexy, pero con clase.

De pie frente a un espejo de cuerpo entero que tenía dentro de su enorme vestidor —que era en realidad una habitación tan grande como la mayor parte de los dormitorios principales—, vio que tenía un aspecto encantador que dejaría una impresión indeleble en cada uno de los hombres que acudirían a la cena. Aun así, sentía que no estaba a la altura de las circunstancias.

Se habría probado otro vestido, de no ser porque los primeros invitados llegarían en pocos minutos. Victor deseaba tenerla a su lado para saludar a cada invitado cuando llegara, y ella no osaría fallarle.

Toda su ropa estaba tras las puertas del armario, o en cajones a lo largo de tres pasillos. Literalmente, poseía cientos de conjuntos.

No había tenido que ir de compras para conseguir ninguno de ellos. Puesto que había sido creada de acuerdo con lo que él consideraba las medidas ideales, Victor compró todo mientras ella se encontraba todavía en el tanque.

Tal vez él había comprado algunas de esas cosas para la Erika anterior. A ella no le gustaba pensar en eso.

Esperaba que algún día le dejaran ir a hacer sus compras sola. Cuando Victor se lo permitiera, sabría que finalmente habría alcanzado el nivel de sus exigencias y que se habría ganado su confianza.

Se preguntó por un momento cómo serían las cosas si no le importara lo que Victor —o cualquiera— pensase de ella. Si fuera ella misma. Independiente.

Ésos eran pensamientos peligrosos. Debía reprimirlos.

Al fondo del armario estaban guardados casi doscientos pares de zapatos en estantes inclinados. Aunque sabía que el tiempo era fundamental, vacilaba entre unos Gucci y unos Kate Spade.

Detrás de ella, en el armario, algo crujió; oyó un golpe.

Se dio la vuelta para mirar al pasillo central, pero sólo vio las puertas cerradas de cerezo detrás de las cuales estaba colgada su ropa de temporada y la moqueta de color amarillo pálido. Echó un vistazo al corredor de la derecha, luego al de la izquierda, pero ambos estaban desiertos.

Volvió a centrarse en su dilema y finalmente lo resolvió eligiendo los Kate Spade. Los cogió en una mano y se apresuró a salir del armario y entrar al vestidor.

Al entrar, creyó ver un movimiento con el rabillo del ojo, sobre el suelo, en la puerta abierta que daba al dormitorio. Cuando giró la cabeza, no había nada.

De todas maneras, se dirigió con curiosidad al dormitorio, justo a tiempo para ver el movimiento ondulante de la colcha de seda detrás de algo que acababa de deslizarse bajo la cama *king-size*.

No tenían mascotas; ni gatos ni perros.

Victor se pondría furioso si descubriera que una rata se había metido dentro de la casa. No podía soportar en absoluto a los bichos.

Erika había sido creada para ser precavida ante el peligro, pero también para no temerle a nada en exceso, aunque el respeto programado a su hacedor se acercaba a veces al miedo.

Si una rata se había metido en la casa y ahora estaba escondida bajo la cama, Erika no dudaría en atraparla y deshacerse de ella.

Puso a un lado los zapatos y se dejó caer sobre sus rodillas al lado de la cama. No le cabía ninguna duda de que sus reflejos eran lo suficientemente rápidos como para atrapar a una rata escurridiza.

Cuando levantó la colcha y miró bajo la cama, no tuvo necesidad de acudir a iluminación adicional, ya que su vista era soberbia. Pero nada acechaba debajo de los muelles.

Se puso de pie y se dio la vuelta, inspeccionando la habitación. Sentía que allí había algo, pero no tenía tiempo de buscarlo detrás de cada mueble.

Consciente de que el tiempo corría veloz como una rata, se sentó en el borde de un sillón, cerca de la chimenea, y se puso los zapatos. Eran hermosos, pero le habrían gustado más si se los hubiera comprado ella misma.

Se quedó sentada un momento, escuchando. Silencio. Pero era la clase de silencio que sugería que algo la estaba escuchando a ella tal como ella escuchaba a ese algo.

Cuando salió de la *suite* principal hacia el salón de la planta superior, cerró la puerta tras de sí. La cerró fuerte. Nada podría traspasarla. Si había una rata suelta por la habitación, no podría ir a la planta baja para estropear la cena de gala.

Descendió por la magnífica escalera y, cuando llegó al vestíbulo, sonó el timbre. Los primeros invitados ya estaban ahí.

# Capítulo 21

Mientras Roy Pribeaux se ponía los pantalones negros, una americana de seda azul pálido y una camisa de lino para su cita con Candace —¡esos ojos!—, un canal de noticias de la televisión dedicaba una sección al Cirujano.

Qué nombre tan absurdo le habían puesto. Él era un romántico. Un idealista en una familia de idealistas. Un purista. Era muchas cosas, pero no un cirujano.

Sabía que estaban hablando de él, aunque no seguía de cerca la repercusión de sus apariciones en los medios. No había iniciado su colección de perfecciones femeninas con la esperanza de convertirse en un famoso. La fama no le atraía en absoluto.

Por supuesto que su búsqueda generaba un interés público por razones por completo erróneas. Veían violencia, no arte. Veían sangre, no el trabajo de un soñador que perseguía la perfección en todas las cosas.

Los medios y la audiencia que generaban sus caprichos sólo le inspiraban desprecio. Granujas hablándoles a tontos.

Provenía de una importante familia de políticos —su padre y su abuelo habían ocupado cargos en la ciudad de Nueva Orleans y en el Estado de Luisiana— y había visto con cuánta facilidad se podía manipular a la opinión pública por medio del uso inteligente de la envidia y el miedo. Su familia había sido experta en eso.

De este modo, los Pribeaux se habían enriquecido enormemente. Su abuelo y su padre se las habían arreglado tan bien en sus cargos públicos que Roy nunca había tenido necesidad de trabajar, y nunca lo haría.

Al igual que los grandes artistas del Renacimiento, tenía mecenas: generaciones de contribuyentes que pagaban sus impuestos. Su herencia le permitía dedicar su vida a la búsqueda de la belleza ideal.

Cuando el periodista de la televisión mencionó a las dos víctimas más recientes, la atención de Roy se centró de pronto en la asociación de un nombre desconocido —Bobby Allwine— con el de Elizabeth Lavenza. Él había recolectado las encantadoras manos de Elizabeth antes de encomendar sus deprimentes restos imperfectos a la laguna del City Park.

A esta persona llamada Allwine le habían extraído el *corazón*.

A Roy no le interesaban los corazones. No le interesaban los órganos internos. Sólo los externos. La clase de belleza que movía a Roy era superficial.

Más aún, esta persona, Allwine, era un *hombre*. Roy no tenía ningún interés especial en la belleza de los hombres, exceptuando lo referente al constante trabajo de refinamiento y perfección de su propio físico.

Ahora, de pie ante la televisión, se sorprendió aún más al oír que Allwine era el *tercer* hombre asesinado por el Cirujano. De los otros se había llevado un riñón y un hígado.

Estos asesinatos estaban vinculados con los de las mujeres por el hecho de que al menos una de las víctimas masculinas había sido dormida con cloroformo.

Un farsante. Un torpe imitador. Allí fuera, en algún lugar de Nueva Orleans, un tonto envidioso se había inspirado en los asesinatos de Roy sin comprender sus propósitos.

Por un momento, se sintió ofendido. Entonces se dio cuenta de que el imitador, forzosamente menos inteligente que él, al final metería la pata y la policía le colgaría al tipo *todos* los asesinatos. El imitador era para Roy la tarjeta «sal libre de la cárcel».

# Capítulo 22

La cabina de Proyección posiblemente parecería demasiado pequeña para dos hombres tan enormes —cada uno de un modo diferente— como Jelly Biggs y Deucalión. Aun así, se convirtió en el espacio que compartían cuando preferían no estar solos.

El cubículo era acogedor, tal vez debido a la colección de libros de Jelly, o quizá porque allí uno se sentía como en un reducto que estaba por encima de la lucha por la vida.

Durante largos periodos de su existencia, Deucalión había encontrado atractiva la soledad. En el Tíbet había finalizado uno de esos periodos.

Ahora, con el descubrimiento de que Victor no estaba muerto, Deucalión se sentía inquieto por la soledad. Quería tener compañía.

Como antiguos trabajadores de ferias, ambos tenían un mundo de vivencias en común, reminiscencias nostálgicas que compartir. Un día se dieron cuenta de que entablaban conversación con facilidad, y Deucalión sospechó que con el tiempo se convertirían en auténticos amigos.

Aun así, también caían en silencios, ya que su situación era similar a la de los soldados en las trincheras del campo de batalla, en la calma engañosa previa al fuego de mortero. En esta condición, tenían profundas cuestiones sobre las que reflexionar antes de estar listos para discutirlas.

Jelly pensaba mientras leía novelas de misterio, a las cuales era tremendamente aficionado. Durante buena parte de su vida, encerrado en la prisión de sus carnes, había vivido indirectamente a través de la policía, los investigadores privados y los detectives aficionados que poblaban las páginas de su género favorito.

En estos silencios mutuos, las lecturas de Deucalión consistían en los artículos sobre Victor Helios, alias Frankenstein, que Ben había acumulado. Los examinaba cuidadosamente, tratando de acostumbrarse a la amarga e increíble verdad de la persistente existencia de su creador, mientras meditaba sobre cuál sería la mejor manera de destruir ese pilar de arrogancia.

Una y otra vez se sorprendía a sí mismo pasándose los dedos inconscientemente por la mitad ruinosa de su cara, hasta que finalmente Jelly no pudo reprimir el impulso de preguntarle cómo le habían causado tal daño.

—Hice enfadar a mi hacedor —contestó Deucalión.

—Todos lo hacemos —replicó Jelly—, pero no con semejantes consecuencias.

—Mi hacedor no es el tuyo —le recordó Deucalión.

Tras una vida de mucha soledad y contemplación, Deucalión se había acostumbrado al silencio; pero Jelly necesitaba ruido de fondo incluso cuando leía una novela. En un rincón de la cabina de proyección, con el volumen bajo, había una televisión parpadeando con imágenes que para Deucalión no tenían más contenido narrativo que las llamas de una chimenea.

De pronto, algo que dijo una de las monótonas voces de los presentadores de noticias le llamó la atención. *Asesinatos. Partes de cuerpos desaparecidas.*

Deucalión subió el volumen. Una detective de homicidios llamada Carson O'Connor, acosada por periodistas a las puertas de la biblioteca municipal, contestaba a la mayoría de sus preguntas con respuestas que, con diferentes palabras, expresaban lo mismo: *sin comentarios.*

Cuando terminó la historia, Deucalión dijo:

—El Cirujano... ¿Cuánto hace que sucede esto?

Como buen aficionado a las novelas de misterio, a Jelly también le interesaban las historias sobre crímenes reales. No sólo conocía todos los sangrientos detalles del festín de asesinatos del Cirujano, sino que además había desarrollado un par de teorías que consideraba superiores a cualquiera de las que la policía había desplegado hasta ahora.

Mientras lo escuchaba, Deucalión tuvo sus propias sospechas acerca del asunto, que nacían de su experiencia sin igual.

Lo más probable era que el Cirujano fuera un vulgar asesino en serie que se estaba llevando recuerdos. Pero en una ciudad en la que había fijado su residencia el dios de los muertos vivientes, el Cirujano podría ser algo peor que un psicópata habitual.

Deucalión volvió a guardar los recortes en la caja de zapatos y se puso de pie.

—Voy a salir.

—¿Adónde?

—A encontrar su casa. A ver qué estilo de vida ha elegido en esta época un dios que se ha autoproclamado.

# Capítulo 23

Aparcado en un lugar prohibido en Jackson Square, el capó del coche camuflado les servía de mesa para la cena.

Carson y Michael estaban comiendo gambas con maíz, gambas fritas con arroz y uno de los platos típicos de Nueva Orleans, una mezcla de maíz, pimientos, cebolla y carne, directamente de los envases de comida para llevar.

Había parejas jóvenes paseando por la acera, cogidas de la mano. Músicos con trajes negros y sombreros de mentira pasaban presurosos, portando estuches de instrumentos y abriéndose paso a empujones entre los no tan jóvenes cajún que se movían más lentamente, vestidos con sus coloridas camisas y sus sombreros a lo Justin Wilson. Grupos de jovencitas mostraban más piel de lo que sugeriría el sentido común, y las *drag queens* disfrutaban de las miradas desorbitadas de los turistas.

En algún lugar estaban tocando jazz del bueno. El aire nocturno traía oleadas de charlas y risas mezcladas.

—Lo que me revienta de tíos como Harker y Frye... —empezó Carson.

—Éste va a ser un catálogo épico —interrumpió Michael.

—… es que no puedo evitar que me irriten.

—Están cabreados porque nadie llega a detective a la edad a la que lo hemos hecho nosotros.

—En mi caso, fue hace tres años. Más vale que se hagan a la idea de una vez.

—Se retirarán, o les acabarán disparando. De un modo u otro, finalmente tendremos *nuestra* oportunidad de ser los viejos cascarrabias.

Tras saborear un gran bocado del guiso de maíz y pimientos, Carson declaró:

—Es todo por lo de mi padre.

—A Harker y Frye no les importa lo que tu padre haya hecho o dejado de hacer —aseguró Michael.

—Estás equivocado. Todo el mundo espera que tarde o temprano llegue el momento de que se demuestre que llevo los genes de un poli podrido, tal como pensaban de él.

Michael meneó la cabeza.

—No pienso ni por un minuto que lleves genes de poli podrido.

—Me importa una mierda lo que pienses, Michael, yo *sé* lo que piensas. Es lo que piensa todo el mundo lo que hace que este trabajo me resulte mucho más pesado de lo que debería ser.

—Sí, bueno —contestó, simulando haberse ofendido—. A mí me importa una mierda que *a ti* te importe una mierda lo que yo piense.

Apesadumbrada, Carson se rio suavemente.

—Lo siento, tío. Tú eres una de las pocas personas de las que *sí* me importa lo que piensan de mí.

—Me has herido, pero ya me curaré.

—He trabajado mucho para llegar a donde he llegado. —Suspiró—. Aunque esté comiendo de pie en la calle.

—La comida está muy buena —apostilló Michael—, y yo soy una compañía estupenda.

—Teniendo en cuenta lo que nos pagan, ¿por qué *trabajamos* tanto?

—Somos auténticos héroes americanos.

—Así es. Exacto.

Sonó el móvil de Michael. Relamiéndose la salsa tártara de los labios, respondió a la llamada.

—Detective Maddison. —Cuando colgó, unos momentos después, anunció—: Estamos invitados al depósito de cadáveres. No hay música, no hay baile. Pero puede que sea divertido.

# Capítulo 24

Acariciadas por la luz de las velas, las superficies grabadas de la plata parecían permanentemente a punto de fundirse.

Con cinco mandamases y sus esposas reunidos en su comedor, Victor ansiaba entablar una conversación estimulante, que él sabría encauzar sutilmente hacia puntos que sirvieran a sus intereses mucho después de que el alcalde, el presidente de la universidad y los demás se hubieran levantado de su mesa. Para Victor, todo evento social era ante todo una oportunidad de influir en los líderes políticos y culturales, avanzando discretamente en sus propósitos.

Al principio, por supuesto, la charla se centraba en cosas triviales, incluso entre invitados tan notorios. Pero Victor se consideraba a sí mismo alguien capaz de llevar adelante una conversación liviana como cualquier otro, y podía disfrutar de las ocurrencias banales, porque ello le hacía entrar anticipadamente en calor para las discusiones más sustanciosas.

William y Christine sirvieron la sopa. El mayordomo sostenía la sopera mientras la criada servía con un cucharón un manjar de crema rosa en los cuencos.

Ésta era la tercera cena de Erika en las semanas que habían transcurrido desde que había salido del tanque y exhibía cierta mejoría de sus habilidades sociales, aunque menos de la esperada.

Victor la vio fruncir el ceño cuando ella se dio cuenta de que los arreglos florales eran distintos de los que había realizado minuciosamente. Erika poseía el suficiente juicio como para no decir nada sobre el cambio.

De todas maneras, cuando su esposa le miró, Victor dijo para que ella aprendiera de su error:

—Las rosas son perfectas.

El fiscal del distrito, Watkins —cuya nariz, que antes había tenido aspecto patricio, había comenzado a deformarse sutilmente a causa de la inhalación de cocaína, la cual le estaba corroyendo el cartílago—, utilizaba una mano para acercar el aroma ascendente que provenía de su cuenco y penetraba por sus orificios nasales.

—Erika, la sopa huele de maravilla.

El oponente de John Watkins en las siguientes elecciones, Buddy Guitreau, era del bando de Victor. Con todos los trapos sucios de Watkins de los que Victor pudiera informarle, Buddy obtendría fácilmente la victoria en los comicios. De todas maneras, en los meses que faltaban para que sucediera eso, era necesario halagar a Watkins invitándole a cenar y realizando tareas en conjunto.

—Me encanta la sopa de langosta —dijo Pamela Watkins—. ¿La receta es tuya, Erika?

—No, la encontré en una revista, pero he agregado algunas especias. Dudo que la haya mejorado, probablemente al contrario, pero me gusta que incluso la sopa de langosta tenga un toque picante.

—Ah, está deliciosa —declaró la esposa del presidente de la universidad después del primer sorbo.

Este cumplido, del que los otros se hicieron eco de inmediato, despertó un brillo de orgullo en el rostro de Erika, pero cuando ella misma se llevó una cucharada a la boca, dio un suave y prolongado sorbo haciendo ruido con los labios.

Consternado, Victor observó cómo hundía la cuchara en el cuenco otra vez.

En ninguna de sus anteriores cenas de gala el menú había incluido sopa, y por otra parte Victor no había comido con Erika más que dos veces. Su paso en falso le sorprendió y desconcertó.

Erika sorbió la segunda cucharada haciendo tanto ruido como en la primera.

Aunque ninguno de los invitados pareció darse cuenta de este horrendo ruido de la lengua y los labios, Victor se sintió ofendido, ya que su esposa corría el riesgo de ser objeto de burla. Los que se rieran de ella a sus espaldas también se reirían de él. Acto seguido anunció:

—La sopa se ha cortado. William, Christine, por favor, retírenla de la mesa de inmediato.

—¿Cortado? —preguntó la esposa del alcalde, perpleja—. La mía no.

—Se ha cortado —insistió Victor mientras los sirvientes retiraban los cuencos soperos—. Y no querrán comer una langosta que podría estar pasada.

Acongojada, Erika vio cómo se llevaban los cuencos de la mesa.

—Lo siento, Erika —se disculpó Victor en medio de un incómodo silencio—. Es la primera vez que he visto que un plato te salga mal, o que cualquier cosa te salga mal.

John Watkins protestó:

—La mía estaba deliciosa.

Aunque posiblemente ella no había comprendido la causa de la conducta de Victor, se recuperó rápidamente.

—No, John. Usted siempre tendrá mi voto para fiscal del distrito. Pero en asuntos culinarios, confío en Victor. Su paladar es tan refinado como el de un chef.

Victor sintió cómo su apretada mandíbula se relajaba, dando lugar a una sonrisa auténtica. En parte, Erika había reparado su error.

# Capítulo 25

El suelo de baldosas grises de vinilo crujió bajo los zapatos de Carson y Michael. Aunque sutiles, los pasos parecían sonar estrepitosamente en la silenciosa sala.

La unidad de patología forense parecía estar desierta. A esa hora era normal que el personal se viera reducido, pero no de manera tan drástica.

Encontraron a Jack Rogers en el lugar en el que había dicho que estaría: en la sala de autopsias 2. Junto a él estaban el cadáver de Bobby Allwine profesionalmente abierto, en posición decúbito supino sobre una mesa metálica cóncava, y un joven asistente desgarbado, a quien Jack presentó como Luke.

—Inventé una excusa para mandar a casa al resto del personal nocturno —explicó Jack—. No quería arriesgarme a que algún charlatán siquiera entreviera lo que tenemos aquí.

—¿Y qué es lo que tenemos? —preguntó Carson.

—Un milagro —respondió Jack—. Sólo que tengo una sensación inquietante, como si se tratara de un milagro demasiado oscuro para que tenga que ver con Dios. Por eso sólo estamos aquí Luke y yo. Luke no es un zoquete chismoso, ¿verdad, Luke?

—No, señor.

Los ojos ligeramente protuberantes de Luke, su larga nariz y su aún más largo mentón le daban aspecto de estudioso, como si los libros ejercieran tal grado de atracción sobre él que le hubieran arrancado los rasgos a tirones hacia el contenido de sus páginas.

Barrigón, con una cara hinchada de perro de presa y bolsas bajo los ojos, lo que le añadía años a su verdadera edad, Jack Rogers parecía incluso más viejo en ese momento que habitualmente. Aunque su agitación era perceptible, su cara tenía un matiz grisáceo.

—Luke tiene buen ojo para las anomalías fisiológicas —dijo Jack—. Sabe mucho de casquería.

Luke hizo un gesto con la cabeza, orgulloso de los elogios de su jefe.

—Siempre me han interesado las vísceras, desde que era un chaval.

—En mi caso —dijo Michael— prefería el béisbol.

Jack continuó:

—Luke y yo hemos completado todas las fases del examen interno. La cabeza, las cavidades del cuerpo, el cuello, las vías respiratorias…

—El sistema cardiovascular —prosiguió Luke—, el tracto gastrointestinal, el tracto biliar, el páncreas, el bazo, las glándulas suprarrenales…

—El tracto urinario, el aparato reproductor, el sistema músculo esquelético —concluyó Jack.

Ciertamente, el cadáver que yacía sobre la mesa daba la impresión de que había sido exhaustivamente explorado.

Si el cuerpo no hubiera sido el de un muerto tan reciente, Carson habría querido untarse los orificios nasales con Vicks. Podía soportar este hedor más suave procedente de un estómago y unos intestinos profanados.

—Cada fase ha revelado una anatomía tan extraña —dijo Jack— que estamos volviendo a revisarlo para ver lo que hayamos podido pasar por alto.

—¿Extraña? ¿Por ejemplo?

—Tenía dos corazones.

—¿Qué quieres decir con dos corazones?

—Dos. El número que está entre el uno y el tres. *Deux, due*.

—En otras palabras —dijo Luke seriamente—, dos de todo lo que debería tener.

—Ya lo cogemos —aseguró Michael—. Pero en la biblioteca vimos el pecho abierto de Allwine. Podríais haber aparcado un Volkswagen allí dentro. Si falta todo, ¿cómo sabéis que tenía dos corazones?

—Por una razón: los conductos correspondientes —explicó Jack—. Tenía las arterias y las venas como para hacer funcionar una doble bomba. Los indicadores son numerosos. Están todos en mi informe final. Pero eso no es la única cosa inaudita de Allwine.

—¿Qué más tiene?

—El hueso del cráneo es duro como una armadura. Se me quemaron dos sierras de trepanación al intentar cortarlo.

—También tenía un par de hígados —intervino Luke— y un bazo de trescientos cincuenta gramos. El bazo suele pesar unos doscientos gramos.

—Un sistema linfático más extenso que el que jamás encontraréis en un manual —prosiguió Jack—. Y dos órganos que no sé lo que son.

—Así que era una especie de bicho raro —dijo Michael—. Por fuera parecía normal. Tal vez no lo que se dice un modelo publicitario, pero tampoco el hombre elefante. Por dentro está todo patas arriba.

—La naturaleza está llena de bichos raros —señaló Luke—. Serpientes con dos cabezas. Sapos con cinco patas. Gemelos siameses. Os sorprenderíais si supierais cuánta gente nace con seis dedos en una u otra mano. Pero nada de eso se parece a... —le dio una palmada al pie desnudo de Allwine—... nuestro amigo.

Carson estaba hecha un lío tratando de darle un significado en su mente a todo esto, y preguntó:

—Entonces, ¿cuáles son las probabilidades de un caso así? ¿Uno entre diez millones?

Pasándose el revés de la manga de la camisa por la frente húmeda, Jack Rogers respondió:

—Vuelve a la realidad, O'Connor. Ninguna cosa así es posible. Esto no es una mutación. Esto es *diseño*.

Por un instante, ella no supo qué decir, y quizá por primera vez en su vida incluso a Michael le faltaron las palabras.

Anticipándose, Jack dijo:

—Y no me preguntéis qué quiero decir con *diseño*. Que el diablo me lleve si lo sé.

—Es sencillamente —explicó Luke con más detalle— que todas estas cosas parecen haber sido hechas para... introducir optimizaciones.

—Y las otras víctimas del Cirujano..., ¿no encontrasteis nada extraño en ellas? —inquirió Carson.

—Cero. Nada. Leed los informes.

Sobre la habitación había descendido tal aura de irrealidad que Carson no se habría sorprendido del todo

136

si el cadáver eviscerado se hubiera sentado en la mesa de autopsias y hubiera tratado de ofrecer él mismo la explicación.

—Jack, seguramente tengamos que restringir la circulación del informe de la autopsia de Allwine. Archívalo aquí, pero no nos envíes ninguna copia. Últimamente están saqueando nuestro casillero, y no queremos que nadie más esté al tanto del asunto... digamos que durante cuarenta y ocho horas —pidió Michael.

—Y no lo archives bajo el nombre de Allwine o con el número de caso con el que puedan encontrarlo —añadió Carson—. Archívalo disimulado como...

—Munster, Herman —sugirió Michael.

Jack Rogers era listo no sólo en lo concerniente a vísceras. Las bolsas bajo sus ojos parecieron oscurecerse.

—Esto no es lo único raro con lo que os habéis topado, ¿verdad?

—Bueno, como sabes, la escena del crimen era extraña —respondió Carson.

—Pero eso tampoco es todo lo que tenéis.

—Su apartamento era la cuna misma de un monstruo —reveló Michael—. Psicológicamente, el tipo era un engendro, no menos de lo que lo era su cuerpo por dentro.

—¿Qué hay del cloroformo? —preguntó Carson—. ¿Lo utilizaron con Allwine?

—No tendremos los resultados de los análisis de sangre hasta mañana —contestó Jack—. Pero puedo apostar la cabeza a que no encontraremos cloroformo. A este tipo no le habría tumbado.

—¿Por qué no?

—Dada su fisiología, no habría funcionado tan rápido en él como en vosotros o en mí.

—¿Cómo de rápido?

—Es difícil decirlo. Cinco segundos. Diez.

—Por otra parte —añadió Luke—, si hubieran intentado ponerle un paño humedecido con cloroformo sobre la cara, los reflejos de Allwine habrían sido más rápidos que los de cualquiera… o los míos.

Jack meneó la cabeza en señal de asentimiento.

—Y él habrá sido *fuerte*. Demasiado fuerte para ser dominado por un hombre normal y corriente durante un momento, y menos durante el tiempo necesario para que el cloroformo haga efecto.

Recordando la expresión apacible de la cara de Bobby Allwine cuando su cuerpo yacía sobre el suelo de la biblioteca, Carson reflexionó sobre su percepción inicial de que él había recibido con gusto su propio asesinato. Sin embargo, la hipótesis parecía tan carente de sentido como antes.

Unos momentos después, en el aparcamiento exterior, mientras ella y Michael se acercaban al coche, la luz de la luna pareció ondularse a través del pesado aire húmedo, como lo haría sobre la superficie de un estanque agitado por la brisa.

Carson se acordó de Elizabeth Lavenza, sin manos, flotando boca abajo en la laguna.

De pronto sintió como si se ahogara en las aguas turbias del caso y, casi presa del pánico, experimentó la necesidad de dar un puñetazo sobre una superficie y dejar la investigación en manos de otros.

# Capítulo 26

Según todas las apariencias externas, Randal Seis, nacido en la Misericordia y criado en la Misericordia, ha sufrido distintos grados de trance autista a lo largo del día, pero interiormente ha pasado esas horas en un gran estado de agitación.

La noche anterior soñó con Arnie O'Connor, el chico del recorte de periódico, el autista sonriente. En su sueño le pedía la fórmula de la felicidad, pero el chico se burlaba de él y se negaba a compartir su secreto.

Ahora Randal Seis está sentado en su escritorio, ante el ordenador en el que de vez en cuando juega partidas de crucigramas con jugadores de lejanas ciudades. Pero esta noche no quiere dedicarse a eso.

Ha encontrado una página web en la que puede estudiar planos de la ciudad de Nueva Orleans. También ofrece un directorio de la ciudad con los nombres de todos los propietarios de inmuebles, así que ha logrado aprenderse la dirección de la detective Carson O'Connor, con quien reside el egoísta Arnie.

El número de calles que separa a Randal de la casa de los O'Connor es desalentador. Tanta distancia, tanta gente, tantos obstáculos, tanto *desorden*.

Además, la página web ofrece planos en tres dimensiones del Barrio Francés, del Garden District y de muchas otras zonas históricas de la ciudad. Cada vez que hace uso de estas guías tan elaboradas, le acosan rápidamente ataques de agorafobia.

Si responde con semejante terror a la realidad *virtual* de los planos en tres dimensiones que parecen dibujos animados, quedará paralizado por la inmensidad y el caos del mundo real en caso de que alguna vez se aventure más allá de los muros que le rodean.

Aun así persiste en estudiar los planos tridimensionales, ya que lo motiva un intenso deseo, que no es otro que encontrar la felicidad que cree haber visto en la sonrisa de Arnie O'Connor.

En la realidad virtual de Nueva Orleans, en la pantalla de su ordenador, una calle lleva a otra. Cada intersección ofrece alternativas. En cada calle se alinean tiendas, residencias. Cada una de ellas supone una elección.

En el mundo real, un laberinto de calles podría llevarlo a cien o mil kilómetros. En ese viaje se enfrentaría a decenas de miles o incluso centenares de miles de *elecciones*.

De nuevo, la inmensidad de semejante desafío le abruma y se refugia presa del pánico en un rincón, de espaldas a la habitación. No puede dar un paso adelante. No tiene nada enfrente, excepto la unión de dos paredes.

Sus únicas elecciones posibles son quedarse frente a la pared o volverse hacia el espacio más grande de la habitación. Mientras no se dé la vuelta, su miedo irá desapareciendo. Aquí está a salvo. Aquí hay orden: la simple geometría de dos paredes que se encuentran.

Al rato ya se ha calmado un poco ante ese estrecho paisaje, pero para tranquilizarse por completo necesita sus crucigramas. Randal Seis se sienta en un sillón con otra colección de palabras cruzadas.

Le gustan los crucigramas porque no hay varias elecciones posibles para cada casilla; sólo *una* opción resulta la solución correcta. Todo está predeterminado.

Cruzar «Noel» con «Navidad», cruzar «Navidad» con «mirra»… Finalmente se rellenarán todas las casillas; todas las palabras estarán completas y se cruzarán correctamente. Se habrá logrado la solución predeterminada. Orden. Éxtasis. Paz.

Mientras rellena con letras las casillas, a Randal se le ocurre una idea asombrosa. Tal vez él y el egoísta Arnie O'Connor están *predestinados* a conocerse.

Si él, Randal Seis, está predestinado a encontrarse frente a frente con el otro chico y a obtener de él el precioso secreto de la felicidad, lo que ahora parece un largo y angustioso viaje hasta la casa de los O'Connor terminará siendo tan sencillo como cruzar la pequeña habitación.

No puede parar de trabajar en el crucigrama, ya que necesita desesperadamente la paz transitoria que conseguirá cuando lo complete. Aun así, mientras lee las definiciones y escribe las letras en las casillas vacías, se plantea la posibilidad de que encontrar la felicidad liberando de ésta a Arnie O'Connor posiblemente demuestre ser no un sueño sino un *destino*.

# Capítulo 27

Mientras se alejaban en coche de la oficina del forense hacia un mundo transformado por lo que acababan de saber, Carson dijo:

—¿Dos corazones? ¿Órganos nuevos y extraños? ¿Monstruos de diseño?

—Me pregunto —suspiró Michael— si me he perdido alguna clase en la academia de policía.

—¿Te pareció que Jack estaba sobrio?

—Lamentablemente, sí. Tal vez esté majara.

—No está majara.

—A veces la gente que está perfectamente sana el martes se vuelve majara el miércoles.

—¿Qué gente?

—No lo sé. Stalin.

—Stalin no estaba perfectamente sano el martes. Además, él no estaba loco, era malvado.

—Jack Rogers no es malvado —replicó Michael—. Si no está borracho, ni loco, ni es malvado, supongo que nos vemos obligados a creerle.

—¿Te parece que alguien como Luke podría estar engañando al viejo Jack?

—¿Luke me-han-interesado-las-vísceras-desde-que-era-un-chaval? Primero, sería una broma demasiado rebuscada. Segundo, Jack es más inteligente que Luke. Tercero, Luke... tiene tanto sentido del humor como una rata de cementerio.

Un disfraz de nubes convirtió la luna llena en cuarto creciente. El naranja pálido de las farolas de la calle sobre las brillantes hojas de las magnolias provocaba una ilusión de hielo, de clima nórdico en la templada Nueva Orleans.

—Nada es lo que parece —aseguró Carson.

—¿Es sólo un comentario o debería preocuparme por estar a punto de ser inundado por un aluvión de filosofía? —preguntó Michael.

—Mi padre no era un poli corrupto.

—Lo que tú digas. Tú lo conocías mejor que nadie.

—Nunca robó drogas incautadas del depósito de pruebas.

—El pasado, pasado está —le aconsejó Michael.

Carson frenó ante un semáforo en rojo.

—No se debería destruir para siempre la reputación de un hombre por una sarta de mentiras. Debería haber una esperanza de justicia, de redención.

Michael eligió como respuesta un respetuoso silencio.

—A mi madre y mi padre no los mató a tiros ningún traficante de drogas que pensara que él estaba haciendo negocios en su territorio. Eso es una puta mentira. —No había hablado en voz alta sobre estas cosas desde hacía mucho tiempo. Le resultaba muy doloroso—. Mi padre había descubierto algo que cierta gente poderosa prefería mantener en secreto. Lo compartió con mi madre, y también la mataron. Sé que estaba preocupado por algo que había visto. Sólo que no sé de qué se trataba.

—Carson, examinamos las pruebas de su caso cien veces —le recordó Michael—, y estuvimos de acuerdo en que era demasiado oscuro como para ser real. Las pruebas recopiladas en un expediente nunca están tan bien atadas a menos que estén manipuladas. En mi opinión, eso es la prueba de que se tendió una trampa. Pero eso es también el problema.

Él estaba en lo cierto. Habían entretejido las pruebas muy bien, no sólo con la intención de condenar a su padre post mórtem, sino además con el propósito de no dejar pista alguna sobre la identidad del que las había entretejido. Ella había tratado de buscar algún hilo suelto que pudiera desenredarlas, pero no pudo encontrar ninguno.

Cuando el semáforo se puso en verde, Carson dijo:

—No estamos lejos de mi casa. Seguramente Vicky tiene todo bajo control, pero creo que debería ir a ver cómo van las cosas con Arnie, ver si todo está bien.

—Claro. Y yo podría tomar un poco del espantoso café de Vicky.

# Capítulo 28

En la habitación principal de la mansión de Helios no todo iba bien.

Las exigencias sexuales de Victor sobrepasaban el mero placer. Más aún: él no sólo *quería* quedar satisfecho sino que *esperaba* plenamente que así fuera. Sus expectativas eran realmente una orden.

Según la filosofía de Victor, el mundo no tenía más dimensiones que las materiales. La única respuesta racional a las fuerzas de la naturaleza y de la civilización humanas era el intento de dominarlas en lugar de dejarse humillar por ellas.

Había siervos y había amos. Él nunca sería de los que llevan un collar de esclavo.

Si no había ningún aspecto espiritual en la vida, entonces no podía existir algo como el amor, excepto en las mentes de los tontos, ya que el amor es un estado espiritual, no de la carne. Desde su punto de vista, no había lugar para la ternura en una relación sexual.

Como mucho, el sexo le ofrecía a la persona dominante la oportunidad de expresar el control sobre su compañero sumiso. La ferocidad de la dominación y la sumisión absoluta permitían obtener una satisfacción de una intensidad mucho mayor que la que podía brindar el amor, incluso aunque éste existiera.

Erika Cuatro, como las tres anteriores y las otras esposas que se había fabricado para sí mismo, no era una compañera en el sentido tradicional del matrimonio. Para Victor, ella era un accesorio para funcionar de modo más efectivo en los eventos sociales, una defensa contra las molestas mujeres que veían en él una posibilidad de conseguir una vida de abundancia por medio del matrimonio y un instrumento de placer.

Dado que placer y poder eran para él sinónimos, la intensidad de su satisfacción era directamente proporcional a la crueldad con que utilizaba a Erika. A menudo quedaba muy satisfecho.

Al igual que todas sus criaturas modernas, en una crisis ella podía bloquear la percepción del dolor. Mientras mantenían relaciones sexuales, él no se lo permitía. Su sumisión era más satisfactoria, completa y genuina si ella estaba obligada a sufrir.

Aunque él la golpeara fuerte, las marcas desaparecían al cabo de las horas, ya que igual que todas sus creaciones, ella se curaba rápidamente. Las hemorragias duraban menos de un minuto. Los cortes se curaban en pocas horas sin dejar cicatrices. Los moratones que se producían por la noche desaparecían al amanecer.

La mayor parte de su gente estaba programada psicológicamente para ser completamente incapaz de sentir humillación, ya que la vergüenza en todos sus matices surgía de una aceptación de la creencia de que la ley moral yacía en el corazón de la creación. En la guerra contra la humanidad vulgar, que alguna vez él libraría, necesitaba soldados sin reparos morales, tan seguros de su superioridad que ninguna crueldad los afectara.

Sin embargo, a Erika le permitía la humildad, porque de ésta surgía la inocencia. Aunque no estaba seguro de por qué tenía que ser así, el más suave abuso sobre su delicada sensibilidad era más excitante que perpetrar salvajadas contra una mujer que careciera de toda inocencia.

La forzaba a soportar las cosas que la avergonzaban porque, irónicamente, cuanto mayores eran su vergüenza y su asco hacia sí misma, más se rebajaba y más obediente terminaba siendo. Victor la había hecho fuerte en muchos aspectos, pero no tanto como para que él no pudiera cambiar su voluntad y moldearla como deseara.

Valoraba más la sumisión ciega en una esposa si la conseguía con malos tratos que si la obtenía en el tanque mediante la ciencia, ya que en este último caso, la obediencia servil resultaba mecánica y monótona.

Aunque se acordaba de un tiempo, hacía siglos, en su juventud, en el que sentía otras cosas con respecto a las mujeres y el matrimonio, no podía recordar o comprender por qué aquel joven Victor había sentido semejante cosa o qué creencias le motivaban. Sin embargo, él realmente no intentaba comprenderlo, porque hacía mucho tiempo que había tomado otro camino y no había posibilidad de volver atrás.

El joven Victor había creído también en el poder de la voluntad humana para someter la naturaleza a sus deseos; y era con este aspecto de su viejo yo con el que todavía podía sentirse identificado. Todo lo que importaba era el triunfo de la voluntad.

Lo que iba mal en ese momento en la habitación era que, por una vez, su voluntad no lograba que la realidad se sometiera a sus deseos. Quería satisfacción sexual, pero ésta le era esquiva.

Su mente insistía en extraviarse retrocediendo a la cena de gala, al momento en el que vio a Erika sorbiendo la sopa y haciendo ruido con la cuchara.

Al final se retiró de encima de ella y permaneció boca arriba, vencido.

Ambos se quedaron mirando fijamente al techo en silencio, hasta que ella suspiró:

—Lo siento.

—Tal vez la culpa sea mía —asumió él, queriendo decir que quizá había cometido algún error cuando la había fabricado.

—No te excito.

—Normalmente sí. Esta noche, no.

—Aprenderé —prometió ella—. Mejoraré.

—Sí —contestó él, ya que eso era lo que ella debía hacer si esperaba conservar su papel. Pero había empezado a dudar de si Erika Cuatro sería la Erika final.

—Me voy al hospital —anunció Victor—. Me siento creativo.

—Las Manos de la Misericordia. —Erika se estremeció—. Creo que sueño con ese lugar.

—No, no puedes. Te he librado de todos los sueños en los que apareciesen tus orígenes.

—Sueño con cierto lugar —insistió—. Oscuro y extraño, y lleno de muerte.

—Ahí tienes la prueba de que no es Las Manos de la Misericordia. Mis laboratorios están llenos de vida.

Aburrido de Erika y preocupado por el rumbo que tomaban sus cavilaciones, Victor se levantó de la cama y se dirigió desnudo al cuarto de baño.

Se miró a sí mismo en los espejos biselados, como si contemplara una joya en un marco de apliques bañados en oro y paredes revestidas de mármol; y vio algo mucho más que humano.

—La perfección —aseguró, aunque él sabía que le avergonzaba ese ideal.

Rodeándole el torso, incrustándose en su carne, entrelazándose en las costillas, envolviéndole en espiral la espina dorsal, un hilo metálico flexible y sus correspondientes implantes convertían una simple corriente eléctrica —a cuya fuente se conectaba dos veces por día— en una energía diferente; una carga estimulante que controlaba el índice de divisiones celulares situándolo en el nivel propio de un joven y mantenía a raya el tiempo biológico.

Su cuerpo era una masa de cicatrices y extrañas excrecencias, pero él las encontraba hermosas. Eran las consecuencias de los procedimientos mediante los cuales había obtenido la inmortalidad; eran las credenciales de su divinidad.

Algún día él clonaría un cuerpo a partir de su ADN, lo perfeccionaría con las muchas optimizaciones que había desarrollado, aceleraría su crecimiento y, con la ayuda de cirujanos de su propia creación, se haría transferir el cerebro a ese nuevo hogar.

Cuando ese trabajo estuviese terminado, él sería el modelo de la perfección física, pero añoraría las cicatrices. Éstas eran la prueba de su persistencia, de su genio y del triunfo de su voluntad.

A continuación se vistió, ansiando estar ya en su laboratorio de Las Manos de la Misericordia, donde pasaría la larga noche.

# Capítulo 29

Mientras Carson comprobaba cómo iban las cosas con su hermano, el constructor de castillos, Michael permanecía de pie apoyado en un mueble de la cocina, con una taza del café de Vicky en la mano.

Vicky Chou, que acababa de terminar de limpiar el horno, preguntó:

—¿Qué tal el café?

—Amargo como la hiel —respondió él.

—Pero no está ácido.

—No —admitió Michael—. No sé cómo te las arreglas para prepararlo amargo sin que resulte ácido, pero lo logras.

—Es mi secreto —replicó Vicky guiñando un ojo.

—Esta cosa es negra como el alquitrán. No es que te haya salido mal: verdaderamente *quieres* que te quede así, ¿verdad?

—Si está tan malo, ¿por qué siempre te lo bebes?

—Es para poner a prueba mi virilidad. —Dio un sorbo largo que le hizo fruncir el ceño—. He estado pensando mucho últimamente, pero me dirás que me calle, que no quieres saber nada.

Mientras se lavaba las manos en el fregadero, ella contestó:

—*Tengo* que escucharte, Michael. Es parte de mi contrato de trabajo.

Él dudó, pero luego prosiguió:

—He estado pensando cómo serían las cosas si Carson y yo no fuéramos compañeros.

—¿Qué cosas?

—Entre ella y yo.

—¿Hay algo entre vosotros?

—La placa —respondió él con voz lastimera—. Es una poli demasiado sólida, demasiado profesional para salir con su compañero.

—La muy perra —espetó Vicky secamente.

Michael sonrió, dio otro sorbo e hizo una mueca.

—El problema es que, si cambiáramos de compañeros para poder salir juntos, echaría de menos cómo pateamos culos y reventamos cabezas juntos.

—Tal vez así es como mejor os relacionáis.

—Ahí tienes una reflexión deprimente.

Vicky tenía evidentemente más cosas que decir, pero se quedó en silencio cuando Carson entró en la cocina.

—Vicky —dijo—, sé que tienes cuidado de mantener las puertas cerradas con llave. Pero, por un tiempo, deberíamos prestar más atención a las medidas de seguridad.

—¿Qué ocurre? —preguntó Vicky frunciendo el ceño.

—Este extraño caso en el que estamos trabajando… parece como si… si no somos cuidadosos, podría alcanzarnos a nosotros, a nuestra casa. —Miró a Michael—. ¿Suena paranoico?

—No —respondió él, y se terminó lo que quedaba del amargo café, como si su sabor pudiera hacer que, en comparación, su insatisfactoria relación pareciera más dulce.

\* \* \*

Nuevamente en el coche, mientras Carson arrancaba, Michael se metió en la boca una pastilla de menta para el aliento, a fin de eliminar el amargo hedor del mortal brebaje de Vicky.

—Dos corazones…, órganos de función desconocida… No puedo quitarme de la cabeza *La invasión de los ladrones de cuerpos*, personas en el sótano creciendo de vainas.

—No son extraterrestres.

—Tal vez no. Entonces, creo que… extrañas radiaciones cósmicas, la polución, la ingeniería genética, demasiada mostaza en la dieta de los americanos. Los perfiles psicológicos y los de los peritos forenses no sirven para nada en este caso —aseguró Carson. Bostezó—. Ha sido un largo día. Ya no puedo pensar con lucidez. ¿Qué te parece si te llevo hasta tu casa y cada uno se va a dormir?

—Suena fenomenal. Tengo un pijama nuevo con dibujos de monitos que me encantaría probarme.

Salió a la autopista, en dirección a Metairie. Gracias a Dios, el tráfico estaba muy despejado. Permanecieron un rato en silencio, pero luego él habló.

—¿Sabes? Si alguna vez le quieres solicitar al jefe que se reabra el caso de tu padre y que nos permita volver a intentarlo, yo te secundaré.

Ella meneó la cabeza.

—No lo haría a menos que tuviera algo nuevo en mis manos, algún pequeño indicio, un enfoque distinto de la investigación, algo. De no ser así, nos rechazarían la petición.

—Podemos hacernos con una copia del informe, revisar las pruebas en nuestro tiempo libre, rebuscar en él hasta que encontremos la pieza que nos falta.

—Ahora mismo no tenemos nada de tiempo libre —se quejó ella cansinamente.

—El caso del Cirujano se resolverá. Las cosas irán mejor. Sólo recuerda: cuando tú estés lista, yo también lo estaré —le aseguró Michael mientras salían de la autopista.

Ella sonrió. A él le encantaba su sonrisa. Nunca se cansaba de ella.

—Gracias, Michael. Eres un buen tipo.

Él habría preferido oírle decir que era el amor de su vida, pero «buen tipo» era al menos un punto de partida.

Cuando aparcó frente al edificio de apartamentos de Michael, bostezó nuevamente.

—Estoy reventada. Exhausta.

—Tan exhausta que estás deseando volver directamente al apartamento de Allwine.

—Se ve que me conoces bien.

—No te habrías detenido a ver cómo iban las cosas con Arnie si tu intención hubiera sido irte a casa después de dejarme en la mía.

—Tendría que ser más rápida para engañar a un detective de homicidios. Son esas habitaciones negras, Michael. Tengo que… trabajar en ellas sola.

—Entrar en contacto con las profundidades de tu mente.

—Algo así.

Michael salió del coche y se inclinó sobre la puerta.

—Deja ya eso de la jornada de doce horas, Carson. No tienes que demostrarle nada a nadie. A nadie en el cuerpo de policía. Ni a tu padre.

—Así soy yo.

Cerró la puerta y observó cómo se alejaba en el coche. Sabía que ella era lo suficientemente fuerte como para cuidar de sí misma, pero se preocupó por lo que pudiera pasarle.

Casi deseaba que ella fuera más vulnerable. Le había partido un poco el corazón que no lo necesitara desesperadamente.

# Capítulo 30

Roy Pribeaux estaba disfrutando de su cita más de lo que esperaba. Generalmente se trataba de un interludio aburrido entre el momento de planear el asesinato y el de perpetrarlo.

Candace resultó ser tímida pero encantadora, verdaderamente dulce, con un sentido del humor que le permitía reírse de sí misma.

Tomaron café en una cafetería frente al río. Entablaron de inmediato una afable conversación sobre distintos temas, lo que sorprendió a Roy, aunque también le gustó. La ausencia de toda sensación de incomodidad desarmaría más rápidamente a la pobre diabla.

Después de un rato, ella le preguntó qué había querido decir exactamente unas noches antes cuando se había referido a sí mismo como *un hombre cristiano*. ¿De qué confesión? ¿Comprometido con qué?

Él se dio cuenta de inmediato de que ésa era la llave con la que abriría su confianza y se ganaría su corazón. Había utilizado la táctica del cristianismo en un par de ocasiones, y con la mujer adecuada había funcionado tan bien como las expectativas de un gran encuentro sexual o incluso de amor.

¿Por qué él, un Adonis, iba a interesarse por un adefesio como ella? Ese misterio alimentaría sospechas. Extremaría su cautela.

En cambio, si ella creía que era un hombre de genuinos principios morales que buscaba una compañera virtuosa y no meramente una hembra, le vería como un hombre con exigencias más elevadas que la de la belleza física. Se convencería a sí misma de que sus hermosos ojos resultaban suficiente belleza física para él y que lo que él verdaderamente valoraba era su inocencia, su castidad, su personalidad y su piedad.

El truco consistía en adivinar a qué rama del cristianismo pertenecía, y luego convencerla de que compartían las mismas creencias en cuanto a fe. Si pertenecía a la Iglesia de Pentecostés, su abordaje sería bastante diferente al que se requería si era católica, y muy diferente del estilo mundano e irónico que debía utilizar si pertenecía a la Iglesia unitaria.

Afortunadamente, resultó ser episcopaliana, culto que Roy encontraba notablemente más fácil de imitar que otros de sectas más apasionadas. Habría estado perdido si hubiera sido adventista del séptimo día.

Descubrió también que era una buena lectora, especialmente entusiasta de C. S. Lewis, uno de los mejores escritores cristianos del siglo que acababa de finalizar.

Gracias a su propósito de ser un hombre renacentista, Roy había leído a Lewis: no todos sus libros, que eran muchos, pero sí suficientes. *Cartas del diablo a su sobrino. El problema del dolor. Una pena en observación.* Afortunadamente eran volúmenes breves.

La querida Candace estaba tan encantada de tener como compañero de conversación a un hombre tan apuesto y lleno de inquietudes, que cuando el tema pasó a ser Lewis se sobrepuso a su timidez. Llevaba el peso de la conversación, y Roy sólo necesitó insertar una cita por aquí y una referencia por allá para convencerla de que su conocimiento de la obra del gran hombre era enciclopédico.

Además, que ella fuera episcopaliana implicaba otra cosa: sus reglas no le prohibían la bebida ni el placer de la música sensual. Del café la llevó a un club de jazz en Jackson Square.

Roy tenía aguante con el alcohol, y un potente huracán arrasó con todas las barreras de precaución que Candace podría haber interpuesto.

Después del club de jazz, cuando él sugirió un paseo por el dique, la única preocupación de ella fue que a esa hora podría estar cerrado.

—Aún está abierto a los peatones —aseguró él—. Sólo que no lo dejan iluminado por los patinadores y los pescadores.

Tal vez ella habría dudado en aceptar un paseo por un dique sin iluminación si él no hubiera sido un hombre tan fuerte y tan bueno, y capaz de protegerla.

Caminaron hacia el río, lejos de la zona comercial y de las multitudes. La luna llena daba más luz de lo que a él le hubiera gustado, pero también la suficiente como para disipar cualquiera de las reticencias de Candace en caso de que estuviera preocupada por su seguridad.

Una embarcación fluvial que ostentaba una viva decoración pasó haciendo mucho ruido, con su gran rueda de palas salpicando el agua cálida. Los pasajeros estaban de pie en la cubierta y sentados en mesas. El crucero nocturno no se detendría en ninguno de los muelles cercanos. Roy había consultado los horarios, planeándolo todo de antemano, como siempre.

Fueron andando con paso tranquilo hasta el final del pavimento, por encima del rompeolas de rocas. Sólo de día los pescadores solían llegar hasta tan lejos. Tal como esperaba, él y Candace estaban solos.

Las luces del barco, que iba perdiéndose de vista, pintaban serpentinas de un color aceitoso sobre las oscuras aguas; a Candace le pareció bonito, y de hecho lo mismo pensó Roy, y luego las miraron un momento antes de que ella se volviera hacia él, esperando un beso casto, o incluso no tan casto.

Sin embargo, él le roció la cara presionando el pequeño aerosol de plástico con cloroformo que había extraído de un bolsillo de su chaqueta.

Había descubierto que esta técnica de saturación era más rápida y efectiva que la del paño humedecido y evitaba una refriega. El líquido penetró por sus fosas nasales y le salpicó la lengua.

Atragantada, jadeando e inhalando de ese modo el anestésico, Candace se desmoronó de pronto como si le hubieran pegado un tiro.

Cayó de lado. Roy la puso de espaldas al suelo y se arrodilló junto a ella.

Incluso bajo la persistente y plateada luz de la luna, para cualquiera que pudiera mirar hacia ese lugar desde un bote en el río, ambos estaban en una posición que no despertaría sospechas. Roy echó un vistazo hacia atrás, hacia el camino por el que habían venido, y no vio ningún paseante desvelado.

De un bolsillo interior de la chaqueta extrajo un estilete y un kit de bisturís y otros instrumentos.

En este caso no necesitaba grandes herramientas. Los ojos eran fáciles de extraer, aunque debía ser cuidadoso para no dañar la parte de ellos que él consideraba perfectamente hermosa.

Con el estilete, encontró su corazón y la transportó del sueño a la muerte con un imperceptible sonido de líquido corriendo.

Pronto se hizo con los ojos y los puso a salvo en una pequeña botella de plástico llena de solución salina.

De vuelta hacia las luces y el jazz, se sorprendió cuando sintió de pronto en la boca un gusto a algodón de azúcar, un sabor que jamás había anhelado. Pero, por supuesto, el carrito rojo estaba cerrado y seguramente no abriría durante unos cuantos días.

# Capítulo 31

Un picapedrero del siglo XIX había cincelado «Las Manos de la Misericordia» en un bloque de piedra caliza que estaba encima de la entrada del hospital. Una erosionada imagen de la Virgen María miraba desde arriba hacia los escalones de la fachada.

El hospital había cerrado hacía mucho tiempo, y cuando el edificio se vendió a una empresa fantasma de Victor Helios, se tabicaron las ventanas y se instalaron puertas de acero en todas las entradas, equipándolas tanto con cerrojos mecánicos como con cerraduras electrónicas.

Como una colección de lanzas de una legión romana, una alta verja de hierro forjado rodeaba la propiedad, que se encontraba a la sombra de algunos olmos. La puerta electrónica tenía un cartel: «Almacén privado. Prohibida la entrada».

Cámaras ocultas vigilaban los jardines y el perímetro. Ningún depósito de almacenaje de armas nucleares tendría un mejor o más sofisticado dispositivo de seguridad, ni uno más discreto.

La imponente construcción estaba en silencio. De ella no escapaba ni un rayo de luz, aunque aquí se diseñaban y fabricaban los nuevos gobernantes de la Tierra.

Un equipo de ochenta personas vivía y trabajaba dentro de esos muros, ayudando a realizar experimentos en un laberinto de laboratorios. En las habitaciones que tiempo atrás habían cobijado a los pacientes del hospital se alojaban hombres y mujeres recientemente creados, educados con mucha rapidez para que pudieran ser infiltrados entre los habitantes de la ciudad.

Las puertas acorazadas de ciertas habitaciones estaban bajo llave. Las creaciones que se encontraban dentro de ellas necesitaban estar aisladas mientras se les estudiaba.

Victor dirigía su trabajo más importante en el laboratorio principal. Este vasto espacio tenía un aire tecno mezclado con cierto estilo *art déco* y bríos de grandiosidad wagneriana. Vidrio, acero inoxidable, cerámica blanca: todo era fácil de esterilizar si las cosas se ponían… feas.

Arcanos aparatos de líneas elegantes, muchos de los cuales los había diseñado y construido él mismo, bordeaban la cámara, se erguían desde el suelo, colgaban del techo. Algunas de las máquinas zumbaban, algunas burbujeaban, otras permanecían silenciosas y amenazantes.

Cuando él estaba en este laboratorio sin ventanas, si guardaba el reloj en un cajón, podía trabajar horas y horas, incluso días, sin descanso. Al haber optimizado su fisiología y metabolismo hasta tal punto de que necesitaba poco o ningún sueño, era capaz de entregarse apasionadamente a su trabajo.

Esa noche, cuando llegó a su escritorio sonó el teléfono. La llamada venía de la línea cinco. De las ocho líneas, las últimas cuatro —que correspondían a un mismo número— estaban reservadas a mensajes y preguntas procedentes de esas creaciones con las que había estado poblando gradualmente la ciudad.

Levantó el auricular.

—¿Sí?

El que llamaba, un hombre, luchaba por reprimir la emoción de su voz, una emoción mayor que la que Victor podía esperar de uno de los de la Nueva Raza.

—Me está sucediendo algo, Padre. Algo extraño. Tal vez algo maravilloso.

Las creaciones de Victor sabían que sólo debían ponerse en contacto con él en caso de crisis.

—¿Quién eres?

—Ayúdeme, Padre.

Victor se sintió menoscabado por el uso de la palabra *padre*.

—No soy tu padre. Dime tu nombre.

—Estoy confundido… y a veces asustado.

—Te he preguntado tu nombre.

Sus creaciones no habían sido diseñadas para tener la capacidad de no obedecerle, pero ésta se negaba a identificarse.

—He comenzado a *cambiar*.

—Debes decirme tu *nombre*.

—El asesinato…, el asesinato me excita.

Victor captó la preocupación creciente en su voz.

—No, tu mente está bien. Yo no cometo errores.

—Estoy cambiando. Hay tanto que aprender del asesinato.

—Ven a verme a Las Manos de la Misericordia.

—No, creo que no. He matado a tres hombres… sin remordimientos.

—Ven a verme —insistió Victor.

—Su piedad no va a cubrir a uno de nosotros que ha… caído tan bajo.

Victor sintió una extraña sensación de mareo. Se preguntó si éste no sería el asesino en serie que tenía cautivados a los medios de comunicación. ¿Una de sus propias creaciones rompiendo el programa para cometer asesinatos *sin razones que los autorizaran*?

—Ven a verme y te daré todas las orientaciones que necesites. Aquí sólo encontrarás compasión.

La voz, electrónicamente disfrazada, volvió a negarse.

—El último que he matado… era uno de los suyos.

La sensación de alarma creció en Victor. Una de sus creaciones que mataba a otra *por decisión propia*. Eso no había sucedido nunca. Un mandato programado contra el suicidio estaba fuertemente atado a sus psiques, así como una severa orden que permitía matar sólo por dos razones: en defensa propia o cuando su hacedor le indicara que lo hiciera.

—La víctima —dijo Victor—. ¿Su nombre?

—Allwine. Encontraron su cadáver en la biblioteca municipal esta mañana.

Victor contuvo la respiración mientras pensaba en las implicaciones del hecho.

El que llamaba volvió a hablar.

—No había nada que aprender de Allwine. Por dentro era como yo. Debo hallarlo en otro lado, en otros.

—¿Hallar qué?

—Lo que necesito —contestó, y colgó.

Victor marcó el número 69 y descubrió que el teléfono del que había llamado tenía bloqueado el servicio de devolución de llamada.

Furioso, colgó violentamente el auricular.

Intuyó un contratiempo.

# Capítulo 32

Erika se quedó en la cama un rato después de que Victor se fuera a Las Manos de la Misericordia, acurrucada en una posición fetal que jamás había conocido en el tanque de creación. Esperó para ver si su depresión se le pasaba o si empeoraba hacia la ciénaga más oscura del desánimo.

El flujo de sus estados emocionales parecía a veces tener escasa relación con las vivencias de las que éstos procedían. Después de mantener relaciones sexuales con Victor, a continuación venía siempre, indefectiblemente, la depresión, lo cual era comprensible. Pero a veces, cuando su estado *debía* haber madurado hacia algo como el abatimiento, no sucedía así. Y aunque su futuro parecía tan lóbrego que su abatimiento debería ser inquebrantable, en ocasiones lograba evitarlo.

Recordar los versos de Emily Dickinson lograba sobreponerla a su melancolía: *«Esperanza» es la cosa con plumas / Que se posa en el alma / Canta la melodía sin palabras / Y no se para: nunca.*

Las obras de arte que había en las paredes de Victor eran abstractas: bloques de color extrañamente yuxtapuestos que surgían de manera opresiva, salpicaduras de color o manchas grises sobre fondo negro que a Erika le parecían el caos o la nulidad. De todas maneras, en su biblioteca había enormes libros de arte, y a veces su estado de ánimo podía mejorar con sólo sumergirse en una sola pintura de Albert Bierstadt o de Childe Hassam.

Le habían enseñado que formaba parte de la Nueva Raza: posthumana, optimizada, superior. Puede ser cualquier cosa, pero es inmune a las enfermedades. Se cura rápido, casi milagrosamente.

Aun así, cuando necesita solaz, lo encuentra en el arte, la música y la poesía de la humanidad a la que ella y los de su especie se espera que reemplacen.

Cuando se siente confundida o perdida, encuentra la claridad y la orientación en los escritos de la imperfecta humanidad. Y los escritores son justo aquellos que Victor particularmente desaprobaría.

Esto intriga a Erika: que una especie primitiva y malograda, la enfermiza humanidad, pueda elevar su corazón con sus obras cuando ninguno de los de su especie lo puede hacer.

Le gustaría discutir sobre esto con otros de la Nueva Raza, pero le preocupa que alguno de ellos pueda pensar que su desconcierto la convierte en una hereje. Todos son obedientes a Victor por diseño, pero algunos sienten ante él un miedo tan reverencial que interpretarían sus preguntas como dudas, sus dudas como traiciones, y luego la traicionarían a ella por su hacedor.

Y entonces se guarda las preguntas para sí misma, ya que sabe que en un tanque espera Erika Cinco.

En la cama, con el olor de Victor aún sobre las sábanas, Erika se da cuenta de que éste es uno de esos momentos en los que la poesía podrá evitar que la depresión se convierta en desesperación. *Si no estuviera viva / Cuando los Petirrojos vuelvan / Al de la Corbata Roja, / Dadle una miga en Recuerdo.*

Sonrió ante el suave humor de Dickinson. Esa sonrisa podría haber desencadenado otras de no ser porque oyó como si algo estuviera escarbando por debajo de la cama.

Levantó las sábanas y se sentó, con la respiración contenida, escuchando.

Como si se hubiera percatado de su reacción, lo que estaba haciendo ese ruido se quedó quieto, o, si no quieto, al menos silencioso, arrastrándose en completo sigilo.

Cuando ella y Victor regresaron al dormitorio después de que se hubieran marchado sus invitados, Erika no oyó ni vio ninguna señal de que hubiera una rata, por lo que supuso que se había equivocado cuando había creído oír una. O tal vez la rata se había escondido dentro de una pared o en un desagüe y de allí se había ido a otra parte de la enorme casa.

O bien el bicho había vuelto, o había estado allí todo el tiempo, testigo tranquilo del terrible impuesto que Victor cobraba a Erika por vivir.

Transcurrió un momento, y entonces se oyó un ruido procedente de otra parte de la habitación. Un efímero crujido furtivo.

Las sombras envolvían la estancia, que sólo estaba iluminada por la luz de la mesilla.

Desnuda, Erika se deslizó fuera de la cama y se puso de pie, dispuesta y alerta.

Aunque sus ojos de diseño optimizado lograban sacar el máximo provecho de la luz disponible, no tenía la visión penetrante de un gato en la oscuridad. En esos días Victor estaba llevando a cabo experimentos de cruce de especies, pero ella no era uno de éstos.

Queriendo tener más luz, se dirigió hacia una lámpara portátil que estaba junto a un sillón.

Antes de alcanzarla, más que oír, sintió la presencia de algo en el suelo correteando detrás de ella. Asustada, retrocedió con su pie izquierdo, giró sobre el derecho e intentó ver al intruso a lo largo del camino que según su instinto debía de haber tomado el bicho.

Como no había nada que ver —o al menos nada que ella pudiera ver—, volvió a dirigirse hacia la lámpara y la encendió. La luz adicional no reveló nada de lo que esperaba encontrar.

En el cuarto de baño sonó un ruido metálico, como si alguien o algo hubiera tirado la pequeña papelera. La puerta estaba entreabierta. Detrás reinaba la oscuridad.

Comenzó a moverse hacia el cuarto de baño velozmente, pero se detuvo un instante en el umbral.

Dado que los miembros de la Nueva Raza eran inmunes a la mayoría de las enfermedades y se curaban rápido, tenían miedo a menos cosas que los seres humanos comunes. Eso no significaba que el miedo les fuera completamente ajeno.

Aunque era difícil matarlos, no eran inmortales, y, como habían sido creados en el desprecio hacia Dios, no podían abrigar la menor esperanza de otra vida después de ésta. Por lo tanto, le temían a la muerte.

A la inversa, muchos de ellos le temían a la *vida* porque no tenían el menor control sobre su destino. Eran los sirvientes de Victor, a quienes les ligaba un contrato tácito, y no había suma de dinero que les permitiera comprar su libertad.

También le temían a la vida porque no podían renunciar a ella si la carga de servir a Victor se volvía demasiado pesada. Los habían creado con una orden contra el suicidio profundamente implantada en su psique; de modo que aunque se sintieran atraídos por el vacío, incluso eso se les negaba.

Erika, en el umbral del cuarto de baño, experimentó otro tipo de miedo: el miedo a lo desconocido.

Lo que es anormal para la naturaleza es un monstruo, incluso aunque sea hermoso a su modo. Erika, creada no por la naturaleza sino por la mano del hombre, era un monstruo encantador, pero un monstruo en cualquier caso.

Ella creía que los monstruos no debían tenerle miedo a lo desconocido porque, según cualquier definición razonable, ellos formaban parte de lo desconocido. Aun así, un cosquilleo de aprensión recorrió la curva de su espina dorsal.

El instinto le decía que la rata no era tal, sino que se trataba de algo desconocido.

Del cuarto de baño llegó un clic, un ruido metálico, como si algo hubiera abierto un armario y estuviera explorando su contenido en la oscuridad.

Los dos corazones de Erika comenzaron a latir más rápido. Se le secó la boca. Se le humedecieron las palmas de las manos. En esa vulnerabilidad, exceptuando su doble corazón, era muy humana, independientemente de sus orígenes.

Retrocedió, alejándose de la puerta del cuarto de baño.

Su bata de seda azul estaba tirada sobre el sillón. Con la mirada fija en la puerta del cuarto de baño, se puso la bata y se la anudó.

Descalza, salió de la *suite*, cerrando la puerta tras de sí.

Cuando llegó la medianoche, descendió por la casa de Frankenstein hasta la biblioteca, donde —entre los muchos volúmenes de pensamientos y esperanzas humanos— se sintió más segura.

# Capítulo 33

Respondiendo a una llamada de Victor, acudieron al laboratorio principal dos hombres jóvenes tan vulgares en su apariencia como cualquier otro de Nueva Orleans.

No todos los hombres de la Nueva Raza eran apuestos. Ni todas las mujeres hermosas.

La razón era que cuando finalmente él hubiera sembrado secretamente la sociedad con un número suficiente de sus creaciones, con el fin de exterminar a la Vieja Raza, la humanidad se defendería mejor si pudiera identificar a sus enemigos por medio de los detalles —incluso los más sutiles— que revelaran su apariencia. Si todos los miembros de la Nueva Raza tuvieran el aspecto de un guapísimo actor de Hollywood, su belleza los volvería objeto de sospecha, los sometería a pruebas e interrogatorios, y en última instancia los pondría en evidencia.

Su infinita variedad, por otra parte, aseguraría la victoria en la guerra. Su variedad, su superioridad física y su falta de piedad.

Además, aunque a veces él construía especímenes de una hermosura que cortaba la respiración, la empresa no giraba fundamentalmente en torno a la belleza.

En su raíz estaba el poder y el establecimiento de una Nueva Verdad.

En consecuencia, los jóvenes a los que había llamado podrían considerarse extraordinarios en cuanto a su apariencia sólo porque, teniendo en cuenta lo que eran por dentro, parecían normales y corrientes. Sus nombres eran Jones y Picou.

Les contó que Bobby Allwine se encontraba en un cajón del depósito de cadáveres.

—Es preciso que su cuerpo desaparezca esta noche. Así como toda prueba incriminatoria: muestras de tejidos, fotografías, cintas de vídeo.

—¿Y el informe de la autopsia y las grabaciones? —preguntó Jones.

—Sólo si son fáciles de encontrar —respondió Victor—. Pero, por sí mismos, no confirman nada.

—¿Y el médico que le examinó, o los que pudieran haber estado allí cuando abrieron el cuerpo? —inquirió Picou.

—Por ahora, dejadlos vivos —ordenó Victor—. Sin el cuerpo y sin ninguna prueba, todo lo que tienen es una historia fantástica que hará que parezcan borrachos o yonquis.

Aunque eran intelectualmente capaces de realizar mejores trabajos que esta recogida de basura, ni Jones ni Picou se quejaron ni consideraron que su tarea fuera degradante. Su paciente obediencia era la esencia de la Nueva Raza.

En la civilización revolucionaria que Victor estaba creando, como en *Un mundo feliz* de Aldous Huxley, todos tendrían un papel en el orden social. Y todos estarían contentos, no habría envidias.

Huxley ordenó su mundo con los Alfas en la cima, la élite gobernante, seguida de los Betas y los Gammas. Los obreros encargados de las tareas pesadas se llamaban Épsilons, nacidos para ocupar su lugar en una sociedad diseñada.

Para Huxley, esta visión había sido una distopía. Victor lo veía mucho más claro: una eutopía.

Había conocido una vez a Huxley en un cóctel. Lo juzgó como un hacendoso mojigato que se preocupaba ridículamente por cómo la ciencia podía convertirse en un gigante más dogmático de lo que cualquier religión podía llegar a ser, aplastando todo lo humano de la humanidad. Victor descubrió que era muy rico en lecturas, pobre en experiencia de vida y muy aburrido.

Aun así, la visión de pesadilla de Huxley le sirvió a Victor como ideal. Haría a los de la clase Alfa casi iguales a él, de modo que resultaran una compañía que le sirviera de desafío y fueran capaces de llevar a cabo sus planes para el día en que la humanidad fuese liquidada, cuando la Tierra sirviera de plataforma para los mayores logros de una raza de posthumanos, que trabajarían juntos con tanta diligencia como en una colmena.

En ese momento, estos dos Épsilons, Oliver Jones y Byron Picou, salieron como dos buenas abejas obreras, impacientes por cumplir los papeles para los que habían sido diseñados y construidos. Robarían los restos de Allwine y se desharían de ellos en un vertedero fuera de la ciudad.

El vertedero era propiedad de Victor a través de otra empresa fantasma, y sólo empleaba a miembros de la Nueva Raza. Con frecuencia necesitaba un lugar seguro para enterrar para siempre esos experimentos interesantes pero fallidos que jamás debían ser descubiertos por los humanos comunes.

Bajo esas montañas de basuras yacía una ciudad de muertos. Si llegaran a fosilizarse y fueran recuperados por paleontólogos dentro de un millón de años, ¡qué misterios presentarían, qué pesadillas inspirarían!

Aunque existían problemas con la relativamente pequeña colmena que había establecido en Nueva Orleans —por ahora sólo dos mil miembros de la Nueva Raza—, se solucionarían. Semana tras semana lograba avances en su ciencia e incrementaba el número de su implacable ejército. Pronto comenzaría a producir en masa los tanques, creando su gente no en un laboratorio sino en instalaciones mucho mayores que podrían perfectamente llamarse *granjas:* y los produciría a miles.

El trabajo era interminable pero tenía su recompensa. La Tierra no se había hecho en un día, pero él tenía la paciencia necesaria para *rehacerla*.

Sintió sed. Cogió una Pepsi de una nevera del laboratorio, en la que también había un pequeño plato de galletas con trocitos de chocolate. Le encantaban las galletas con trocitos de chocolate. Cogió dos.

# Capítulo 34

Alguien había puesto una cinta policial en la puerta del apartamento de Bobby Allwine. Carson la rompió.

Era una infracción menor, teniendo en cuenta que en realidad el lugar no era la escena del crimen. Además, después de todo, ella era policía.

Luego utilizó una pistola Lockaid para abrir los cerrojos —sólo las podían comprar instituciones policiales— e hizo saltar la cerradura. Introdujo la fina púa de la pistola por el ojo, bajo los pernos del tambor, y apretó el gatillo. Disparó cuatro veces hasta que logró hacer saltar todos los pernos.

El uso de la Lockaid suponía un problema mayor que la rotura de la cinta. El departamento poseía varias. Estaban guardadas en el armario de armas de fuego, junto con el resto de las pistolas. Para tener derecho legal a disponer de ella, se suponía que había que presentar una solicitud escrita ante el oficial de turno cada vez que había que usarla.

Ningún detective estaba autorizado a llevar consigo una pistola Lockaid todo el tiempo. Gracias a la metedura de pata de un funcionario en un procedimiento de solicitud, Carson había logrado disponer de una de forma permanente y decidió no revelárselo a nadie.

Jamás la había utilizado para violar los derechos de nadie, sino siempre de modo legal, en situaciones en las que se habría perdido un precioso tiempo en caso de tener que hacer el papeleo. En las circunstancias actuales, no violaba los derechos de Bobby Allwine por la sencilla razón de que estaba muerto.

Aunque a ella le gustaban las viejas películas, no era Harry el Sucio en versión femenina. Por el momento, no se había apartado demasiado de las normas, y jamás en una situación verdaderamente importante.

Podía haber despertado al superintendente y haber obtenido una llave. Habría disfrutado sacando de la cama a ese viejo bastardo.

Sin embargo, recordaba cómo él la miraba siempre de arriba abajo, relamiéndose los labios. Sin la presencia de Michael, y despertado de un sueño quizá inducido por el vino, el superintendente podía llegar a intentar tocarle el culo.

Entonces ella tendría que ponerle en su lugar mediante los efectos de un rodillazo en las gónadas. Esto podría conllevar un arresto, cuando todo lo que ella quería era reflexionar sobre el significado del apartamento completamente negro de Allwine.

Encendió el interruptor de la luz del salón, cerró la puerta tras de sí y dejó la pistola Lockaid en el suelo.

A medianoche, aun con una luz encendida, la negrura de la habitación hacía que uno se sintiera tan desorientado que se hizo más o menos a la idea de lo que podía sentir un astronauta durante un paseo espacial, atado a una lanzadera, en el lado oscuro de la Tierra.

El salón no presentaba más que el sillón de vinilo negro. Puesto que se erguía allí solitario, parecía un poco un trono, destinado no a una realeza terrestre sino a un demonio de medio pelo.

Aunque a Allwine no lo habían asesinado aquí, Carson intuía que tratar de adentrarse en la psique de esta peculiar víctima contribuiría a comprender al Cirujano. Se sentó en el sillón.

Harker sostenía que las habitaciones negras expresaban un deseo de muerte, y Carson concedió a regañadientes que su interpretación tenía sentido. Igual que un reloj detenido, Harker podía señalar lo correcto de vez en cuando, pero no tanto como dos veces al día.

De todas maneras, un deseo de muerte no explicaba completamente ni el decorado ni lo que era Allwine. Este agujero negro también sugería algo acerca del *poder*, del mismo modo que los agujeros negros auténticos, en los lejanos confines del universo, ejercían tal atracción gravitacional que ni siquiera la luz podía escapar de ellos.

Las paredes, los techos y los suelos no los había pintado un hombre en un estado de desesperación; la desesperación debilita y no inspira a la acción. Más bien podía imaginarse a Allwine ennegreciendo las paredes con una ira enérgica, en un frenesí de furia.

Si eso era verdad, entonces ¿contra qué dirigía su furia?

Los brazos del sillón eran anchos y estaban bien acolchados. Bajo sus manos, sintió varias rajas pequeñas en el vinilo.

Algo le aguijoneó la palma derecha. En el tapizado, debajo de una de las rajas, encontró una pálida luna creciente: una uña rota.

Se acercó y vio marcas de rajas curvadas.

La silla y la habitación le hacían sentir tanto frío como si estuviera sentada sobre un bloque de hielo en una cámara frigorífica.

Apoyó las manos y estiró los dedos. Descubrió que cada una de sus uñas encontraba un respectivo tajo en el vinilo.

El tapizado era grueso, resistente, flexible. Habría hecho falta una presión extremadamente fuerte para rajarlo.

Como es lógico, la desesperación no produciría la intensidad emocional necesaria para dañar el vinilo. Ni siquiera la furia habría sido suficiente, si Allwine no hubiera sido, como Jack Rogers había dicho, inhumanamente fuerte.

Se levantó, limpiándose las manos en los vaqueros. Se sentía sucia.

Fue al dormitorio y encendió las luces. Las invasivas superficies negras absorbían la iluminación.

Alguien había abierto una de las persianas negras. El apartamento era un mundo tan sombrío en sí mismo que las luces de la calle, los neones distantes y el resplandor de la ciudad parecían desfasados respecto al reino de Allwine, como si su existencia tuviera lugar en universos diferentes, aislados.

Abrió el cajón de la mesilla de noche, donde encontró a Jesús. Desde un cúmulo de pequeños panfletos, su rostro la miraba y su mano se alzaba otorgando una bendición.

De entre unos cien panfletos, eligió cuatro y descubrió que eran folletos conmemorativos, de los que se distribuyen entre los dolientes en los funerales. El nombre del difunto era diferente en cada uno, aunque todos procedían del tanatorio Fullbright.

Nancy Whistler, la bibliotecaria que había hallado el cuerpo de Allwine, había dicho que él hacía visitas mortuorias porque allí encontraba la paz.

Se guardó los cuatro folletos en el bolsillo y cerró el cajón.

El olor a regaliz impregnaba el aire y se percibía tan intensamente como en su visita anterior aquel mismo día. Carson no podía quitarse de la cabeza la perturbadora idea de que alguien había estado encendiendo las velas negras que se erguían sobre una bandeja en el asiento empotrado de la ventana.

Cogió las velas para palpar la cera adherida a las mechas, en parte esperando que estuvieran tibias. No. Todas estaban frías y duras.

La impresión que le causaba lo que se veía a través de la ventana era desconcertante, pero completamente subjetiva. La imperecedera Nueva Orleans no había cambiado. De todas maneras, atrapada por las garras de la paranoia que se arrastraba a través de ella, no vio la festiva ciudad que conocía, sino una ominosa metrópolis, un lugar ajeno de ángulos antinaturales, palpitante oscuridad, luz fantasmagórica.

El reflejo de un movimiento sobre el cristal le hizo desplazar la atención de la ciudad a la superficie del vidrio. Una silueta alta estaba de pie en la habitación, detrás de ella.

Palpó por debajo de su chaqueta, colocando la mano sobre la pistola de nueve milímetros que estaba en su funda sobaquera. Sin sacarla, se dio la vuelta.

El intruso, vestido de negro, era alto y fornido. Tal vez había entrado desde el salón o desde el cuarto de baño, pero parecía haber aparecido a través de la pared negra.

Se encontraba a unos cuatro metros, en una zona donde las sombras le ocultaban la cara. Las manos le colgaban a los lados, y parecían tan grandes como las palas de una excavadora.

—¿Quién es usted? —preguntó Carson—. ¿De dónde ha salido?

—Usted es la detective O'Connor. —Su profunda voz tenía un timbre y una resonancia que, de haberse tratado de otro hombre, ella habría atribuido sólo a seguridad en sí mismo, pero que, combinada con su tamaño, connotaba una amenaza—. Usted salió por la televisión.

—¿Qué está usted haciendo aquí?

—Voy a donde me place. En doscientos años he aprendido mucho sobre cerrojos.

Su insinuación no le dejó a Carson otra alternativa que desenfundar el arma. Apuntó hacia el suelo y dijo:

—Esto es allanamiento de morada. Camine hacia la luz.

Él no se movió.

—No sea estúpido. Muévase. Hacia. La. Luz.

—Llevo intentándolo toda mi vida —replicó mientras daba dos pasos hacia delante.

Carson no se imaginaba que su cara fuera así. Bella en la mitad izquierda, con algo de alguna manera *erróneo* en la mitad derecha. Por encima de ese error, velándolo, había un elaborado dibujo con reminiscencias de tatuajes maoríes, si bien distinto de éstos.

—El hombre que vivía aquí estaba desesperado. Reconozco su dolor —aseguró el intruso.

Aunque ya se había detenido, él *se avecinaba* y podía echársele encima con dos zancadas, así que Carson espetó:

—Ya está lo suficientemente cerca.

—Él no fue hecho por Dios... y no tenía alma. Vivía en una eterna agonía.

—¿Tiene usted un nombre? Con mucho cuidado, muy despacio, muéstreme su documento de identidad.

Él ignoró la orden.

—Bobby Allwine no tenía voluntad propia. En esencia era un esclavo. Quería morir pero no podía disponer de su propia vida.

Si este tipo estaba en lo cierto, Harker había acertado. Cada cuchilla de afeitar del cuarto de baño indicaba un intento fallido de autodestrucción.

—Nosotros tenemos insertada —prosiguió el intruso— una proscripción contra el suicidio.

—¿Nosotros?

—Además Allwine estaba lleno de furia. Quería matar a su hacedor. Pero nosotros estamos diseñados también para ser incapaces de levantar una mano contra él. Lo intenté hace mucho... y él estuvo a punto de matarme.

Todas las ciudades modernas tenían sus locos, y Carson pensaba que conocía todas las variantes, pero este tipo tenía un perfil diferente de todos con los que se había topado anteriormente, y una perturbadora intensidad.

—He intentado ir a su casa para estudiarlo desde lejos... pero si me hubieran visto, él habría acabado conmigo. Así que he venido aquí. El caso me interesaba, por lo del corazón que falta. En parte, a mí me han creado con esa clase de elementos robados.

Fuera o no este tipo el Cirujano, no parecía ser la clase de ciudadano que hace que la ciudad sea más segura cuando pasea por sus calles.

—Demasiado estrambótico. Separe los brazos y póngase de rodillas —ordenó Carson.

Aunque tenía que tratarse de una ilusión óptica, ella creyó ver un latido luminoso que pasaba a través de sus ojos cuando contestó:

—Yo no me inclino ante nadie.

# Capítulo 35

Yo no me inclino ante nadie.

Ningún sospechoso la había desafiado nunca de un modo tan poético.

Muy tensa y cautelosa, se acercó de costado hacia la ventana porque sentía la espalda desprotegida.

—No se lo estaba *pidiendo*.

Cogió la pistola con ambas manos y le apuntó.

—¿Me va a disparar al corazón? —preguntó él—. Va a tener que hacer dos disparos.

Allwine tumbado en la mesa de autopsias. Con el pecho abierto. El conducto correspondiente a dos corazones.

—He venido aquí creyendo que Allwine era un hombre inocente —aseguró él—, rajado y abierto para utilizar su corazón en otro... experimento. Pero ya veo que no es tan simple como creía.

Se movió, y por un instante Carson creyó que iba hacia ella.

—No sea estúpido.

Sin embargo, él siguió de largo hacia la ventana.

—Toda ciudad tiene sus secretos, pero ninguno es tan terrible como éste. El individuo al que usted persigue no es un asesino enloquecido. Su verdadero enemigo es quien lo creó a él... y también a mí.

Todavía con las ideas dándole vueltas en la cabeza por la pretendida afirmación de que él tenía dos corazones, Carson le preguntó:

—¿Qué quiere decir con eso de los dos disparos?

—Ahora sus técnicas son más sofisticadas. Pero él me creó con cuerpos desenterrados del cementerio de una prisión.

Cuando él se alejó de la ventana y quedó otra vez frente a ella, Carson pudo ver ese sutil latido de luminosidad que pasaba a través de sus ojos.

—Uno de mis corazones, de un pirómano. El otro, de un abusador de niños.

Sus posiciones se habían invertido. Él le daba la espalda a la ventana y ella a la puerta del cuarto de baño. De pronto se preguntó si habría venido solo.

Se colocó oblicua a él, intentando mirarle directamente y manteniendo la entrada al cuarto de baño en su campo de visión. Esto dejaba la puerta del salón detrás de ella. No podía cubrir todos los ángulos desde los que podrían abordarla y reducirla.

—Mis manos fueron cogidas de un estrangulador —continuó él—. Mis ojos, de un asesino que mataba con un hacha. Mi fuerza vital de una tormenta eléctrica. Y esa extraña tormenta me dio dones que Victor no podía ofrecer. Por una razón...

Él se movió tan rápido que ella no le vio dar ni un paso. Estaba en la ventana y, de pronto, lo tenía *ante su cara*.

Nunca, desde sus primeros días en la academia de policía, cuando estaba aprendiendo, Carson había sido dominada, superada. Tan pronto como se colocó frente a ella, él le arrancó audazmente la pistola de la mano —sonó un disparo, que hizo añicos una ventana— y de pronto él estaba alrededor de ella, detrás de ella.

Carson *creía* que él estaba detrás, pero cuando se dio la vuelta, era como si se hubiera volatilizado.

Aunque vistiera de negro en esa habitación negra, no podía convertirse en una sombra. Era demasiado grande para jugar al camaleón en un rincón oscuro.

Su inconfundible voz llegó desde el asiento de la ventana.

—Ya no soy el monstruo.

Pero cuando Carson giró la cabeza para verle, no estaba allí.

El gigante habló una vez más, aparentemente desde la puerta que daba al salón.

—Soy su mejor esperanza.

Sin embargo, cuando se giró por tercera vez para buscarlo, seguía estando sola.

Tampoco lo encontró en el salón, aunque pudo recuperar su pistola. El arma estaba en el suelo junto a la pistola Lockaid que ella había dejado allí antes.

La puerta que daba al rellano estaba abierta.

Deseando que se tranquilizaran los golpeteos de su corazón, quitó el cargador de la pistola. El revelador brillo del bronce confirmó que el arma estaba cargada; sólo faltaba la bala que había atravesado la ventana.

Insertó el cargador en la pistola y cruzó la puerta rápidamente, agachada, con el arma delante.

El pasillo estaba desierto. Contuvo la respiración pero no oyó ningún paso en las escaleras. Todo estaba tranquilo.

Teniendo en cuenta el disparo que había hecho por accidente, estaba casi segura de que alguien de algún apartamento al otro lado del rellano la estaría observando por la mirilla de la puerta.

Volvió sobre sus pasos hacia el agujero negro, cogió la pistola Lockaid y tiró del pomo de la puerta para cerrarla. Abandonó el edificio.

Cuando estaba llegando al pie de las escaleras, se dio cuenta de que no había apagado las luces del apartamento. Al diablo con ello. Allwine estaba demasiado muerto como para preocuparse por su factura de la luz.

# Capítulo 36

En un rincón del laboratorio principal, Randal Seis había sido atado en cruz, en el centro de un dispositivo esférico que parecía una de esas máquinas de ejercicios que hacen que una persona rote en cualquier eje para poder tensar lo mejor posible todos los músculos por igual. De todas maneras, ésta no era una sesión de ejercicios físicos.

Randal no haría mover la máquina; la máquina le movería a él, y no con el propósito de aumentar su masa muscular o mantenerle en forma. De la cabeza a los pies, hasta las puntas de cada uno de los dedos, estaba sujeto en una posición que había sido determinada con precisión.

Un protector bucal de goma evitaba que se pudiera morder la lengua si sufría convulsiones. Una cinta adhesiva atravesada en el mentón le impedía abrir la boca y que se pudiera tragar accidentalmente el protector.

Estas precauciones eran también efectivas para amortiguar sus gritos.

Las Manos de la Misericordia estaba aislado acústicamente, de modo que no podía escapar de allí el menor ruido que pudiera llamar la atención. De todas maneras, puesto que era un investigador inmerso en la vanguardia de la ciencia, para Victor toda precaución era poca.

Y entonces...

El cerebro es un aparato eléctrico. Sus patrones de onda se pueden medir con una máquina de electroencefalogramas.

Después de que Randal Seis fuera exhaustivamente educado mediante transferencia directa de datos al cerebro, mientras el chico permanecía inconsciente en el tanque formador, Victor estableció en el cerebro de su criatura patrones eléctricos idénticos a los hallados en diversas personas autistas que había estudiado.

Su esperanza había sido que Randal «naciera» como un autista de dieciocho años, aquejado de un tipo severo de la dolencia. Esta esperanza se había hecho realidad.

Una vez que había inducido el autismo en Randal, Victor indagaba cómo restaurar las funciones cerebrales normales por medio de toda una variedad de técnicas. En esto no había tenido tanto éxito.

Su propósito de librar a Randal del autismo mediante retroingeniería *no* era hallar una cura. Hallar una cura del autismo no le interesaba en absoluto, salvo que pudiera ser una fuente de beneficios si decidiera lanzarla al mercado.

Sin embargo, continuaba con estos experimentos por la razón de que si pudiese inducir y eliminar el autismo a voluntad, terminaría siendo capaz de inducir *grados selectivos* de él.

Imaginemos a un obrero industrial cuya productividad es baja debido a la naturaleza aburrida y repetitiva de su trabajo. El autismo selectivo podría ser un medio por el cual a dicho obrero se le hiciese concentrarse *atentamente* en la tarea con una obsesión que lo haría tan productivo como un robot, pero más barato.

El nivel más bajo de la estratificación ordenada de forma precisa de la sociedad ideal de Victor, el de los Épsilons, podría ser más que un conjunto de máquinas de carne. No malgastarían tiempo en charla ociosamente con los compañeros de trabajo.

Movió la llave que activaba el dispositivo esférico al que Randal Seis estaba atado. El aparato comenzó a rotar, tres revoluciones en un eje, cinco en otro, siete en otro más, al principio despacio pero ganando velocidad constantemente.

En una pared cercana había una pantalla cuadrada de plasma de dos metros. Un visor de ultrasonidos multicolor mostraba el movimiento de la sangre a través de las venas y arterias cerebrales de Randal Seis, así como las más sutiles corrientes eléctricas del fluido cerebroespinal que circulaba entre las meninges, a través de los ventrículos cerebrales, y en el tallo encefálico.

Victor sospechaba que con la aplicación adecuada de fuerzas centrífugas y centrípetas podría establecer condiciones antinaturales en los fluidos cerebrales que mejorarían las posibilidades de convertir las ondas cerebrales características del autismo de Randal en patrones de ondas cerebrales normales.

Mientras la máquina giraba cada vez más rápido, los quejidos del sujeto y sus aterrorizados ruegos sin palabras se intensificaban, convirtiéndose en gritos de angustia y desesperación. Sus chillidos habrían resultado molestos de no ser por el protector bucal y la cinta adhesiva del mentón.

Víctor esperaba lograr un gran avance antes de que pusiera a prueba al muchacho hasta su destrucción. ¡Se habría perdido tanto tiempo si se hubiera tenido que empezar todo de nuevo con Randal Siete!

A veces Randal mordía el protector bucal tan fuerte y durante tanto tiempo que sus dientes se hundían en la goma, que después tenían que sacar de la boca en pedazos. Esta vez sonaba como si fuera una de esas ocasiones.

# Capítulo 37

Una cerca de estacas de madera blancas se unía con pilares también blancos con caracoles marinos incrustados. La puerta de la cerca lucía el dibujo de un unicornio.

Bajo los pies de Carson, el camino de entrada centelleaba mágicamente mientras los trozos de mica de las losas reflejaban la luz de la luna. El musgo que había entre las piedras suavizaba sus pisadas.

La fragancia de las flores de los magnolios, casi lo suficientemente intensa como para que se sintiera, recorría el aire.

Las ventanas del bungaló de cuento de hadas estaban flanqueadas por contraventanas azules con calados en forma de estrellas y de lunas crecientes.

Un enrejado en el que se entrelazaban hojas de parra con flores púrpura con forma de trompeta rodeaba parcialmente el porche de delante.

Kathleen Burke, que vivía en este pequeño oasis de fantasía, era psiquiatra policial. Su trabajo requería lógica y racionalidad, pero en su vida privada se refugiaba en un ligero escapismo.

A las tres de la mañana, las ventanas no revelaban la presencia de luz alguna.

Carson tocó el timbre y de inmediato golpeó la puerta.

Una luz tenue se encendió en el interior y, más rápido de lo que Carson esperaba, Kathy abrió la puerta.

—Carson, ¿qué ocurre? ¿Ocurre algo?

—Es Halloween en agosto. Tenemos que hablar.

—Chica, si fueras un gato, estarías con los pelos de punta y el rabo entre las patas.

—Tienes suerte de que no haya aparecido meada encima.

—Vaya, eso sí que es un comentario elegante. Tal vez hayas sido compañera de Michael durante demasiado tiempo. Entra. Acabo de preparar un poco de café.

—No he visto ninguna luz —dijo Carson mientras entraba.

—Estaba al fondo, en la cocina —respondió Kathy, mostrando el camino.

Era atractiva, en los últimos años de la treintena, negra como la melaza y con ojos asiáticos. Embutida en su pijama chino rojo con los puños y el cuello bordados, su figura tenía un aspecto exótico.

En la cocina había una taza humeante de café sobre la mesa. A su lado descansaba una novela; en la portada, una mujer vestida con un traje fantástico cabalgaba a lomos de un dragón volador.

—¿Siempre lees a las tres de la mañana? —preguntó Carson.

—No podía dormir.

Carson estaba demasiado alterada como para sentarse. Más que dar vueltas por la cocina, la cruzaba de un lado a otro.

—Ésta es tu casa, Kathy, no tu oficina. Eso cuenta, ¿de acuerdo?

Kathy se sirvió un café.

—¿Qué ha sucedido? ¿Qué es lo que te tiene tan sobresaltada?

—Aquí tú no eres una psiquiatra. Aquí eres sólo una amiga. ¿De acuerdo?

Kathy colocó la segunda taza de café sobre la mesa y regresó a su silla.

—Siempre soy tu amiga, Carson, aquí, allí y en todas partes.

Carson permaneció de pie; seguía demasiado tensa como para sentarse.

—Nada de lo que te cuente aquí debe acabar en un informe sobre mí.

—A menos que hayas matado a alguien. ¿Has matado a alguien?

—Esta noche no.

—Entonces suéltalo de una vez, venga. Me estás poniendo nerviosa.

Carson cogió una silla de la mesa y se sentó. Se estiró para coger la taza de café, dudó y al final la dejó donde estaba.

Le temblaba la mano. La cerró y apretó el puño. Muy fuerte. La abrió. Seguía temblando.

—¿Has visto un fantasma alguna vez, Kathy?

—He hecho la excursión por los lugares siniestros de Nueva Orleans, he estado en la cripta de Marie Laveau por la noche. ¿Eso vale?

Carson agarró firmemente el asa de la taza, mirando fijamente sus nudillos, que estaban pálidos.

—Hablo en serio. Me refiero a cualquier mierda que no te puedas quitar de la cabeza. Fantasmas, ovnis, Big Foot... —Levantó la vista hacia Kathy—. No me mires así.

—¿Así cómo?

—Como una psiquiatra.

—No estés tan a la defensiva. —Kathy dio una palmadita sobre el libro de la portada del dragón—. Yo soy la que lee tres novelas fantásticas por semana y desearía realmente poder *vivir* en una.

Carson sopló el café, dio un pequeño sorbo y luego un trago más largo.

—Necesito esto. No he dormido. No *hay manera* de que duerma esta noche.

Kathy esperaba con paciencia profesional.

Después de un momento, Carson siguió:

—La gente habla de lo desconocido, del misterio de la vida, pero yo jamás he visto ni un chorrito de misterio en ella.

—¿Chorrito?

—Chorrito, gota, cucharada, lo que sea. *Quiero* ver el misterio de la vida, ¿quién no?, algún significado místico, pero soy fanática de la lógica.

—Hasta ahora, ¿no? Entonces háblame de tu fantasma.

—No era un fantasma. Pero estoy segura de que era *algo*. Llevo conduciendo de un lado a otro una hora, tal vez más, intentando encontrar las palabras adecuadas para explicar lo que ha ocurrido.

—Comienza por *dónde* ha ocurrido.

—Fue en el apartamento de Bobby Allwine...

Kathy se inclinó hacia adelante, interesada.

—La última víctima del Cirujano. He estado trabajando en un perfil del asesino. Es difícil delinearlo. Psicótico, pero con autocontrol. Sin ningún componente sexual evidente. Hasta ahora no ha dejado demasiadas pistas forenses en la escena de los crímenes. No hay huellas dactilares. Un psicópata normal y corriente no suele ser tan prudente. —Kathy pareció darse cuenta de que había tomado la voz cantante en la conversación. Renunciando a ello, se reclinó en la silla—. Perdona, Carson. Estábamos hablando de tu fantasma.

Kathy Burke probablemente podía mantener separado su trabajo como policía de su amistad con Carson, pero le iba a resultar más difícil salirse de su papel de psiquiatra y permanecer fuera de él cuando oyera lo que Carson había venido a contarle.

*Un gigante con una cara extrañamente deformada, que afirmaba haber sido hecho con pedazos de cuerpos de criminales, que afirmaba haber sido traído a la vida por un rayo, capaz de semejante habilidad en los movimientos, tan asombrosamente sigilosos, de semejante velocidad sobrehumana, que no podía ser otra cosa que sobrenatural..., por lo tanto, podría ser lo que afirmaba ser...*

—¿Hola, estás ahí? ¿Qué pasa con tu fantasma?

En lugar de replicar, Carson bebió más café.

—¿Eso es todo? —preguntó Kathy—. ¿Sólo la broma, y luego adiós?

—Me siento un poco culpable.

—Bien. Me estaba preparando para un plato espeluznante.

—Si te lo cuento como amiga, te comprometo profesionalmente. Tendrías que informar sobre mí a asuntos internos.

Kathy frunció el ceño.

—¿Un oficial involucrado en un tiroteo? ¿Cómo es de serio esto, Carson?

—No me he cargado a nadie. Ni siquiera le he rozado, que yo sepa.

—Cuéntamelo. No presentaré ningún informe sobre ti.

Carson sonrió cariñosamente.

—Tendrías que hacer lo que debieses. Si tienes que presentar un informe, no pasa nada. Y también si tienes que firmar una orden que me obligue a un descanso.

—No soy tan quisquillosa como crees.

—Sí que lo eres —dijo Carson—. Por eso me caes bien.

Kathy suspiró.

—Estoy lista para oír una historia de fogata de campamento, y no me vas a asustar. Así que, ¿qué más?

—Podríamos preparar un desayuno tempranero —sugirió Carson—. Suponiendo que tengas algo de comida de verdad aquí en el país de los elfos.

—Huevos, beicon, salchichas, verduras con patatas, tostadas.

—Todo lo que has dicho.

—Te vas a convertir en uno de esos polis reaccionarios.

—Nooo, estaré muerta antes de que eso suceda —respondió Carson, y creyó que eso podía ser bastante cierto.

# Capítulo 38

A Roy Pribeaux le gustaba levantarse bastante antes del amanecer para cumplir con su régimen de longevidad, excepto en las ocasiones en las que había tenido que permanecer levantado hasta tarde la noche anterior para asesinar a alguien.

Nada era para él tan lujurioso como permanecer en la cama sabiendo que un nuevo pedazo de mujer había sido recientemente envuelto, embolsado y guardado en el congelador. Sentía la satisfacción de la tarea cumplida y el orgullo henchido por el trabajo bien hecho, lo que hacía que una hora adicional entre las sábanas pareciera justificada, y por lo tanto dulce.

Para obtener los ojos de Candace y preservarlos no había necesitado permanecer fuera de casa hasta tan tarde como había ocurrido con otras piezas, pero aun así se habría quedado remoloneando en la cama si no se hubiera sentido tan lleno de energía por el hecho de que *su colección estaba completa*. Los ojos perfectos constituían el último punto de la lista.

Durmió profundamente, pero sólo unas pocas horas, entregado cada minuto a sueños apasionados, y saltó de la cama muy descansado y lleno de entusiasmo ante el día que comenzaba.

Un despliegue de costosos aparatos de ejercicios ocupaba una parte de su *loft*. En pantalón corto y camiseta sin mangas, seguía una rutina de máquinas de pesas, que hacían que entrara en calor cada grupo muscular, con ejercicios graduados que llevaba hasta su máxima resistencia. Luego comenzaba a excretar un intenso sudor tropical en la cinta de andar y en el simulador de esquí.

Su ducha matutina siempre le llevaba un rato. Se enjabonaba con dos productos distintos: primero con un jabón exfoliante que se aplicaba con una esponja de paste, y a continuación con un jabón hidratante que se pasaba con un paño suave. Para lograr la limpieza más completa y la perfecta salud de sus folículos, utilizaba dos champúes naturales, seguidos de una crema acondicionadora que enjuagaba exactamente después de treinta segundos.

Amanecía mientras se aplicaba una loción acondicionadora para la piel, desde el cuello hasta las plantas de los pies. No le negaba nada ni a un centímetro cuadrado de su cuerpo magníficamente mantenido, y usaba una esponja con mango para alcanzar la parte central de la espalda.

La loción no era una mera hidratante, sino también un emoliente rejuvenecedor rico en vitaminas con radicales libres. Si se hubiera dejado las plantas de los pies sin tratar, habría sido un inmortal caminando sobre los pies de un hombre destinado a morir, idea que le hacía estremecerse.

Después de aplicarse la habitual serie de sustancias revitalizantes en la cara —lo que incluía una crema enriquecida con embriones de mono licuados—, Roy miraba con satisfacción su reflejo en el espejo del tocador.

Durante unos pocos años, había tenido éxito en la detención completa del proceso de envejecimiento. Lo más excitante era que recientemente habían comenzado a revertir los efectos del tiempo, y semana tras semana se había visto a sí mismo rejuvenecer.

Otros se engañaban a sí mismos creyendo que estaban haciendo retroceder los años, pero Roy sabía que su éxito era real. Había llegado a la más perfecta y efectiva combinación de ejercicio, dieta, suplementos nutricionales, lociones y meditación.

El ingrediente clave final era orina purificada de cordero de Nueva Zelanda, de la cual bebía cien mililitros al día. Con una rodaja de limón.

Esta marcha atrás del reloj era sumamente deseable, por supuesto, pero solía recordarse a sí mismo que podía llegar a rejuvenecer demasiado. Si lograra retrotraerse a la condición de un joven de veinte años y permaneciera así durante cien años, eso estaría bien; pero si se dejaba llevar más allá y volviera a tener doce años, eso estaría mal.

No había disfrutado de su niñez ni de su adolescencia. Repetir cualquiera de ellas, incluso aunque sólo fuera en cuanto a su apariencia física, sería como una mirada al infierno.

Después de vestirse, mientras estaba de pie en la cocina acompañando las veinticuatro cápsulas de suplementos con zumo de uva antes de preparar el desayuno, de pronto se quedó paralizado al darse cuenta de que su vida ya no tenía sentido.

Durante los dos años anteriores había estado coleccionando los componentes anatómicos de la mujer perfecta, primero en distintas localidades, lejos de Nueva Orleans, y últimamente —y con un particular frenesí— ahí, delante de sus propias narices. Pero con Candace ya los tenía todos. Manos, pies, labios, nariz, cabellos, pechos, ojos y mucho más: no se había olvidado de nada.

¿Y ahora qué?

Se sorprendió de no haber pensado en nada para después de ese momento. Siendo un hombre ocioso, tenía en sus manos un montón de tiempo; siendo inmortal, tenía la eternidad.

Esta idea de pronto le resultó desalentadora.

Ahora, lentamente, se daba cuenta de que durante los años de búsqueda y cosecha había supuesto supersticiosa e inconscientemente que cuando su colección estuviera completa, cuando el congelador estuviera lleno de todas las piezas del rompecabezas de la mujer más perfectamente hermosa, en ese momento una mujer viviente, que encarnaría cada una de esas características y cualidades, iba a aparecer mágicamente en su vida. Se había comprometido con una especie de búsqueda de un maleficio cuyo propósito era dar forma a su destino romántico.

Tal vez este hechizo funcionara. Tal vez esa misma tarde, mientras paseara por el Barrio Francés, se encontraría cara a cara con su deslumbrante y cautivadora mujer.

Sin embargo, si pasaban los días sin que se produjera ese deseado encuentro, los días y los meses…, ¿entonces qué?

Ansiaba compartir su perfección con una mujer que fuera su igual. Hasta que llegara ese momento, la vida estaría vacía, sin ningún propósito.

El desasosiego se apoderó de él. Intentó acallarlo con el desayuno.

Mientras comía, se quedó fascinado con sus manos. Eran unas manos masculinas más que hermosas; eran exquisitas.

Ah, pero hasta que encontrara a su diosa —no por partes sino entera y viva, sin defectos ni deficiencias— sus impecables manos no podrían acariciar la perfección de su destino erótico.

Su desasosiego se intensificó.

# Capítulo 39

Al rayar el alba, cuando el sol naciente no había llegado a una altura suficiente para iluminar las vidrieras, la iglesia de Nuestra Señora de los Dolores daba refugio a una congregación de sombras. La única luz procedía de las estaciones de la cruz y de las velas votivas de los candeleros de cristal de color rojo rubí.

La humedad y el tempranero calor hacían madurar las fragancias del incienso, del sebo y de la cera perfumada con limón. Al inhalar esta mezcla, Victor pensó que todos los poros de su piel la rezumarían durante el resto del día.

Sus pasos sobre el suelo de mármol resonaban con el eco de las bóvedas que estaban sobre él. La gustaba la frialdad de este ruido, que en su imaginación le cantaba verdades a la empalagosa atmósfera de la iglesia.

Faltaba todavía media hora para la primera misa del día y la única persona presente, aparte de Victor, era Patrick Duchaine. Esperaba, tal como se le había indicado, en un banco de nogal de la primera fila.

El hombre se puso de pie nerviosamente.

—Siéntate, siéntate —dijo Victor, no exactamente en el tono que podría haber usado para responder a un gesto de cortesía, sino más bien con el que emplearía para dirigirse con impaciencia a un perro molesto.

A sus sesenta años, Patrick tenía el pelo blanco, una cara de abuelo serio y los ojos húmedos de perpetua compasión. Su aspecto inspiraba por sí solo la confianza y el afecto de sus feligreses.

A su apariencia se añadía una voz suave, musical. Una risa cálida, franca. Aún más, tenía la genuina humildad de conocer demasiado bien su lugar en el esquema de las cosas.

El padre Duchaine era la imagen de un cura incuestionablemente bueno a quien los fieles entregarían sus corazones. Y a quien confesarían sus pecados sin dudarlo.

En una comunidad en la que había muchos católicos —practicantes o no—, Victor consideraba útil tener a uno de los suyos ocupándose de la institución religiosa ante la que se arrodillaban algunos de los ciudadanos más poderosos de la ciudad.

Patrick Duchaine era uno de los escasos miembros de la Nueva Raza que había sido clonado a partir de ADN de un ser humano existente, en vez de haber sido diseñado desde cero por Victor. Fisiológicamente se le habían hecho optimizaciones, pero su aspecto exterior era el del Patrick Duchaine que había nacido de un hombre y una mujer.

El verdadero padre Duchaine había donado sangre a la Cruz Roja, sin ser consciente de que estaba entregando el material a partir del cual podía hacerse una réplica suya. Hoy día se pudría bajo toneladas de basura, mientras su doble se ocupaba de las almas de Nuestra Señora de los Dolores.

Reemplazar seres humanos reales con réplicas entrañaba riesgos que Victor rara vez quería correr. Aunque el duplicado pudiera verse, oírse y moverse exactamente como su modelo, no se le podía transferir la *memoria* del original.

Los parientes más cercanos y los amigos del individuo reemplazado se daban cuenta perfectamente de las numerosas lagunas en el conocimiento de su propia historia personal y la de sus relaciones. No imaginarían que se trataba de un impostor, pero seguramente creerían que sufría una enfermedad mental o física, y le presionarían para que recibiese atención médica.

Además, a causa de la preocupación, le vigilarían de cerca y no confiarían plenamente en él. Su habilidad para mezclarse en la sociedad y para llevar a cabo su trabajo al servicio de la Nueva Raza quedaría comprometida.

En el caso del cura, no tenía esposa, por supuesto, ni tampoco hijos. Sus padres estaban muertos, así como su único hermano. Aunque tenía muchos amigos y feligreses de los que se sentía cerca, no existía ninguna familia *íntima* que pudiese notar día a día las lagunas en su memoria.

Victor creó a este padre Duchaine en el laboratorio a partir de una muestra de sangre antes de que el verdadero padre Duchaine muriera, un truco más complicado que aquel que el hombre de Galilea había realizado con Lázaro.

Victor se sentó en la primera fila, al lado de su sacerdote.

—¿Qué tal duermes? ¿Sueñas?

—No muy a menudo, señor. A veces… una pesadilla sobre Las Manos de la Misericordia. Pero nunca puedo recordar los detalles.

—Y nunca lo harás. Ése es el don que te he dado: ningún recuerdo de tu nacimiento. Patrick, necesito tu ayuda.

—Lo que sea, por supuesto.

—Uno de los míos está teniendo una fuerte crisis mental. No sé quién es. Me ha llamado… pero tiene miedo de venir a verme.

—Tal vez… no sea miedo, señor —aventuró el cura—. Vergüenza. Vergüenza de haberle fallado.

La afirmación perturbó a Victor.

—¿Cómo puedes sugerir semejante cosa, Patrick? La Nueva Raza no tiene capacidad de sentir vergüenza. —Sólo Erika había sido programada para conocer la vergüenza, y por la única razón de que Victor la encontraba más erótica en ese desasosegado estado anímico—. La vergüenza —prosiguió— no es una virtud. Es debilidad. No es necesaria en ninguna ley natural. Nosotros *gobernamos* la naturaleza… y la trascendemos.

El cura esquivó la mirada de Victor.

—Sí, señor, por supuesto. Creo que lo que quise decir era… que quizá él sienta una suerte de… arrepentimiento por no haber cumplido lo que usted esperaba.

Tal vez el cura debería ser vigilado de cerca o incluso ser sometido a un examen de todo un día en el laboratorio.

—Busca en la ciudad, Patrick. Difunde mi palabra entre mi gente. Tal vez hayan visto a alguno de los de su especie comportándose de un modo extraño. Estoy encargándote esta búsqueda a ti y a unas otras pocas personas importantes, y sé que tú *la realizarás* de acuerdo con mis expectativas.

—Sí, señor.

—Si le encuentras e intenta huir… mátale. Tú ya sabes cómo se puede matar a uno de los de tu especie.

—Sí, señor.

—Ándate con cuidado. Ya ha matado a uno de vosotros —reveló Victor. Sorprendido, el cura volvió a mirarle a los ojos—. Preferiría cogerlo con vida —prosiguió—. Para estudiarlo. Tráemelo a Las Manos de la Misericordia.

Estaban lo suficientemente cerca del altar de las velas votivas como para que los reflejos carmesíes titilantes de las llamas se reflejaran en el rostro de Patrick.

Ello inspiró a Victor para preguntarle:

—¿Te preguntas a veces si estás condenado?

—No, señor —respondió el cura, aunque dubitativamente—. No hay cielo ni infierno. Ésta es la única vida.

—Exacto. Tu mente está demasiado bien hecha para que pueda caer en la superstición. —Victor se levantó del banco—. Que Dios te bendiga, Patrick. —Cuando los ojos del cura se abrieron por la sorpresa, Victor sonrió y dijo—: Era una broma.

# Capítulo 40

Carson recogió a Michael en su edificio de apartamentos. Éste se subió al coche y la examinó con la mirada.

—Llevas la misma ropa que ayer.

—De pronto te has convertido en crítico de moda.

—Se te ve… arrugada.

Mientras arrancaba, contestó:

—Arrugada, una mierda. Mi cara debe de parecer una gran boñiga de vaca.

—¿No has dormido nada?

—Tal vez el sueño y yo hayamos roto para siempre.

—Si has estado despierta más de veinticuatro horas, no deberías estar al volante —recomendó Michael.

—No te preocupes, mamá. —Cogió un gran vaso de Starbucks que tenía entre las piernas y bebió por la pajita—. Estoy tan llena de cafeína que tengo los reflejos de una serpiente.

—¿Las serpientes cascabel tienen reflejos rápidos?

—¿Quieres encontrarte con una y comprobarlo?

—Tú *estás* tensa. ¿Qué ha ocurrido?

—He visto un fantasma. Me he cagado de miedo.

—Este chiste, ¿cómo termina?

Lo que no había sido capaz de decirle a Kathy Burke podía contárselo a Michael. En el trabajo policial, los compañeros eran más que meros amigos. Mejor así. Ponían sus vidas en las manos del otro cada día.

Si no puedes compartirlo todo con tu compañero, necesitas uno nuevo.

Aun así, Carson dudaba.

—Parecía salir de las paredes y desaparecer en ellas. Cabrón, se movía más rápido que la vista.

—¿Quién?

—¿Estás escuchando *algo* de lo que estoy diciendo? El fantasma, ¿quién va a ser?

—¿Le has echado algo a ese café?

—Dijo que estaba hecho con pedazos de criminales.

—Reduce la velocidad. Estás conduciendo demasiado deprisa.

Carson aceleró.

—Las manos de un estrangulador, un corazón de un loco pirómano, otro de un abusador de niños, su fuerza vital de una tormenta eléctrica.

—No lo cojo.

—Yo tampoco.

\* \* \*

Cuando Carson aparcó delante del tanatorio Fullbright, ya le había contado a Michael todo lo que había sucedido en el apartamento de Allwine.

Su rostro no reveló el menor escepticismo, pero el tono de voz era el equivalente de sus cejas enarcadas.

—Estabas cansada, en un sitio estrambótico...

—Me quitó la *pistola* —espetó Carson, como si eso pudiera haber sido la esencia de su aturdimiento, la única cosa del acontecimiento que hubiera parecido sobrenatural—. Nadie me quita el arma, Michael. *¿Quieres* intentarlo?

—No. Me gusta tener testículos. Todo lo que digo es que él estaba vestido de negro, el apartamento es negro, y el truco de desaparición fue justamente eso: un truco.

—Así que puede que me haya manipulado, y yo haya visto exactamente lo que él quería que viera. ¿Es así?

—¿Acaso no tiene más sentido?

—Maldita sea, claro que lo tiene. Pero si fue un truco, este tipo debería ser la estrella de los principales espectáculos de magia de Las Vegas.

Michael echó una ojeada al tanatorio.

—¿Por qué estamos aquí?

—Quizá no se mueva más rápido que la vista, y quizá no se volatilizó *realmente* en el aire, pero dio en el blanco cuando dijo que Allwine estaba desesperado, que quería morir… pero no podía suicidarse. —Carson sacó de un bolsillo los cuatro folletos conmemorativos y se los entregó a Michael—. Bobby tenía como cien de éstos —prosiguió— en un cajón de su mesilla. Todos de distintos funerales que tuvieron lugar en esta ciudad. La muerte le atraía.

Se bajó del coche, cerró la puerta de un portazo y se reunió con Michael en la acera.

—«La fuerza vital de una tormenta eléctrica.» ¿Qué demonios significa eso? —preguntó Michael.

—A veces algo como un suave relampagueo titila a través de sus ojos.

Michael apresuró sus pasos para poder mantenerse a su lado.

—Hasta ahora siempre has sido una roca sólida, como un Joe Friday sin cromosoma Y. Ahora eres Nancy Drew en *Sugar Rush*\*.

Como tantas cosas en Nueva Orleans, el tanatorio parecía un lugar tan onírico como real. Antaño había sido una mansión de estilo gótico y no había dudas de que aún servía de residencia al director de la funeraria, además de ser su lugar de trabajo. El peso del espléndido trabajo de ebanistería rococó debía de ser sólo unos kilos menor a la carga crítica necesaria para torcer los aleros, hacer estallar las paredes y derrumbar el techo.

Robles de la época de las plantaciones sombreaban la casa, y las camelias, gardenias, mimosas y rosas de color té expelían un perfume que saturaba el lugar. Las abejas zumbaban perezosamente de flor en flor, demasiado gordas y felices para picar a nadie, enamoradas del abundante néctar.

En la puerta de entrada, Carson llamó al timbre.

—Michael, ¿no sientes a veces que hay más en la vida que el trabajo, cierto secreto alucinante que casi puedes ver con el rabillo del ojo? —Antes de que él pudiera responder, prosiguió—: Anoche vi algo realmente alucinante...,

---

\* Joe Friday: detective ficticio creado por el escritor americano Jack Webb para una serie de televisión, *Dragnet*. Nancy Drew: personaje de ficción de una popular serie de libros de misterio; creada por Edward Stratemeyer, encarnaba a una detective. *Sugar Rush*: serie de televisión inglesa que gira en torno a las lesbianas. *(N. del T.)*

algo que no puedo expresar con palabras. Es casi como si existieran los ovnis.

—Tú y yo hemos metido en el psiquiátrico a tipos que hablaban así.

Un hombre de aspecto adusto y melancólico abrió la puerta y reconoció en el tono más sombrío posible que, en efecto, él era Taylor Fullbright.

Carson le mostró su placa.

—Señor, lamento no haberle llamado antes, pero estamos aquí por un asunto bastante urgente.

Mostrándose más animado al descubrir que no eran una pareja desconsolada en busca de guía espiritual, Fullbright reveló su auténtica naturaleza alegre.

—¡Entren, entren! Sólo estaba incinerando a un cliente.

# Capítulo 41

Durante mucho tiempo después de su sesión en el potro giratorio, Randal Seis yace en la cama, sin dormir —rara vez duerme—, con la cara contra la pared, dándole la espalda a la habitación, dejando fuera al caos, permitiéndole a su mente que despacio, muy despacio, se vaya calmando.

No sabe cuál es el propósito del tratamiento, pero está seguro de que no podrá soportar muchas sesiones más. Tarde o temprano sufrirá un ataque masivo; un fallo en un vaso sanguíneo hará con él lo que una bala dirigida a su cráneo acorazado no podría lograr tan fácilmente.

Si un aneurisma cerebral no acaba con él, seguramente su discapacidad de desarrollo llamada autismo se convertirá en una auténtica psicosis. Buscará en la locura la paz que el mero autismo no siempre es capaz de asegurar.

En sus momentos más oscuros, Randal se pregunta si el potro giratorio es un tratamiento, como el Padre lo ha denominado repetidamente, o si no estará ideado como una forma de tortura.

Puesto que no ha nacido de Dios y las creencias religiosas le son ajenas, esto es lo máximo que puede acercarse a un pensamiento blasfemo: que el Padre es un creador más cruel que protector, que el Padre mismo es psicótico y que su toda su empresa es un esfuerzo demente.

Sea el Padre sincero o falso, sea su proyecto una genialidad o una locura, Randal Seis sabe que por su parte él no va a hallar nunca la felicidad en Las Manos de la Misericordia.

La felicidad reside a unas cuantas calles, a poco menos de cinco kilómetros, en la casa de Carson O'Connor. Ahí está el secreto que ha de conseguir a la fuerza si no se lo ofrecen libremente: la causa de la sonrisa de Arnie O'Connor, la razón del momento de alegría capturado en la foto del periódico, más allá de lo breve que éste pueda haber sido.

Debe acercarse lo antes posible al chico O'Connor. Antes de que lo mate un aneurisma cerebral, antes de que el potro giratorio le haga girar hasta la locura.

Randal no está bajo llave en su habitación. Su autismo, que a veces se complica con agorafobia, le mantiene encerrado a este lado del umbral con más seguridad de la que lo harían cerrojos o cadenas.

A menudo el Padre lo alienta a que explore el edificio de punta a punta, incluyendo los pisos inferiores y superiores. La audacia sería la primera prueba de que los tratamientos están funcionando.

Vaya a donde vaya dentro del edificio, no puede salir, ya que las puertas exteriores están conectadas a un sistema de seguridad. Le cogerían antes de que pudiera traspasar los jardines… y tal vez le castigarían con una larguísima sesión de potro giratorio.

De todas maneras, cuando alguna que otra vez sale de su habitación y deambula por las salas, nunca se atreve a ir muy lejos, ni siquiera a una distancia a la que el Padre le gustaría que llegara. A veces, incluso una distancia de diez metros representa para él una sobrecarga de imágenes visuales y ruidos que le hace arrodillarse temblando.

De todas maneras, en este autoaislamiento ve. Oye. Aprende. Descubre una salida de Las Manos de la Misericordia que no disparará ninguna alarma.

Puede que no tenga la fortaleza suficiente para llegar a esa puerta especial, y menos aún para enfrentarse al bullicioso mundo que está más allá. Pero su abatimiento ha avanzado recientemente hacia la desesperación, y la acción imprudente del azote de la desesperación puede que sea el acicate que dispare en él una suerte de coraje.

Se irá esa misma noche, en poco más de doce horas.

# Capítulo 42

La tranquila sala de recepción presentaba un friso barroco en lugar de las tradicionales molduras: hojas de acanto talladas en profundidad, interrumpidas cada cincuenta centímetros y en los rincones por cabezas de ángeles alternadas con gárgolas o tal vez demonios burlones.

Incrustado en el suelo de mármol verde había un redondel de marquetería de unos treinta centímetros de diámetro, hecho con pedazos de mármol de colores más claros, que representaba seres mitológicos —dioses, diosas y semidioses— en una persecución eterna. Sin necesidad de ponerse de rodillas, Michael podía ver que parte de la persecución incluía caricias sexuales.

Sólo en Nueva Orleans podía parecer adecuado para un tanatorio cualquiera de estos elementos. La casa había sido construida hacia 1850 por nuevos ricos recién llegados que no habían sido bien recibidos en las zonas criollas de la ciudad. En esta urbe, el tiempo finalmente confería a aquello que alguna vez había sido escandaloso la misma dignidad que tenía lo que había sido clásico desde el día que se había erigido.

Taylor Fullbright examinaba una foto de Bobby Allwine que le había entregado Carson.

—Éste es precisamente el caballero, sí. Me daba pena su alma solitaria; estaban muriendo tantos de sus amigos. Luego me di cuenta de que no sabía nada de los difuntos.

—Él…, a ver, ¿simplemente gozaba estando entre muertos? —preguntó Carson.

—No era algo tan retorcido —respondió Fullbright—. Simplemente él… parecía sentirse en paz entre ellos.

—¿Eso era lo que decía? ¿Que así se sentía en paz?

—Lo único que puedo recordar de lo que dijo es: «La muerte puede ser un don tanto como una maldición», lo que a menudo es cierto.

—¿Alguna vez se enfrentó con él por venir a todas las ceremonias?

—El enfrentamiento no es mi estilo, detective. Algunos directores de pompas fúnebres son solemnes hasta el punto de parecer severos. Yo soy más bien de abrazar y consolar. El señor Allwine y su amigo nunca causaron problemas. Eran más melancólicos que estrambóticos.

Sonó el teléfono de Carson y cuando se alejó para atender la llamada, Michael le preguntó a Fullbright:

—¿Venía con un amigo? ¿Puede darnos una descripción?

Sonriendo y sacudiendo la cabeza, tan afable como un oso de dibujos animados, el hombre de las pompas fúnebres replicó:

—No puedo verlo tan claramente en mi memoria como si estuviera de pie aquí. Era un hombre totalmente normal y corriente. De media altura. Un poco más entrado en peso que la media. De edad madura. Cabello castaño, o tal vez rubio. Ojos azules o verdes, o tal vez marrones.

—Sorprendente. Tan buena como una foto —dijo Michael con un sarcasmo que sonó como un cumplido sincero.

—Tengo una vista aguda para los detalles —apostilló Fullbright complacido.

Carson, apartando el teléfono, se volvió hacia Michael:

—Jack Rogers quiere vernos en el depósito de cadáveres.

—Pueden mencionarle a quien esté instruyendo el caso —dijo Fullbright— que aunque no doy comisiones a los que nos envían clientes, hago descuentos a especialistas.

—Me muero de ganas de decírselo —respondió Michael. Señalando a la marquetería de mármol que estaba a sus pies, preguntó—: ¿A quién representa esta figura?

—¿El de los pies alados? Es Mercurio.

—¿Y la que está cerca de él?

—Afrodita —contestó Fullbright.

—¿Están...?

—¿Cometiendo sodomía? —preguntó jovialmente el hombre de las pompas fúnebres—. Sí, desde luego que lo están haciendo. Le sorprendería si supiera cuántos dolientes se dan cuenta y cómo eso les levanta el ánimo.

—Me *sorprende* —asintió Michael.

# Capítulo 43

Cuanto más tiempo deambulaba Roy Pribeaux por su apartamento, mirando a través de las altas ventanas, rumiando acerca de su futuro, más turbado se sentía.

Cuando una breve llovizna de media mañana salpicó los cristales y volvió borrosa la ciudad, se sintió como si su futuro también se desdibujara hasta convertirse en una mancha sin sentido. Habría gritado, si gritar hubiera sido propio de su estilo.

Nunca en su joven —y cada vez más joven— vida se había encontrado sin un propósito y un plan. El trabajo con un sentido mantenía aguzada la mente y elevado el espíritu.

El trabajo con un sentido, con un propósito que valiera la pena, era tan crucial para la longevidad y para la duradera juventud como las megadosis de vitamina C y de coenzima $Q_{10}$.

Sin un propósito que lo inspirara, Roy temía que pese a su dieta perfecta, a sus suplementos nutricionales perfectamente equilibrados, al despliegue de emolientes exóticos e incluso a la orina purificada de cordero, comenzaría a envejecer mentalmente. Cuanto más rumiaba esta idea, más parecía que se le acercaba el camino a la senilidad, tan empinado como la rampa de una mina.

La mente y el cuerpo estaban unidos inextricable-
mente, por supuesto, de modo que un año de senectud
mental le provocaría inevitablemente arrugas en los ojos
y las primeras canas en las sienes. Se estremeció.

Intentó sentir deseos de dar un paseo, pero si se pasaba el día en el Barrio Francés, entre muchedumbres de
gozosos turistas, y no lograba encontrar a la radiante
diosa de su destino, su desazón se haría más profunda.

Dado que estaba muy cerca de la perfección, tal vez
ahora que había juntado todas las partes de una mujer
ideal debería convertir en su meta pulirse a sí mismo
hasta alcanzar el punto culminante. Ahora podía centrarse en lograr el metabolismo perfecto hasta dejar de
excretar residuos.

Aunque ésta era una noble tarea, no prometía tanta
*diversión* como la búsqueda que recientemente había
completado.

Finalmente, debido a la desesperación, se descubrió
a sí mismo preguntándose —realmente, *esperando*— si se
habría equivocado cuando llegó a la conclusión de que
había completado su colección. Podría habérsele pasado
por alto un rasgo anatómico que, aunque menor, fuera
esencial para el rompecabezas de la belleza.

Se sentó un momento a la mesa de la cocina, donde
tenía los famosos esquemas anatómicos de Da Vinci y
varias páginas centrales desplegables de *Playboy*. Estudió
la forma femenina desde todos los ángulos, buscando
una parte que se le hubiera pasado por alto.

Como no hizo ningún descubrimiento que le permitiera gritar «Eureka», comenzó a pensar en la posibilidad de que no hubiera sido lo suficientemente específico

en su colección. ¿Era posible que hubiera coleccionado sus piezas desde una perspectiva a una escala demasiado grande?

Si extrajera las manos de Elizabeth Lavenza del congelador e hiciera un análisis crítico, se sorprendería al descubrir que eran perfectas, sí, en todos los detalles *excepto uno*. Tal vez tenía un pulgar que no estaba a la altura.

Quizá los labios que había cosechado no eran *ambos* tan perfectos como los recordaba. El superior podría serlo, pero a lo mejor el inferior *no lo suficiente*.

Si tenía que salir en busca del pulgar izquierdo perfecto que encajara con las manos de Elizabeth, por lo demás impecablemente hermosas, si tuviera que hallar un labio inferior carnoso que combinara con el exquisito labio superior que ya poseía, entonces, después de todo, su búsqueda no se habría completado, y por un tiempo tendría sentido que...

—No —declaró en voz alta—. Eso conduciría a la locura.

Pronto estaría reduciendo sus cosechas a un dedo de un pie y a matar sólo para obtener pestañas. Una delgada línea separaba el homicidio con propósitos serios de las payasadas.

Consciente de que se encontraba en un callejón sin salida, en ese momento Roy podría haber caído en la desesperación, aun cuando era una persona optimista. Afortunadamente, una nueva idea lo salvó.

Recogió de la mesilla la lista original de delicias anatómicas codiciadas. Había tachado cada unos de los puntos a medida que los iba consiguiendo, finalizando con «ojos».

La lista era larga, y tal vez cuando estaba comenzando su cosecha había tachado algún punto haciéndose ilusiones de que ya lo tenía, antes de haberse hecho con él. Su recuerdo de ciertos periodos del pasado era un tanto confuso, no por ninguna deficiencia mental, sino solamente porque era una persona orientada hacia el mañana, centrada en un futuro en el que se volvería más joven y más cercano a la perfección.

Recordaba vagamente, a través de los años, haber matado a una mujer o dos por un ideal futuro, para descubrir más tarde, delante del cadáver, que la preciada pieza estaba mínimamente viciada por alguna pequeña imperfección y que por tanto no valía la pena cosechar nada de ella. Tal vez más de una o dos mujeres. Quizá le habían decepcionado incluso cuatro. Tal vez cinco.

Supuso que era posible que hubiera tachado un punto o dos de su lista y que posteriormente hubiera descubierto —tras cometer el asesinato— que había sido demasiado laxo en su juicio; y que luego, tan ocupado como estaba, hubiera olvidado reincorporar a la lista el punto en cuestión.

Ya fuera para confirmar o eliminar esta posibilidad, necesitaba comparar los contenidos del congelador especial con la lista original.

El abatimiento se esfumó rápidamente y le invadió una alegre expectativa. Abrió una botella de zumo de manzana y cortó en dos un *muffin* de pasas para saborearlo mientras trabajaba.

Todos los aparatos de su espaciosa cocina presumían de un acabado de acero inoxidable: el horno, el microondas, el lavavajillas, la máquina de hacer hielo, la nevera y dos enormes congeladores.

En el primer congelador guardaba las partes de su mujer perfecta. En broma, se refería a él como *el armario del amor.*

El segundo congelador contenía un surtido de helados sin leche a base de soja, pechugas de pollo libres de aditivos y botes de puré de ruibarbo. Por si una acción terrorista importante interfiriera en la distribución de suplementos nutricionales vitales, también guardaba paquetes de dos kilos de palmitos en polvo, malta St. John's, polen de abejas y otros productos.

Cuando levantó la tapa del primer congelador, le invadió una nube de aire helado que tenía un aroma apenas perceptible parecido al del pescado congelado. Vio de inmediato que el congelador contenía piezas que no pertenecían a su colección.

Sus mayores tesoros —piernas y brazos— estaban bien sellados en múltiples capas de envoltorio de la marca Reynolds Plastic Wrap. Las piezas pequeñas estaban envueltas primero con bolsas One Zip y luego colocadas en Tupperwares cerrados firmemente.

Encontró en su colección tres recipientes que no eran de la marca Tupperware. Eran imitaciones baratas de un plástico opaco y con feas tapas verdes.

Este descubrimiento le dejó perplejo. Aunque algunos acontecimientos del pasado más lejano podían aparecer difusos en su memoria, estos recipientes estaban en la parte de arriba, encima de la colección; sólo podían haber sido puestos allí recientemente. Pero él jamás los había visto.

Con curiosidad, pero todavía sin sentirse inquieto, sacó los tres recipientes del congelador y los puso en una encimera cercana.

Cuando los abrió, descubrió que podían ser órganos humanos. El primero se parecía a un hígado. El segundo podía tratarse de un corazón. Al no tener realmente interés en los órganos internos, no podía adivinar si la tercera pieza era un riñón, un bazo o algo aún más misterioso.

Hizo una pausa para morder el *muffin* de pasas y beber un poco de zumo de manzana, sin poder evitar pensar que esas tres muestras podían ser los recuerdos del *otro* asesino que estos días protagonizaba las noticias en Nueva Orleans.

Puesto que era un hombre renacentista que se había educado a sí mismo en una amplia variedad de disciplinas, sabía bastante de psicología. No pudo evitar hacer ciertas consideraciones sobre el concepto de personalidad múltiple.

Le pareció interesante pensar que tal vez él mismo había sido el asesino original y el imitador; podía haber matado a tres hombres en un estado de fuga mental, e incluso ahora, delante de las pruebas, no ser capaz de recordar habérselos cargado y troceado. Interesante... pero a fin de cuentas, no resultaba convincente. Él y él mismo, trabajando por separado, no eran, en conjunto, el Cirujano.

La verdadera explicación se le escapaba, pero él sabía que terminaría siendo más extraña que lo de la personalidad múltiple.

El instinto atrajo su atención hacia el segundo congelador.

Si el primero contenía lo inesperado, ¿podía ser que el segundo también escondiera sorpresas? Puede que hallara kilos de helados con elevado índice de grasas y cientos de gramos de beicon entre las hierbas y la comida sana.

Sin embargo, cuando levantó la tapa y se dispersó la nube de aire helado, descubrió el cadáver sin ojos de Candace encima de los suplementos y los productos alimenticios.

Roy estaba seguro de que la chica del algodón de azúcar no había venido a casa con él.

# Capítulo 44

Igual que el algo desmelenado médico forense, la oficina privada de Jack Rogers era un clásico ejemplo de caos bien organizado. El escritorio estaba repleto de papeles, cuadernos, carpetas, fotos. Los estantes aparecían atestados de libros colocados de cualquier manera. Aun así, Jack era capaz de encontrar lo que necesitaba tras unos pocos segundos de búsqueda.

Sólo en parte como consecuencia de la falta de sueño y del exceso de café, la mente de Carson se sintió tan desordenada como la oficina.

—¿Bobby Allwine *se ha ido*?

—El cadáver, las muestras de tejidos, el vídeo de la autopsia, se han llevado todo —respondió Jack.

—¿Qué hay del informe de la autopsia y de las fotos? —preguntó Michael—. ¿Los archivaste como «Munster, Herman», tal como te sugerí?

—Sí. Los encontraron y se los llevaron.

—¿Se les ocurrió buscar bajo el nombre de «Munster, Herman»? —preguntó Michael incrédulo—. ¿Desde cuándo los ladrones de tumbas son a la vez campeones de acertijos?

—A juzgar por el revoltijo que dejaron en la sala del archivo —respondió Jack—, creo que simplemente miraron en todos los cajones hasta hallar lo que querían. Podríamos haberlo archivado como «Bell, Tinker» y también lo habrían encontrado. De todas maneras, no eran ladrones de tumbas. No excavaron para sacar a Allwine de la tierra. Se lo llevaron de la cámara frigorífica del depósito de cadáveres.

—Así que son ladrones de cuerpos —dijo Michael—. Elegir la palabra exacta no cambia el hecho de que estás en un aprieto, Jack.

—Parece que quisieran joderme —exclamó Jack—. ¿Perder pruebas de un caso de capital importancia? Tío, se me escapa la pensión.

Carson trató de hallar un sentido a la situación.

—¿Acaso la ciudad te ha recortado el presupuesto destinado a seguridad o algo así?

Jack meneó la cabeza.

—Tenemos tanta seguridad como en una cárcel. Tiene que haber sido obra de alguien de dentro.

Simultáneamente, Carson y Michael miraron a Luke, que permanecía sentado en un taburete en el rincón.

—Eh —dijo—, no he robado ni una moneda en toda mi vida, no me carguéis el muerto.

—No ha sido Luke —aseguró Jack Rogers—. Él no podría haberlo arrastrado. La habría cagado.

Luke hizo una mueca de desagrado.

—Supongo que debo decir gracias.

—Luke y yo estuvimos aquí un rato después de que os fuerais, pero no nos quedamos toda la noche. Estábamos exhaustos, necesitábamos dormir. Como yo había enviado a casa a todo el personal nocturno para mantener este tema tapado, el lugar estaba desierto.

—¿Te olvidaste de cerrar con llave? —preguntó Carson.

Jack la fulminó con la mirada.

—No, para nada.

—¿Había signos de que las puertas o ventanas hubieran sido forzadas?

—Ninguna. No cabe la menor duda: tenían las llaves.

—Alguien sabía lo que encontraríais en Allwine —razonó Carson—, porque tal vez él no sea el único. Tal vez haya otros como él.

—No te vayas a la dimensión desconocida otra vez —le dijo Michael mitad en tono de advertencia, mitad suplicante.

—Al menos, otro —puntualizó ella—. El amigo que iba a los funerales con él. El Señor Normal En Todo.

Llamaron a la puerta y casi simultáneamente ésta se abrió; entró Frye, el compañero de Jonathan Harker. Pareció sorprenderse al verlos.

—¿Por qué tan cabizbajos? —preguntó—. ¿Ha muerto alguien?

El cansancio mental y la cafeína aguzaron la agresividad de Carson.

—¿Por qué no puedes entender lo que significa «lárgate»?

—Eh, yo no estoy aquí por vuestro caso. Estamos trabajando en un tiroteo en una licorería.

—¿Ah, sí? ¿Es eso cierto? ¿Es eso lo que estuvisteis haciendo ayer en el apartamento de Allwine? ¿Buscando claves para el tiroteo de la licorería?

Frye se hizo el inocente.

—No sé de qué estás hablando. O'Connor, estás muy tensa. Búscate un hombre, relájate un poco.

Le entraron ganas de dispararle accidentalmente.

Como si le estuviera leyendo la mente, Michael dijo:

—Una pistola siempre se puede disparar accidentalmente, pero tendrás que explicar por qué desenfundaste primero.

# Capítulo 45

Cómoda en su bata, sentada confortablemente en un sillón de orejas, Erika pasó la noche y la mañana sin otra compañía que la de los libros, e incluso se llevó el desayuno a la biblioteca.

Leía por placer, dejándose llevar por la prosa, aunque cubría cien páginas por hora. Ella era, después de todo, un miembro de la clase Alfa de la Nueva Raza, con soberbias habilidades lingüísticas.

Leyó *Historia de dos ciudades*, de Charles Dickens, y cuando terminó, hizo algo que aún no había hecho en sus semanas de vida. Lloró.

La historia trataba sobre el poder del amor, la nobleza del autosacrificio y los horrores de una revolución hecha en nombre de ideologías políticas, entre otras cosas.

Erika comprendió el concepto de amor y le resultó atractivo, pero no sabía si alguna vez ella lo *sentiría*. Se suponía que la Nueva Raza valoraría la razón, se abstendría de la emoción, rechazaría la superstición.

Había oído a Victor decir que el amor era una superstición. Siendo de la Vieja Raza, él haría de sí mismo un individuo de la Nueva. Sostenía que la perfecta claridad

mental era un placer mayor que cualquier mero sentimiento.

De todas maneras, Erika se sintió intrigada sobre el
concepto de amor y ansió experimentarlo.

Halló esperanzador el hecho de que fuera capaz de
derramar lágrimas. La disposición —implantada en su
cerebro— hacia la razón a costa de la emoción no había
evitado que pudiera identificarse con el trágico abogado
que, al final de la novela de Dickens, iba a la guillotina
ocupando el lugar de otro hombre.

El abogado se había sacrificado para asegurarse de
que la mujer que amaba fuera feliz con el hombre al
que *ella* amaba. Ese hombre era aquel cuyo nombre había asumido el abogado y en cuyo lugar había sido ejecutado.

Incluso aunque Erika fuera capaz de sentir amor, no
estaría preparada para el autosacrificio, ya que ello violaba la proscripción del suicidio que había sido implantada
en la mente de todos los miembros de la Nueva Raza.
Por lo tanto, sentía un respeto reverencial por esa capacidad de los seres humanos comunes.

En cuanto a la revolución… Llegaría el día en que
Victor daría la orden y la Nueva Raza que vivía secretamente entre los de la Vieja arrojaría sobre la humanidad una tormenta de terror sin precedentes en la historia.

Ella no había sido creada para servir en las líneas
del frente de batalla de esa guerra, sino sólo para ser una
esposa para Victor. Suponía que cuando llegara el momento sería todo lo despiadada que, al crearla, su hacedor había decidido que fuera.

Si supieran lo que ella era, los humanos comunes la considerarían un monstruo. Los miembros de la Vieja Raza no eran sus hermanos y hermanas.

Aun así, admiraba muchas cosas de ellos y, en verdad, envidiaba algunos de sus dones.

Sospechaba que sería un error hacerle saber a Victor que su interés en las artes de la Vieja Raza había evolucionado hasta la admiración. Desde el punto de vista de él, sólo merecían desprecio. Si ella no podía sentir ese desprecio, siempre cabía la posibilidad de activar a Erika Cinco.

Cuando se acercaba el mediodía y ella estuvo segura de que el personal doméstico ya había limpiado la *suite* principal y había hecho la cama, se dirigió a la planta superior.

Si las criadas hubieran encontrado algo extraño en el dormitorio, si hubieran descubierto simplemente unos pocos excrementos de rata, se lo habrían dicho. Fuera lo que fuera lo que había estado en el dormitorio la noche anterior, ya no podía estar allí.

De todas maneras, deambuló por la habitación, atenta por si oía ruidos furtivos, mirando detrás de los muebles.

Por la noche, presa de un sorprendente miedo a lo desconocido, había buscado refugio. El miedo, un importante mecanismo de supervivencia, no se le había negado por completo a la Nueva Raza.

La superstición, por otra parte, era la prueba incontestable de una mente débil. Victor no mostraba ni la más mínima tolerancia ante la superstición. Aquéllos con mentes débiles serían retirados, exterminados, reemplazados.

La superstición aparentemente más inocente —como la creencia de que la mala suerte acechaba todos los viernes 13— podía llevar a la mente a pensar en cosas sobrenaturales de mayor calado. El propósito más esencial de la revolución de Victor era completar el trabajo de la modernidad y crear una raza de seres absolutamente materialistas.

Erika revisó la *suite* para acabar con el terror casi supersticioso que se había apoderado de ella la noche anterior, y que aún permanecía latente. Puesto que no encontró nada fuera de lo normal, volvió a estar tranquila.

Disfrutó de una larga ducha caliente.

Los miembros de la Nueva Raza, incluso los Alfas como ella, eran alentados a desarrollar una entusiasta valoración de los simples placeres físicos que pudieran servir de inoculación contra las emociones. Las emociones mismas podían ser una forma de placer, pero su fuerza era contrarrevolucionaria.

El sexo se encontraba entre los placeres permitidos, un sexo puramente animal desprovisto de afecto, de amor. El sexo entre miembros de la Nueva Raza estaba además desligado de la reproducción; habían sido diseñados para ser estériles.

Cada nuevo hombre y cada nueva mujer debían su existencia a la acción directa de Victor. La familia era una institución contrarrevolucionaria. La familia fomentaba la emoción.

Victor no confiaba en nadie más que en él mismo para crear vidas cuya razón de ser fuera puramente intelectual, exclusivamente racional. Un día la vida que surgía del laboratorio reemplazaría por completo a la procedente de las entrañas.

Una vez que terminó de ducharse, Erika abrió la mampara, cogió una toalla de un estante cercano, se detuvo sobre la alfombrilla del baño y descubrió que había tenido un visitante. Las salpicaduras de agua y las nubes de vapor habían ocultado los movimientos del intruso.

Sobre la alfombrilla había un bisturí. De acero inoxidable. Centelleante.

El bisturí tenía que ser de Victor. Poseía colecciones enteras de instrumentos quirúrgicos adquiridos en distintos momentos de su cruzada de dos siglos.

De todas maneras, Victor no lo había puesto sobre la alfombrilla. Ni lo había hecho ningún miembro del personal doméstico. Alguien había estado ahí. Alguna otra cosa.

El vapor se arremolinaba a su alrededor. Le dieron escalofríos.

# Capítulo 46

Tras su visita al depósito de cadáveres, Michael quiso hacerse con las llaves del coche, pero Carson se puso al volante, como siempre.

—Conduces demasiado despacio —le dijo a Michael.

—Y tú conduces demasiado dormida.

—Estoy bien. Estoy fenomenal.

—Las dos cosas son ciertas —asintió él—, pero no estás del todo despierta.

—Ni estando inconsciente conduciría tan despacio como tú.

—Bueno, mira, no quiero poner a prueba esa afirmación.

—Pareces tu padre, el ingeniero en seguridad o no sé qué.

—Tú *sabes* que es ingeniero en seguridad.

—Por cierto, ¿qué es lo que hace un ingeniero en seguridad?

—Hace tareas de ingeniería en seguridad.

—La vida es intrínsecamente insegura.

—Por eso necesitamos ingenieros en seguridad.

—Parece como si tu madre hubiera estado obsesionada con los juguetes seguros cuando te estaba criando.

—Y tú sabes perfectamente que ella es analista en seguridad de producción.

—Dios, debes de haber tenido una infancia aburridísima. No hay duda de que querías ser un poli, que te dispararan, devolver los disparos.

Michael suspiró.

—Todo esto no tiene nada que ver con si estás en condiciones de conducir o no.

—No sólo estoy en condiciones de conducir —espetó Carson—, soy un regalo del cielo para las autopistas de Luisiana.

—Odio cuando te pones así.

—Soy como soy.

—Lo que eres, Popeye, es testaruda.

—Mira quién habla: un tío que *nunca* va a aceptar que una mujer puede conducir mejor que él.

—Esto no es una cuestión de género, y tú lo sabes.

—Yo soy mujer. Tú eres hombre. Es una cuestión de género.

—Es una cuestión de chifladura. Tú estás chiflada, yo no lo estoy, por lo tanto debería conducir yo. Carson, de verdad, necesitas dormir.

—Dormiré cuando haya muerto.

La agenda del día consistía en varias entrevistas con amigos de Elizabeth Lavenza, la mujer hallada en la laguna flotando sin manos. Después de la segunda entrevista, en la librería en la que Lavenza trabajaba de cajera, Carson tuvo que admitir que la falta de sueño afectaba a sus habilidades para la investigación.

—Está bien, voy a sobar un poco —admitió mientras regresaban al coche—. ¿Pero tú qué harás?

—Ir a casa a ver *Duro de matar*.

—Ya la has visto como cincuenta veces.

—Cada vez es mejor. Es como *Hamlet*. Dame las llaves del coche.

Ella meneó la cabeza.

—Te llevaré a tu casa.

—Me vas a empotrar contra un puente.

—Si eso es lo que quieres —respondió mientras se sentaba en el asiento del conductor.

Michael se sentó en el asiento del copiloto.

—¿Sabes lo que eres tú?

—Un regalo del cielo para las autopistas de Luisiana.

—Aparte de eso. Tú eres una maniática del control.

—Ése es el término de un flojo para referirse a alguien que trabaja mucho y a quien le gusta hacer las cosas *bien*.

—¿Así que ahora soy un flojo?

—No he dicho eso. Todo lo que digo, amistosamente, es que estás usando el vocabulario de los flojos.

—No conduzcas tan deprisa.

Carson aceleró.

—¿Cuántas veces te advirtió tu madre de que no corrieras con tijeras en las manos?

—Unas setecientas mil —contestó él—. Pero eso no significa que tú estés en condiciones de conducir.

—Dios, eres implacable.

—Y tú incorregible.

—¿De dónde has sacado *esa* palabra? Los diálogos de *Duro de matar* no son tan sofisticados.

Cuando Carson se detuvo frente al edificio de apartamentos, Michael dudó antes de salir.

—Me preocupa que vayas conduciendo a tu casa.

—Soy como un viejo caballo de carreta. Tengo la ruta grabada en las venas.

—Si fueras *tirando* del coche, no me preocuparía, pero vas a conducir a velocidades estelares.

—Tengo un arma, pero eso no te preocupa.

—Está bien, está bien. Conduce. Ve. Pero si tienes delante un motorista lento, no le dispares.

Mientras se alejaba con el coche, vio por el espejo retrovisor cómo Michael la miraba preocupado.

La pregunta no era si se había enamorado de Michael Maddison, sino *cuán profundamente y cuán irremediablemente*.

No es que el amor fuera un apestoso cenagal del cual una persona debiera ser rescatada, como un ahogado del feroz oleaje, como un adicto de la adicción. Ella estaba hecha para el amor. Sólo que no estaba *preparada*.

Tenía su carrera. Tenía a Arnie. Tenía interrogantes sobre la muerte de sus padres. En ese momento, en su vida no había lugar para la pasión. Tal vez estaría lista para la pasión cuando tuviera treinta y cinco años. O cuarenta. O noventa y cuatro. Pero ahora no.

Además, si ella y Michael se acostaban, las normas del departamento les obligarían a ambos a tener un nuevo compañero.

No le gustaban tanto los otros detectives de homicidios. Las probabilidades apuntaban a que formaría pareja con un imbécil. Aún más, en ese momento no tenía ni el tiempo ni la paciencia necesarios para domar a un nuevo compañero.

No es que siempre obedeciera las normas del departamento. No era la alumna aplicada, respetuosa y obediente.

Pero la regla que prohibía que los polis copularan con polis y luego compartieran una misión le parecía una cuestión de sentido común.

No es que siempre obedeciera a su sentido común. A veces uno debía correr imprudentes riesgos si confiaba en su instinto y si era humano. Si no, uno podía abandonar la fuerza y convertirse en ingeniero en seguridad.

En cuanto a lo de ser humano, ahí tenía al pavoroso personaje del apartamento de Allwine, que aseguraba que no era humano, a menos que él creyera que ser un amasijo de pedazos de criminales y haber sido traído a la vida por medio de rayos no fuera una desviación suficiente de la rutina usual de papá-deja-embarazada-a-mamá como para negarle el estatus humano.

O bien el monstruo —así fue como él se llamó a sí mismo, Carson no estaba siendo políticamente incorrecta— había sido un producto de su imaginación, en cuyo caso estaba loca, o bien era real, en cuyo caso el mundo entero se había vuelto loco.

En medio de este caso truculento e imposible no podía sencillamente bajarle la bragueta a Michael y decir: «Sé que has estado soñando con esto». El romance era una cosa delicada. Necesitaba tiernos cuidados para crecer y madurar hacia algo maravilloso. En ese momento no tenía tiempo para tener un orgasmo, y mucho menos un romance.

Si ella y Michael pudieran establecer entre ambos algo que tuviera sentido, no quería arruinarlo por lanzarse precipitadamente a la cama, y menos en un momento en el que la presión del trabajo la estaba casi aplastando.

Y *eso* indicaba lo profunda e irremediablemente que lo amaba. Estaba con el agua cubriéndole la cabeza.

Condujo todo el camino a casa sin matarse ni matar a nadie. Si hubiera estado tan despierta y con la cabeza tan clara como afirmaba, no se sentiría tan tontamente orgullosa de ese logro.

Entre el coche y la casa, la luz del sol parecía lo suficientemente brillante como para cegarla. Incluso en su dormitorio, la luz del día que entraba por las ventanas se le clavaba en los ojos, inyectados en sangre, y le hacía daño.

Cerró las persianas. Corrió las cortinas. Pensó en pintar las paredes de negro, pero decidió que eso sería ir demasiado lejos.

Totalmente vestida, cayó en la cama y se durmió antes de que la almohada terminara de ceder ante la presión de la cabeza.

# Capítulo 47

La cuarta vez que Roy Pribeaux abrió el congelador para ver si Candace seguía allí, ella seguía allí, así que decidió descartar la posibilidad de que hubiera sido víctima de una ilusión.

La noche anterior no había cogido el coche. Vivía a no mucha distancia del Barrio Francés, de modo que se podía ir a pie. De todas maneras ellos habían caminado.

Pero él no podía haberla arrastrado todo el trayecto desde el dique hasta su *loft*. Aunque era un hombre fuerte —y cada día más—, ella pesaba bastante.

Además, no es posible arrastrar un cadáver sin ojos por el centro de Nueva Orleans sin provocar comentarios y sospechas. Ni siquiera en Nueva Orleans.

Él no *poseía* una carretilla. De todos modos, no habría sido una solución práctica.

Se sirvió otro vaso de zumo de manzana para acompañar lo que le quedaba de *muffin*.

La única explicación creíble de la sorprendente aparición de Candace era que alguien la había traído hasta ahí desde el dique y la había escondido en el congelador de la comida. La misma persona había colocado los tres recipientes de plástico llenos de órganos en el otro congelador, *el armario del amor*.

Esto significaba que alguien sabía que Roy había matado a Candace.

Por supuesto, ese alguien había *visto* cómo la mataba.

—Espeluznante —suspiró.

No había sido consciente de que le siguieran. Si alguien hubiera estado pisándole los talones, observando su escena romántica con Candace, debía tratarse de un experto en vigilancia, casi tan fugaz como un fantasma.

No simplemente *alguien*. No cualquiera. Teniendo en cuenta los órganos humanos que estaban en los tres recipientes cutres con feas tapas verdes, el autor no podía ser otro que el asesino que le copiaba.

La obra de Roy había inspirado a un imitador. El imitador había dicho, mediante estas acciones: *Eh, hola. ¿Podemos ser amigos? ¿Por qué no unimos nuestras colecciones?*

Aunque Roy se sentía halagado, como cualquier artista lo estaría por la admiración de otro colega, no le gustaba cómo se estaban desarrollando los acontecimientos. No le gustaba en absoluto.

Por una razón: este individuo obsesionado con los órganos era un observador cuya fascinación hacia lo interior era burda y poco sofisticada. No estaba a su altura.

Además, Roy no necesitaba ni quería la admiración de nadie. Él se bastaba a sí mismo —hasta que la mujer perfecta de su destino entrara en su vida.

Se preguntó a qué se debía la visita del imitador. Candace había donado sus ojos unas doce horas antes de que él la encontrara en su congelador. El intruso sólo podía haber tenido dos oportunidades para traerla al *loft*.

Satisfecho con su vida, inmensamente satisfecho consigo mismo, Roy no tenía motivos para padecer de insomnio. Dormía profundamente todas las noches.

Sin embargo, el imitador no podía haber traído al *loft* y meter en el congelador a una persona tan pesada como Candace mientras Roy dormía y pasar desapercibido.

La cocina estaba integrada en el comedor. Éste se unía con el salón. Sólo una pared baja separaba el salón del dormitorio. El ruido habría llegado sin que nada lo frenara y Roy se habría despertado.

Se dirigió al cuarto de baño, que estaba en el otro extremo de la cocina. Cerró la puerta. Abrió el grifo de la ducha. Encendió el extractor.

Sí. Completamente posible. El imitador podía haber traído a Candace al *loft* mientras Roy disfrutaba de su ducha previa al amanecer.

Él se daba duchas largas: el jabón exfoliante con la esponja, el jabón hidratante, los dos champúes, la crema acondicionadora…

El tiempo tan preciso que había utilizado el visitante sugería que conocía bien la rutina doméstica de Roy. Y tenía que disponer de una llave.

Roy no tenía casero. Era el propietario del edificio. Tenía las únicas llaves del *loft*.

De pie en el cuarto de baño, rodeado del ruido susurrante del agua y de las aspas del extractor, se sintió abrumado por la sospecha de que el imitador estaba todavía en el apartamento, preparando otra sorpresa.

Esa preocupación no tenía ningún fundamento, ya que se basaba en la necesidad de que el imitador fuera omnisciente y omnipresente. Pero la sospecha se tornó en convicción.

Roy cerró el grifo de la ducha y apagó el extractor. Salió del cuarto de baño y buscó por todo el *loft*. Nadie. Aunque estaba solo, Roy se sintió inquieto.

# Capítulo 48

Ella montaba en un caballo negro y cruzaba una llanura desolada bajo un cielo bajo y revuelto.

Explosiones catastróficas de relámpagos rasgaban los cielos. Cada vez que una espada brillante apuñalaba la tierra, surgía un gigante, mitad apuesto y mitad deforme, tatuado.

Cada gigante la agarraba, tratando de bajarla de su cabalgadura. Asía también al caballo, cogiéndolo de sus veloces cascos, de sus patas, de sus sedosas crines.

El horrorizado caballo gritaba, pateaba, se tambaleaba, se soltaba, cabeceaba.

Sin silla de montar, ella se aferraba al caballo con las rodillas, cogía las crines apretando los puños, se mantenía sobre su cabalgadura, aguantaba. Había más gigantes en la tierra que los que el caballo podía dejar atrás. Un rayo, la explosión de un trueno, y una mano gigantesca que la cogía por la muñeca.

Carson se despertó en medio de una absoluta oscuridad no porque hubiera sido arrancada del sueño por la pesadilla, sino por un ruido.

Atravesando el suave repiqueteo y el soplido del aire acondicionado le llegó un claro crujido del entarimado del suelo. Crujió otra madera. Alguien se movía sigilosamente por la habitación.

Estaba boca arriba, empapada de sudor, encima de las mantas, exactamente en la misma posición en la que había caído en la cama. Sentía que algo se le acercaba.

Durante un instante no pudo recordar dónde había dejado su pistola de reglamento. Entonces se dio cuenta de que todavía estaba vestida, con los zapatos puestos, e incluso con la funda de la pistola. Por primera vez en su vida se había quedado dormida portando su arma.

Deslizó una mano bajo la chaqueta y sacó la pistola.

Aunque Arnie jamás había entrado en su habitación en la oscuridad y su comportamiento era previsible, podía tratarse de él. Cuando se sentó lentamente y trató de alcanzar la lámpara de noche con la mano izquierda, los muelles de la cama hicieron un suave ruido. El entarimado crujió, tal vez porque el intruso había reaccionado ante el ruido. Crujió de nuevo.

Encontró con los dedos la lámpara y el interruptor. La luz.

No vio a nadie tras el primer resplandor de luz. Enseguida, sin embargo, más que ver, sintió un movimiento con el rabillo del ojo.

Giró la cabeza, levantando la pistola, pero no vio a nadie.

En una ventana, las cortinas se inflaban de aire. Por un instante atribuyó ese movimiento al aire acondicionado. Entonces las cortinas volvieron a caer. Colgaban extendidas y quietas. Como si alguien, al irse, las hubiera rozado.

Se levantó de la cama y atravesó la habitación. Cuando descorrió las cortinas, vio que las ventanas estaban cerradas. Y con los pestillos puestos.

Tal vez no se había despertado tan instantáneamente como había creído. Tal vez se había tratado de la resaca de su estado somnoliento y del sueño que había tenido. Tal vez.

\* \* \*

Carson se dio una ducha, se cambió de ropa y se sintió renovada, aunque ligeramente desorientada. Tras haber dormido toda la tarde, se levantó ya de noche, con el reloj interior confundido, sin saber qué hacer.

Una vez en la cocina, se sirvió de un cuenco una cucharada de ensalada de pollo al curry. Con el plato en una mano y el tenedor en la otra, comiendo mientras caminaba, se dirigió a la habitación de Arnie.

El glorioso castillo, propio del rey Arturo, parecía haber crecido con nuevas torres.

Por una vez, Arnie no estaba trabajando en la ciudadela. Permanecía sentado mirando fijamente una moneda que movía entre el pulgar y el índice.

—¿Qué ocurre, cariño? —preguntó Carson, aunque no esperaba ninguna respuesta.

Arnie reaccionó como se esperaba, pero lanzó la moneda al aire. El cobre centelleó mientras giraba.

Con reflejos más rápidos que los que normalmente tenía, el chico atrapó la moneda en el aire y la retuvo cerrando fuertemente el puño derecho.

Carson no le había visto nunca comportarse de este modo. Le miró extrañada.

Durante medio minuto Arnie se quedó mirando su puño apretado. Luego lo abrió y frunció el ceño como decepcionado al ver la moneda brillando en la palma de su mano.

Mientras el chico volvía a lanzarla y a cogerla en el aire una vez más, Carson notó que había una pila de relucientes monedas en el puente levadizo del castillo.

Arnie no había comprendido nunca qué era el dinero ni para qué servía.

—Cariño, ¿de dónde has sacado esas monedas?

Arnie abrió la mano, vio la moneda y frunció el ceño de nuevo. Volvió a lanzarla. Parecía tener una nueva obsesión.

Vicky Chou se asomó por la puerta abierta que daba a la sala.

—¿Qué tal la ensalada de pollo?

—Estupenda. Todos los días me haces sentir una inútil en algún nuevo sentido.

Vicky hizo un gesto como diciendo «de nada».

—Todos tenemos nuestro talento particular. Yo no podría dispararle a nadie como lo haces tú.

—En cualquier momento que necesites que lo haga, ya sabes dónde encontrarme.

—¿De dónde ha sacado Arnie todas esas monedas? —preguntó Vicky.

—Era lo que iba a preguntarte yo a ti.

Tras volver a lanzar la moneda, atraparla en el aire y encontrarla en la palma de la mano, el chico parecía desconcertado.

—Arnie, ¿de dónde has sacado esas monedas?

El chico extrajo una tarjeta del bolsillo de la camisa. Se quedó sentado, con la mirada fija, en silencio.

Consciente de que su hermano podía llegar a quedarse examinando la tarjeta durante media hora antes de pasársela, Carson se la quitó suavemente de los dedos.

—¿Qué es? —preguntó Vicky.

—Es un pase para un cine llamado Luxe. Para ver una película gratis. ¿De dónde puede haber sacado esto?

Arnie volvió a lanzar la moneda y, mientras la atrapaba en el aire, dijo:

—Toda ciudad tiene sus secretos… —Carson sabía que ella había oído esas palabras en algún lado—… pero ninguno es tan terrible como éste.

Y la sangre se le heló en las venas cuando se le apareció en la mente la imagen del hombre tatuado de pie junto a la ventana del apartamento de Bobby Allwine.

# Capítulo 49

Doscientos años de vida pueden dejar hastiado a un hombre.

Si es un genio, como Victor, sus desafíos intelectuales le llevan siempre hacia nuevas aventuras. La mente se puede mantener fresca y comprometida para siempre con la tarea de afrontar y resolver problemas de complejidad cada vez mayor.

Por otra parte, la repetición de los placeres físicos finalmente hace que los antiguos deleites parezcan desabridos. Se instala el aburrimiento. A lo largo del segundo siglo, los apetitos de un hombre se vuelven cada vez más hacia lo exótico, lo extremo.

Por esa razón Victor necesita el sexo con violencia y la cruel humillación de su compañera sexual. Hace mucho tiempo que ha dejado atrás el sentimiento de culpa que les produciría a otros el hecho de perpetrar actos de crueldad. La brutalidad es un afrodisiaco, el ejercicio del poder salvaje le excita.

El mundo ofrece tantas variedades culinarias que el sexo convencional se vuelve aburrido mucho antes de que los platos favoritos se tornen insulsos a la lengua. Hasta la pasada década Victor no comenzó a sentir cada cierto tiempo ansias de probar comidas lo suficientemente exóticas como para tomarlas con discreción.

En algunos restaurantes de la ciudad, cuyos propietarios tienen en alta estima sus negocios, donde los camareros valoran sus generosas propinas y donde los chefs admiran su paladar sofisticado y único, Victor programa de vez en cuando, por anticipado, cenas especiales. Se le atiende siempre en un reservado, para que un hombre de su refinamiento pueda disfrutar de platos tan peculiares que resultarían repulsivos para las masas ignorantes. Él no desea tener que dar explicaciones a los zafios comensales de una mesa vecina —casi siempre son zafios— sobre estos gustos adquiridos.

El Quan Yin, un restaurante chino llamado así en honor de la diosa de la misericordia y la compasión, tiene dos comedores privados. Uno resulta adecuado para un grupo de ocho personas. Victor lo había reservado para él solo.

A menudo comía en solitario. Con la experiencia de doscientos años de vida, que no podía igualar nadie que tuviera una vida de duración normal, se había dado cuenta de que él mismo era casi siempre su mejor compañía.

Para abrir el apetito, en la placentera espera de su exótico plato principal, comenzó por un entrante sencillo: sopa con huevo hilado.

Antes de terminar el primer plato, sonó su teléfono móvil. Se sorprendió al oír la voz del renegado.

—El asesinato ya no me asusta, Padre.

Con un deje de autoridad que siempre garantizaba obediencia, Victor dijo:

—Tienes que hablarme de esto en persona.

—No me perturba tanto el asesinato como cuando le llamé la otra vez.

—¿Cómo has conseguido este número?

El número de contacto de Las Manos de la Misericordia destinado a las emergencias, que se les daba a los miembros de la Nueva Raza, no desviaba las llamadas al móvil de Victor.

En lugar de responder, el renegado siguió con su discurso.

—Sencillamente, el asesinato me hace más humano. Ellos nos superan en el asesinato.

—Pero tú eres mejor que los de su especie. —La necesidad de discutir eso, de *debatirlo*, irritaba a Victor. Él era el amo y el comandante. Su palabra era la ley, sus deseos eran obedecidos, al menos entre su gente—. Tú eres más racional, más…

—No somos mejores. Nos falta algo…, algo que ellos tienen.

Eso era una mentira intolerable. Una herejía.

—La ayuda que necesitas —insistió impacientemente Victor— sólo te la puedo dar yo.

—Si abro un número suficiente de ellos y miro dentro, tarde o temprano descubriré qué es lo que les hace… más felices.

—Eso no es racional. Ven a verme a Las Manos de la Misericordia…

—Está esa chica a la que veo a veces, ella es particularmente feliz. Hallaré la verdad en ella, el secreto, lo que me falta.

El renegado colgó.

Como había hecho la vez anterior, Victor marcó el 69. Igual que había sucedido antes, la llamada procedía de un número que tenía bloqueado el servicio de devolución de llamada.

El desarrollo de los acontecimientos no había arruinado su cena especial, pero su estado de ánimo exultante se había atenuado. Decidió pasar del té al vino.

A menudo la cerveza le iba mejor que el vino a la comida china. Sin embargo, Victor no era un entusiasta de la cerveza.

A diferencia de muchos restaurantes chinos, el Quan Yin tenía una gran bodega llena de las mejores cosechas. El camarero —de esmoquin blanco con pajarita y pantalones negros— trajo una carta de vinos.

Mientras terminaba la sopa y esperaba la ensalada de palmitos y pimientos, Victor estudió la carta. Dudaba entre un vino adecuado para acompañar carne de cerdo y otro que casara bien con el marisco.

No iba a tomar ni cerdo ni marisco. El plato principal, que ya había comido alguna vez, era un raro manjar que a cualquier entendido en vinos le haría vacilar para encontrar la elección más compatible.

Al final, se decidió por un soberbio Pinot Grigio y disfrutó mucho de la primera copa mientras saboreaba la ensalada.

La presentación del plato principal fue acompañada de una gran pompa, empezando por el chef mismo, un hombre con vientre de Buda llamado Lee Ling, que esparció pétalos de rosas rojas por encima del mantel blanco.

Dos camareros aparecieron con una bandeja roja de bronce grabada con motivos decorativos, sobre la cual había un cazo de cobre con patas que contenía aceite hirviendo. Un infiernillo dispuesto bajo el cazo hacía que el aceite permaneciera burbujeando.

Pusieron la bandeja sobre la mesa y Victor aspiró profundamente el aroma que provenía del cazo. El aceite de cacahuete, clarificado dos veces, había sido aromatizado con una mezcla de aceites al pimiento. La fragancia era sublime.

Un tercer camarero colocó un plato llano delante de Victor. Y al lado del plato, unos palillos rojos. El camarero puso sobre el plato un par de tenacillas de acero inoxidable tan suavemente que no se oyó ni el menor tintineo.

Las asas de las tenacillas estaban cubiertas de goma, para aislarlas del calor que cogería el acero al sumergirse en el aceite hirviendo. Los extremos de las pinzas tenían forma de pétalos de flores de loto.

El cazo de aceite estaba a la derecha de Victor. A continuación, le pusieron frente al plato un cuenco de arroz al azafrán.

Lee Ling, que se había retirado a la cocina, regresó con el plato principal, que colocó a la izquierda del plato de Victor. El manjar esperaba en una bandeja de plata con tapa.

Los camareros hicieron una reverencia y se retiraron. Lee Ling esperaba sonriente.

Victor retiró la tapa de la bandeja de plata. El manjar estaba cubierto con hojas de repollo apenas pasadas por vapor para marchitarlas y volverlas flexibles.

Este raro manjar no figuraba en el menú. No siempre estaba disponible y había que encargarlo por anticipado y con tiempo suficiente.

En todo caso, Lee Ling sólo lo preparaba para este cliente único entre mil, a quien conocía desde hacía años, en quien confiaba, de quien sabía que era un verdadero gastrónomo. Además el cliente tenía que ser alguien tan familiarizado con la comida regional china como para saber que podía pedir este plato inigualable.

Los funcionarios encargados de otorgar licencias a los restaurantes no habrían aprobado que se ofreciera semejante plato a los clientes, ni siquiera en la libertina Nueva Orleans. No entrañaba riesgo alguno para la salud, pero algunas cosas son demasiado exóticas incluso para la gente más tolerante.

En la bandeja, sobre el repollo, retozaba una doble camada de crías de rata vivas, nacidas tan recientemente que todavía eran rosadas, desprovistas de pelo y ciegas.

Victor expresó su aprobación y gratitud a Lee Ling en chino. Sonriendo, el chef se inclinó reverentemente y se retiró, dejando solo a su huésped.

Tal vez el excelente vino había devuelto a Victor su buen humor, o quizá su propia y extraordinaria sofisticación le complacía tanto que no podía permanecer apesadumbrado mucho tiempo. Uno de los secretos para llevar una vida llena de grandes logros era gustarse a sí mismo, y Victor Helios, alias Frankenstein, se gustaba mucho más de lo que era capaz de expresar.

Cenó.

# Capítulo 50

El segundo piso de Las Manos de la Misericordia está tranquilo.

Aquí, los hombres y mujeres de la Nueva Raza, recién salidos de los tanques, están siendo sometidos a las etapas finales de la transferencia directa de datos al cerebro. Pronto estarán preparados para entrar al mundo y ocupar sus lugares entre la humanidad condenada a fenecer.

Randal Seis se irá de la Misericordia antes que ellos, antes de que acabe esta noche. Está aterrorizado, pero preparado.

Los planos informatizados y las visitas virtuales por Nueva Orleans le han preparado, aunque también le han puesto nervioso. Pero si quiere evitar el potro giratorio y sobrevivir, no puede esperar más.

Para hallar el camino en el peligroso mundo que está más allá de estas paredes, debería ir armado. Pero no tiene arma y no ve nada en su habitación que pueda servir como tal.

Si el viaje resulta más largo de lo que espera, necesitará provisiones. No tiene alimentos en la habitación, sólo los que le traen en los horarios de las comidas.

En algún lugar del edificio hay una cocina de tamaño considerable. Una despensa. Allí podría encontrar los alimentos que necesita.

La idea de buscar la cocina, reunir alimentos entre un abrumador número de elecciones posibles y envolverlos resulta tan sobrecogedora que no es capaz de comenzar a hacerlo. Si debe hacerse con provisiones por sí mismo, jamás se irá de la Misericordia.

Así que saldrá sin otra cosa que las ropas que lleva puestas, un libro nuevo de crucigramas y un lápiz.

Cuando llega al umbral entre su habitación y el pasillo, la parálisis se apodera de él. No puede avanzar.

Sabe que estos dos espacios están en el mismo plano, pero tiene la certeza de que deberá recorrer una distancia mortal si osa pasar al corredor. Lo que *sabe* no suele ser tan poderoso como lo que *siente*, lo cual es la maldición de su condición.

Aunque se recuerda a sí mismo que tal vez su destino sea un encuentro con Arnie O'Connor, permanece quieto, inmóvil.

Su condición emocional empeora mientras está de pie paralizado. La agitación lo sacude hasta la confusión, del mismo modo que un remolino de viento barre las hojas otoñales en una espiral multicolor.

Es plenamente consciente de cómo esta agitación puede transformarse rápidamente en una turbación más profunda, luego en una tormenta, después en una tempestad. Quiere desesperadamente abrir el libro de crucigramas y posar su lápiz en las casillas vacías.

Si sucumbe al deseo de las palabras cruzadas, no completará un crucigrama, ni dos, sino el libro entero.

Pasará la noche. Llegará la mañana. Habrá perdido para siempre el valor para escapar.

El umbral. El pasillo. Si da un paso, puede atravesar el primero y llegar al segundo. Ya lo ha hecho antes, pero esta vez parece un viaje de mil kilómetros.

La diferencia, por supuesto, es que hasta ahora no había intentado llegar más allá del pasillo. Esta vez quiere llegar al mundo.

Umbral, pasillo.

De pronto *umbral* y *pasillo* aparecen en su mente como letras manuscritas en tinta negra en filas y columnas de casillas blancas, dos respuestas de un crucigrama que comparten la letra *a*.

Cuando ve que las dos palabras se cruzan de ese modo, reconoce con más claridad que el umbral y el pasillo realmente se cruzan también en un mismo plano. Pasar del primero al segundo no es más difícil que llenar las casillas con letras.

Sale de su habitación.

# Capítulo 51

Los diseños geométricos de la fachada *art déco* del Luxe Theater se hacían más profundos y dramáticos por la punzante luz de una farola de la calle y las sombras que ésta afilaba.

La marquesina se encontraba a oscuras y el cine parecía estar cerrado, si no abandonado, hasta que Carson miró a través del cristal de una de las puertas. Vio la tenue luz en el mostrador del bar y a alguien que estaba trabajando allí.

Cuando empujó la puerta, ésta cedió. Se dirigió al vestíbulo.

Los tarros de cristal de las golosinas estaban iluminados para mostrar su contenido. En la pared de detrás del mostrador, un reloj de Coca-Cola estilo *art déco*, que combinaba el blanco y el carmesí, era, sorprendentemente, un patético vestigio de una época más inocente.

El hombre que estaba trabajando detrás del mostrador era el gigante que había conocido en el apartamento de Allwine. Su físico le permitió identificarlo antes de que se volviera y mostrara su rostro.

Golpeó sonoramente el pase para la película contra la superficie de cristal del mostrador.

—¿Quién es usted?

—Ya se lo dije una vez.

—No me dijo su nombre —respondió Carson en tono firme.

Hasta ese momento él había estado limpiando la máquina de palomitas de maíz. Volvió a centrar su atención en la máquina.

—Mi nombre es Deucalión.

—¿Es el nombre o el apellido?

—El nombre y el apellido.

—¿Trabaja usted aquí?

—Soy el propietario del cine.

—Usted agredió a un oficial de policía.

—¿Sí? ¿Qué herida le hice? —Sonrió, no sarcásticamente sino con una sorprendente calidez, teniendo en cuenta su rostro—. ¿O acaso le herí la autoestima?

Su serenidad la impresionó. No era su tamaño intimidatorio lo que le daba esa seguridad en sí mismo; no se trataba de un matón. Su carácter tranquilo se acercaba a la profunda serenidad que ella asociaba con esos monjes que llevaban hábito con capucha.

También algunos sociópatas eran serenos, tan tranquilos como las arañas domésticas que esperan en su guarida a que caigan las presas.

—¿Qué fue a hacer a mi casa? —preguntó Carson.

—Por lo que he visto de cómo vive, creo que puedo confiar en usted.

—¿Qué coño me importa si usted confía en mí? Manténgase alejado de mi casa.

—Su hermano es una pesada carga. Lo lleva usted con mucha entereza.

Carson se alarmó.

—No. Se. Meta. En. Mi. Vida.

Deucalión dejó el paño húmedo con el que había estado repasando la máquina de palomitas de maíz y se volvió de nuevo hacia ella; sólo los separaba el mostrador de golosinas.

—¿Es eso lo que quiere usted? —preguntó—. ¿Es eso realmente? Entonces, ¿por qué ha venido hasta aquí para escuchar el resto de la historia? Porque usted no ha venido sólo para decirme que me mantenga alejado. Usted ha venido a hacer preguntas.

Su perspicacia y su tranquilo humor contrastaban con su brutal aspecto.

Carson se quedó desconcertada, y él añadió:

—No deseo hacerle daño a Arnie ni tampoco a usted. Su enemigo es Helios.

Parpadeó, sorprendida.

—¿Helios? ¿Victor Helios? ¿El dueño de Biovision, el gran filántropo?

—Tiene la arrogancia de llamarse a sí mismo «Helios», como el dios griego del sol. Ése no es su verdadero nombre. —Sin énfasis, sin levantar una ceja, proclamó—: Su verdadero nombre es Frankenstein.

Después de lo que él había dicho en el apartamento de Bobby Allwine, tras su historia de que había sido hecho con pedazos de criminales y de que había obtenido su fuerza vital de una tormenta eléctrica, Carson debería haber esperado que la cosa siguiera por esa vía. *No* se lo esperaba, sin embargo, y eso le hizo sentirse decepcionada.

Carson había sentido que Deucalión era especial no sólo en cuanto a su aspecto físico y, por razones que no era capaz de expresar satisfactoriamente, había *querido* que fuese algo especial. Necesitaba despojarse del tedio de la rutina, caer de cabeza en el *misterio* de la vida.

Tal vez misterio fuera sinónimo de cambio. Quizá necesitaba un tipo diferente de excitación que la que generalmente le ofrecía el trabajo. Sospechó, sin embargo, que precisaba más sentido en su vida que el que le solía proporcionar investigar homicidios, aunque no sabía demasiado bien qué sentido tenía la palabra *sentido*.

Deucalión la había decepcionado porque este asunto de Frankenstein tenía el típico tufillo de las historias de chiflados con las que se encontraba casi siempre cuando llevaba adelante investigaciones ordinarias. Él le había parecido extraño pero lleno de entereza; ahora apenas parecía diferente de los zoquetes con ojos de huevo frito que creían que los agentes de la CIA o los extraterrestres andaban tras ellos.

—Sí. Frankenstein —repitió Carson.

—La leyenda no es ficción. Es real.

—Por supuesto. —Los distintos tipos de desilusión le producían siempre el mismo efecto: un antojo de comer chocolate. Señaló el cristal del mostrador y dijo—: Por favor, deme una de esas barritas Hershey's con almendras.

—Hace mucho tiempo, en Austria, incendiaron su laboratorio hasta hacerlo desaparecer. Porque me había creado.

—Oiga, pelmazo, ¿dónde están las tuercas de su cuello? ¿Se las quitó con cirugía?

—Míreme —pidió él solemnemente.

Por un momento se quedó observando golosamente la barrita Hershey's, pero al final le miró.

Un resplandor fantasmal le atravesó los ojos. Esta vez ella estaba tan cerca que incluso aunque lo hubiera querido, no habría podido hacer caso omiso de ello y atribuirlo al reflejo de alguna fuente natural de luz.

—Sospecho —dijo él— que cosas más extrañas que yo pululan por esta ciudad… y él ha comenzado a perder el control sobre ellas.

Se dirigió a la caja registradora, abrió un cajón que había debajo y extrajo un recorte de periódico y un papel enrollado atado con una cinta.

El recorte incluía una foto de Victor Helios. El papel era un retrato a lápiz del mismo hombre, una década más joven.

—Arranqué esto de un marco del estudio de Victor hace dos siglos, para no olvidarme nunca de su rostro.

—Eso no prueba nada. Las barritas Hershey's, ¿están a la venta o no?

—La noche que nací, Victor necesitaba una tormenta. Tuvo la tormenta del siglo.

Deucalión se remangó la manga derecha, dejando ver tres discos brillantes de metal incrustados en su carne.

Carson tenía que reconocer que jamás había visto algo así. Sin embargo, en esta época había gente que se perforaba la lengua con *piercings* e incluso se rajaba la punta de la lengua para lograr un efecto de reptil.

—Puntos de contacto —explicó él—. Por todo mi cuerpo. Pero sucedió algo extraño con la tormenta…, semejante poder.

No mencionó las cicatrices con escaras blancas que unían su muñeca con el antebrazo.

Si estaba viviendo en la fantasía de ser un monstruo de Frankenstein, había llegado al extremo de hacer coincidir su apariencia física con la de la criatura de la historia. Esto era un poco más impresionante que un fanático de *Star Trek* vestido con un mono y con las orejas de Spock.

Sabiendo que era un error, incluso aunque no pudiera creerle, Carson se descubrió a sí misma queriendo creer *en* él. Esto la sorprendió, la perturbó. No lo comprendía. Así *no* era Carson O'Connor.

—La tormenta me dio la vida —prosiguió él—, pero también algo parecido a la inmortalidad. —Deucalión recogió el recorte de periódico, miró fijamente durante un momento la foto de Victor Helios y luego la estrujó en su puño—. Creí que mi hacedor estaba muerto desde hacía mucho tiempo. Pero desde el comienzo, él ha estado persiguiendo su propia inmortalidad, de una manera o de otra.

—Bonita historia —dijo ella—. ¿Tiene algún ingrediente de abducción de extraterrestres?

En la experiencia de Carson, estos tipos no podían soportar la burla. Reaccionaban con ira o la acusaban de formar parte de quién sabe qué conspiración de la que creían ser objetivos.

Deucalión se limitó a arrojar a un lado el recorte arrugado, coger una barrita de Hershey's del expositor y ponerle la golosina delante de ella, sobre el mostrador.

Carson desenvolvió la chocolatina.

—¿Usted espera que yo me crea lo de los doscientos años? Entonces el rayo de esa noche, ¿qué? ¿Le alteró la genética al tipo ese?

—No. El rayo no le tocó. Sólo a mí. Si él ha llegado tan lejos... ha sido de alguna otra manera.

—Mucha fibra, frutas frescas, nada de carnes rojas.

Ella no conseguía picarle.

Por sus ojos no pasaron más luminosidades inquietantes, pero en ellos vio algo más que jamás había vislumbrado en los ojos de otro. Una franqueza electrificante. Se sintió tan desprotegida que una sensación helada se cerró como un puño en torno a su corazón.

La soledad de esa mirada, y la sabiduría, y la humildad. Y... algo más enigmático. Sus ojos eran singulares, y aunque había mucho que leer en ellos, Carson no tenía un lenguaje que le permitiera comprender lo que leía, ya que el alma que la miraba a través de esas lentes parecía de pronto tan ajena como la de cualquier criatura nacida en otro mundo.

El chocolate le empalagaba la boca y la garganta. La golosina sabía extrañamente a sangre, como si se hubiera mordido la lengua.

Dejó la barrita Hershey's sobre el mostrador.

—¿Qué ha estado haciendo Victor todo este tiempo? —se preguntó Deucalión—. ¿Qué ha estado... fabricando?

Carson se acordó del cadáver de Bobby Allwine, desnudo y diseccionado en la mesa de autopsia; y de la insistencia de Jack Rogers de que sus extrañas tripas fueran la consecuencia no de una mutación sino de un *diseño*.

Deucalión pareció arrancar una moneda brillante del éter. La lanzó con el pulgar, la cogió en el aire y la retuvo un momento en el puño. Cuando abrió la mano, la moneda no estaba allí.

Ahí estaba el truco que Arnie había estado intentando imitar.

Deucalión dio la vuelta a la barrita de chocolate que Carson había dejado sobre el mostrador de cristal e hizo aparecer la moneda.

Ella sintió que esta peculiar demostración improvisada tenía un propósito que iba más allá del entretenimiento. La intención era convencerla de que la verdad acerca de él era tan mágica como él la había presentado.

Él recogió la moneda —sus manos eran muy diestras teniendo en cuenta su gran tamaño— y la lanzó por encima de la cabeza de Carson.

Ella se giró para seguir su trayectoria, pero la moneda se perdió de vista cuando estaba alta en el aire.

Esperó a que se produjera el *cling* y el repiqueteo de la moneda rebotando contra el suelo de mármol del vestíbulo. Silencio.

Cuando el silencio se prolongó más allá de toda expectativa razonable de que la moneda cayera al suelo, Carson miró a Deucalión.

Éste tenía otra moneda. La lanzó con el pulgar.

Más atentamente que antes, siguió su recorrido con la vista, pero la perdió cuando llegaba al vértice del arco.

Contuvo la respiración, esperando que la moneda sonara al caer al suelo, pero el sonido no llegaba, no llegaba, y tuvo que volver a respirar.

—¿Todavía desea que no me meta en su vida? —preguntó él—. ¿O acaso quiere usted oír más?

# Capítulo 52

Los apliques dibujan abanicos de color ámbar sobre las paredes, pero a esta hora las luces son tenues y predominan las sombras.

Randal Seis acaba de darse cuenta de que las baldosas de vinilo del suelo del pasillo son como los cuadrados de un crucigrama. La geometría le hace sentir cómodo.

Visualiza mentalmente una letra de su nombre a cada paso que da, deletreándosela a sí mismo a lo largo del suelo, baldosa a baldosa, hacia la libertad.

Así es el suelo de la zona de dormitorios, donde los miembros de la Nueva Raza que han despertado recientemente son alojados hasta que se les pula y estén listos para infiltrarse en la ciudad.

La mitad de las puertas están abiertas. Detrás de algunas, cuerpos desnudos están trabados en todas las posturas sexuales imaginables.

Especialmente en las primeras semanas, las criaturas nacidas de los tanques se llenan de una angustia que es provocada al saber lo que son. También sufren una intensa ansiedad porque llegan a tener plena conciencia y comprensión inmediata de que, como pertenencias de Victor, no pueden controlar las cuestiones relativas a sus vidas y no poseen libertad; por lo tanto, en su principio está su fin, y sus vidas se proyectan sin esperanza de misterio.

Son estériles pero vigorosos. En ellos, el sexo se ha desligado completamente del propósito de la procreación y funciona solamente como una válvula contra el estrés.

Copulan en grupos, enredados y contorsionándose, y a Randal Seis, cuyo autismo le hace diferente al resto, le parece que estos empujones no les dan placer alguno, sólo les libran de la tensión.

Los sonidos que surgen de estos grupos orgiásticos no expresan alegría, ni insinuación ni ternura. Son ruidos bestiales, graves y roncos, insistentes hasta ser casi violentos, deseosos hasta convertirse casi en desesperados.

Las cachetadas de la carne sobre la carne, los gruñidos sin palabras, los gritos guturales que parecen cargados de furia, todo ello asusta a Randal Seis mientras pasa a lo largo de estas habitaciones. Siente un deseo imperioso de correr pero no se atreve a pisar las líneas que separan las baldosas de vinilo; debe colocar cada pie perfectamente dentro de los cuadrados, lo que requiere un paso pausado y mesurado.

El pasillo se parece cada vez más a un túnel, y las habitaciones a ambos lados a catacumbas en las que los muertos que no tienen descanso se abrazan en un deseo frío.

Con el corazón golpeando como si quisiera poner a prueba la solidez de sus costillas, Randal deletrea su nombre las veces necesarias como para alcanzar una intersección de pasillos. Utilizando la *d* de Randal, deletrea una palabra que se cruza —*izquierda*—, lo que le permite virar en esa dirección.

A partir de la letra *e*, da cuatro pasos a un lado, deletreando *derecha* hacia atrás mientras camina. Con la letra *d* como un nuevo comienzo, puede deletrear su nombre y, de ese modo, avanzar más por el nuevo pasillo, hacia la elección entre los ascensores o las escaleras.

# Capítulo 53

Erika estaba cenando sola en el dormitorio principal, en una mesa con marquetería francesa del siglo XIX que
representaba un motivo de prodigalidad otoñal —manza-
nas, naranjas, ciruelas, todas cayendo de un cuerno de la
abundancia— realizado con maderas exquisitamente in-
crustadas de diversas variedades.

Como les ocurría a todos los de la Nueva Raza, su
metabolismo estaba tan finamente puesto en marcha y
era tan potente como un motor Ferrari. Esto requería
un formidable apetito.

Dos filetes de doscientos gramos —solomillo no muy
hecho— llevaban como acompañamiento una loncha de
beicon crujiente, zanahorias con mantequilla y tomillo y
tirabeques con rodajas de jícama. En una fuente aparte
con un hornillo había patatas estofadas con salsa de queso azul. De postre esperaba un pastel de melocotón y en
un plato separado un helado de vainilla colocado en un
cuenco de hielo granizado.

Mientras comía, miraba fijamente el bisturí que habían dejado aquel mismo día, más temprano, sobre la alfombrilla del baño. Estaba en la panera como si fuera un
cuchillo para la mantequilla.

No sabía qué relación había entre el bisturí y los furtivos ruidos como de ratas que había escuchado, pero estaba segura de que ambas cosas estaban relacionadas.

*No hay otro mundo más que éste.* Toda la carne es hierba, y se marchita, y los campos de la mente también se queman hasta carbonizarse por la muerte y no vuelven a reverdecer. Esa convicción es esencial para el credo del materialismo; y Erika es un soldado de ese ejército decidido que inevitablemente conquistará la Tierra e impondrá esta filosofía de polo a polo.

Aun así, aunque su creador prohibía la creencia en lo sobrenatural y a pesar de que sus orígenes en un laboratorio sugerían que la vida inteligente puede ser fabricada sin inspiración divina, Erika no podía despojarse de la sensación de extrañeza que tenía tras los acontecimientos recientes. El bisturí parecía centellear no sólo con el brillo del acero quirúrgico sino también con… la magia.

Como si con sus pensamientos hubiera abierto una puerta entre este mundo y otro, una fuerza inexplicable encendió la televisión de plasma. Erika miró hacia allí, dando un respingo cuando la pantalla se iluminó.

El mando inalámbrico, con el que se controlaba la televisión y que solía estar sobre la mesilla de Victor, no había sido tocado por nada ni por nadie.

Cierta presencia incorpórea parecía estar haciendo *zapping*. Las imágenes se sucedían rápidamente en la pantalla, cada vez más deprisa.

Mientras Erika dejaba su tenedor en la mesa y corría su silla hacia atrás, separándose de la mesa, la presencia seleccionó un canal que no estaba programado.

Una ventisca de nieve electrónica llenó de blanco la enorme pantalla.

Sintiendo que algo extraño —y lleno de significado— estaba a punto de ocurrir, se puso de pie.

Una voz —profunda, áspera y ominosa— llegó a ella desde el canal desconectado, a través de los altavoces del techo.

—*Mátale, mátale.*

Erika se alejó de la mesa y se dirigió hacia la televisión, pero se detuvo tras dar dos pasos porque le pareció poco prudente acercarse demasiado a la pantalla.

—*Métele el bisturí por el ojo. Hasta el cerebro. Mátale.*

—¿Quién eres? —preguntó.

—*Mátale. Incrústalo profundamente y retuércelo. Mátale.*

—¿Matar a quién?

La presencia no respondió.

Ella repitió la pregunta.

Sobre la pantalla de plasma, desde la nieve, empezó a formarse una pálida y ascética cara. Por un momento, supuso que sería la cara del espíritu, pero a medida que se fueron desarrollando los rasgos, reconoció a Victor, con los ojos cerrados y la expresión relajada, como si fuera su máscara mortuoria.

—*Mátale.*

—Él me hizo.

—*Para utilizarte.*

—No puedo.

—*Eres fuerte.*

—Es imposible.

—*Mátale.*

—¿Quién eres?

—*El mal* —anunció la voz, y comprendió que la presencia no estaba hablando de sí misma, sino de Victor.

Si ella participaba en esa conversación, estaría traicionando inevitablemente a Victor, aunque sólo lo hiciera para argumentar que era imposible alzar una mano contra él. El mero acto de *pensar* en el hecho de matarle le acarrearía su propia muerte.

Todo pensamiento crea una firma eléctrica específica en su cerebro. Victor ha identificado esas firmas que representan el pensamiento de ejercer una acción violenta contra él.

Implantado en el cerebro de Erika —al igual que en los de todos los miembros de la Nueva Raza— hay un microdispositivo programado para reconocer esos pensamientos que son la firma del parricidio, del deicidio.

Si alguna vez ella cogiera un arma con la intención de utilizarla contra Victor, ese espía interior reconocería inmediatamente su intención. La sumergiría en un estado de parálisis del que sólo Victor podría sacarla.

Si a partir de entonces él le permitiera seguir viviendo, la suya sería una vida de absoluto sufrimiento. Él llenaría cada uno de sus días con imaginativos castigos.

Por consiguiente, se dirigió hacia el mando que descansaba sobre la mesilla y lo utilizó para desconectar la televisión. La pantalla de plasma se apagó.

Se quedó esperando con el mando en la mano para ver si la televisión volvía a encenderse, pero continuó apagada.

Lo mejor era dejar que la voz misteriosa que instaba al asesinato siguiera siendo un misterio. Tratar de comprender lo que era sería como caer por un precipicio a una muerte segura.

Cuando se dio cuenta de que estaba temblando de miedo, regresó a su silla en la mesa.

Comenzó a comer de nuevo, pero ahora su apetito estaba provocado por el nerviosismo. Comió vorazmente, intentando sofocar un hambre que la comida no satisfaría nunca: un hambre de significado, de libertad.

Sus temblores —y el miedo a la muerte que éstos representaban— la sorprendieron. Había habido momentos desde su nacimiento, hacía seis semanas, en los que había considerado deseable la muerte.

Ahora no. Algo había cambiado. Sin haberse dado cuenta de cuándo había ocurrido, esa cosa con plumas, la esperanza, se había instalado en su corazón.

# Capítulo 54

Roy Pribeaux tenía armas de fuego.

Las sacó del armario en el que estaban guardadas en estuches a medida. Las examinó con cuidado, una por una, las limpió y las lubricó todo lo necesario, preparándolas para su utilización.

A lo largo de su adolescencia y de la veintena, había *adorado* las armas. Revólveres, pistolas, escopetas, rifles, tenía una colección de cada una de ellas.

Poco después de su vigésimo cumpleaños, cuando recibió su herencia, se compró un Ford Explorer, lo cargó con sus armas de fuego favoritas y se dedicó a viajar por el sur y el suroeste.

Hasta ese momento, sólo había matado animales. Nunca había sido cazador. No le atraía recorrer los bosques y los campos. Sus presas eran animales domésticos y de granja.

A los veinte, en la carretera, apuntó a personas por primera vez. Durante muchos años estuvo despreocupado y feliz. Como tantas personas de esa edad, Roy había sido un idealista. Creía que podía contribuir a hacer una sociedad mejor, un mundo mejor.

Ya entonces se había dado cuenta de que la vida se hacía tolerable gracias a la belleza. La belleza de la naturaleza. La belleza de la arquitectura, el arte y los objetos fabricados por el hombre. La belleza de los seres humanos.

Desde su niñez, había llamado poderosamente la atención por su belleza y se había dado cuenta de cómo las personas se animaban al verle y de cómo estar en su compañía les hacía mejorar sus estados de ánimo.

Intentó hacer del mundo un lugar más feliz eliminando a las personas feas allí donde las encontrara. Y las encontraba por todas partes.

En dieciocho Estados, tan al este como Alabama, tan al oeste como Arizona y tan al sur como Texas, Roy viajaba para matar. Destruía la parte fea de la humanidad allí donde las circunstancias le aseguraran que podía dar el golpe sin riesgo de que le detuvieran.

Utilizaba tal variedad de armas —de gran calidad— en un área geográfica tan enorme, que sus muchos blancos nunca fueron relacionados entre sí como la obra de un único perpetrador. Mataba a distancia con rifles; a cuarenta metros o menos con escopetas de calibre doce cargadas con perdigones; de cerca con revólveres o pistolas. La elección dependía de su humor en cada momento.

Generalmente prefería la intimidad de las armas de mano. Éstas casi siempre le permitían acercarse lo suficiente como para poder explicarle a su blanco que no sentía por éste ninguna animosidad personal.

«Es un asunto estético», podía decir, o «Estoy seguro de que usted estará de acuerdo en que la muerte es mejor que la fealdad», o «Sólo estoy haciendo el trabajo de Darwin para mejorar la belleza de las especies».

Las escopetas eran emocionantes, pues le permitían demorarse para volver a cargar y usar cada vez más cerca un total de cuatro o seis cartuchos 000 Federal de tres pulgadas, que tenían un tremendo poder de penetración. No sólo le permitían eliminar a la persona fea del banco genético, sino además, con esas balas, podía *destruir* su fealdad y dejar un cadáver tan arrasado que el funeral *tendría* que ser con el féretro cerrado.

Durante esos años de viaje y acumulación de logros, Roy había conocido la satisfacción que proporcionan un noble propósito y una labor que merece la pena. Pensó que ése sería el trabajo de su vida, y que no tendría jamás la necesidad de aprender nuevas habilidades laborales ni de jubilarse.

Con el tiempo, sin embargo, llegó a regañadientes a la conclusión de que el mundo estaba habitado por tantas personas feas que sus esfuerzos solitarios no podían asegurar que las generaciones futuras resultaran más hermosas. De hecho, cuanta más gente mataba, el mundo parecía volverse más feo.

La fealdad tiene la velocidad de un *tsunami*. Se sirve de la entropía. La resistencia de un hombre, aunque admirable, no es capaz de revertir las fuerzas más titánicas de la naturaleza.

Finalmente regresó a Nueva Orleans para descansar y reconsiderar su misión. Compró un edificio y lo rehabilitó, convirtiendo una nave en su apartamento.

Comenzó a sospechar que había estado pendiente de demasiadas personas feas durante demasiado tiempo.

Aunque las había matado a todas, ahorrándole a la humanidad la persistente obligación de tener que verlas, tal vez su fealdad de alguna manera le había contaminado a él también.

Por primera vez, su reflejo en el espejo le inquietó. Para ser crudamente honestos, tenía que admitir que seguía siendo hermoso, ciertamente estaba en la cima de la décima parte de ese uno por ciento de la gente más hermosa del mundo, pero tal vez no tan hermoso como lo había sido antes de salir con su Explorer a salvar a la humanidad de la fealdad.

Como era una persona de las que miran hacia adelante y llena de determinación, no había caído en la desesperación. Desarrolló un programa de dietas, ejercicios, suplementos nutricionales y meditación para recobrar plenamente su anterior esplendor.

Tal como ahora demostraba el espejo, tuvo éxito. Su belleza era impresionante.

De todas maneras, a menudo pensaba en los años de rehabilitación como los «años desperdiciados», porque mientras se restauraba a sí mismo, no había tenido tiempo de matar a nadie. Y ninguna razón para matar.

Roy era una persona que guiaba su vida por metas, con un profundo deseo de hacer una contribución a la sociedad. No mataba sólo por matar. Necesitaba un propósito.

Cuando se le ocurrió la idea de recoger y preservar los pedazos ideales de la mujer perfecta, se regocijó de que una vez más su vida tuviera un sentido.

Al final, podía donar anónimamente su colección a un gran museo. Los académicos y críticos que defendían el arte moderno reconocerían de inmediato el valor y la brillantez de su mujer ensamblada.

Primero debía hallar esa esquiva mujer viviente que fuera perfecta en cada uno de los detalles y estuviera destinada a ser su compañera. Hasta entonces necesitaría tener la colección ordenada para desplegarla y, punto por punto, comparar a su amada con todas esas piezas de perfección, para asegurarse de que ella se ajustaba en todos los aspectos a sus más elevados cánones.

Sin duda, su añorada Venus se cruzaría pronto en su camino —otra razón por la que no podía tolerar la intrusión en su vida del asesino imitador—. El uso de imitaciones cutres y horteras de Tupperware por parte de ese pobre tonto era prueba suficiente de que su apreciación de la belleza en todas las cosas era tan inadecuada que resultaría imposible que floreciera amistad alguna entre ambos.

Roy se estaba preparando para la siguiente visita del imitador y cargó varias pistolas y revólveres. Escondió un arma en cada zona de su espacioso apartamento.

En el cuarto de baño, una Browning Hi-Power nueve milímetros en el cajón en el que guardaba las colonias. Debajo de la almohada de la cama, un Smith & Wesson Chief's Special, uno de los mejores revólveres de tambor pequeño jamás fabricados. Debajo de un almohadón del sofá del salón, una Glock Model 23 cargada con munición 40 Smith & Wesson. Disimulados en dos partes de uno de los aparatos de ejercicios dispuso un par de SIG P245. En la cocina colocó una Springfield Trophy Match 1911-A1 en la panera, cerca de una barra de pan de bajo contenido en grasas de siete cereales con pasas.

Cuando cerró la tapa corredera de la panera y se dio la vuelta, un extraño de tamaño considerable se encontraba de pie en la cocina frente a él: un tipo de piel rojiza, con pinta de borracho, con malignos ojos azules.

Roy no sabía cómo se las había ingeniado el intruso para meterse en el apartamento y moverse tan silenciosamente, pero tenía que tratarse del imitador. El tipo no era agresivamente feo, pero tampoco era bien parecido, sencillamente feúcho, así que no podía haber la menor posibilidad de que surgiera una amistad entre ambos.

La feroz expresión de la cara del imitador sugería que tampoco tenía interés en desarrollar una amistad. Tal vez Roy se había equivocado al suponer que el farsante había ido a su casa ante todo por admiración.

Observó que el intruso usaba guantes quirúrgicos de látex, lo que no era una buena señal.

Al darse cuenta de que no podía girarse para coger la pistola de la panera con la rapidez suficiente como para poder utilizarla, Roy arremetió confiado contra su adversario, aplicando lo que había aprendido durante cuatro años de aprendizaje de taekwondo.

Aunque no parecía estar tan en forma como Roy, el imitador resultó ser veloz y fuerte. No sólo bloqueó los golpes sino que le atrapó la mano, se la retorció hacia atrás y le partió la muñeca como si fuera una rama seca.

El dolor estremeció a Roy Pribeaux. No estaba acostumbrado a soportar el dolor. Su vida había estado felizmente libre de todo sufrimiento físico. La impresión de tener una muñeca rota le cortó la respiración, hasta el punto de que su intento de gritar apenas produjo un resuello.

De manera increíble, el imitador le cogió por la camisa y por la entrepierna de los pantalones, lo levantó sobre su cabeza como si no pesara más que un niño y lo arrojó contra el borde de la encimera de la cocina.

Mucho más fuerte que su grito ahogado fue el ruido de su espina dorsal partiéndose.

El imitador le soltó. Roy resbaló de la encimera al suelo.

El dolor había desaparecido. Parecía una buena noticia, hasta que se dio cuenta de que no sentía nada del cuello para abajo.

Trató de mover la mano. No pudo. Estaba paralizado.

Fulminándole con la mirada, el imitador dijo:

—No tengo necesidad de abrirte para ver qué hay dentro de ti. No tienes lo que busco. Por dentro eres oscuro, y yo necesito otra cosa.

La oscuridad buscaba a Roy, y él se entregó a ella.

# Capítulo 55

Jonathan Harker, nacido y criado en la Misericordia, se había unido al Departamento de Policía de Nueva Orleans hacía dieciséis años.

Todos los papeles que documentaban su identidad y su historial laboral se habían falsificado impecablemente. De acuerdo con sus antecedentes, había sido poli en Atlanta, Georgia.

Otros miembros de la Nueva Raza, que para esa época ya habían sido esparcidos por el departamento, habían falsificado su expediente junto con oficiales de Atlanta, lo que le permitió acceder a su empleo. Más tarde allanaron su camino hacia la División de Homicidios de Nueva Orleans.

Había sido un buen hijo del Padre, consciente de sus deberes y dedicado a sus tareas... hasta el año anterior. Había perdido su determinación. Los preparativos para la guerra contra la humanidad, para la que faltaba todavía al menos una década, ya no le excitaban, ni siquiera le interesaban.

Durante varios años se había sentido... incompleto. A lo largo de los doce meses anteriores, ese sentimiento había madurado hacia una terrible vacuidad, un vacío frío que se abría en medio de su ser.

Se daba cuenta de que la humanidad tenía ansias de vivir, alegría, cosas que él no poseía. Quería saber de qué manera surgían en ella esas cualidades.

Cada detalle de su diseño físico y mental había sido transferido directamente a su cerebro cuando Jonathan estaba en el tanque de creación, de modo que se sintiera intimidado por Victor, su hacedor. Así, se le ocurrió que por medio del estudio de la fisiología humana y de su comparación con la suya propia, debería ser capaz de identificar qué era lo que tenía la Vieja Raza que a él le faltaba, tal vez una glándula que secretase una hormona o una enzima que fuera necesaria para la felicidad.

Empezó a estudiar biología humana. Se sumergió en textos de medicina.

En lugar de descubrir una mayor complejidad en sus cuerpos, halló, comparativamente, simplicidad. No le faltaba nada que ellos tuvieran, más bien al contrario; en cuanto a la durabilidad, ellos parecían no estar tan bien construidos como él, con su segundo corazón y otros sistemas redundantes.

Al final llegó a convencerse de que ellos *tenían* alguna glándula u órgano que les permitía la posibilidad de ser felices, aunque ellos mismos todavía no la habían descubierto e identificado. Por lo tanto no podría hallarla en un libro de texto.

Puesto que a la Nueva Raza antes de salir de sus tanques de creación le inculcaban una fe en su superioridad con respecto a los seres humanos comunes, Jonathan no tenía dudas de que a través de más aprendizaje autodidacta podría hallar lo que le había sido esquivo a los fisiólogos de la Vieja Raza. Abriendo un número

suficiente de ellos y examinando sus tripas, encontraría
—en virtud de su mente más aguda y su ojo más fino— la
glándula de la felicidad.

Cuando apareció en escena un asesino en serie, Jonathan vio allí su oportunidad. Podía llevar adelante sus
propias disecciones con cautela y finalmente ingeniárselas para que se las atribuyeran al asesino. Había usado
cloroformo en uno de sus dos primeros sujetos con ese
preciso propósito.

Investigando a espaldas de O'Connor y Maddison,
Jonathan trabajaba en el caso del Cirujano veinticuatro
horas al día, sin dormir. Tuvo una fantasmal e intuitiva
comprensión de la psicología del asesino y pronto sintió
que su presa se había embarcado en una búsqueda de la
felicidad similar a la suya propia. Por esa razón, logró seguir el rastro a Roy Pribeaux a tiempo para verlo cortejar y matar a la chica del algodón de azúcar.

Jonathan podría haberle permitido a Pribeaux continuar indefinidamente sus asesinatos de no haber sido
porque sus propias circunstancias habían cambiado. Le
estaba sucediendo algo que prometía la realización de lo
que había ansiado durante tanto tiempo.

No había descubierto nada en su sondeo en el interior de sus dos primeros sujetos. Y lo que le había hecho
a Bobby Allwine no había sido parte de sus investigaciones, sino meramente un acto de misericordia. Bobby
quería morir, y puesto que en Jonathan se había averiado
el mandato contra el asesinato programado por el Padre,
había podido hacerle el favor a su amigo.

Aun así, aunque no descubrió nada que le permitiera avanzar en su comprensión de la fuente de la felicidad humana, Jonathan había comenzado a experimentar cambios de un modo maravilloso. Sentía el movimiento dentro de él. Varias veces había *visto* algo en su interior, algo vivo que le presionaba el abdomen, como si deseara salir.

Sospechó que iba a vencer otra de las restricciones clave del Padre sobre la Nueva Raza. Jonathan creía que pronto sería capaz de reproducirse.

Por lo tanto, necesitaba arreglar las cuentas con Pribeaux, colgarle todos los crímenes producidos hasta la fecha y prepararse para el hecho glorioso que podría estar a punto de llegar.

Intentó llevar a cabo sólo una disección adicional, sensiblemente más minuciosa que las anteriores. Se desharía de ese sujeto final de tal modo que cuando el cuerpo de ella fuera encontrado, mucho tiempo después del hecho, también se la relacionara con Roy Pribeaux.

Mientras Pribeaux yacía paralizado e inconsciente sobre el suelo de la cocina, Jonathan Harker extrajo un peine del bolsillo de su camisa. Lo había comprado esa misma mañana, pero no lo había utilizado.

Lo pasó por los gruesos cabellos del asesino. Varias hebras sueltas se enredaron en los dientes de plástico.

Metió el peine y los cabellos en un sobre que había comprado especialmente para ello. Pruebas.

Pribeaux había recobrado la consciencia.

—¿Quién…, quién es usted?

—¿Quieres morir? —le preguntó Jonathan.

Los ojos de Pribeaux se llenaron de lágrimas.

—No. Por favor, no.

—¿Quieres vivir aun sabiendo que serás paralítico de por vida?

—Sí. Sí, por favor. Tengo muchísimo dinero. Puedo recibir los mejores cuidados y tratamientos de rehabilitación. Ayúdeme a deshacerme de… lo que hay en los congeladores, todo lo que me incrimine, permítame vivir, y le haré rico.

La Nueva Raza no se sentía motivada por el dinero. Jonathan simuló que no era así.

—Sé lo grandes que son tus recursos. Podríamos negociar, después de todo.

—Sí, podemos hacerlo, sé que podemos —exclamó Pribeaux, débil pero impacientemente.

—Pero ahora mismo quiero que te quedes callado —ordenó Jonathan—. Tengo un trabajo que hacer y no quiero tener que escuchar tus lloriqueos. Si te quedas callado, luego negociaremos. Si hablas una vez, sólo una vez, te mataré. ¿Has entendido?

Cuando Pribeaux intentó asentir con la cabeza, no pudo hacerlo.

—Está bien —afirmó Jonathan—. Estamos de acuerdo.

Pribeaux sangraba por la muñeca destrozada, pero de forma lenta y regular, más que en espasmos arteriales.

Con un cuentagotas que había adquirido en la misma tienda en la que había comprado el peine, Jonathan succionó sangre del charco que había en el suelo. Pasó unos pocos centímetros cúbicos a una botellita de vidrio que también había traído consigo.

Los ojos de Pribeaux siguieron todos sus movimientos. Estaban húmedos de autocompasión, brillantes de curiosidad, muy abiertos por el terror.

Cuando acabó de llenar la botellita, Jonathan la tapó y se la guardó en el bolsillo de la chaqueta. Envolvió el cuentagotas ensangrentado en un pañuelo y también se lo metió en el bolsillo.

Rebuscó rápidamente en los cajones de la cocina hasta que encontró una bolsa de basura y gomas elásticas.

Deslizó el brazo herido de Pribeaux dentro de la bolsa y fijó ésta firmemente por encima del codo con dos gomas. Esto le permitiría mover al hombre sin dejar un rastro de sangre.

Sin esfuerzo, Jonathan levantó a Pribeaux y lo dejó en el suelo cerca del comedor, dejando el camino despejado.

Limpió la sangre de las baldosas de cerámica blanca. Afortunadamente, Pribeaux había sellado las juntas, de modo que, efectivamente, entre ellas no había penetrado nada de sangre.

Cuando estuvo seguro de que no quedaba ni una gota o mancha de sangre y de que en la cocina no podría hallarse ninguna otra prueba de violencia, metió las servilletas de papel y los demás productos de limpieza en otra bolsa de basura, ató el extremo y se la aseguró al cinturón.

Se dirigió al escritorio que había en el salón y encendió el ordenador. Eligió un programa del menú y escribió unas pocas líneas que había preparado previamente, tras pensarlas muy bien.

Dejó el ordenador encendido y se dirigió a la puerta de entrada, la abrió y caminó hacia el amplio rellano que había en la parte superior de la escalera que conducía al *loft* de Pribeaux. Se quedó escuchando un momento.

La tienda de la primera planta estaba cerrada desde hacía horas. Pribeaux no parecía tener amigos ni visitantes. Una profunda quietud reinaba en el edificio.

De nuevo en el apartamento, Jonathan levantó a Pribeaux y lo llevó hacia el rellano en sus brazos, como si fuera un niño.

Además de escaleras, al apartamento llegaba un ascensor montacargas que era original del edificio. Con el codo, Jonathan presionó el botón de llamada.

Los ojos de Pribeaux buscaban la cara de Jonathan, tratando desesperadamente de comprender qué era lo que éste intentaba hacer.

Dentro del ascensor, llevando todavía en brazos al hombre paralizado, Jonathan pulsó el número 3 del panel.

En la azotea de la antigua nave había cobertizos de almacenamiento que requerían el uso del ascensor.

Cuando Pribeaux se dio cuenta de que estaban dirigiéndose a la azotea, su lívido rostro empalideció aún más y el terror de sus ojos se volvió frenético. Ahora sabía que no habría ningún trato para salvar su vida.

—Todavía puedes sentir dolor en la cara, en el cuello —le advirtió Jonathan—. Te provocaré el más horroroso dolor que puedas imaginar destrozándote los ojos hasta dejarte ciego. ¿Me entiendes?

Pribeaux pestañeó rápidamente, abrió la boca, pero no se atrevió a emitir ni una palabra, ni siquiera de sometimiento.

—Un dolor atroz —le prometió Jonathan—. Pero si permaneces en silencio y no me causas problemas, tu muerte será rápida.

El ascensor llegó a la parte superior del edificio.

La azotea estaba iluminada solamente por la luz anaranjada de una luna temprana, pero Jonathan podía ver bien. Llevó al asesino al parapeto de seguridad de noventa centímetros de alto.

Pribeaux había comenzado a llorar, pero no tan fuerte como para ganarse el insoportable dolor que le había prometido. Sonaba como un chiquillo, perdido y lleno de sufrimiento.

Jonathan lo arrojó desde la azotea. El asesino emitió un breve grito, pero no muy fuerte.

En el estado físico en el que estaba *antes* de haber sido arrojado, Roy Pribeaux no tenía posibilidad alguna de sobrevivir a la caída. El ruido que hizo al golpear el pavimento era una lección sobre la fragilidad del cuerpo humano.

Jonathan dejó el ascensor en la azotea y bajó por las escaleras hasta el primer piso. Se dirigió hacia su coche, que había aparcado a tres calles de allí.

Por el camino, arrojó la bolsa de basura llena de servilletas de papel ensangrentadas en un oportuno contenedor de basura.

Una vez en el coche, cogió un teléfono móvil que le había quitado horas antes a un traficante de drogas al que había arrestado cerca del Barrio Francés. Llamó al 911 y, disimulando la voz, se hizo pasar por un yonqui que, mientras se estaba metiendo un chute en un callejón, había visto a un hombre saltar desde la azotea de una nave.

Finalizada la llamada, lanzó el teléfono por la ventanilla del coche.

Todavía llevaba puestos los guantes de látex. Se los quitó mientras conducía.

# Capítulo 56

El ascensor es como una caja de crucigramas de tres dimensiones que desciende hasta el sótano de Las Manos de la Misericordia.

Randal Seis ha girado a la *izquierda* en el pasillo del segundo piso, entrando en el ascensor con su noveno paso; por lo tanto, la letra que contiene esta casilla —y a partir de la cual él debe avanzar cuando llegue al nivel inferior— es *a*.

Cuando se abren las puertas, él dice «Adelante», y da los pasos *a-d-e-l-a-n-t-e* hacia dentro del pasillo.

Una vida con mayor movilidad está resultando ser más fácil de lo que él esperaba. Aún no está preparado para conducir un coche en las 500 Millas de Indianápolis, y tal vez ni siquiera para una lenta caminata por el mundo más allá de estas paredes, pero está haciendo progresos.

Años atrás, el Padre había dirigido algunos de sus más revolucionarios experimentos en esta planta inferior del hospital. Los rumores acerca de lo que creaba aquí, que Randal ha oído por casualidad, son numerosos y perturbadores.

En esta planta parece que hubiera tenido lugar una batalla. Una parte de la pared del pasillo está derrumbada, como si algo hubiera salido de una de las habitaciones arrasando con todo a su paso.

A la derecha del ascensor, la mitad del ancho del pasillo está ocupado por ordenados montones de escombros: bloques de cemento rotos, barras metálicas retorcidas en montañas de herrumbre, montículos de yeso, marcos de puertas de acero arrancados y curvados en extrañas formas, formidables puertas de acero dobladas por la mitad...

Según la leyenda de Las Manos de la Misericordia, algo anduvo tan mal aquí abajo que el Padre deseó mantener el recuerdo de ello siempre fresco en su mente, y por lo tanto no realizó ninguna reparación y dejó los escombros en lugar de llevárselos. Docenas de los de la Nueva Raza perecieron aquí en su intento de contener... algo.

Puesto que el Padre entra y sale de la Misericordia por esta planta todos los días, se enfrenta regularmente con las pruebas de esa terrible crisis que aparentemente casi destruyó la obra de su vida. Algunos incluso se atreven a especular sobre si el Padre estuvo a punto de morir aquí, aunque repetir esa afirmación casi parece una blasfemia.

Apartándose de los escombros, Randal Seis emplea la segunda letra de *adelante* para deletrear *determinación*, en una nueva dirección.

Mediante una serie de pasos hacia un lado, que deletrean palabras breves, alternando con pasos hacia adelante que deletrean palabras largas, llega a la puerta que está al final del pasillo. No está cerrada con llave.

Más allá hay un almacén con hileras de armarios en los que se guardan las copias de seguridad de los registros informatizados del proyecto.

Justo enfrente de la primera puerta hay otra. Ésa estará cerrada. Por ahí el Padre entra y sale de la Misericordia.

Randal Seis se mueve por el suelo de baldosas de esa habitación por medio de crucigramas, y finalmente se esconde entre dos filas de armarios de archivos, cerca de la segunda puerta.

Ahora debe esperar.

# Capítulo 57

Tras salir del Luxe Theater Carson se dirigió a homicidios, se instaló ante el ordenador de su mesa y se conectó a Internet.

No había turnos en homicidios. Los detectives trabajaban cuando la investigación lo requería, de día o de noche, pero al caer el día solían estar menos en la oficina; y a altas horas de la madrugada estaban de guardia, pero no sentados en sus mesas. Esa noche, aunque aún no era muy tarde, se hallaba sola en el rincón de los cazadores de cadáveres.

Todavía sin reponerse de lo que le había dicho Deucalión, Carson no estaba segura de qué creer. Le resultó sorprendentemente difícil *no* creer nada de su historia, a pesar de que era tan fantástica que rayaba la locura.

Necesitaba obtener alguna información sobre Victor Helios. En Internet podía consultar una biografía más fácilmente que en la época en que la caza de datos debía hacerse a pie o por medio de funcionarios de otras jurisdicciones que estuvieran dispuestos a cooperar.

Tecleó algo en la casilla de búsqueda. Segundos después tenía muchísimas referencias. Helios, el visionario fundador de Biovision. Helios, el que se movía como pez en el agua en la política y la sociedad de Nueva Orleans. Helios, el filántropo.

Residente en la ciudad desde hacía casi veinte años, era influyente en su comunidad, pero apenas si se dejaba ver. Montones de personas de la sociedad local recibían más atención de la prensa; eran omnipresentes en comparación con Helios.

Más aún: cuando Carson intentó rastrear los pocos hechos del pasado de Helios previos a Nueva Orleans, éstos se desvanecían como los vapores de una neblina.

Había ido a la universidad «en Europa», pero no se decía nada más específico sobre su formación académica.

Aunque había heredado su fortuna, los nombres de sus padres no se mencionaban nunca.

Se decía que había acrecentado esa fortuna con varios golpes maestros durante el *boom* de las *punto.com*. No se ofrecían detalles.

Referencias a «una infancia en Nueva Inglaterra» no incluían nunca el Estado en el que había nacido y en el que se había criado.

De las fotos disponibles, una cosa intrigaba a Carson. En su primer año en Nueva Orleans, Victor era guapo, de una elegancia casi gallarda, y aparentaba unos treinta y tantos años. En la mayoría de las fotos más recientes, apenas parecía mayor.

Había adoptado un corte de pelo que le favorecía más, pero no tenía menos que antes. Si se había hecho cirugía plástica, el médico había sido especialmente bueno.

Hacía ocho años había regresado de un lugar que no se especificaba de Nueva Inglaterra con una flamante esposa que no parecía tener más de veinticinco años.

Su nombre era Erika, pero Carson no pudo hallar mención alguna a su apellido de soltera.

Ahora Erika debería tener unos treinta y tres. En sus fotos más recientes, no parecía ser ni un día mayor que en las tomadas ocho años antes.

Algunas mujeres eran lo suficientemente afortunadas como para mantener el aspecto de los veintitantos hasta que tenían cuarenta años. Erika podía ser una de ellas.

Aun así, la capacidad de *ambos*, de ella y de su esposo, para desafiar el implacable paso del tiempo parecía sorprendente. Por no decir asombrosa.

—Le han cogido, O'Connor.

Sobresaltada, Carson levantó la vista del ordenador y vio a Tom Bowmaine, el jefe de guardia, en la puerta que daba al pasillo, en la zona más alejada, donde estaban los calabozos de homicidios.

—Cogieron al Cirujano —especificó Tom—. Muerto. Se tiró de cabeza desde una azotea.

# Capítulo 58

El callejón había sido acordonado de esquina a esquina con el fin de preservar todas las pruebas posibles para el equipo de forenses. Lo mismo se había hecho con la azotea y el montacargas.

Carson subió las escaleras hasta el apartamento de Roy Pribeaux. El policía que custodiaba la puerta la conocía; le permitió entrar al *loft*.

En cierto modo esperaba encontrarse con Harker o Frye, o con ambos. Ninguno de los dos estaba presente. Otro detective, Emery Framboise, se encontraba por la zona y había recibido la llamada.

Emery le caía bien. Al verle no se le puso la piel de gallina.

Era un tipo joven —treinta y cuatro años— que vestía como lo hacían ciertos detectives mayores antes de decidir que ya no querían tener el aspecto propio del sur de los años cincuenta. Trajes de algodón, camisas blancas de rayón, corbatas de hilo y un sombrero de paja bien calado en la cabeza.

De alguna manera conseguía que este estilo retro pareciera moderno, tal vez porque él mismo era en todo lo demás de una sensibilidad enteramente contemporánea.

Carson se sorprendió al ver en la cocina, junto a Emery, a Kathy Burke, su amiga psiquiatra. Fundamentalmente, el trabajo de Kathy consistía en dirigir sesiones obligatorias de orientación para oficiales involucrados en tiroteos y otras situaciones traumáticas, aunque también redactaba perfiles psicológicos de criminales escurridizos como el Cirujano. Rara vez visitaba las escenas de los crímenes, o al menos no tan pronto, en una fase tan inicial del juego.

Kathy y Emery observaban cómo dos forenses descargaban los contenidos del primero de dos congeladores. Recipientes Tupperware.

Mientras Carson se unía a Kathy y Emery, uno de los forenses leyó la etiqueta de la tapa de un recipiente.

—Mano izquierda.

Habría comprendido la esencia de la situación sin necesidad de oír esas dos palabras, porque la tapa abierta del segundo congelador revelaba la presencia del cadáver sin ojos de una mujer joven.

—¿Por qué no estás en casa leyendo sobre heroínas de capa y espada y dragones voladores? —bromeó Carson.

—Hay una clase diferente de dragón muerto en el callejón —respondió Kathy—. Quería ver su guarida, comprobar si el perfil que hice de él iba bien encaminado.

—Mano derecha —anunció un técnico mientras cogía otro recipiente del congelador.

—Carson, parece que te acabas de salvar de una tonelada de trabajo —dijo Emery Framboise.

—Supongo que su caída desde la azotea no fue un accidente, ¿no?

—Suicidio. Dejó una nota. Probablemente oyó que tú y Michael le estabais siguiendo el rastro y se imaginó que era hombre muerto.

—¿Se suicidan los sociópatas homicidas? —preguntó Carson.

—Rara vez —contestó Kathy—. Pero no es algo insólito.

—Orejas —dijo uno de los técnicos forenses, extrayendo un pequeño recipiente del congelador, y su compañero leyó otra etiqueta—: Labios.

—He decepcionado a mi madre —dijo Emery—. Ella quería que yo fuera piloto de líneas aéreas como mi padre. En momentos como éste, creo que tal vez *estaría* mejor en las alturas, de noche, allí arriba donde el cielo está límpido, volando de San Francisco a Tokio.

—Sí —replicó Carson—, pero ¿qué piloto de líneas aéreas podrá jamás tener historias como éstas para contarles a sus nietos cuando los arrope en la cama? ¿Dónde está la nota del suicidio?

—Te la mostraré —respondió Kathy.

En un escritorio situado en un rincón del salón había un ordenador. Varias letras blancas sobre un fondo azul ofrecían una peculiar despedida:

*Maté lo que quería. Tomé lo que necesitaba. Ahora me voy cuando yo quiero, del modo que yo quiero y a donde yo quiero: un nivel por debajo del infierno.*

—El tono provocador es típico de un sociópata —explicó Kathy—. La insinuación de que se ha ganado un lugar principesco en el infierno tampoco es exclusiva de él, pero, generalmente, cuando hay un despliegue de fantasías satánicas, solemos encontrar literatura ocultista, pósters. Por el momento no nos hemos topado con nada de eso.

Oyendo sólo a medias, helada por la sensación de que ya había estado en ese lugar, de que ya había visto ese mensaje antes, Carson miraba fijamente la pantalla, leyendo las palabras dos veces, tres, cuatro.

Mientras leía, extrajo un guante de látex de un bolsillo de su chaqueta, se lo puso en la mano derecha y tecleó el comando imprimir.

—Antes —dijo Kathy—, si una nota de un suicida no era manuscrita, resultaba sospechosa. Pero en estos días suelen usar ordenadores. En algunos casos envían por correo electrónico notas de suicidio a amigos y parientes inmediatamente antes de liquidarse. El progreso.

Carson se quitó el guante y esperó impacientemente a que saliera la copia de la impresora.

—Ahí, en el callejón, ¿queda algo de su cara como para sacar una buena fotografía?

—No —respondió Kathy—. Pero el dormitorio está lleno de fotos suyas.

Así era. Sobre ambas mesillas y encima de la cómoda había una docena, o más, de fotos de Roy Pribeaux, en su mayoría instantáneas glamurosas hechas por fotógrafos profesionales, todas colocadas en costosos marcos de plata finamente decorados.

—No parece que le faltara autoestima —dijo Kathy secamente.

# Capítulo 59

Jenna Parker, de veinticinco años, vivía de fiesta en fiesta. Prácticamente todas las noches la invitaban a una.

Evidentemente, esta noche se había metido algo antes de la fiesta, como preparativo para la juerga que tendría lugar cuando la noche avanzara, y ya estaba achispada cuando salió cantando de su apartamento.

Con o sin drogas, Jenna estaba siempre contenta, y caminaba bajo el sol incluso cuando el día era lluvioso.

En esta noche sin lluvia, cuando trataba de cerrar la puerta con llave, parecía estar flotando a unos milímetros del suelo. La relación entre la llave y la cerradura parecía resultarle esquiva, y soltó una risa tonta cuando, tres veces seguidas, falló en la simple prueba de inserción.

Tal vez no estuviera sólo alegre sino completamente colocada.

Lo consiguió al cuarto intento, y el cerrojo sonó al cerrarse con un sólido clic.

—Sheryl Crow —dijo Jonathan Harker desde la puerta de su apartamento, en el lado opuesto del pasillo.

Ella se volvió, le vio —en ese momento se dio cuenta de que él estaba allí— y dejó escapar una alegre sonrisa.

—¡Johnny!

—Suenas como Sheryl Crow cuando cantas.

—¿De verdad?

—¿Acaso te mentiría?

—Depende de cuáles sean tus intenciones —dijo ella con coqueta timidez.

—Vamos, Jen, ¿me he pasado alguna vez contigo?

—No. Pero lo harás.

—¿Cuándo?

—Tarde o temprano. Tal vez ahora.

Jenna había ido al apartamento de él un par de veces a cenar pasta, y él al de ella a tomar comidas de las que se encargan por teléfono, ya que la chica no cocinaba ni siquiera pasta. Sus encuentros habían sido estrictamente eventos de buena vecindad.

Jonathan no quería mantener relaciones sexuales con Jenna Parker. Lo que quería de ella era aprender el secreto de la felicidad.

—¿Te he dicho…? Es que me recuerdas a mi hermana.

—Hermana. Sí. Correcto.

—De todas maneras, tengo edad suficiente para ser tu padre.

—¿Cuándo le ha importado eso a un hombre?

—No todos somos unos cerdos —se quejó él.

—Ah. Lo siento, Johnny. Jo, no quería ser… mala. Es que estoy flotando tan alto por dentro que no siempre puedo bajar hasta donde salen las palabras.

—Ya me he dado cuenta. De todas formas, ¿por qué tomas drogas? Se te ve feliz cuando estás sobria. Siempre estás contenta.

Sonrió burlonamente, se acercó a él y le pellizcó el pómulo con cariño.

—Tienes razón. Amo la vida. Siempre estoy feliz. Pero no es un crimen querer ser todavía más feliz de vez en cuando.

—En realidad —dijo él—, si estuviera en narcóticos en lugar de en homicidios, tal vez debería considerarlo un crimen.

—Tú nunca me arrestarías, Johnny. Probablemente, ni siquiera has matado a alguien.

—Probablemente no —asintió él, y le echó en la boca y en los orificios nasales un chorrito de cloroformo.

El grito ahogado de sorpresa que dio ella produjo el mismo efecto que un golpe en la parte trasera de las rodillas: la hizo caer al suelo. Farfulló algo, resolló y se desvaneció.

Harker había cogido del apartamento de Roy Pribeaux el pequeño frasco de plástico con cloroformo. Era uno de los tres que había encontrado allí.

Más tarde lo dejaría junto al cadáver de la joven. No hallarían sus restos en meses, de modo que en las condiciones en que se encontraría, los técnicos forenses no podrían fechar su muerte como posterior a la de Pribeaux. El pequeño frasco de cloroformo sería una de las muchas pruebas que la identificarían como su víctima final.

Jonathan la alzó sin esfuerzo, la llevó dentro de su apartamento y cerró la puerta con el pie.

De los cuatro apartamentos que había en el cuarto piso, uno estaba deshabitado. Paul Miller, del 4 C, estaba fuera, en una convención de vendedores en Texas. En ese momento sólo estaban ocupados los apartamentos de

Jonathan y Jenna. Ninguna persona podía haber sido testigo de la agresión y el rapto.

Nadie echaría de menos a Jenna antes de uno o dos días. Para entonces, él la habría abierto de arriba abajo, habría encontrado ese algo especial que tenía y que a él le faltaba y se habría deshecho de sus restos.

Tomaba todas estas precauciones no porque tuviese miedo de ir a la cárcel sino porque temía que el Padre le identificara como el renegado.

En su dormitorio, Jonathan había corrido la cama contra un rincón y sobre ésta había apilado los demás muebles, para así tener suficiente espacio para la mesa de autopsias improvisada que había preparado para la chica.

Había cubierto el suelo con plásticos. En la cabecera y a los pies de la mesa había lámparas lo suficientemente potentes para dejar ver la fuente de la felicidad de Jenna, aunque ese órgano estuviera escondido entre una maraña de tripas o enterrado en el cerebelo.

Cuando la colocó sobre la mesa, se dio cuenta de que sangraba por un orificio nasal. Al caer se había golpeado la nariz contra el suelo. No sangraba mucho. Esa herida no sería lo que la mataría.

Jonathan le tomó el pulso. Firme.

Se tranquilizó. Había temido que ella hubiera inhalado demasiado cloroformo, o que tal vez hubiera sufrido asfixia química o un choque anafiláctico.

Quería que estuviera viva a lo largo del procedimiento. Para llevar a cabo una parte de éste, necesitaba que ella estuviera despierta y consciente.

# Capítulo 60

En el sótano de la Misericordia, escondido tras una hilera de armarios, Randal Seis oye ruidos procedentes de más allá de las paredes de su mundo: primero, el sonido hueco de una puerta cerrándose en otra habitación.

Según lo que Randal había oído por casualidad mientras parecía estar perdido en su autismo, sólo el Padre entra y sale a través de la puerta exterior de esta cámara. Ahora, después de tomar una cena tardía, como suele hacerlo, el Padre regresará con la intención de trabajar por la noche.

Agachado en el extremo de la hilera de armarios, Randal levanta la cabeza y escucha atentamente. Después de un momento, oye los tonos electrónicos de los números marcados en un teclado de una cerradura eléctrica al otro extremo de esta última habitación destinada a almacenar los archivos.

Los diez tonos que representan números —de cero a nueve— de teléfonos, de sistemas de seguridad, de cerraduras eléctricas, son universales: los mismos en todos los teclados. No varían de un fabricante a otro.

Ha aprendido esto en una página web instructiva financiada por una de las mayores compañías de comunicaciones del país. Una vez descargados esos tonos a fin de prepararse para su odisea, los ha reproducido cientos de veces hasta que ha sido capaz de identificar infaliblemente cualquier código por los tonos que lo componen.

Puesto que se interpone la puerta de la habitación de los archivos, los tonos llegan amortiguados. Si no tuviera el oído optimizado de la Nueva Raza, Randal no podría ser capaz de identificar el código: 368284.

Un suave *brrrrrr* indica que el circuito que controla la cerradura se ha activado.

Aunque la puerta no está en el campo de visión de Randal, el crujido de los goznes sugiere que el Padre la ha abierto. Pasos sobre las baldosas de vinilo indican que ha entrado en la habitación de los archivos.

En un lugar que no es visible desde el pasillo principal, Randal se pregunta de pronto si los sentidos del Padre pueden haber sido optimizados, y hasta qué grado; y contiene la respiración, no sea que la más suave exhalación revele su presencia.

Los pasos del Padre cruzan la habitación con decisión.

La puerta exterior se cierra tras él y el *brrrrrr* de la cerradura abierta se corta con el fuerte *clac* del pestillo.

Se abre la puerta interior, se cierra y el Padre está ya en el pasillo del sótano donde las pilas de escombros le recuerdan aquel mal día en el subsuelo de la Misericordia.

La paciencia es una virtud que Randal posee al cien por cien. No se mueve de inmediato de su escondite, sino que espera unos minutos hasta que el Padre esté casi con certeza en otra planta, desde donde no pueda oír.

Cuadrado de vinilo a cuadrado de vinilo, se deletrea a sí mismo hacia la puerta exterior. Ahí, como al otro lado, hay un teclado. Marca el código: 368284.

La cerradura eléctrica se desbloquea. Coloca la mano sobre la puerta pero no logra encontrar el valor para abrirla.

Más allá, ya no hay Misericordia. Todo es nuevo y lleno de desconcertantes elecciones.

Se demora tanto que la cerradura eléctrica se vuelve a bloquear.

Marca el código en el teclado. La cerradura se desbloquea de nuevo: *brrrrrrr*.

Se ordena a sí mismo abrir la puerta. No puede.

La cerradura se bloquea otra vez.

Temblando, se queda de pie ante la puerta, aterrorizado de atravesarla, pero también aterrado de quedarse a este lado.

A su torturada mente acude el recuerdo de una foto en un periódico: Arnie O'Connor, autista pero sonriente. Arnie es claramente más feliz de lo que Randal haya sido nunca y vaya a ser jamás.

Un sentimiento amargo y cáustico de injusticia fluye a través de Randal. Es una emoción tan intensa que le hace temer que le disolverá si no ejecuta alguna acción para asegurarse la felicidad de la que disfruta Arnie O'Connor.

El pequeño mocoso. El odioso pequeño gusano, que egoístamente guarda el secreto de la felicidad. ¿Qué derecho *tiene* a ser feliz cuando un hijo del Padre, superior en todos los aspectos, vive más en el sufrimiento que en la Misericordia?

Vuelve a marcar el código. *Brrrrrrr*.

Empuja la puerta. Ésta se abre.

Randal Seis se deletrea a sí mismo a través del umbral, fuera de la Misericordia, hacia lo desconocido.

# Capítulo 61

A través de la puerta, Carson oyó música de película de terror. Llamó al timbre, y volvió a llamar antes de que la primera serie de timbrazos terminara de resonar por todo el apartamento.

Michael abrió la puerta en vaqueros, camiseta sin mangas y calcetines. Despeinado. La cara hinchada. Incapaz de abrir del todo los ojos. Seguramente había dormitado en su gran sillón reclinable de piel sintética verde.

Tenía un aspecto adorable.

Carson había deseado que estuviera asqueroso. O desaseado. O con pinta de estudiante empollón y gilipollas. Lo último que quería sentir hacia un compañero era atracción.

Sin embargo, parecía tan adorable como un muñeco de peluche. Peor, verle la llenó de un cálido y agradable sentimiento compuesto en gran medida por afecto pero también por un toque de deseo.

Mierda.

—Son ya las diez —anunció Carson mientras entraba en el apartamento—, y te has quedado dormido delante de la televisión. ¿Qué son esas migas anaranjadas que tienes en la camiseta? ¿Cheez Doodles?

—Exactamente —contestó él, y la siguió al salón—. Cheez Doodles. Tú *eres* una detective.

—¿Puedo suponer que estás sobrio?

—Pues no. He tomado dos refrescos dietéticos.

Bostezó, se estiró y se restregó los ojos con el dorso del puño. Parecía comestible.

Carson intentó hacer descarrilar ese tren de ideas. Señalando el sólido sillón reclinable verde, dijo:

—Ése es el asiento más feo que he visto en mi vida. Parece un hongo desechado de una letrina del infierno.

—Sí, pero es *mi* hongo del infierno y a mí me encanta.

—*¿La invasión de los ladrones de cuerpos?* —preguntó Carson indicando la televisión.

—La primera versión.

—La has visto como… ¿diez veces?

—Probablemente doce.

—En lo que se refiere al *glamour* —dijo ella—, tú eres el Cary Grant de tu generación.

Él le sonrió burlonamente. Ella sabía por qué. Su actitud de viejo cascarrabias no engañaba a nadie. Michael se dio cuenta del efecto que había producido en ella.

Carson se dio la vuelta al sentir que se ponía colorada, cogió el mando a distancia y apagó la televisión.

—El caso se está cerrando. Tenemos que ponernos en movimiento.

—¿Cómo que se está cerrando?

—Un tipo saltó de una azotea, se convirtió en mermelada de callejón, dejando un congelador lleno de partes de cuerpos. Dicen que es el Cirujano. Tal vez lo sea; pero él no los mató a todos.

Sentado en el borde del sillón reclinable, atándose los zapatos, Michael exclamó:

—¿Qué… tiene un compinche o un imitador?

—Eso es. O lo uno o lo otro. Descartamos esa idea demasiado rápido.

—Cogeré una camisa limpia y una chaqueta.

—Tal vez te convenga cambiarte la camiseta de los Cheez Doodles también.

—Por supuesto. No desearía hacerte sentir incómoda delante de alguna escoria criminal —respondió él, y se quitó la camiseta mientras salía del salón.

Michael sabía exactamente lo que estaba haciendo: mostrarse. Y ella le vio. Buenos hombros, bonitos abductores.

# Capítulo 62

Erika deambulaba por la mansión silenciosa, deteniéndose con frecuencia para estudiar la colección de antigüedades europeas y asiáticas de Victor.

Como todas las noches, los nueve miembros del personal doméstico —mayordomo, criadas, chef, limpiadoras, jardineros— se habían retirado a sus aposentos, que se encontraban encima del garaje, en el que cabían diez coches, al fondo de la propiedad.

Vivían como en un albergue de estudiantes, ambos sexos juntos. Se les proveía de un mínimo de placeres.

Rara vez Victor necesitaba sirvientes después de las diez —incluso las noches que permanecía en casa—, pero prefería no permitir al personal doméstico, todos ellos miembros de la Nueva Raza, que llevaran vidas independientes fuera de la mansión. Quería que estuvieran disponibles las veinticuatro horas del día. Insistía en que el único centro de atención de sus vidas fuera la comodidad de él.

Erika se sentía afligida por las condiciones en las que ellos vivían. En esencia, eran como herramientas colgadas de un gancho, a la espera del siguiente uso que Victor requiriera de ellos.

Ella *había* pensado alguna vez en el hecho de que sus propias condiciones de vida no eran diferentes. Pero disfrutaba de una mayor libertad para llenar sus días y noches con los pasatiempos que le interesaban.

Tenía la esperanza de que a medida que madurara su relación con Victor, lograría tener más influencia sobre él. Podría llegar a utilizar esa influencia para mejorar las condiciones del personal doméstico.

A medida que fue creciendo esa preocupación por el personal, ya no se sintió desesperanzada tan a menudo. Perseguir sus propios intereses —y de ese modo refinarse a sí misma— estaba bien, pero tener un *propósito* resultaba más satisfactorio.

Se detuvo a admirar en el salón principal un exquisito par de *bas d'armoires* Luis XV de ébano montados en similor con incrustaciones de marquetería.

La Vieja Raza podía crear objetos de una belleza impactante, a diferencia de cualquier cosa que hubiera hecho la Nueva Raza. Esto intrigaba a Erika; no parecía cuadrar con la certeza de Victor de que la Nueva Raza era superior.

El mismo Victor tenía un ojo especial para el arte de la Vieja Raza. Había pagado más de dos millones de dólares por ese par de *bas d'armoires*.

Él decía que algunos miembros de la Vieja Raza sobresalían en la creación de objetos bellos porque estaban inspirados por la angustia. Por su profundo sentido de la pérdida. Por su búsqueda de un sentido.

De todas maneras, la belleza se lograba a costa de sacrificar la certeza, la eficiencia. Crear una hermosa pieza artística, decía Victor, no era una utilización admirable de la energía, porque de ningún modo iba más allá de las conquistas de la especie humana sobre sí misma o sobre la naturaleza.

Una raza sin dolor, por otra parte, una raza a la que se le *decía* cuál era su sentido y a la que su creador le daba explícitamente un propósito, nunca sentiría necesidad de belleza, porque tendría una serie infinita de grandes tareas por delante. Trabajando como si fueran uno, con la resuelta determinación de una colmena, todos los miembros de la Nueva Raza domesticarían la naturaleza; conquistarían los desafíos de la Tierra, a diferencia de la vulgar humanidad —que había fallado en su intento de hacerlo—, y entonces se convertirían en los amos de los demás planetas, de las estrellas.

Todas las barreras caerían ante ellos.

Todos los adversarios serían aplastados.

Los nuevos hombres y las nuevas mujeres no necesitarían la belleza porque tendrían *poder*. Los que se sentían faltos de poder creaban arte; la belleza era el sustituto del poder que no podían conseguir. La Nueva Raza no necesitaría sustituto alguno.

Aun así, Victor coleccionaba arte y antigüedades de la Vieja Raza. Erika se preguntaba por qué, y también si el mismo Victor lo sabría.

Había leído la suficiente cantidad de literatura como para estar segura de que los autores de la Vieja Raza lo habrían denominado un hombre cruel. Pero la colección de arte de Victor le daba a Erika la esperanza de que existía en él un núcleo de piedad y ternura al que con paciencia se podría acceder.

Todavía en el salón principal, se acercó a una gran pintura de Jan van Huysum, firmada y fechada en 1732.

Por esa naturaleza muerta, Victor había pagado millones.

En la pintura, unas uvas blancas y púrpura parecían a punto de estallar de jugo con que sólo se las tocara. Melocotones suculentos y ciruelas vertidas por toda la mesa, acariciadas por una luz solar de un modo que parecían brillar desde dentro.

El artista representaba de un modo realista esta madura prodigalidad, pero aun así conseguía, sutilmente y sin sentimentalismo, sugerir la cualidad efímera de incluso los más dulces dones de la naturaleza.

Cautivada por el genio de Van Huysum, Erika se dio cuenta inconscientemente de un furtivo ruido, parecido al de algo escarbando. El sonido se hizo más intenso, hasta que al final la arrancó de su atención fijada en la pintura.

Cuando se dio la vuelta para inspeccionar el salón, vio de inmediato la fuente de la que provenía el sonido. Como un cangrejo de cinco patas en una extraña misión ciega, una mano amputada se arrastraba a lo largo de la antigua alfombra persa.

# Capítulo 63

El detective Dwight Frye vivía en un bungaló tan cubierto de buganvilla que el techo de la casa y el del porche estaban completamente ocultos. Brácteas de flores —de color rosa brillante a la luz del día pero más apagadas a esas horas— caían de cada alero, y la pared norte aparecía totalmente cubierta de una telaraña de ramas de parra que habían tejido dibujos al azar a través de las ventanas.

El césped de la parte delantera no se había cortado desde hacía semanas. Los escalones del porche se habían combado hacía años. La casa no se había pintado desde hacía más de una década.

Si la casa de Frye era alquilada, su casero era un agarrado. Si era de su propiedad, entonces él era un guarro.

La puerta principal estaba abierta.

A través de la mosquitera, Carson pudo ver una turbia luz amarilla al fondo, hacia la cocina. Al no hallar un timbre al que llamar, tocó con los nudillos; luego golpeó más fuerte y gritó:

—¿Detective Frye? Eh, Dwight, somos O'Connor y Maddison.

Frye apareció, moviéndose con dificultad, iluminado desde atrás por el resplandor de la cocina. Venía tambaleándose por el pasillo como un marinero andando por la cubierta de un barco en medio de un fuerte oleaje.

Cuando llegó a la puerta, encendió la luz del porche y les hizo un guiño a través de la mosquitera.

—¿Qué coño queréis?

—Un poco de hospitalidad sureña para principiantes —contestó Michael.

—Yo nací en Illinois —dijo Frye—. Nunca debí haberme ido de allí.

Llevaba unos pantalones anchos con tirantes. La camiseta sin mangas, empapada de sudor, dejaba tan al aire sus lamentables tetillas que Carson supo que tendría pesadillas con ellas.

—El caso del Cirujano se está cerrando —dijo ella—. Hay algo que necesitamos saber.

—Ya os lo dije en la biblioteca: este asunto ya no me interesa.

Los cabellos de Frye y su rostro brillaban como si hubiera metido la cabeza en un tarro de aceite tratando de coger aceitunas con la boca.

Sintiendo su tufillo, Carson dio un paso atrás y se alejó de la puerta.

—Lo que necesito saber es cuándo fuisteis tú y Harker al apartamento de Bobby Allwine.

—Cuanto más viejo me hago, menos me gustan los casos de tripería sangrienta. Ya nadie estrangula. Todos trocean y cortan en lonchas. Es la maldita influencia morbosa de Hollywood —contestó Frye.

—El apartamento de Allwine —le recordó ella—. ¿Cuándo estuvisteis allí?

—¿Me estáis escuchando *algo* de lo que digo? —preguntó Frye—. Nunca he estado allí. Tal vez vosotros disfrutéis entre corazones arrancados y tripas goteando, pero a mi edad eso me pone enfermo. Es *vuestro* caso, y celebro que así sea.

—¿Nunca has estado allí? Entonces ¿cómo sabía Harker lo de las paredes negras y las cuchillas de afeitar? —exclamó Michael.

Frye hizo una mueca como si fuera a escupir.

—¿Qué cuchillas de afeitar? ¿Qué coño os pasa?

—¿Hueles a verdad aquí? —le dijo Carson a Michael.

—Apesta —respondió Michael.

—¿Apesta...? ¿Esto es una especie de broma? —protestó Frye.

—Debo admitir que lo es —dijo Michael.

—Si no estuvieras medio borracho y no me sintiera caritativo —amenazó Frye—, abriría esta puerta y te patearía en el estómago hasta hacerte vomitar las tripas.

—Te agradezco que mantengas la compostura —dijo Michael.

—¿Eso es una especie de sarcasmo?

—Debo admitir que lo es —respondió Michael.

Carson se dio la vuelta y se encaminó hacia los escalones del porche.

—Vámonos. En marcha.

—Pero el Monstruo del Pantano y yo —dijo Michael— estamos teniendo una bonita charla.

—Ésa es otra broma, ¿no? —preguntó Frye.

—Debo admitir que lo es —replicó Michael mientras seguía a Carson hacia afuera del porche.

Mientras pensaba, recordando sus encuentros con Harker los dos últimos días, Carson se dirigió rápidamente hacia el coche.

# Capítulo 64

Después de atar las muñecas y los tobillos de Jenna a la mesa de autopsias de su habitación, Jonathan Harker utilizó unas tijeras para cortar la ropa.

Con un paño de algodón humedecido, limpió suavemente la sangre alrededor de sus orificios nasales. Aparentemente, la nariz ya le había dejado de sangrar.

Cada vez que comenzaba a despertar, utilizaba el pequeño frasco de plástico para echarle dos o tres gotas de cloroformo sobre el labio superior, justo debajo de los orificios nasales. Al inhalar los gases producidos por la rápida evaporación del líquido, volvía a perder la consciencia.

Una vez que la mujer estuvo desnuda, Jonathan la tocó por donde quiso, curioso acerca de su propia reacción. Más bien sentía curiosidad por su *falta* de reacción.

El sexo —desconectado del poder de la procreación— era el principal medio por el que los miembros de la Nueva Raza descargaban sus tensiones. Estaban disponibles los unos para los otros con sólo solicitarlo, algo que resultaría chocante incluso para los más libertinos miembros de la Vieja Raza.

Eran capaces de mantener relaciones sexuales bajo demanda. No necesitaban belleza ni emoción ni ningún tipo de ternura para estimular su deseo.

En ellos el deseo no abarcaba el amor, solamente la *necesidad*.

Hombres jóvenes copulaban con mujeres viejas, mujeres viejas con mujeres jóvenes, jovencitas con viejos, delgados con gordos, hermosos con feos, en todas las combinaciones, todos con el único propósito de hallar su propia satisfacción, sin ninguna obligación hacia el otro, sin mayor afecto que el que sentían hacia la comida que tomaban, sin ninguna expectativa de que el sexo fuera a ser el inicio de una relación.

De hecho, se desalentaba que hubiera relaciones personales entre miembros de la Nueva Raza. Jonathan sospechaba a veces que, como especie, estaban desarrollados para ser incapaces de relacionarse de cualquiera de las formas en que lo hacían los miembros de la Vieja Raza y que les definían.

Las parejas mutuamente comprometidas son impedimentos para la infinita serie de conquistas que deben ser el objetivo homogéneo de todos los miembros de la Nueva Raza. También lo son las amistades. Y también las familias.

Para que el mundo funcione como un todo único, todas las criaturas pensantes tienen que compartir el mismo impulso, la misma meta. Deben vivir en un sistema de valores tan simplificado que no deje lugar para el concepto de moralidad y las diferencias de opinión que éste fomenta.

Puesto que las amistades y las familias distraen del gran propósito unificado de la especie, el ciudadano ideal, dice el Padre, tiene que ser alguien a quien le guste la soledad en su vida personal. Al ser un solitario, es capaz de comprometer su pasión plenamente al triunfo y la gloria de la Nueva Raza.

Jonathan, tras tocar a Jenna cuanto quiso, incapaz de estimular en su interior esa necesidad que hacía las veces de deseo, sospechó que su especie estaba hecha de tal modo que también era incapaz de mantener relaciones sexuales con miembros de la Vieja Raza, o al menos de tener interés en ello.

En su educación básica vía transferencia directa de datos al cerebro se incluye un desprecio programado hacia la Vieja Raza. Tal desdén, por supuesto, puede llevar a un sentido de justificada dominación, entre el que se encuentra la explotación sexual. Si esto no ocurre con la Nueva Raza tal vez sea porque su desprecio programado hacia la forma natural de la humanidad incluye un sutil elemento de asco.

De los que han sido creados en tanques, sólo a la esposa del Padre se le permitió que sintiera deseo hacia un miembro de la Vieja Raza. Pero en cierto sentido, éste ya no pertenecía a la Vieja Raza, sino que era el dios de la Nueva.

Al acariciar a Jenna, cuyo cuerpo era encantador y cuya forma exterior podría pasar por cualquier mujer de la Nueva Raza, Jonathan no sólo no experimentó la menor excitación sexual, sino que además sintió una vaga repulsión hacia ella.

Qué extraño que esta criatura de menor valía, que era el sucio vínculo entre los animales primitivos y la Nueva Raza superior, pudiera sin embargo tener dentro la cosa que al mismo Jonathan parecía faltarle, el órgano, glándula o matriz neural que le permitía ser feliz casi todo el tiempo.

Había llegado el momento de cortar.

Cuando ella gimió y sus párpados se agitaron, aplicó unas pocas gotas más de cloroformo sobre su labio superior y se calmó.

Acercó hacia un extremo de la mesa un aparato con ruedas para entubados intravenosos. De él colgaba una bolsa de solución salina con glucosa.

Ató un tubo de goma al brazo derecho de Jenna a modo de torniquete y encontró un vaso sanguíneo adecuado. Insertó una cánula intravenosa por la cual introduciría la solución salina con glucosa en su torrente sanguíneo y quitó el torniquete.

El tubo de goteo incluía un accesorio para agregar drogas entre la bolsa con la solución y la cánula. Puso en él una jeringuilla grande de un potente sedante, que podía administrar ajustando las dosis todas las veces que fuera necesario.

Para mantener a Jenna completamente inmóvil durante la disección, debía sedarla profundamente. Cuando quisiera que estuviera despierta para que respondiera a las preguntas que deseara hacerle sobre lo que hallase en su interior, podría suspenderle el sedante.

Puesto que tal vez, incluso estando sedada, ella podía gritar y asustar a los vecinos del apartamento de abajo, Jonathan le introdujo un trapo en la boca. Le selló los labios con cinta adhesiva.

Cuando presionó la cinta sobre su boca, los ojos de Jenna se agitaron y se abrieron. Por un momento se sintió confundida, desorientada, pero luego ya no.

Mientras mantenía los ojos muy abiertos, llenos de terror, Jonathan le dijo:

—Sé que los de tu especie no pueden apagar el dolor físico a voluntad, como podemos hacer nosotros. Así que te despertaré tan pocas veces como sea posible, para que me des una explicación sobre lo que encuentre dentro de ti.

# Capítulo 65

Con una sirena giratoria de emergencia adherida por un sistema de ventosa al techo junto a la puerta del conductor, Carson atravesaba velozmente las calles de la ciudad.

Michael hacía un gran esfuerzo por asimilar todo lo que Carson le había contado.

—El tipo que viste en el apartamento de Allwine, ¿tiene un cine?

—El Luxe.

—El chiflado que dice que está hecho con pedazos de criminales y que fue traído a la vida por un rayo, ¿tiene un cine? Pensaba más bien en un puesto de perritos calientes. O una tienda de reparación de llantas.

—Tal vez no sea un chiflado.

—Una hamburguesería.

—Tal vez sea lo que dice ser.

—Un salón de belleza.

—Deberías haber visto lo que hizo con esas monedas.

—Yo puedo atar el rabito de una cereza con la lengua —dijo Michael—, pero eso no me hace sobrenatural.

—No he dicho que fuera sobrenatural. Él dice que parte de lo que el rayo le dio esa noche, además de la vida, fue... una interpretación de la estructura cuántica del universo.

—¿Y eso qué demonios significa?

—No lo sé —admitió ella—. Pero de alguna manera explica cómo hace que las monedas se volatilicen.

—Cualquier mago más o menos bueno puede hacer que una moneda se volatilice, y no son todos genios de física cuántica.

—Esto es más que magia barata. De todas maneras, Deucalión dijo que algunos de los de su especie están seguros de tener un fuerte deseo de muerte.

—Carson, ¿qué especie?

En lugar de responder a la pregunta, consciente de que debía avanzar cuidadosamente, paso a paso, hacia la revelación final, Carson dijo:

—Allwine y su amigo estaban en la biblioteca, leyendo minuciosamente textos sobre aberraciones psicológicas, intentando comprender su angustia.

—No vayas tan rápido.

Acelerando, Carson prosiguió:

—De modo que los libros no cayeron de los estantes como consecuencia de una pelea. *No hubo* pelea. Por eso la escena estaba tan ordenada pese a la aparente violencia.

—¿Aparente? A Allwine le arrancaron el *corazón*.

—Corazones. Plural. Y él probablemente *pidió* que su amigo le matara.

—«Eh, colegui, ¿me haces el favor de arrancarme el corazón?» ¿Es que no podía cortarse las venas, tomar veneno, aburrirse hasta morir viendo decenas de veces *El paciente inglés*?

—No. Deucalión dijo que los de su especie están construidos de tal modo que son incapaces de suicidarse.

Michael dio un suspiro de frustración.

—Los de su especie. Ahí estamos otra vez.

—La proscripción contra el suicidio; está ahí, en el diario original. Lo he visto. Después de lo de las monedas, después de que empecé a aceptar… lo que Deucalión me mostró.

—¿Diario? ¿El diario de quién?

Ella dudó.

—¿Carson?

—Ésta va a ser una verdadera prueba.

—¿Qué prueba?

—Una prueba sobre tú y yo, sobre nuestro compañerismo.

—No conduzcas tan rápido —la amonestó.

Esta vez no tuvo tiempo de reaccionar a su reprobación con un acelerón. Tampoco disminuyó la velocidad. Una pequeña concesión para ayudar a ganárselo.

—Éste es un asunto estrambótico —advirtió Carson.

—¿Qué…? ¿Es que yo no tengo capacidad para manejarme con lo estrambótico? Tengo una capacidad fabulosa para lo estrambótico. *¿El diario de quién?*

Ella aspiró una profunda bocanada de aire.

—El diario de Victor. Victor Frankenstein. —Cuando él la miró atónito, en medio de un silencio de estupefacción, añadió—: Tal vez esto parezca una locura…

—Sí. Puede ser.

—Pero yo creo que la leyenda es verdadera, como dice Deucalión. Victor Helios es Victor Frankenstein.

—¿Qué has hecho con la *verdadera* Carson O'Connor?

—Deucalión…, él fue la primera…, no sé cómo decirlo…, la primera creación de Victor.

—Mira, ese nombre ya empieza a hacerme sentir resonancias de esas tontas obras teatrales estudiantiles. Suena como el cuarto mosquetero o algo así. De todos modos, ¿qué clase de nombre es Deucalión?

—Es un nombre que se puso a sí mismo. Es de la mitología. Deucalión era el hijo de Prometeo.

—Ah, claro —dijo Michael—. Deucalión Prometeo, el hijo de Fred Prometeo. Ahora me acuerdo.

—Deucalión es su nombre y apellido.

—Como Cher.

—En la mitología clásica, Prometeo era el hermano de Atlas. Creó a la especie humana con arcilla y le dio la chispa vital. Enseñó a la humanidad muchas artes y, desafiando a Zeus, le otorgó el don del fuego.

—Tal vez no me habría dormido tantas veces en la escuela si mi maestra hubiera estado conduciendo la clase a ciento treinta kilómetros por hora. Por el amor de Dios, aminora.

—De todas maneras, Deucalión tiene el diario original de Victor. Está escrito en alemán y lleno de dibujos anatómicos que incluyen un sistema circulatorio optimizado, con dos corazones.

—Tal vez si se lo das a Dan Rather y a *Sixty Minutes*, le dedicarán una sección, pero me da que es una falsificación.

Carson sintió ganas de darle un puñetazo. Para aplacar ese impulso, se recordó a sí misma lo adorable que le había parecido cuando estaban en su apartamento.

En lugar de golpearle, frenó y aparcó junto al tanatorio Fullbright.

—Un buen poli debe tener una mente abierta —dijo ella.

—De acuerdo. Pero no ayuda mucho tenerla *tan* abierta que el viento la atraviese con un sonido lastimero, vacío.

# Capítulo 66

La vida en la casa de Victor Frankenstein implicaba ciertamente más momentos macabros que en la de Huckleberry Finn.

Aun así, la visión de una mano amputada arrastrándose por la alfombra del salón principal dejó atónita incluso a Erika, una mujer hecha por el hombre, equipada con dos corazones. Se quedó de pie paralizada durante tal vez un minuto, incapaz de moverse.

Ninguna ciencia podía explicar una mano ambulante. Parecía una manifestación sobrenatural igual que lo sería una figura humana ectoplásmica flotando por encima de una mesa de sesiones de espiritismo.

Sin embargo, Erika sentía menos miedo que asombro, menos asombro que maravilla. Su corazón latía más rápido cuanto más miraba la mano, y una excitación no desagradable la hizo temblar.

Instintivamente, sabía que la mano era consciente de ella. No tenía ojos, ni otro sentido que el tacto —y tampoco podría poseer sentido del tacto, teniendo en cuenta que no tenía sistema nervioso, que no tenía *cerebro*—, pero de alguna manera *sabía* que ella estaba mirándola.

Esto debía de ser lo que había oído moverse furtivamente por el dormitorio, bajo la cama, lo que había hecho ruido con los objetos del tocador del cuarto de baño, lo que había dejado el bisturí sobre la alfombrilla del baño.

Esta última idea le hizo darse cuenta de que la mano debía de ser simplemente la herramienta de la entidad —fuera ésta lo que fuese— que le había hablado a través de la pantalla de televisión y la había instado a matar a Victor. Del mismo modo que utilizaba la televisión, empleaba la mano.

De la misma forma que usaba la mano, deseaba utilizarla a ella como agente para destruir al hombre al que había llamado *el mal*.

*No hay otro mundo más que éste.*

Erika se recordó a sí misma que ella era un soldado sin alma del ejército del materialismo. Creer en algo más de lo que los ojos pudieran ver se castigaba con la exterminación.

Como si fuera la mano de un ciego explorando los dibujos de la alfombra persa, la bestia de cinco dedos pasó por entre los muebles, hacia la doble puerta que separaba el salón principal del recibidor de la planta baja.

La cosa no vagaba al azar. Según todas las apariencias, se movía con algún propósito.

Una de las dos puertas del salón se encontraba abierta. La mano se detuvo allí, esperando.

Erika sospechó que no sólo se movía con un propósito, sino que además quería que la siguiera. Se dirigió hacia la mano.

Ésta avanzó de nuevo como si fuera un cangrejo y se arrastró a través del umbral hacia el pasillo.

# Capítulo 67

Aunque la noche avanzaba hacia el oscuro comienzo de un nuevo día, las luces de la parte trasera del tanatorio estaban encendidas.

Michael pulsó insistentemente el botón del timbre.

—Mira, otra cosa que no tiene sentido es por qué, de todos los lugares posibles, Victor Frankenstein iba a venir a parar a Nueva Orleans.

Carson respondió con otra pregunta:

—¿Dónde habrías esperado que se instalara? ¿En Baton Rouge, en Baltimore, en Omaha, en Las Vegas?

—En algún lugar de Europa.

—¿Por qué Europa?

—Es europeo.

—Una vez lo fue, sí, pero ya no lo es. Bajo la identidad de Helios, ni siquiera habla con acento.

—Toda esa cosa espeluznante de Frankenstein es totalmente europea —insistió Michael.

—¿Recuerdas las turbas con tridentes y las antorchas destruyendo el castillo? —preguntó Carson—. Ya no puede regresar allí jamás.

—Eso era en las *películas*, Carson.

—Tal vez fueran más bien una especie de documentales.

Carson sabía que lo que decía sonaba a locura. El calor de los pantanos y la humedad finalmente habían hecho mella en ella. Tal vez, si le abrieran el cráneo, encontrarían musgos creciéndole en el cerebro.

—¿Dónde se está haciendo la mayor parte del trabajo de recombinación de ADN, casi toda la investigación en clonación? ¿Dónde está teniendo lugar la mayoría de los descubrimientos en biología molecular?

—Según los diarios que yo leo, probablemente en la Atlántida, algunas millas por debajo de la superficie del Caribe.

—Está sucediendo todo aquí, en los viejos Estados Unidos, Michael. Si Victor Frankenstein está vivo, es aquí donde querría estar, exactamente donde se está haciendo la mayoría del trabajo científico. Y Nueva Orleans está repleta de cosas espeluznantes, las suficientes como para que le guste. ¿En qué otro lugar entierran a todos los muertos en mausoleos por encima del nivel de la tierra?

Se encendió la luz del porche. Un cerrojo se descorrió con un ruido áspero y un golpe seco y la puerta se abrió.

Taylor Fullbright estaba de pie ante ellos, con un pijama de seda roja y una bata de seda negra decorada con una imagen de Judy Garland haciendo de Dorothy.

Tan cordial como siempre, Fullbright les saludó.

—¡Vaya, hola de nuevo!

—Le pido perdón si le hemos despertado —se disculpó Carson.

—No, no. Qué va. Terminé de embalsamar a un cliente hace media hora y me entró hambre. Me estaba preparando un bocadillo de pastrami y lengua. Si les apetece...

—No, gracias. Yo estoy lleno de Cheez Doodles, y ella de un inexplicable entusiasmo —respondió Michael.

—No hace falta que entremos —dijo Carson mientras le enseñaba la foto de Roy Pribeaux enmarcada—. ¿Le ha visto alguna vez?

—Un tipo bastante bien parecido —contestó Fullbright—. Pero parece un poco petulante. Conozco a esa clase de gente. Siempre causan problemas.

—Más problemas de los que se pueda usted imaginar.

—Pero no le conozco —dijo Fullbright.

De un sobre de papel de manila tamaño folio, Carson extrajo una foto de archivo del detective Jonathan Harker, que había cogido del departamento de policía.

—A éste sí le conozco —dijo el director de pompas fúnebres—. Era el amiguete de Allwine que venía con él a los funerales.

# Capítulo 68

Jenna Parker, la chica de las fiestas, que estaba desnuda frente a un hombre —y no por primera vez—, pero que por vez primera era incapaz de provocar excitación sexual, lloraba. Sus sollozos eran aún más patéticos por estar amortiguados por el trapo de la boca y la cinta adhesiva que le sellaba los labios.

—No es que no te encuentre atractiva —le dijo Jonathan—. En absoluto. Creo que eres un magnífico ejemplar de tu especie. Es sólo que yo soy de la Nueva Raza, y tener sexo contigo sería como para ti tenerlo con un mono.

Por alguna razón, su sincera explicación la hizo llorar más intensamente. Se iba a ahogar con sus sollozos si no tenía más cuidado.

Dándole una oportunidad para acomodarse a las circunstancias y controlar sus emociones, él sacó un maletín de médico de un armario. Lo colocó sobre un carrito de acero inoxidable e hizo rodar el carrito hasta la mesa de autopsias.

Del bolso negro extrajo instrumentos quirúrgicos —bisturís, pinzas, fórceps— y los alineó sobre el carrito. No habían sido esterilizados, pero dado que Jenna estaría muerta cuando él acabara de hacer su trabajo, no había razón alguna para prevenir infecciones.

Cuando al ver los instrumentos quirúrgicos la mujer comenzó a llorar más ansiosamente, Jonathan se dio cuenta de que el miedo al dolor y a la muerte podría ser la única causa de sus lágrimas.

—Bueno —le dijo—, si vas a llorar por *eso*, entonces vas a tener que llorar, porque no puedo hacer nada al respecto. Ahora no puedo dejarte marchar así como así. Deberías darte cuenta.

Después de vaciar el maletín, lo puso a un lado.

Sobre la cama había un chubasquero de plástico, fino pero resistente, de los que se pueden doblar y guardar en un estuche con cremallera de tamaño no mayor a una petaca. Pensaba ponérselo por encima de la camiseta y los vaqueros para minimizar el trabajo de limpieza cuando hubiera acabado con ella.

Mientras Jonathan sacudía el chubasquero para desplegarlo, un latido que le era familiar, algo que se desplazaba y giraba en su interior, le hizo jadear con sorpresa, con agitación.

Arrojó a un lado el chubasquero. Se levantó la camiseta, mostrando el torso.

En su abdomen, el Otro presionaba contra la jaula de carne, como si estuviera poniendo a prueba las paredes de su confinamiento. Se retorcía, se abultaba.

Harker no temía que eso pudiera hacerle reventar el abdomen y posiblemente matarle en el proceso. No era así como se produciría el nacimiento. Había estudiado varios métodos de reproducción y había desarrollado una teoría que encontraba convincente.

Viendo ese movimiento que se producía en el interior de Jonathan, de pronto Jenna dejó de llorar y empezó a gritar a través del trapo, a través de la cinta adhesiva.

Él intentó explicarle que no era nada a lo que hubiera que temer, que era su último acto de rebelión contra el Padre y el comienzo de la emancipación de la Nueva Raza.

—Nos niega el poder de reproducirnos —dijo Jonathan—, pero yo me estoy reproduciendo. Va a ser como la partenogénesis, creo. Cuando llegue el momento, me dividiré, como una ameba. Entonces seré dos: yo, el padre, y mi hijo.

Cuando Jenna se sacudió, en un intento desesperado pero estúpido de librarse de las ataduras, Jonathan temió que pudiera arrancarse el tubo de goteo intravenoso. Estaba ansioso por seguir adelante con la disección y no quería verse obligado a perder tiempo por tener que reinsertar la cánula.

Presionó cuidadosamente el émbolo de la jeringilla en el accesorio para agregar drogas, administrando un par de centímetros cúbicos del sedante.

La agitación de Jenna se suavizó rápidamente convirtiéndose en temblor. Se fue quedando más tranquila. Se durmió.

Dentro de Jonathan, el Otro también se quedó quieto. Su torso abultado recuperó su forma natural.

Sonriendo, deslizó una mano entre el pecho y el abdomen.

—Nuestro momento se acerca.

# Capítulo 69

Tras dejar atrás la puerta principal del tanatorio Fullbright, Michael quiso correr hacia el coche y colocarse detrás del volante. Lo habría hecho, y se habría hecho con el control, si hubiera tenido las llaves.

La mera posesión del asiento del conductor no significaría nada para Carson. No le daría las llaves. A menos que ella *decidiera* ir como acompañante armada, iría andando antes de ceder el volante.

El coche venía con dos juegos de llaves. Carson tenía los dos.

Michael había considerado a menudo la posibilidad de solicitar otro juego a los encargados del parque automovilístico. Pero sabía que ella lo consideraría una traición.

Así que condujo de nuevo ella. Era evidente que no había ingenieros en seguridad en su familia.

Al menos, la atención de Michael ya no estaba centrada en la velocidad a la que iban, porque le distrajo la necesidad de darle vueltas a la cabeza pensando en la historia disparatada que ella pretendía que creyese.

—¿Hombres hechos por hombres? La ciencia no ha ido tan lejos todavía.

—La mayoría de los científicos no, pero Victor sí.

—Mary Shelley era una *novelista*.

—Ella basó su libro en una historia real que escuchó un verano. Michael, tú *has oído* lo que nos dijo Jack Rogers. No era un bicho raro: Bobby Allwine fue *diseñado*.

—¿Para qué andaría creando monstruos que sean guardias de seguridad como Bobby Allwine? ¿No parece una idiotez?

—Tal vez él los cree para ser toda clase de cosas: polis, como Harker. Mecánicos. Pilotos. Burócratas. Tal vez estén todos alrededor de nosotros.

—¿Por qué?

—Deucalión dice que para ocupar nuestro lugar, para destruir la obra de Dios y reemplazarla por la suya.

—Yo no soy Austin Powers, y tú tampoco, y es difícil tragarse que Helios es el Doctor Maligno.

—¿Qué le ha sucedido a tu imaginación? ¿Has visto tantas películas que no puedes tener imaginación por ti mismo? ¿Necesitas que Hollywood lo haga por ti? —protestó Carson con impaciencia.

—Harker, ¿eh? ¿De poli de homicidios a robot homicida?

—Robot, no. Hecho mediante ingeniería o clonado o criado en una cuba; no sé de qué manera. Pero ya no lo hace con partes de cadáveres alimentadas por un rayo.

—Un hombre, incluso un genio, no podría…

Carson le interrumpió.

—Helios es un obseso, un visionario demente con una enorme fortuna familiar que lleva trabajando dos siglos.

Preocupada ante una nueva idea, redujo la velocidad. Después de un silencio, Michael exclamó:

—¿Qué?

—Estamos muertos.

—Yo no siento que esté muerto.

—Quiero decir, si Helios *es* quien Deucalión dice que es, si ha logrado todo esto, si sus criaturas están diseminadas por la ciudad, no tendremos muchas probabilidades contra él. Es un genio, un multimillonario, un hombre de enorme poder, y nosotros somos unos pobres diablos.

Estaba asustada. Michael podía escuchar el miedo en su voz. Nunca la había visto tener miedo. No así. No sin una pistola en la cara con algún dedo roñoso apoyado en el gatillo.

—Sencillamente, no me lo trago —dijo él, aunque un poco sí lo hacía—. No comprendo por qué *tú* te lo tragas.

—Si yo me lo trago, colega, ¿no es suficiente para ti? —preguntó Carson a su vez, nerviosa.

Cuando él estaba dudando si debía replicar o no, ella frenó de golpe y aparcó. Cabreada, apagó las luces y salió del coche.

En las películas, cuando alguien encontraba un cuerpo con dos corazones y órganos de finalidad desconocida, sabía *de inmediato* que se trataba de alienígenas o algo así.

Aunque no conocía a Deucalión, Michael no supo por qué se estaba resistiendo a la conclusión habitual de las películas que debía extraerse de lo que Jack Rogers había encontrado dentro de Bobby Allwine. Además, alguien había robado el cadáver de Allwine y los informes de la autopsia, lo que parecía señalar una enorme conspiración de alguna clase.

Salió del coche.

Estaban en un barrio residencial, bajo un manto de hojas de robles. La noche era calurosa. La luna parecía fundirse con las ramas de los árboles.

Michael y Carson se miraron por encima del techo del coche. Los labios de ella estaban apretados. Generalmente se veían apetecibles. Ahora no.

—Michael, te he dicho lo que he visto.

—Ya he saltado al precipicio contigo otras veces. Pero esta vez es condenadamente alto.

Al principio Carson no respondió nada. Algo parecido a una expresión nostálgica le llenó la cara. Y entonces habló.

—Algunas mañanas es difícil levantarse sabiendo que Arnie seguirá siendo… Arnie.

Michael se encaminó hacia la parte delantera del coche.

—Todos queremos cosas que tal vez no podamos conseguir nunca.

Carson seguía junto a la puerta del conductor, sin ceder ni un centímetro.

—Quiero hallar un sentido. Un propósito. Miras más altas. Quiero que las cosas *importen* más de lo que importan.

Él se detuvo en la parte delantera del coche.

Carson miró fijamente la luna cremosa a través de los robles.

—Esto es real, Michael. Lo sé. Nuestras vidas ya nunca serán las mismas.

Michael vio en ella unas ansias de cambio tan fuertes que incluso *esto* —un reemplazo del mundo conocido por otro que estaba aún más lleno de horrores— era preferible al statu quo.

—Está bien, está bien —accedió—. Entonces ¿dónde está Deucalión? Si algo de todo esto es real, se trata de su lucha más que de la nuestra.

Carson apartó la mirada de la luna y la posó sobre Michael. Fue hacia la parte delantera del coche.

—Deucalión es incapaz de ejercer violencia contra su hacedor —explicó—. Es como la proscripción contra el suicidio. Lo intentó hace doscientos años y Victor casi le aniquila. La mitad de su cara está... muy dañada.

Estaban de pie, cara a cara.

Él quería tocarla, ponerle una mano en el hombro. Se contuvo porque no sabía a qué llevaría eso, y no era el momento de introducir aún más cambios. Prefirió hablar.

—Hombres hechos por hombres, ¿eh?

—Sí.

—¿Estás segura?

—Sinceramente, no lo sé. Tal vez sólo *quiero* estar segura.

El calor, la humedad, la luz de la luna, la fragancia de los jazmines: Nueva Orleans parecía a veces un sueño febril, pero nunca tanto como ahora.

—Frankenstein vivo —dijo él—. Es simplemente el sueño del *National Enquirer*. —Los ojos de Carson adquirieron una expresión más dura. A toda prisa, Michael rectificó—: A mí *me gusta* el *National Enquirer*. ¿Qué persona en su sano juicio iba a seguir creyendo en el *New York Times*? Yo no.

—Harker anda por ahí —le recordó ella.

Michael asintió con la cabeza.

—Cojámosle.

# Capítulo 70

En una mansión tan grande, una mano amputada debía arrastrarse mucho para llegar al lugar al que quisiera ir.

La vez anterior, en la habitación, cuando la mano se había escabullido para ocultarse de la vista, su movimiento —a juzgar por el ruido— había sido veloz, como el de una rata nerviosa. Ahora no.

El concepto de una mano amputada *cansada*, exhausta de arrastrarse constantemente, no tenía sentido.

Tampoco lo tenía el concepto de una mano amputada *confundida*. Aun así, ésta se detenía de vez en cuando, como si no estuviese segura de la dirección correcta, y en un momento dado incluso deshizo el camino que había recorrido y eligió otra ruta.

Erika seguía convencida de que estaba siendo testigo de un acontecimiento de características sobrenaturales. Ninguna ciencia podría explicar esta maravilla andante.

Aunque Victor había traficado con partes humanas como ésta, construyendo hombres como rompecabezas a partir de fragmentos extraídos de cementerios, hacía mucho tiempo que no utilizaba métodos tan rudimentarios.

Además, la mano no terminaba en un muñón ensangrentado, sino en un cabo redondo de piel suave, como si nunca hubiera estado adherida a un brazo.

Ese detalle parecía confirmar sus orígenes sobrenaturales.

Al rato, mientras Erika seguía pacientemente pendiente de ella, la mano se encaminó hacia la cocina. Allí se detuvo ante la puerta de la despensa.

Ella esperó a que la mano hiciera algo, y luego pensó que ésta necesitaba su ayuda. Abrió la puerta de la despensa y encendió la luz.

Cuando la mano, llena de determinación, se arrastró hacia la pared del fondo, Erika se dio cuenta de que su intención era guiarla hasta el estudio de Victor. Ella conocía la existencia del estudio, pero nunca había estado allí.

El lugar de trabajo secreto de Victor estaba oculto tras la pared del fondo de la despensa. Seguramente, un interruptor escondido haría que los estantes repletos de comida se movieran hacia dentro, como si se tratara de una puerta.

Antes de que Erika tuviera tiempo de empezar a buscar el interruptor, los estantes se deslizaron hacia un lado. La mano, que se encontraba en el suelo, no los había activado; alguna otra entidad estaba haciendo su tarea.

Siguió a la mano hacia el interior de la habitación oculta y vio en la mesa de trabajo central un tanque de metacrilato lleno de una solución lechosa que albergaba la cabeza amputada de un hombre. No una cabeza completamente terminada, sino una especie de modelo rudimentario de cabeza, con los rasgos sólo a medio formar.

La parodia de cabeza humana abrió sus ojos azules inyectados en sangre.

La cosa le habló a Erika en voz baja, áspera, igual a la de la entidad que, a través de la televisión, la había instado a matar a Victor.

—Mira lo que soy… y dime, si puedes, que él no es el mal.

# Capítulo 71

Cuando aparcó frente al apartamento de Harker, Carson se bajó del coche, fue rápidamente hacia la parte trasera y sacó del maletero la escopeta de repetición manual con empuñadura de pistola.

Michael se acercó a ella mientras la cargaba.

—Eh. Espera. No pretendo ser del equipo de operaciones especiales.

—Si intentamos arrestar a Harker como si fuera un trabajo normal y corriente, nos convertiremos en dos polis muertos.

Un tipo en una furgoneta blanca al otro lado de la calle había notado su presencia. Michael no quiso hacer una escena, pero dijo:

—Dame la escopeta.

—Puedo darle un culatazo —aseguró ella.

—No vamos a entrar así.

Carson introdujo ruidosamente el cargador y se encaminó hacia la acera.

Michael fue tras ella, tratando de convencerla con razones, dado que el *dámela* no funcionaba.

—Llama para pedir refuerzos.

—¿Cómo les vas a explicar a los de la Central para qué *necesitas* refuerzos? ¿Les vas a decir que hemos cercado a un monstruo hecho por el hombre?

—Esto es una locura —exclamó Michael cuando llegaron al portal del edificio.

—¿Acaso yo he dicho que no lo fuera?

La puerta se abría hacia un vestíbulo elegante pero deteriorado en el que había dieciséis buzones de bronce.

Carson leyó los nombres de los buzones.

—Harker vive en el cuarto piso. El último del edificio.

Sin estar convencido de que estuvieran actuando con prudencia pero arrastrado por el ímpetu de Carson, Michael se dirigió con ella hacia una puerta detrás de la cual estaban las escaleras, que hacía tiempo que necesitaban una buena mano de pintura.

Carson comenzó a subir y él la siguió.

—Deucalión dice que en una crisis, heridos, probablemente sean capaces de desactivar el dolor —advirtió.

—¿Necesitamos balas de plata?

—¿Es eso una especie de sarcasmo? —preguntó Carson, imitando a Dwight Frye.

—Debo admitir que lo es.

Las escaleras eran angostas. El olor a moho y a desinfectante se mezclaba en el sofocante aire. Michael trató de convencerse a sí mismo de que no se estaba mareando.

—Se les puede matar —dijo Carson—. A Allwine le mataron.

—Sí. Pero él *quería* morir.

—Recuerda: Jack Rogers dijo que su cráneo tenía una increíble densidad molecular.

—¿Esas palabras significan algo? —preguntó él.

—Su cerebro está acorazado contra casi todas las armas, hasta las de mayor calibre.

Michael jadeó no por el esfuerzo sino por la necesidad de respirar un aire más limpio del que ofrecía el insalubre hueco de la escalera.

—Monstruos entre nosotros, haciéndose pasar por personas reales: es la más vieja de las paranoias.

—La palabra *imposible* contiene la palabra *posible*.

—¿Qué es eso? ¿Alguna cosa zen?

—Creo que es de *Star Trek*. Míster Spock.

Carson se detuvo en el rellano entre los pisos tercero y cuarto y deslizó la corredera de la escopeta, metiendo un cartucho en la recámara.

Michael desenfundó su arma de servicio de la pistolera que llevaba a la cintura.

—Entonces ¿hacia qué nos estamos encaminando?

—A una mierda de terror. ¿Es que no lo sabes?

Subieron el último tramo hasta el cuarto piso, atravesaron una puerta de incendios y se encontraron en un pequeño pasillo al que daban cuatro apartamentos.

El suelo de madera estaba pintado de un gris lustroso de barco de guerra. A un par de metros de la puerta de Harker había unas llaves en el suelo, en un llavero de plástico.

Michael se puso de cuclillas y cogió las llaves. En el llavero también había una pequeña tarjeta magnética de descuento de un supermercado. Estaba a nombre de Jenna Parker.

Recordó el nombre, lo había visto en los buzones del vestíbulo de la planta baja. Jenna Parker vivía aquí, en el último piso del edificio; era una de las vecinas de Harker.

—Michael —susurró Carson.

Levantó la vista y ella le señaló algo con el cañón de la escopeta.

Más cerca de la puerta de Harker, entre ésta y el lugar donde habían caído las llaves, se veía una mancha oscura sobre el lustroso suelo gris, a un par de centímetros del umbral. La mancha era también brillante, del tamaño aproximado de una moneda de veinticinco céntimos, pero ovalada. Oscura, brillante y roja.

Michael la tocó con el índice. Estaba húmeda.

Frotó el índice con el pulgar y se olfateó los dedos. Mientras se ponía de pie, hizo una seña con la cabeza a Carson y le mostró el nombre en la tarjeta del supermercado.

Michael se situó de pie a un lado de la puerta e intentó hacer girar el pomo. Nunca se sabía. La mayoría de los asesinos estaban bastante lejos de ser genios en un test de inteligencia. Aunque Harker tuviera dos corazones, seguía teniendo un solo cerebro, y si era responsable de algunas de las muertes atribuidas al Cirujano, muchas de sus sinapsis estarían fallando. Todos los asesinos cometían errores. A veces lo hacían todo bien, excepto que fijaban un cartel en la puerta invitando a su arresto.

Esta vez resultó que la puerta estaba cerrada con llave. Michael sintió que tenía algo de holgura, lo que indicaba que sólo estaba echado el pestillo, no el cerrojo.

Carson podía destruir la cerradura con un disparo de su calibre doce. Una escopeta es un arma bastante buena para la defensa de casas porque los perdigones no pueden atravesar las paredes y matar así a una persona inocente que esté en la habitación de al lado con tanta facilidad como lo pueden hacer los disparos de armas de mano más poderosas.

Aunque un tiro a la cerradura no significaría correr un riesgo de mortales consecuencias para nadie que estuviera dentro, a Michael no le entusiasmó la idea de usar la escopeta.

Tal vez Harker no estuviera solo. Tal vez tuviera un rehén.

Tenían que apelar lo mínimo indispensable a la violencia para lograr entrar, y luego ya recurrir más decididamente a la fuerza en caso de que el desarrollo de los acontecimientos lo requiriera.

Michael se detuvo frente a la puerta y dio un fuerte puntapié a la cerradura, pero ésta aguantó; la pateó de nuevo, y una tercera vez —cada golpe sonó casi tan fuerte como un escopetazo—, y el pestillo cedió. La puerta se abrió.

De cuclillas, Carson entró rápidamente, con la escopeta por delante, barriendo con el cañón a izquierda y derecha.

Detrás de ella, por encima de sus hombros, Michael vio a Harker atravesar el extremo opuesto de la habitación.

—¡Suéltalo! —gritó Carson, ya que él tenía un revólver.

Harker abrió fuego. El disparo fue a parar al marco de la puerta.

Un haz de astillas salpicó la frente y los cabellos de Michael; en el mismo instante, Carson disparó sobre Harker.

La mayor parte de los perdigones alcanzaron a Harker en el lado izquierdo de la cadera y en el muslo. Cojeando, se llevó por delante la pared, pero no cayó.

Inmediatamente después del disparo, todavía en movimiento, Carson cargó otro cartucho en la recámara a la vez que se desplazaba hacia un lado a la izquierda de la puerta.

Michael fue detrás de ella y se lanzó a la derecha cuando Harker abrió fuego de nuevo. Oyó el quejoso silbido de una bala surcando el aire, que erró por poco, pasando a centímetros de su cabeza.

Carson disparó de nuevo y Harker se tambaleó con el impacto, pero siguió moviéndose y se refugió en la cocina, fuera del campo de visión, mientras Carson cargaba un tercer cartucho.

# Capítulo 72

De pie con la espalda contra la pared que separaba el salón de la cocina, Carson hurgó en el bolsillo de su chaqueta buscando cartuchos de escopeta.

Estaba temblando. Cogió los gruesos cartuchos de uno en uno, temerosa de cometer una torpeza. Si se le cayera uno, si se fuera rodando bajo un mueble…

Cuando en la calle había cargado la calibre doce, casi no había cogido cartuchos de repuesto. Era un arma fulminante, útil para terminar rápidamente con una situación peligrosa; no era de las que se usaban en tiroteos prolongados.

Sólo dos veces en su carrera había necesitado usar una escopeta. Y en cada una de ellas un solo disparo —en una ocasión, sólo como advertencia; en el otro incidente, con la intención de herir— había puesto fin al enfrentamiento.

Por lo visto hasta entonces, Harker sería tan difícil de derribar como había previsto Deucalión.

Sólo le quedaban tres cartuchos de repuesto. Los insertó en el cargador tubular, esperando que fueran suficientes para terminar el trabajo.

El hueso del cráneo, denso como una coraza blindada. Podía cegarle con un disparo en la cara, pero ¿serviría de algo? ¿Podría seguir funcionando de todas maneras?

Dos corazones. Apuntar al pecho. Dos disparos rápidos, tal vez tres, a quemarropa, si fuera posible. Darle a los dos corazones.

Michael permanecía agachado al otro lado de la habitación, parapetado tras los muebles, adentrándose más hacia el salón, buscando un ángulo desde donde pudiera ver la cocina, en la que Harker se había puesto a cubierto.

Harker era solamente una parte del problema. La otra era Jenna. La sangre del pasillo sugería que probablemente estuviera en el apartamento. Herida. Tal vez con una lesión mortal.

Un apartamento pequeño. Probablemente tres habitaciones y un cuarto de baño. Él había salido del dormitorio. Jenna podría estar allí.

O podría estar en la cocina, donde se había metido él. En ese momento podría estar rajándole la garganta.

Con la espalda contra la pared, sosteniendo la escopeta contra su cuerpo, Carson se fue acercando hacia el arco que había entre el salón y la cocina, consciente de que Harker podría estar esperándola para dispararle en la cara en cuanto ella se asomara.

Tenían que derribar a Harker rápidamente y pedir asistencia médica para Jenna. La mujer no estaba gritando. Tal vez estuviera muerta. Quizá muriendo. En una situación así, la esencia era el tiempo, y el terror la quintaesencia.

Un ruido en la cocina. No pudo identificarlo.

Michael se levantó de manera temeraria de detrás de un sofá para poder ver mejor y exclamó:

—¡Se va por una ventana!

Carson atravesó el arco y vio una ventana abierta. Harker estaba de cuclillas en el vano, dándole la espalda.

Barrió la habitación con la vista para asegurarse de que Jenna no estuviera allí y pudiera recibir el rebote de un disparo. No. Sólo estaba Harker.

Fuera o no un monstruo, dispararle por la espalda le supondría una investigación de asuntos internos, pero ella le habría disparado de todas maneras si no hubiera saltado antes de que ella pudiera apretar el gatillo.

Corrió hacia la ventana. Carson esperaba encontrar al otro lado una escalera de incendios, o tal vez un balcón. No halló ni lo uno ni lo otro.

Harker se había arrojado al callejón. La caída había sido de por lo menos diez metros, tal vez doce. Lo suficiente para adquirir una velocidad mortal antes del impacto.

Yacía boca abajo sobre el pavimento. Inmóvil.

Su caída parecía refutar la opinión de Deucalión de que a las creaciones de Victor se les prohibía la autodestrucción.

Abajo, Harker se sacudió y se puso de pie de un salto. Sabía que podía sobrevivir a semejante caída.

Cuando miró hacia la ventana, hacia Carson, el reflejo de la luz de la luna hizo que sus ojos parecieran linternas.

A esa distancia, un tiro —incluso los cuatro tiros— de la escopeta no le harían ni un rasguño.

Harker corrió hacia la esquina más cercana del callejón. Entonces se detuvo cuando, con un chillido de frenos, una furgoneta blanca derrapó para detenerse justo frente a él.

Se abrió la puerta del conductor y un hombre salió de ella. A esa distancia, de noche, Carson no podía verle el rostro. Parecía tener los cabellos blancos o de un rubio pálido.

Oyó al conductor decirle algo a Harker. No pudo escuchar las palabras.

Harker rodeó la furgoneta y subió al asiento del copiloto.

De nuevo al volante, el conductor cerró la puerta de un golpe y pisó el acelerador. Las ruedas giraron, rechinaron, echaron humo y dejaron tras de sí un rastro de caucho cuando el vehículo salió de estampida hacia la noche.

La furgoneta podría ser una Ford. Carson no estaba segura.

Le sudaba la frente abundantemente. Estaba empapada. Pese al calor, sintió la frialdad del sudor.

# Capítulo 73

Victor le había bautizado Karloff, quizá en un arranque de humor, pero a Erika no le resultaba nada graciosa la horrenda «vida» que se le había dado a esa criatura.

La cabeza sin cuerpo yacía en un baño antibiótico lechoso, conectada a tubos que le proveían de nutrientes y a otros que drenaban los residuos metabólicos. Un despliegue de máquinas se ocupaba de Karloff y le alimentaban; a Erika todas le resultaron misteriosas y ominosas.

La mano yacía sobre el suelo, en un rincón, con la palma hacia arriba. Quieta.

Karloff había controlado ese explorador de cinco dedos por medio de la telequinesia, poder que el creador esperaba poder instalarse a sí mismo. A pesar de ser un objeto horroroso, había resultado ser un exitoso experimento.

Desconectada de la maquinaria que la mantenía, la mano estaba ahora muerta. Karloff todavía podía animarla, aunque no por mucho tiempo. La carne comenzaría a descomponerse rápidamente. Incluso el poder de la telequinesia sería incapaz de manipular las articulaciones heladas y la musculatura podrida.

De todas maneras, seguramente Victor no había previsto que Karloff pudiera ser capaz de emplear su habilidad psíquica para lograr una forma siquiera limitada de libertad y para deambular por la mansión con la atormentada esperanza de incitar al asesinato de su creador.

Con el mismo asombroso poder, Karloff había activado el mecanismo eléctrico que controlaba la puerta secreta de la despensa, permitiendo a Erika la entrada. Del mismo modo había controlado la televisión de la *suite* principal para hablarle e instarla a la rebelión.

Al ser una creación menos completa que Erika, Karloff no había sido programado con una cabal comprensión de la misión de Victor ni con el conocimiento de las limitaciones a la libertad impuestas a la Nueva Raza. Ahora sabía que ella no podía actuar en contra de su hacedor y su desesperación era total.

Cuando Erika sugirió que utilizara ese poder para desactivar las máquinas que le mantenían con vida, descubrió que también él había sido programado para ser incapaz de autodestruirse.

La mujer luchaba contra el desasosiego, con la esperanza reducida a una condición tan tambaleante como una mesa a la que le falta una pata. La mano que se arrastraba y las otras apariciones no habían sido los acontecimientos sobrenaturales que había querido creer que fuesen.

Ay, cuánto hubiera deseado que esos milagros hubieran sido la prueba de que había otro mundo más allá. Lo que parecía ser una presencia divina era sin embargo sólo el grotesco Karloff.

Podría haberle culpado de su decepción, podría haberle odiado, pero no lo hizo. Por el contrario, sintió piedad por esa criatura patética, indefensa pese a sus poderes y condenada a un infierno viviente.

Tal vez lo que sentía no fuera piedad. En rigor, ella no era capaz de sentir piedad. Pero sintió *algo*, y lo sintió de manera conmovedora.

—Mátame —suplicó la patética cosa.

Los ojos inyectados en sangre eran presa de la angustia. La cara a medio formar era una máscara de sufrimiento.

Erika comenzó a decirle que su propio programa le prohibía matar tanto a los de la Vieja Raza como a los de la Nueva excepto en defensa propia o por una orden de su hacedor. Entonces se dio cuenta de que su programa no había previsto esa situación.

Karloff no pertenecía a la Vieja Raza, pero tampoco contaba como un miembro de la Nueva. Era alguna otra cosa, algo singular.

Ninguna de las reglas de conducta bajo las cuales vivía Erika se podía aplicar a este caso.

Erika miró las máquinas de manutención, de las que desconocía su función.

—No quiero hacerte sufrir.

—El sufrimiento es todo lo que conozco —murmuró él—. La paz es todo cuanto deseo.

Ella pulsó interruptores, arrancó enchufes. El ronroneo de los motores y la vibración de las bombas desaparecieron y todo quedó en silencio.

—Me estoy yendo —anunció Karloff, con la voz cada vez más espesa y lenta. Sus ojos inyectados en sangre se cerraron—. Yendo…

En el suelo, en el rincón, la mano sufrió un espasmo, y luego otro.

Las últimas palabras de la cabeza sin cuerpo fueron tan lentas y susurrantes que apenas resultaron inteligibles.

—*Tú… debes de ser… un ángel.*

Erika permaneció de pie un momento, pensando en lo que él había dicho, ya que los poetas de la Vieja Raza habían escrito a menudo que Dios obra por caminos misteriosos para ejecutar sus milagros.

Enseguida se dio cuenta de que Victor no debía encontrarla allí.

Examinó los interruptores que había tocado, los enchufes que había arrancado. Volvió a colocar uno de los enchufes. Dejó la mano en el suelo exactamente debajo de los interruptores. Colocó el otro enchufe en la mano y apretó los dedos rígidos alrededor de éste, sosteniéndolos hasta que se quedaran ahí sin que ya no hiciera falta que mantuviera la presión sobre ellos.

De nuevo en la despensa, necesitó un minuto para encontrar el interruptor oculto. Los estantes llenos de comida enlatada volvieron a desplazarse hasta quedar en su lugar, cerrando la entrada al estudio de Victor.

Regresó ante el cuadro de Van Huysum del salón principal. Tan bello.

Para poder excitar sexualmente a Victor, se le había permitido la vergüenza. De la vergüenza había pasado a la humildad. Ahora parecía que de la humildad había llegado tal vez a la piedad, y más que a la piedad: a la misericordia.

Mientras se maravillaba de sus potencialidades, la esperanza de Erika volvió a nacer. *Su* cosa con plumas, anidada en su corazón, si no en su alma, era un ave fénix que renacía de las cenizas.

# Capítulo 74

Los destellos desacompasados de luces rojas, blancas y azules de las sirenas giratorias de los coches patrulla y de las ambulancias dibujaban una fantasmagoría patriótica sobre la fachada del edificio de apartamentos.

Algunos en pijama y bata, otros vestidos y acicalados para las cámaras de los periodistas, los vecinos se aglomeraban en la acera. Cotilleaban, reían, bebían cerveza en vasos de papel y en latas, comían pizza fría y patatas fritas directamente de la bolsa, sacaban fotografías de la policía y de ellos mismos. Parecían considerar que la irrupción de una repentina violencia y la presencia de un asesino en serie entre ellos era una razón para el festejo.

Michael estaba ante el maletero abierto del coche del departamento, mientras Carson guardaba la escopeta.

—¿Cómo ha podido ponerse de pie y escapar después de caer de un cuarto piso?

—Eso es más que tener agallas.

—¿Y cómo vamos a redactar el informe sin que nos metan bajo vigilancia psiquiátrica?

Carson cerró de un golpe el maletero.

—Mintiendo.

Un Subaru Outback aparcó junto a la acera, detrás de ellos, y de él descendió Kathleen Burke.

—¿Podéis creerlo? ¡*Harker!*

—Siempre pareció ser tan tierno —dijo Michael.

—Desde el momento en que vi esa nota de suicidio en el ordenador de Roy Pribeaux —informó Carson a Kathy—, no me creí que la hubiera escrito él. Ayer, tomándonos el pelo a Michael y a mí, Harker utilizó la misma frase con la que termina la nota de Pribeaux: «Un nivel por debajo del infierno».

Michael lo confirmó.

—Harker nos dijo que para atrapar a ese tipo tendríamos que ir a buscarlo a un sitio extraño: un nivel por debajo del infierno.

—¿Quieres decir que lo hizo a propósito, que *quería* que vosotros os dierais cuenta de que era él? —dijo Kathy sorprendida.

—Tal vez inconscientemente —aseguró Carson—, pero sí, lo hizo. Arrojó al guaperas desde la azotea después de preparar todo para que le colgaran a él tanto su propia cadena de asesinatos como los que había cometido él. Pero con esas seis palabras —«un nivel por debajo del infierno»— encendió la mecha para destruirse a sí mismo.

—En lo más profundo, en gran medida siempre quieren que los cojan —asintió Kathy—. Pero no me hubiera esperado de la psicología de Harker que...

—¿Qué?

Kathy se encogió de hombros.

—Que funcionara así. No lo sé. Estoy hablando por hablar. Hombre, todo el tiempo haciendo su perfil y resulta que el bastardo estaba a dos pasos de mi puerta.

359

—No te comas el coco —le aconsejó Carson—. Ninguno de nosotros sospechó de Harker hasta que él se señaló a sí mismo con el dedo.

—Pero tal vez yo sí tendría que haber sospechado —se lamentó Kathy—. ¿Recordáis los tres asesinatos en clubes nocturnos, hace seis meses?

—Boogie City —recordó Carson.

—Suena como un lugar al que la gente va a recoger sus narices —intervino Michael.

—Harker y Frye llevaron ese caso —informó Kathy.

Michael se encogió de hombros.

—Claro. Harker le disparó al asesino. Fue un disparo sospechoso, pero él fue absuelto.

—Después de un informe fatídico de asuntos internos —explicó Kathy—, le correspondían seis horas de sesiones obligatorias de orientación. Apareció por mi oficina para cumplir dos horas, pero luego nunca regresó.

—No quiero ofenderte —dijo Michael—, pero muchos de nosotros creemos que esa orientación obligatoria es una mierda. Que Harker no haya vuelto a aparecer no significa por sí solo que debieras haber sospechado que tuviera cabezas cortadas guardadas en la nevera.

—Sí, pero yo sabía que algo le estaba devorando por dentro y no le presioné lo suficiente para terminar las sesiones.

La noche anterior, Carson había dejado pasar la oportunidad de contarle a Kathy la historia de película de terror sobre los monstruos de Nueva Orleans. Ahora no había manera de explicarle que no tenía razón alguna para sentir remordimientos de conciencia, que la psicología de Harker *no era ni siquiera humana*.

Tratando de aligerar la situación cuanto fuera posible, Carson le dijo a Michael:

—¿Está condenada al infierno o qué?

—Apesta a azufre.

Kathy esbozó una sonrisa compungida.

—Puede que a veces me lo tome todo demasiado en serio. —Su sonrisa se volvió titubeante—. Pero Harker y yo parecíamos... entendernos tan bien.

Les interrumpió un enfermero.

—Disculpen, detectives, le hemos hecho los primeros auxilios a la señorita Parker y ya está lista para hablar con ustedes.

—¿No necesita que la atiendan en un hospital? —preguntó Carson.

—No. Heridas menores. Y no es una chica que se traumatice con facilidad. Es una especie de Mary Poppins con carácter.

# Capítulo 75

Jenna Parker, de carácter risueño, vivía en medio de una colección de ositos de peluche, pósters inspiradores —«Cada día es el primer día del resto de tu vida, sólo dile no a la tristeza»— y tarros de galletas muy cucos.

La mayoría de los tarros de galletas de cerámica estaban confinados en la cocina. Uno era un payaso, otro un oso polar, otro un oso pardo, otro un Mickey Mouse. Y los había con forma de cachorrito, de gatito, de mapache, de conejo, de casita de jengibre.

El preferido de Carson era uno que tenía la forma de un montón de galletas.

Aparentemente, Jenna Parker no perdía mucho tiempo cocinando, ya que la colección de tarros ocupaba la mitad del espacio de las encimeras. Había quitado las puertas de algunos armarios, de modo que los estantes pudieran servir de espacio de exposición para más tarros de galletas.

—No se te ocurra decir nada —le dijo Carson a Michael entre dientes cuando entraron en la cocina y se encontraron con las más que alegres figuras de cerámica.

—¿Sobre qué? —contestó Michael abriendo los ojos y haciéndose el sorprendido.

Jenna estaba sentada en un taburete, vestida con un chándal rosa que tenía como adorno una tortuga corriendo a la altura del seno izquierdo. Estaba mordisqueando una galleta.

Para ser una mujer que acababa de haber sido desnudada, atada a una mesa de autopsias y a punto de ser diseccionada viva, parecía sorprendentemente contenta.

—Hola tíos. ¿Queréis una galleta?

—No, gracias —replicó Carson, y Michael se contuvo para declinar el ofrecimiento sin hacer bromas.

Jenna levantó un pulgar vendado, como un niño mostrando orgullosamente que se había hecho pupa.

—Prácticamente el único daño que me he hecho es que me rompí una uña cuando me caí. ¿No es fenomenal?

—Imagínate lo bien que te sentirías —respondió Michael— si te hubieras roto una pierna. —Bien, ya se había reprimido durante casi un minuto.

—Quiero decir, teniendo en cuenta que podría haber estado sentada aquí con el corazón arrancado, ¿qué es una uña?

—Una uña es cero, nada —respondió Michael.

—Es una pluma en una balanza —dijo ella.

—Polvo en la balanza —asintió él.

—Es la sombra de una nada.

—De nada.

—*Peu de chose* —siguió ella.

—Exactamente lo que yo habría dicho si supiera hablar francés.

Jenna le sonrió.

—Para ser un poli, eres divertido.

—Me especialicé en bromas en la academia de policía.

—¿No es un tío gracioso? —le preguntó Jenna a Carson.

En lugar de meter a uno de ellos, o a ambos, en un tarro de galletas, Carson dijo impacientemente:

—Señorita Parker, ¿cuánto hace que eres vecina de Jonathan Harker?

—Me mudé hace once meses. Desde el primer día fue un encanto.

—¿Un encanto? ¿Es que vosotros…?

—Ah, no. Johnny era un hombre, sí, y vosotros sabéis cómo *son ellos*, pero sólo éramos buenos amigos. —Miró a Michael—: Eso que he dicho sobre los hombres…, sin ánimo de ofender.

—No me he ofendido.

—Me gustan los hombres —afirmó ella.

—A mí no —aseguró él.

—De todas maneras, me apuesto lo que sea a que tú no eres como los otros hombres. Excepto para lo que cuenta.

—*Peu de chose* —respondió Michael.

—Ah, estoy segura de que no es así —dijo Jenna guiñándole un ojo.

—Defíneme qué significa «amigos» —prosiguió Carson.

—De vez en cuando Johnny venía a cenar a mi casa o yo iba a la suya. Él cocinaba pasta. Hablábamos de la vida, ¿sabes?, y del destino, y de danza moderna.

—¿Danza moderna? ¿*Harker?* —preguntó Carson atónita.

—Yo era bailarina antes de sentar la cabeza y convertirme en higienista dental.

—Durante mucho tiempo, yo quise ser astronauta —intervino Michael.

—¡Qué valiente! —exclamó Jenna con admiración.

Michael se encogió de hombros y se hizo el humilde.

Carson retomó el asunto de nuevo.

—¿Estuviste consciente en algún momento después de que te aplicara el cloroformo?

—Varias veces, sí.

—¿Te habló en esos momentos? ¿Qué te *dijo*?

—Creo que dijo que tener sexo conmigo sería como tenerlo con un mono.

Carson se quedó desconcertada durante un momento.

—¿*Crees* que dijo eso? —inquirió.

—Me dijo que yo era bonita, un magnífico ejemplar de mi especie, lo que fue muy gentil por su parte, pero que él pertenecía a una nueva raza. Y luego esa cosa tan extraña.

—Me *preguntaba* cuándo esto se pondría extraño —dijo Michael.

—Johnny dijo que a él no se le permitía reproducirse, pero que de todos modos se estaba reproduciendo, como una ameba.

Aunque estas palabras dejaron helada a Carson, le provocaron una sensación absurda, como si fuera una persona seria en medio de una parodia teatral.

—¿Qué crees que quería decir con eso?

—Bueno, se levantó la camiseta, y su vientre era como una escena de *Alien*, con todo eso retorciéndosele dentro, pero estoy casi segura de que era consecuencia de las drogas.

Carson y Michael intercambiaron miradas. Ella hubiera querido continuar sobre ese tema, pero de hacerlo habría alertado a Jenna de que lo que ésta creía haber soñado había sido una experiencia real.

La joven suspiró.

—Era un encanto, pero a veces podía deprimirse tanto, entrar en un estado tan lamentable.

—¿Por qué razón? —preguntó Carson.

Jenna mordisqueó su galleta, pensando.

—Sentía que a su vida le faltaba algo. Yo le exliqué que la felicidad es siempre una opción, que sólo tienes que elegirla. Pero a veces él no podía. Le dije que tenía que encontrar su felicidad. Me pregunto...

Frunció el ceño. Esta expresión le vino y se le fue del rostro dos veces, como si fruncir el ceño fuera algo que hacía tan rara vez que no sabía bien cómo mantener el gesto cuando necesitaba hacerlo.

—¿En qué estás pensando? —inquirió Carson.

—Le dije que tenía que hallar su felicidad; espero de verdad que no consista en trocear a la gente en pedacitos.

# Capítulo 76

Al otro lado de la puerta electrónica, fuera de la Misericordia, Randal Seis se encuentra en un corredor de un metro ochenta de ancho por dos de alto, con paredes de piedra y madera y suelo de cemento. Al corredor no da ninguna habitación desde ninguno de los lados.

A unos cuarenta metros de él le espera otra puerta. Felizmente, no hay alternativas. Ha llegado demasiado lejos como para volverse atrás. Sólo puede continuar hacia delante.

El suelo está formado por baldosas de un metro. Dando grandes zancadas —a veces *saltando*—, Randal puede deletrearse a sí mismo a lo largo de estas desproporcionadas casillas hacia el otro extremo del corredor.

En la segunda puerta encuentra un cerrojo con el mismo sistema que el anterior. Teclea el código que utilizó previamente y la barrera se abre.

El corredor es en realidad un túnel bajo los jardines del hospital. Se conecta con el garaje del edificio vecino.

El Padre es el propietario también de este edificio de cinco plantas, que alberga los departamentos de contabilidad y de personal de Biovision. Puede ir y venir de ese lugar sin despertar sospechas. Utilizando el pasadizo secreto construido entre ambos edificios puede disimular sus visitas a Las Manos de la Misericordia, del cual es propietario a través de una empresa fantasma.

Esta segunda puerta se abre hacia un sitio oscuro. Randal encuentra el interruptor de la luz y descubre una habitación cuadrada de cuatro metros con paredes de cemento. El suelo es del mismo material, pero en un solo bloque, sin líneas que lo crucen. En otras palabras, es una gran casilla vacía.

En el extremo opuesto a la puerta en la que permanece parado hay otra que sin duda da al garaje.

El problema es que no puede cruzar los cuatro metros y llegar al otro lado con un solo paso. Para deletrearse hasta esa salida, tendrá que dar varios pasos dentro de la misma casilla.

Cada paso es una letra. Las reglas de los crucigramas son simples y claras. Una letra por casilla. No se pueden meter varias letras en una misma casilla. Eso sería el caos.

Sólo de pensar en esa posibilidad, Randal Seis tiembla de miedo y asco.

Una casilla, una letra. No hay otro método que pueda traer orden al mundo.

El *umbral* que está frente a él comparte una *a* con la *cámara* que espera delante. Una vez atravesado el umbral, debe terminar de deletrear las cuatro últimas letras de la palabra, *m-a-r-a*.

Puede alcanzar la siguiente puerta en cuatro pasos. Eso no es problema. Pero sólo tiene una casilla vacía.

Randal está de pie en el umbral de esta nueva habitación. Está de pie. Está de pie en el umbral. Está de pie, piensa, le da vueltas, le da vueltas... Comienza a llorar de frustración.

# Capítulo 77

Cuando ya no silbaban las balas, Carson pudo echar una ojeada más atenta al apartamento de Harker. A primera vista se hacían evidentes los signos de una personalidad disfuncional.

Aunque todos los muebles eran de diferente estilo, de colores cuya combinación era chocante y con motivos que no armonizaban entre sí, podía no ser otra cosa que falta de gusto.

Aunque su salón tenía un número considerablemente mayor de objetos que el de Allwine —donde no se había hallado nada más que un sillón de vinilo negro—, los muebles eran tan escasos que el ambiente resultaba inhóspito. El minimalismo, por supuesto, es el estilo preferido de muchas personas con una salud mental perfecta.

La ausencia total de reproducciones de obras de arte —las que fueran— en las paredes, la falta de adornos o de recuerdos, el desinterés por embellecer el espacio de una manera u otra, le recordaron demasiado el modo en que había vivido Allwine. Aunque sólo fuera un póster inspirador o algún tarro de galletas bonito.

En ese momento Dwight Frye salía de la cocina, tan grasiento como siempre pero, como nunca antes, arrepentido.

—Si me vais a maldecir otra vez, no os toméis la molestia. Ya lo he hecho yo.

—Es una de las disculpas más conmovedoras que he oído jamás —replicó Michael.

—Le conocía como a un hermano —se lamentó Frye—, pero realmente no le conocía nada.

—Sentía pasión por la danza moderna —comentó Carson.

Frye parecía perplejo, y Michael le siguió el hilo a su compañera.

—Carson, todavía podrías cogerle el tranquillo a eso.

—¿De verdad que salió por esa ventana?

—De verdad —respondió Carson.

—Pero la caída debería haberle matado.

—Pero no le mató —dijo Michael.

—No tenía paracaídas, ¿verdad?

Carson se encogió de hombros.

—Nosotros también estamos asombrados.

—Uno de vosotros realizó dos disparos con un arma de calibre doce —recalcó Frye, señalando los agujeros de los perdigones en la pared.

—Ésos fueron míos —replicó Carson—. Totalmente justificados. Él nos disparó primero.

Frye estaba intrigado.

—¿Cómo no le derribaste a una distancia tan corta?

—Fallé algo.

—Veo un poco de sangre —comentó Frye—, pero no demasiada. Así y todo, aunque no le hubieras dado de lleno, con una calibre doce tuvo que hacerse daño. ¿Cómo pudo seguir moviéndose?

—¿Se habría tomado un Red Bull? —sugirió Michael.

—Yo he tomado muchas veces Red Bull, pero no creo que me sirva para que si me disparan con una escopeta me lo pueda tomar a broma.

Un técnico forense salió del dormitorio.

—O'Connor, Maddison, tenéis que ver esto. Acabamos de descubrir dónde vivía *realmente*.

# Capítulo 78

El padre Patrick Duchaine, pastor de la congregación de Nuestra Señora de los Dolores, atendió la llamada telefónica en la cocina de la casa parroquial, donde estaba comiendo nerviosamente nueces garrapiñadas y lidiando con un dilema moral.

Después de la medianoche, una llamada a un sacerdote podía significar que un feligrés había muerto o estaba muriendo; que había que dar una extremaunción junto con unas palabras de consuelo a los familiares. En este caso, el padre Duchaine tuvo la certeza de que el que llamaba era Victor, y no se equivocaba.

—¿Has hecho lo que te he pedido, Patrick?

—Sí, señor. Por supuesto. He estado por toda la ciudad desde que tuvimos nuestra pequeña charla. Pero nadie de nuestra gente ha sido visto actuando... de modo extraño.

—¿De verdad? ¿Puedes asegurarme que no hay un renegado entre los de la Nueva Raza? ¿Ningún... apóstata?

—No, señor, se lo puedo asegurar completamente. Si hay uno, no ha exteriorizado ningún signo de crisis psicológica.

—Ah, pero sí que la tiene —dijo Victor con frialdad.

—¿Señor?

—Si enciendes la radio o ves las primeras noticias en la televisión por la mañana, verás cómo te dan la lata con nuestro detective Harker de homicidios.

El padre Duchaine se relamió nerviosamente los labios, impregnados del azúcar de las nueces.

—Ya veo. Era un policía, ¿no? ¿Siente…, siente usted que le he fallado?

—No, Patrick. Él fue inteligente.

—Fui exhaustivo… en mi búsqueda.

—Estoy seguro de que has hecho todo lo que has podido.

*¿Entonces por qué llamaba?* El padre Duchaine quería preguntárselo, pero no se atrevió a hacerlo.

Esperó un momento y, al ver que su hacedor no decía nada, preguntó:

—¿Hay algo más para lo que me necesite?

—Por el momento no —respondió Victor—. Tal vez más adelante.

El padre Duchaine ya se había relamido todo el azúcar de los labios y tenía la boca seca, agria.

Buscando las palabras que pudieran reparar la confianza en él que su hacedor había perdido, se oyó a sí mismo decir:

—Dios sea con usted. —Cuando vio que sólo obtenía un silencio por toda respuesta, agregó—: Era una broma, señor.

—¿Ah, sí? Qué divertida —repuso Victor.

—Como en la iglesia, cuando usted me la hizo a mí.

—Sí, me acuerdo. Buenas noches, Patrick.

—Buenas noches, señor.

El cura colgó. Cogió algunas nueces del plato que estaba sobre la encimera de la cocina, pero su mano temblaba tanto que se le cayeron antes de que pudiera llevárselas a la boca. Se encorvó y las recogió.

Jonathan Harker estaba en la mesa de la cocina, sobre la cual había un vaso de agua y una botella de vino.

—Si *tú* necesitaras un refugio, Patrick, ¿dónde lo hallarías?

En lugar de responder, el padre Duchaine dijo:

—Le he desobedecido. Le he mentido. ¿Cómo es posible?

—Puede que no *sea* posible —dijo Harper—. Al menos, no sin terribles consecuencias.

—No. Creo que tal vez ha sido posible porque... mi programación está siendo reescrita.

—¿Eh? ¿Cómo puede ser reescrita si ya no estás en un tanque ni conectado a un alimentador de datos?

El padre Duchaine miró hacia el techo, hacia el cielo.

—No puedes estar hablando en serio —apostilló Harker, y dio un largo trago al vino de misa.

—La fe cambia a las personas —proclamó el padre Duchaine.

—Antes que nada, tú no eres una persona. No eres humano. Un cura de verdad te consideraría una blasfemia andante.

Eso era verdad. El padre Duchaine no tenía respuesta ante esa acusación.

—Además —prosiguió Harper—, realmente no tienes fe alguna.

—Últimamente me lo estoy... preguntando.

—Yo soy un asesino —le recordó Harper—. He matado a dos de ellos y a uno de los nuestros. ¿Aprobaría Dios que me des refugio más de lo que lo aprobaría Victor?

Harker había expresado con palabras un elemento clave del dilema moral del padre Duchaine. No tenía respuesta. En lugar de contestar, comió más nueces garrapiñadas.

# Capítulo 79

Al fondo del armario del dormitorio, Harker había abierto un hueco en los listones y el yeso. Había transformado los listones para permitir un fácil acceso al espacio que había detrás.

El joven técnico guió a Carson, Michael y Frye a través de la pared.

—Este edificio tuvo en una época comercios en la planta baja, oficinas en las tres plantas superiores, y aquí tenía un ático que funcionaba como almacén.

Al otro lado de la pared había unos escalones que subían. De madera, gastados, crujían al pisarlos.

—Cuando transformaron esto en apartamentos, cerraron el ático. Harker averiguó de alguna manera lo que había aquí y lo convirtió en la habitación para sus chifladuras —explicó el técnico mientras los conducía hacia arriba.

En el alto reducto, dos bombillas desnudas que colgaban de la viga del techo daban una luz amarilla y polvorienta. Tres grandes polillas grises revoloteaban alrededor de las bombillas. Sus sombras crecían, se achicaban y volvían a crecer sobre el ruinoso suelo, las desconchadas paredes y el techo de vigas.

Una silla y una mesa plegable que hacía las veces de escritorio eran los únicos muebles. Había libros apilados sobre la mesa y esparcidos por el suelo.

Una enorme caja de luz de fabricación casera cubría dos tercios de la pared norte y suministraba luz para observar docenas de imágenes de rayos X: varios cráneos sonrientes tomados desde distintos ángulos, torsos, pelvis, espinas dorsales, extremidades...

—Creía que cuando atravesabas la parte trasera de un armario entrabas al reino mágico de Narnia. Debemos de haber tomado un desvío equivocado —comentó Michael mientras recorría con la vista la macabra galería.

En el rincón noroeste había un espejo de tres piezas con un marco dorado. En el suelo, frente al espejo, yacía una alfombrilla de baño blanca.

Tras pisar veloces fantasmas de polillas y convertirse en pantalla sobre la que se proyectaban los vuelos de los insectos, Carson pasó junto al espejo y atravesó la habitación para examinar otra cosa que cubría la pared sur desde un extremo a otro, desde el suelo hasta el techo.

Harker había grapado a la pared un *collage* de imágenes religiosas: Cristo en la cruz, Cristo revelando el Sagrado Corazón, la Virgen María; Buda; Ahura Mazda; del credo hinduista, las diosas Kali, Parvati y Candí y los dioses Vishnú, Doma y Varuna; Quan Yin, la diosa de la compasión y la misericordia; los dioses egipcios Anubis, Horus, Amón Ra...

—¿Qué es todo esto? —preguntó Frye desconcertado.

—Está pidiendo algo a gritos —respondió Carson.

—¿Pidiendo a gritos el qué?

—Sentido. Propósito. Esperanza.

—¿Por qué? —inquirió Frye—. Él *tenía* un empleo, y con unas ventajas que no se tienen así como así.

# Capítulo 80

Randal Seis está de pie, inmóvil, en el umbral de la habitación siguiente, durante tanto tiempo y tan tenso que las piernas comienzan a dolerle.

La Nueva Raza no se cansa con facilidad. Ésta es la primera vez que Randal experimenta calambres musculares. Las tiene tan agarrotadas que finalmente hace uso de su capacidad para bloquear el dolor a voluntad.

No tiene reloj. Hasta ahora nunca lo ha necesitado. Calcula que lleva de pie en ese mismo punto, absorto en el aprieto en el que se encuentra, tal vez tres horas.

Aprieto es una palabra lamentablemente inadecuada. La correcta es una que tiene menos letras y un significado más fuerte: *agonía*.

Aunque se ha librado del martirio físico, no puede desprenderse de la angustia mental. Se desprecia a sí mismo por su ineptitud.

Al menos ha dejado de llorar. Hace rato.

Poco a poco la impaciencia que siente hacia sí mismo se oscurece tornándose en una ira intensa contra Arnie O'Connor. De no ser por Arnie, Randal Seis no estaría en medio de esta agonía.

Si alguna vez logra llegar hasta el chico, *obtendrá* de él el secreto de la felicidad. Y luego le hará pagar caro a Arnie todo su sufrimiento.

Randal también está acosado por la ansiedad. Periódicamente, sus dos corazones comienzan a latir a toda prisa, palpitando con tal terror que chorrea sudor y se le nubla la visión.

Teme que el Padre descubra que ha desaparecido y salga a buscarlo. O tal vez el Padre termine el trabajo que le ocupa y se vaya por la noche, con lo cual se topará con Randal, inmerso en su indecisión autística.

Le llevarán nuevamente al potro giratorio y le atarán a él en cruz. Después le colocarán entre los dientes el protector bucal de goma, asegurado por una mordaza.

Aunque nunca ha visto encolerizado al Padre, ha oído a otros hablar de la ira de su hacedor. No hay manera de ocultarse de él y no hay misericordia posible para el objeto de su furia.

Randal cree oír el ruido de una puerta que se abre en el otro extremo del corredor, detrás de él, y cierra los ojos con pavor.

Pasa el tiempo.

El Padre no aparece.

Randal debe de haberse equivocado con respecto al ruido, o haberlo imaginado.

Sin embargo, mientras está de pie con los ojos todavía cerrados y su corazón procura recuperar el ritmo normal, se le aparece como si lo estuviera viendo un dibujo tranquilizador: casillas blancas vacías dispuestas contra un fondo negro cruzándose con hermosas líneas vírgenes de un crucigrama sin resolver.

Mientras se concentra en esta imagen yerma para que consiga su efecto tranquilizador, se le ocurre una solución para su agonía. Cuando no hay cuadrados de baldosas de vinilo, cemento u otro material frente a él, los puede dibujar con su imaginación.

Entusiasmado, abre los ojos, estudia el suelo de la habitación que se extiende más allá del umbral e intenta pintar sobre éste las cuatro casillas que necesita para terminar de deletrear *cámara* cuando se cruce con *umbral*.

No lo consigue. Aunque con los ojos cerrados ha sido capaz de ver estas casillas en su mente con claridad, el suelo de cemento se sigue resistiendo a la imposición de las geometrías imaginadas.

Las lágrimas casi se apoderan de nuevo de él antes de darse cuenta de que no necesita tener los ojos abiertos para cruzar la habitación. Los ciegos andan con la ayuda de bastones y perros lazarillos. Su imaginación será su bastón blanco.

Con los ojos cerrados, ve cuatro casillas. Da cuatro pasos decididos hacia delante, deletreando mientras camina: *m-a-r-a*.

Cuando ha completado la palabra, abre los ojos y ve que está de pie ante la puerta exterior. La puerta electrónica que ha dejado atrás se ha cerrado. La que se alza ante él tiene un simple cerrojo que queda siempre cerrado por fuera y abierto por este lado.

Abre la puerta.

El triunfo.

Más allá hay un garaje tenuemente iluminado, que a esa hora está desierto, silencioso, en calma, con un olor muy suave a humedad y a cal.

Para salir de esa pequeña habitación, Randal Seis sólo cierra los ojos y se imagina la palabra *umbral* escrita en casillas que van de izquierda a derecha, justo delante de él. Muy oportunamente, la palabra *garaje* se cruza con aquélla en la letra *r.*

Con los ojos cerrados, da con decisión tres pasos, *a-j-e,* hacia el enorme espacio que está más allá. La puerta se cierra a su paso; por este lado ya no puede abrirse.

No hay vuelta atrás.

Las desalentadoras dimensiones del garaje le sobrecogen y por un momento casi le abruman por completo. En su experiencia en la Misericordia ninguna habitación se le ha preparado para esta inmensidad.

Un terremoto interior parece golpear sus huesos entre sí. Se siente como una bola de materia altamente comprimida en el instante previo a la creación del universo, y con este inminente Big Bang, él se expandirá y explotará en todas las direcciones, volando a toda velocidad para llenar un vacío infinito.

Con un razonamiento más poderoso que el que hasta ese momento ha sido capaz de aplicar a su condición, se convence a sí mismo de que el vacío no lo va a hacer pedazos, no lo va a esparcir hacia la eternidad. Poco a poco su pánico va desapareciendo hasta esfumarse por completo.

Cierra los ojos para imaginar bloques, y obstinadamente deletrea su camino hacia delante. Entre palabra y palabra, abre los ojos para evaluar el recorrido que tiene ante sí y determinar el largo de la próxima palabra que necesitará.

De esta manera, finalmente, llega a una rampa de salida y sube hacia la calle. La noche de Luisiana es cálida, húmeda, con el constante zumbido de los mosquitos.

Para cuando ha recorrido la mayor parte de una calle y tuerce a la derecha en un callejón, las primeras pinceladas del alba dibujan una pálida luz gris hacia el este.

El pánico le amenaza una vez más. A la luz del día, con toda la gente despierta yendo de aquí para allá, el mundo será un desmadre de visiones y ruidos. Está seguro de que no podrá soportar tanto impacto sensorial.

La noche es un ambiente más apropiado. La oscuridad es su amiga.

Debe encontrar un lugar en el que esconderse hasta que termine el día.

# Capítulo 81

Exhausta, Carson navegó entre sus sueños sin pesadillas; sólo tuvo un simple sueño continuo en el que estaba a bordo de un bote negro bajo un cielo negro, acuchillando silenciosamente la superficie de un agua negra.

No se había ido a la cama hasta bastante después del amanecer. Se despertó a las 14.30, se duchó y comió unos Hot Pockets mientras estaba en la habitación de Arnie, mirando cómo el chico trabajaba en la construcción del castillo.

Arnie había colocado las monedas que le había dado Deucalión en la base del puente que cruzaba el foso, frente a la puerta, en la barbacana, en las dos entradas que conectaban el ala exterior con el interior y finalmente en la entrada fortificada de la torre del castillo.

Ella supuso que las monedas eran, en la mente de Arnie, talismanes que encarnaban el poder del gigante desfigurado. Su mágica potencia impediría la entrada de cualquier ejército.

Evidentemente, Arnie confiaba en Deucalión.

Carson también.

Teniendo en cuenta los acontecimientos de los dos últimos días, lo afirmado por Deucalión, a saber, que él era el monstruo de Frankenstein, no parecía menos imposible que otras cosas de las que ella había sido testigo. Además, poseía una cualidad que no había visto antes, una entereza que escapaba de toda descripción sencilla. Su calma era de una profundidad oceánica, su mirada tan firme y tan franca que a veces tenía que apartar la vista, no porque el ocasional latido luminoso de sus ojos la perturbara, sino porque él parecía ver demasiado profundamente en su interior, atravesando peligrosamente todas sus defensas.

Si Deucalión era la creación de Victor Frankenstein que aparecía en las narraciones, entonces a lo largo de los dos últimos siglos, mientras el humano doctor se convertía en un monstruo, el monstruo se había convertido en humano, y tal vez había llegado a ser un hombre de inusual perspicacia y cualidades.

Carson necesitaba un día libre. Un mes. Ahora había otros trabajando en el caso, en busca de Harker. No necesitaba exigirse a sí misma trabajar los siete días de la semana.

De todas maneras, puesto que así lo había acordado, a las 15.30 Carson estaba en la acera frente a su casa.

A las 15.33 llegó Michael en el coche de paisano. Ese día, más temprano, Carson había tenido un momento de debilidad, por lo que Michael había conducido desde que salieron del edificio de apartamentos de Harker.

Carson se subió y se sentó en el asiento del copiloto.

—He conducido hasta aquí y en ningún momento he sobrepasado la velocidad máxima permitida —señaló Michael.

—Por eso has llegado tres minutos tarde.

—¿Tres minutos enteros? Bueno, me imagino que acabo de cargarme todas las posibilidades que teníamos de encontrar a Harker.

—La única cosa que no se puede comprar es el tiempo —dijo ella.

—Y esas aves llamadas dodos. No podemos comprar ninguna. Están extinguidas. Ni dinosaurios.

—Llamé a Deucalión al Luxe. Nos espera a las cuatro en punto.

—No veo la hora de que figure en mi diario de entrevistas: «Caso discutido con monstruo de Frankenstein. Dice que Igor era un cerdo, se comía los mocos».

Carson suspiró.

—Tenía cierta esperanza de que la concentración necesaria para conducir implicara menos cháchara.

—Al contrario. Cuando conduzco la mente me funciona con más fluidez. Es guay ser el tío del volante.

—No te acostumbres.

Cuando llegaron al Luxe, después de las cuatro, el cielo se había puesto tan oscuro como una sartén de hierro.

Michael aparcó en un lugar prohibido y colgó del espejo retrovisor una tarjeta que ponía «Policía».

—Vive en un cine, ¿eh? ¿Es un colegui del Fantasma de la Ópera?

—Ya verás —dijo ella, y se bajó del coche.

—¿Le crecen pelos en las palmas de las manos cuando hay luna llena? —preguntó mientras cerraba la puerta y la miraba por encima del techo del coche.

—No. Se las afeita, igual que tú.

# Capítulo 82

Tras una larga noche y un día aún más largo en la Misericordia, Victor tomó lo que sería un almuerzo tardío o una cena temprana, consistente en sopa de marisco con quingombó y conejo estofado en un restaurante cajún del Barrio Francés. Aunque no tan exótica como su cena china de la noche anterior, la comida estaba buena.

Por primera vez en casi treinta horas fue a su casa.

A pesar de haber optimizado sus sistemas fisiológicos hasta el extremo de que necesitaba dormir poco y podía por tanto dedicar más tiempo a sus logros en el laboratorio, a veces se preguntaba si no trabajaba demasiado. Tal vez si se permitiera un poco más de ocio, su mente estaría más despejada en el laboratorio y, en consecuencia, haría un trabajo científico todavía mejor.

Periódicamente, a lo largo de las décadas, se había dedicado a debatir esto consigo mismo. La conclusión era siempre a favor de trabajar más.

Le gustara o no, se había entregado a una gran causa. Era la clase de hombre que podía trabajar desinteresadamente en la consecución de un mundo gobernado por la razón, un mundo libre de codicia y poblado por una raza unida por una meta única.

Cuando llegó a su mansión, en Garden District, prefirió el trabajo al ocio una vez más. Se dirigió directamente a su estudio oculto tras la despensa.

Aturdido, rodeó la mesa central de trabajo, perplejo, hasta que avanzó lo suficiente para hallar la mano en el suelo. Sobre ella estaban directamente los interruptores apagados. Además, aprisionado entre sus dedos había un enchufe que la mano había desconectado de la toma.

Aunque decepcionado por este revés, Victor estaba asombrado de que Karloff hubiera sido capaz de liquidarse a sí mismo.

La criatura había sido programada para ser incapaz de autodestruirse. En ese asunto no había habido la menor flexibilidad en las directivas que la gobernaban.

Y lo que era más importante: la mano no podía funcionar separada de su propio sistema de mantenimiento vital. En el momento en el que se hubiera librado de sus líneas de alimentación y drenaje, habría perdido la corriente de bajo voltaje necesaria para estimular sus nervios y operar su musculatura. En ese instante, debería haber caído en la inmovilidad, flácida, muerta; y debería haber empezado a descomponerse.

A Victor sólo se le ocurrió una explicación: que los poderes telequinésicos de Karloff hubieran sido lo suficientemente fuertes para animar a la mano como si estuviese viva.

Cuando controlaba la mano a distancia, Karloff sólo había mostrado la capacidad de flexionar un pulgar y de imitar un arpegio rasgueando un arpa imaginaria con los otros cuatro dedos. Tareas pequeñas, sencillas.

Hacer que la mano se arrancara de sus conexiones, hacer que cayera al suelo y luego trepara un metro hasta el frontal de esas máquinas de modo que pudiera mover los interruptores del sistema de sostenimiento vital, hacer que arrancara también el enchufe..., todo ello requería un poder telequinésico mucho mayor y un control más preciso que el que Karloff había exhibido hasta el momento.

Un avance enorme, increíble.

Aunque Karloff hubiera desaparecido, se podían utilizar las técnicas de ingeniería para hacer un nuevo Karloff. El revés era temporal.

Entusiasmado, Victor se sentó en su escritorio y accedió al archivo del experimento en su ordenador. Hizo clic en el icono de la cámara y ejecutó el comando de reproducción del registro de vídeo de las últimas veinticuatro horas.

Con el retroceso rápido, empezando por el momento presente, se sorprendió cuando de pronto apareció Erika.

# Capítulo 83

Al igual que cuando había ido al Luxe la noche anterior, Carson encontró una de las puertas de la fachada sin el cerrojo echado. Esta vez no había nadie en el vestíbulo.

Un par de puertas dobles que conectaban el vestíbulo con la sala de proyecciones estaban abiertas de par en par.

—Me pregunto si cuando compras palomitas de maíz puedes pedir que te las den *sin* las cucarachas —dijo Michael cuando pasaron junto al mostrador del bar.

La sala resultó ser grande, con palcos y platea alta. La vetustez, la mugre y el yeso descascarillado atenuaban el *glamour art déco*, pero no lo eliminaban del todo.

Un hombre gordo con pantalones blancos, camisa blanca y sombrero de panamá blanco estaba de pie frente al harapiento telón de terciopelo rojo que cubría la enorme pantalla. Parecía Sidney Greenstreet recién salido de *Casablanca*. Miraba hacia el techo, petrificado por algo que estaba observando; en un primer momento Carson no pudo ver de qué se trataba.

Deucalión se encontraba en la mitad del pasillo central, de cara a la pantalla. Con la cabeza inclinada hacia atrás, barría lentamente con la mirada la recargada arquitectura ornamental que ostentaba el techo.

La extrañeza de la situación se hizo añicos junto con el silencio en el momento en que un súbito aleteo reveló la presencia de un pájaro atrapado revoloteando por la bóveda, yendo de una cornisa a la otra.

Michael y Carson se acercaron a Deucalión, y ésta oyó que decía:

—Ven a mí, pequeña. No temas.

El pájaro volvió a volar, revoloteó salvajemente... y se posó sobre el brazo extendido de Deucalión. Al verlo cerca e inmóvil, vieron que se trataba de una paloma.

Con una risa de placer, el hombre gordo se acercó desde la pantalla.

—¡Que me cuelguen si miento! Si alguna vez entra aquí un león, tú eres el tío indicado para ocuparte de él.

Deucalión acarició suavemente a la paloma, y se dio la vuelta cuando Carson y Michael se acercaban a él.

—Creía que sólo San Francisco y el doctor Doolittle hablaban con los animales —comentó la detective.

—Es sólo un pequeño truco.

—Usted parece estar lleno de trucos, pequeños y grandes —afirmó ella.

El hombre gordo resultó tener una voz dulce.

—La pobre diabla lleva encerrada aquí un par de días, viviendo de palomitas de maíz rancias. No podía conseguir que fuera hacia las puertas de salida cuando las abría.

Deucalión sostenía la paloma en la concavidad de su inmensa mano y ésta parecía no tener miedo, sino estar casi en trance.

Con sus dos manos rechonchas, el hombre de blanco recibió la paloma de las manos de Deucalión y se fue, dirigiéndose hacia la fachada del cine.

—Voy a ponerla en libertad.

—Éste es mi compañero, el detective Maddison —le dijo Carson a Deucalión—. Michael Maddison.

Se saludaron con sendas sacudidas de cabeza y Michael, fingiendo no estar impresionado por el tamaño y el aspecto de Deucalión, avisó:

—Voy a ser franco con usted. Seré el primero que admita que estamos en medio de un bosque encantado, pero todavía no me trago el cuento de Transilvania.

—Eso es en las películas. En la vida real fue en Austria —respondió Deucalión.

—Necesitamos su ayuda —le dijo Carson—. Todo indica que hubo dos asesinos.

—Sí. Lo están diciendo en las noticias.

—Sí. Bueno, sólo uno de ellos parece haber sido... de la especie sobre la que usted me advirtió.

—Y es un detective —añadió Deucalión.

—Correcto. Todavía anda suelto. Pero hemos encontrado su... sala de juegos. Si él es realmente una de las criaturas de Victor, usted estará en mejores condiciones que nosotros de entender lo que hay en ese lugar.

Michael sacudió la cabeza.

—Carson, él no es psicólogo. No es alguien que se dedique a hacer perfiles.

Con un tono de «así son las cosas», que llamaba la atención precisamente por su falta de dramatismo, Deucalión dijo:

—Yo sé cómo son los asesinos. Yo lo soy.

Estas palabras y un simultáneo latido luminoso en los ojos del gigante dejaron a Michael sin palabras durante un momento.

—En mis primeros días —explicó Deucalión—, yo era una bestia distinta. Incivilizada. Llena de cólera. Asesiné a algunos hombres… y a una mujer. La mujer era la esposa de mi hacedor. El día de su boda.

Percibiendo evidentemente en Deucalión la misma convincente circunspección que tanto había impresionado a Carson, Michael buscó las palabras apropiadas, y encontró éstas:

—Esa historia también la conozco.

—Pero *yo* la viví —replicó Deucalión. Se volvió hacia Carson—. No tengo la costumbre de salir a la luz del día.

—Nosotros le llevaremos. Es un coche sin insignias. Discreto.

—Conozco el lugar. Lo vi en las noticias. Preferiría encontrarme con ustedes allí.

—¿Cuándo? —preguntó ella.

—Vayan ahora —respondió él—. Estaré allí cuando ustedes lleguen.

—Lo dudo, teniendo en cuenta la velocidad a la que ella conduce —dijo Michael.

—Allí estaré.

Fueron hacia la parte delantera del edificio, donde el hombre gordo empujó con el hombro una puerta de emergencia, y se sumergieron en la tarde, que languidecía. El gordo soltó la paloma y ésta voló hacia la libertad en la sombría luz que precede a la tormenta.

# Capítulo 84

Victor encontró a Erika en la biblioteca. Estaba arrellanada en un sillón, sentada sobre sus piernas, leyendo una novela.

Mirando hacia atrás, él le debería haber prohibido que malgastara tanto tiempo con la poesía y la ficción. Emily Dickinson, desde luego.

Los autores de semejantes obras creían que se dirigían no sólo a la mente sino al corazón, incluso al alma. Por naturaleza, la ficción y la poesía fomentaban una respuesta emocional.

Él habría debido insistir en que Erika dedicara la mayor parte de sus ratos de lectura a la ciencia. A las matemáticas. A la teoría económica. A la psicología. A la historia.

También algunos libros de historia podían resultar peligrosos. Sin embargo, en general, lo que no fuese ficción la educaría con pocos riesgos de inculcarle un sentimentalismo corruptor.

Demasiado tarde.

Infectada por la piedad, ya no le era útil. Ella creía que tenía conciencia y capacidad de humanitarismo.

Complacida consigo misma por el descubrimiento de estos tiernos sentimientos, había traicionado a su amo. Y le traicionaría de nuevo.

Peor, ebria de compasión libresca, podría, en su empalago sentimental, osar sentir piedad por *él*, por alguna u otra razón. Él no toleraría su estúpida caridad.

Los hombres sabios habían advertido muchas veces que los libros corrompían. Aquí estaba la prueba irrefutable.

Cuando Victor se acercó, Erika levantó la mirada de la novela, la maldita y venenosa novela, y sonrió.

La pegó tan fuerte que le rompió la nariz. Fluyó la sangre, y él se estremeció al verla.

Ella soportó tres golpes. Habría soportado tantos como él hubiera querido.

Victor no se quedó lo suficientemente satisfecho con los golpes. Le arrancó el libro de las manos, la cogió por sus gruesos cabellos del color del bronce, la arrastró desde el sillón y la arrojó al suelo.

Puesto que se le había denegado la capacidad de disipar el dolor, ella sufría. Él sabía con precisión cómo maximizar ese sufrimiento. Le dio patadas una y otra vez.

Aunque había optimizado su propio cuerpo, Victor no llegaba a igualar físicamente a los de la Nueva Raza. Al rato se quedó exhausto y permaneció de pie, empapado de sudor, jadeante.

Todas las heridas que le acababa de provocar a Erika, por supuesto, curarían sin dejar cicatrices. Sus laceraciones ya se estaban reparando, sus huesos rotos ya se estaban soldando.

Si él deseara dejarla con vida, ella se pondría como nueva en uno o dos días. Le sonreiría nuevamente. Le atendería como antes.

Ése no era su deseo.

—Levántate. Siéntate aquí —dijo mientras cogía una silla recta de una mesa de lectura.

Ella estaba hecha polvo, pero se las arregló para ponerse de rodillas y luego subir hasta la silla. Se sentó y por un momento mantuvo inclinada la cabeza. Luego la alzó y enderezó la espalda.

La gente de Victor era sorprendente. Fuerte. Con una gran capacidad de recuperación. Orgullosa a su manera.

Tras dejarla en la silla, se dirigió hacia la biblioteca y de una licorera se sirvió coñac en una copa.

Quería estar más tranquilo cuando la matara. En su actual estado de agitación, no sería capaz de disfrutar del momento.

Apoyado en una ventana, dándole la espalda a su esposa, dio unos sorbos al coñac y miró el cielo herido, cuyos moratones se oscurecían cada vez más. La lluvia llegaría al caer la noche, o incluso antes.

Decían que Dios había creado el mundo en seis días y que había descansado el séptimo. Mentían.

Primero, no había ningún Dios. Sólo la brutal naturaleza.

Segundo, Victor sabía por experiencia que la creación de un mundo nuevo era un esfuerzo frustrante, a menudo tedioso, y que consumía tiempo.

Finalmente, tranquilo y dispuesto, regresó hacia Erika, que permanecía sentada en la silla tal como él la había dejado.

—Ésta puede ser una ciudad perfecta. Algún día…, un mundo perfecto. La vulgar humanidad defectuosa… se resiste a la perfección. Algún día ésta será… reemplazada. Todos ellos —dijo mientras se quitaba su chaqueta deportiva y la colgaba del respaldo de una silla.

Erika seguía sentada en silencio, con la cabeza erguida, pero sin mirarle, observando los libros en los estantes.

Victor se quitó la corbata.

—Un mundo limpio completamente de la torpe humanidad, Erika. Desearía que pudieras estar aquí con nosotros para verlo.

Cuando creó una esposa para sí mismo, modificó —en unos pocos detalles— la fisiología estándar que le otorgaba a los otros miembros de la Nueva Raza. Por una razón: estrangular a uno de ellos habría sido sumamente dificultoso. Aunque el sujeto hubiera sido obediente y dócil, la tarea podía llevarle un largo rato; incluso podría resultar *demasiado* dificultosa.

Todas las Erikas, en cambio, tenían el cuello estructurado —la tráquea, la arteria carótida— de tal modo que fueran tan vulnerables al ahorcamiento como cualquier miembro de la Vieja Raza. Podía haberlas liquidado de otras maneras, pero deseaba que el momento fuera íntimo; el estrangulamiento satisfacía ese deseo.

De pie detrás de la silla, se inclinó para besarle el cuello.

—Esto es muy difícil para mí, Erika.

Ella no respondió, y él se enderezó y se cogió la corbata con ambas manos. Seda. Bastante elegante. Y fuerte.

—Soy un creador y un destructor, pero prefiero crear.

Le rodeó el cuello con la corbata.

—Mi mayor debilidad es mi compasión —dijo—, y debo purgarme de ella si soy el que hará un mundo mejor basado en la racionalidad y la razón.

Saboreando el momento, Victor se sorprendió cuando oyó que ella le decía:

—Te perdono.

Su audacia inaudita le dejó tan anonadado que se le atragantó la respiración.

Cuando habló, las palabras salieron a toda prisa.

—*¿Perdonarme?* Yo no soy de una condición tal que necesite el perdón, y tú no estás en posición de tener el poder para concederlo. ¿Acaso el hombre que se come el filete necesita el perdón del buey del cual lo ha cortado? Estúpida perra. Y *menos* que una perra, porque ningún cachorro podría salir jamás de tus entrañas aunque vivieras mil años.

—Pero nunca te perdonaré que me hayas creado —respondió ella tranquila, con voz calmada, casi con ternura.

Su audacia había crecido hasta tal punto de desfachatez, de descaro, que le quitó todo el placer que esperaba obtener de su estrangulamiento.

Para Victor, la creación y la destrucción eran expresiones igualmente satisfactorias del *poder*. Sólo el poder le motivaba: el poder de desafiar a la naturaleza y de someterla a su voluntad, el poder de controlar a otros, el poder de dar forma al destino tanto de la Vieja como de la Nueva Raza, el poder de vencer sus propios impulsos más débiles.

Entonces la estranguló, cortó el suministro de sangre al cerebro, apretó la corbata, la estranguló, la estranguló, pero con tal furia, con una cólera tan ciega, que cuando terminó ya no era un hombre con poder sino simplemente una bestia que gruñía, completamente esclava de la naturaleza, fuera de control, desprovista de razón y racionalidad.

En su muerte, Erika no sólo había renegado de él, sino que le había vencido, humillado, como nunca lo había sido en más de dos siglos.

Sin poder hablar de la furia, arrancó libros de los estantes y los arrojó al suelo, cantidades de libros, cientos; arrancó las páginas y las pisoteó. Arrancó más y las siguió pisoteando. Arrancó más...

Más tarde, se dirigió a la *suite* principal. Se duchó. Inquieto y lleno de energía, no tenía el menor interés en relajarse. Se vistió para salir, aunque sin saber adónde y con qué propósito.

De una licorera echó coñac en una copa.

Habló por el interfono con William, el mayordomo, que estaba de guardia en la habitación del personal.

—Hay algo muerto en la biblioteca, William.

—Sí, señor.

—Ponte en contacto con mi gente del departamento de servicios sanitarios. Quiero que esta carne inservible sea enterrada en lo profundo del vertedero, y ahora mismo.

Se acercó a la ventana y examinó el cielo cada vez más bajo, se había puesto tan oscuro en medio de los truenos que un temprano anochecer cayó sobre la ciudad.

# Capítulo 85

En el edificio de apartamentos de Harker, Carson y Michael cogieron el ascensor para subir al cuarto piso, evitando así el hedor a moho de las escaleras.

El personal de homicidios, los forenses y los vecinos curiosos hacía rato que se habían esfumado. El edificio parecía casi desierto.

Cuando llegaron al cuarto piso, se encontraron con Deucalión, que esperaba en el pasillo, fuera del apartamento.

—No vi el Batimóvil aparcado delante —le susurró Michael a Carson.

—No lo admitirás —dijo ella—, pero te has convencido.

—Casi —respondió para sorpresa de Carson.

Deucalión, que había oído, evidentemente, las palabras de Michael, comentó:

—Utilicé el Baticóptero. Está en la azotea.

—Oiga, mi comentario socarrón no quería decir nada. Así soy yo. Si puedo hacer una broma, voy y la suelto —dijo Michael a modo de disculpa.

—Eso es porque en su vida usted ve muchas cosas que le perturban, crueldad, odio —dijo Deucalión—. Se construye una coraza hecha de humor.

Por segunda vez en una hora, Michael se quedó sin palabras.

Carson nunca había imaginado que llegaría el día en que esto ocurriría. Tal vez era uno de los siete signos del Apocalipsis.

Rasgó la cinta policial que sellaba la puerta con su pistola Lockaid y los guió al interior.

—Minimalismo minimalizado —dijo Deucalión mientras ella entraba en el salón escasamente amueblado—. No hay libros.

—Tiene algunos en el ático —puntualizó Carson.

—No hay recuerdos —prosiguió Deucalión—, ni objetos decorativos, ni fotografías, ni reproducciones de obras de arte. No ha hallado una manera de vivir su vida. Esto es la celda de un monje…, pero de uno que carece de fe.

—Carson, es un as absoluto en el tema —dijo Michael tratando de volver a coger las riendas.

Deucalión miró hacia la cocina pero no se movió en esa dirección.

—A veces se sienta a la mesa aquí, a beber. Pero el whisky no le proporciona la evasión que necesita. Sólo un olvido pasajero.

Antes, en el registro de rutina, se había encontrado una caja de bourbon en la cocina.

Deucalión miró hacia el dormitorio.

—Es probable que allí encuentren ustedes pornografía. Sólo un único objeto. Un vídeo —señaló.

—Exactamente —confirmó Carson—. Hemos encontrado uno.

Cuando lo habían encontrado durante el registro, Michael se había referido al vídeo porno adjudicándole varios títulos: *Travestisilvania, La cosa con dos cosas*, pero ahora no dijo nada; la perspicacia de Deucalión le impresionaba hasta dejarlo en silencio.

—No hallaba la menor excitación en las imágenes de copulación —informó Deucalión—. Sólo un sentimiento todavía más profundo de ser un marginado. Únicamente mayor alienación.

# Capítulo 86

Temeroso del mundo brillante del día, con todo su deslumbrante ajetreo, Randal Seis se ha refugiado muy temprano en un contenedor de residuos en un callejón.

Afortunadamente, el enorme contenedor está medio lleno de algo tan inofensivo como es la basura de oficina: sobre todo papel y cartón. No hay residuos de restaurantes ni de tiendas de alimentos: ninguna cosa fétida ni babosos productos orgánicos.

A lo largo del día, hasta que lleguen las nubes de tormenta, el sol cae de lleno sobre Randal. Éste es el primer sol de su vida, brillante y caliente, aterrador al principio, pero luego no tanto.

Está sentado con la espalda contra una esquina, acolchada por desperdicios de papel; su mundo está reducido a dimensiones manejables, y hace un crucigrama tras otro en el libro que ha traído consigo de su habitación de Las Manos de la Misericordia.

Hay bastante tráfico en el callejón. Y gente a pie. Al principio hace una pausa en su crucigrama ante cada posibilidad de un encuentro, pero al final se da cuenta de que no parece que nada vaya a molestarle.

No sabe bien cómo se las arreglará si un camión de basura viene a vaciar el contenedor. Esta posibilidad no se le ha ocurrido hasta después de haberse refugiado allí. Su esperanza es que la recogida de residuos no se haga a diario.

Tras saltarse el desayuno y luego el almuerzo, le va entrando hambre a medida que pasa el día. Teniendo en cuenta todo lo que ha logrado hasta ese momento, puede soportar un poco de hambre.

En la Misericordia, las comidas que Randal ha dejado intactas van a alertar al personal sobre su ausencia, aunque tal vez no de inmediato. A veces, en los estados de ausencia autística especialmente profundos deja una bandeja de comida sin tocar durante horas. Ya saben que suele tomar tanto el desayuno como el almuerzo una hora antes de la cena, y luego no coge la bandeja de la cena hasta cerca de la medianoche.

Antes de partir de la Misericordia, ha cerrado la puerta de su cuarto de baño. Pueden creer que está allí.

De tanto en tanto, la gente arroja en el contenedor bolsas de residuos y objetos sueltos. La parte superior es más alta que la altura a la que están sus cabezas, así que no es fácil que puedan mirar dentro y verlo.

A veces los residuos le golpean, pero eso no llega en ningún momento a ser un problema. Cuando la gente se aleja, Randal aparta a un lado las cosas que acaban de tirar y vuelve a acomodar su acogedor nido.

A media tarde, un hombre se acerca por el callejón cantando *King of the Road*. Pierde el hilo de la canción cada dos por tres.

A juzgar por el ruido, el hombre está empujando algún tipo de carrito. Las ruedas traquetean sobre el pavimento.

Entre las estrofas de la canción, el que está empujando el carro farfulla secuencias incoherentes de palabras de cuatro letras y luego retoma el canto.

Cuando el hombre se detiene en el contenedor, Randal Seis deja a un lado el libro de crucigramas y el lápiz. El instinto le dice que puede haber problemas.

Dos manos mugrientas aparecen sobre el borde del contenedor. El cantor se aferra a una de las agarraderas, gruñe y maldice mientras trepa por un lado del contenedor.

Balanceándose en el borde del contenedor, mitad dentro, mitad fuera, el hombre descubre a Randal. Abre los ojos completamente.

El tipo, con barba, tiene unos treinta y pico años; necesitaría un baño.

—Éste es *mi* territorio, gilipollas —masculla mostrando unos dientes torcidos y amarillos cuando abre la boca.

Randal se levanta, agarra al hombre por las mangas de la camisa, le empuja dentro del contenedor y le rompe el cuello. Hace rodar el cuerpo muerto al otro extremo y lo cubre con bolsas de basura.

De nuevo en su rincón, recoge el libro de crucigramas. Pasa la página y termina de deletrear *demencia*.

El carrito del muerto se encuentra cerca del contenedor. Con el tiempo, alguien puede darse cuenta y preguntarse qué ha sido de su dueño.

Randal se las verá con el problema cuando éste se presente, si es que se presenta. Mientras tanto, crucigramas.

El tiempo pasa. Las nubes oscurecen el cielo. Aunque aún hace calor, el día comienza a refrescar.

En su cabeza están las imágenes mentales del plano de la ciudad, de su camino a la felicidad, la casa de los O'Connor, el final del viaje, la estrella que guiará sus pasos.

# Capítulo 87

A causa de su metabolismo, ajustado con precisión, los miembros de la Nueva Raza no se emborrachaban con facilidad. Su capacidad para la bebida era enorme, y cuando se embriagaban, volvían a ponerse sobrios más rápido que los de la Vieja Raza.

A lo largo del día, el padre Duchaine y Harker abrieron una botella tras otra de vino de misa. Al sacerdote le preocupaba este consumo de los productos del inventario de la iglesia, tanto porque se trataba de una apropiación indebida de fondos como porque el vino, una vez bendecido, se había convertido en la sagrada sangre de Cristo.

Puesto que era una criatura sin alma hecha por el hombre, pero a la que se le encomendaban deberes religiosos, con el paso de los meses y los años, el padre Duchaine se debatía cada vez con más sufrimiento entre lo que era y lo que deseaba ser.

A pesar de la cuestión moral de utilizar ese vino en particular para fines que no eran los del culto, el contenido alcohólico del brebaje era menor del que habrían deseado. Hacia el final de la tarde, comenzaron a añadirle vodka de las provisiones del padre Duchaine.

Sentados en sendos sillones en el despacho de la casa parroquial, el cura y el detective intentaron por décima —o tal vez vigésima— vez quitarse el uno al otro las espinas más dolorosas que se clavaban en sus psiques.

—El Padre me encontrará pronto —predijo Harker—. Me detendrá.

—Y a mí —asintió el cura con aire taciturno.

—Pero no me siento culpable por lo que he hecho.

—No matarás.

—Incluso si existe un Dios, sus mandamientos no se pueden aplicar a nosotros —dijo Harker—. No somos sus hijos.

—Nuestro hacedor también nos ha prohibido asesinar…, salvo que él nos lo ordene.

—Pero nuestro hacedor no es Dios. Es más bien algo así como… el dueño de la plantación. El asesinato no es un pecado…, sólo desobediencia.

—Sigue siendo un crimen —afirmó el padre Duchaine, atribulado por las autojustificaciones de Harker, aunque había algo de verdad en la analogía con el dueño de una plantación.

Harker estaba sentado en el borde del sillón, inclinado hacia delante y con un vaso de vino con vodka firmemente sujeto entre ambas manos.

—¿Tú crees en el mal?

—La gente hace cosas terribles —respondió el cura—. Quiero decir, la gente de verdad, la Vieja Raza. Para ser hijos de Dios, hacen cosas terribles, terribles.

—¿Pero el mal… —le presionó Harker—…, el puro mal, ejecutado con determinación? ¿Es el mal una presencia real en el mundo?

El cura dio un trago.

—La Iglesia permite los exorcismos. Pero nunca he realizado uno.

—¿Es *él* el mal? —inquirió Harker con una solemnidad que era producto tanto de un profundo pavor como del exceso de bebida.

—¿Victor? —El padre Duchaine sintió que estaba adentrándose en un terreno peligroso—. Es un hombre duro, no es fácil de querer. Sus bromas no son graciosas.

Harker se levantó del sillón, se dirigió a una ventana y examinó el amenazador cielo bajo, que estampaba sobre el día un temprano crepúsculo.

—Si él es el mal… entonces, ¿qué somos nosotros? He estado tan… confundido últimamente. Pero no siento que yo encarne el mal. No como Hitler o Lex Luthor. Sólo me siento… incompleto —dijo después de un rato.

El padre Duchaine se deslizó hacia el borde del sillón.

—¿Crees… que viviendo del modo correcto podríamos desarrollar con el tiempo las almas que Victor no pudo darnos?

Tras regresar de la ventana y añadir más vodka a su vaso, Harker dijo con aire serio:

—¿Hacer crecer un alma? ¿Como… cálculos biliares? Nunca he pensado en ello.

—¿Has visto *Pinocho*?

—Nunca he tenido paciencia para ver las películas de la Vieja Raza.

—Esa marioneta está hecha de madera —explicó el padre Duchaine—, pero quiere ser un niño de verdad.

Harker sacudió la cabeza y se bebió la mitad del vaso.

—Igual que Winnie the Pooh, que quiere ser un oso de verdad —replicó.

—No. Pooh crea una falsa ilusión. Él ya cree ser un oso de verdad. Come miel. Le teme a las abejas.

—¿Pinocho se convierte en un niño de verdad?

—Después de una ardua lucha, sí —respondió el padre Duchaine.

—Eso es inspirador —decidió Harker.

—Lo es. Realmente lo es.

Harker se mordió el labio inferior, pensativo.

—¿Puedes guardar un secreto?

—Por supuesto. Soy sacerdote.

—Éste es un poco terrorífico.

—Todo es un poco terrorífico en la vida.

—¡Eso es tan cierto!

—De hecho, ése fue el tema de mi homilía el domingo pasado.

Harker dejó su vaso y se puso de pie delante de Duchaine.

—Pero estoy más nervioso que asustado. La cosa empezó hace un par de días y va muy deprisa.

Expectante, Patrick se levantó del sillón.

—Al igual que Pinocho —dijo Harker—, estoy cambiando.

—¿Cambiando? ¿Cómo?

—Victor nos ha negado la capacidad de reproducirnos. Pero... algo va a nacer de mí.

Con una expresión que parecía tanto de orgullo como de temor, Harker se levantó la holgada camiseta.

Una cara subcutánea estaba formándose bajo la piel y las capas de grasa del abdomen de Harker. Era como una máscara muerta, pero se movía: los ojos ciegos giraban, la boca se abría como si estuviera dando un grito silencioso.

Retrocediendo por la impresión, el padre Duchaine se santiguó antes de darse cuenta de lo que hacía.

Sonó el timbre.

—¿Nacer? —exclamó el cura agitadamente—. ¿Qué te hace creer que es un nacimiento en lugar de un caos biológico?

Un súbito sudor cubrió la cara de Harker.

—No tengo miedo. ¿Por qué habría de tenerlo? —Pero estaba claro que lo tenía—. He asesinado. Ahora puedo crear, lo cual me hace más humano.

El timbre sonó de nuevo.

—Algo que falla en la estructura celular, una metástasis —dijo el padre Duchaine—. Un terrible defecto de diseño.

—Tienes envidia. Eso es lo que te ocurre: estás envidioso por tu castidad.

—Debes ir a verle. Para que te ayude. Él sabrá qué hacer.

—Ah, él sabrá qué hacer, muy bien —respondió Harker—. Tengo un lugar reservado en el vertedero.

El timbre sonó por tercera vez, más insistentemente que antes.

—Espera aquí —dijo el padre Duchaine—. Enseguida vuelvo. Ya pensaremos qué se puede hacer…, algo haremos. Espera.

Cerró la puerta al salir del despacho. Cruzó el salón y se dirigió al vestíbulo.

Cuando el cura abrió la puerta, se encontró con que en el porche esperaba Victor.

—Buenas noches, Patrick.

—Señor. Sí. Buenas noches —contestó el padre Duchaine luchando por ocultar su ansiedad.

—¿Sólo buenas noches?

—Lo siento. ¿Qué? —Cuando Victor frunció el ceño, Duchaine comprendió—. Ah, sí. Por supuesto. Entre, señor. Entre, por favor.

# Capítulo 88

Las sombras de las polillas trazaban un tatuaje en perpetuo cambio sobre los rostros de Cristo, Buda, Amón Ra.

En el ático que estaba encima del apartamento de Jonathan Harker, Carson, Michael y Deucalión observaban juntos el *collage* de dioses que iba de una pared a otra, al que Harker debía de haber dedicado montones de horas.

—Parece expresar tantas ansias —dijo Carson—. Se puede sentir la angustia.

—No se conmueva tanto con esto —aconsejó Deucalión—. Él habría abrazado cualquier filosofía que llenara el vacío que sentía por dentro.

Despegó una imagen de Cristo en el huerto de Getsemaní y luego una de Buda, revelando distintas formas y rostros que estaban debajo, cuya naturaleza parecía al principio misteriosa.

—Dios fue sólo su obsesión más reciente —explicó Deucalión.

Al despegar otras instanténeas, Carson vio un *collage* subyacente de imágenes y símbolos nazis: esvásticas, Hitler, soldados marchando.

—Bajo todos estos rostros de dioses tradicionales hay otro dios que le falló —aclaró Deucalión—. Un dios del cambio social violento y de la pureza racial. ¡Hay tantos de ésos!

Tal vez finalmente convencido de la naturaleza de Deucalión, Michael preguntó:

—¿Cómo sabía que había una segunda capa?

—No sólo una segunda —replicó Deucalión—. También una tercera.

Cuando Hitler y los de su calaña fueron arrancados de la pared, salió a la luz un *collage* todavía más inquietante: imágenes de Satán, demonios, símbolos satánicos.

—La desesperanza sin igual de una criatura que no tiene alma finalmente lleva a la desesperación, y ésta fomenta la obsesión. En el caso de Harker, esto es sólo la superficie —afirmó Deucalión.

—¿Quiere usted decir... que hay más capas debajo de ésta? —inquirió Carson mientras despegaba un rostro demoniaco con cuernos y colmillos.

—La pared parece esponjosa, acolchada —dijo Michael.

Deucalión asintió con la cabeza.

—Ha sido empapelada veinte veces o más. Podrían hallar dioses y diosas nuevamente. Cuando una nueva esperanza falla, las viejas regresan en el ciclo sin fin de la desesperación.

En lugar de dioses, Carson encontró a Sigmund Freud en la cuarta capa. Y luego otras imágenes de hombres igualmente solemnes.

—Freud, Jung, Skinner, Watson —enumeró Deucalión, identificando cada rostro recién desvelado—. Rorschach. Psiquiatras, psicólogos. Los dioses más inútiles de todos.

# Capítulo 89

El padre Duchaine retrocedió en el umbral cuando Victor franqueó la puerta principal y se dirigió hacia el vestíbulo de la casa parroquial.

El amo de la Nueva Raza miró a su alrededor con interés.

—Acogedor. Bastante bonito. Un voto de pobreza no impide que se pueda tener cierta comodidad. —Tocó con un dedo el alzacuellos del padre Duchaine—. ¿Te tomas los votos muy en serio, Patrick?

—Claro que no, señor. ¿Cómo podría hacerlo? De hecho nunca he ido al seminario. Nunca he hecho votos. Usted me trajo a la vida con un pasado fabricado.

—Eso vale la pena tenerlo presente —dijo Victor en lo que podría ser un tono de advertencia.

Dando por sentado que tenía todo el derecho a hacerlo, Victor avanzó a lo largo de la sala, adentrándose en la casa, sin esperar que se le invitara.

El cura siguió a su amo cuando entró en el salón.

—¿A qué debo el honor de esta visita, señor?

—Las autoridades todavía no han encontrado al detective Harker. Estamos todos en peligro hasta que vuelva a apoderarme de él —respondió Victor inspeccionando la habitación.

—¿Desea usted que movilice a nuestra gente para buscarle?

—¿Realmente crees que eso serviría de algo, Patrick? No estoy tan seguro.

Mientras Victor se desplazaba a través del salón hacia la puerta del despacho, el padre Duchaine preguntó:

—¿Puedo traerle café, señor? ¿Brandy?

—¿Es eso lo que huelo en tu aliento, Patrick? ¿Brandy?

—No. No, señor. Es…, es vodka.

—En este momento sólo hay una cosa que me apetece, Patrick. Dar una vuelta por tu encantadora casa.

Victor fue hacia la puerta del despacho y la abrió.

Conteniendo la respiración, el padre Duchaine siguió a su amo y vio que Harker se había ido.

Mientras daba vueltas por la habitación, Victor dijo:

—Te he programado con una refinada educación en teología. Mejor que toda la que hubieras podido obtener en cualquier universidad o seminario.

Hizo una pausa para escrutar la botella de vino y la de vodka que estaban una al lado de la otra sobre la mesa del café. Sólo había un vaso.

Alarmado, el padre Duchaine se dio cuenta de que había un cerco húmedo sobre la mesa en el lugar donde había estado el vaso de Harker.

—Tu refinada educación, Patrick, tal vez te permita contestarme: ¿hay *alguna* religión que enseñe que Dios pueda ser engañado? —prosiguió Victor.

416

—¿Engañado? No. Por supuesto que no.

Podía haber sido el vaso del padre Duchaine el que hubiera dejado la segunda marca. Podía pensarse que él lo había levantado y lo había puesto donde estaba ahora, eso explicaría el segundo redondel húmedo. Tuvo la esperanza de que Victor considerara esa posibilidad.

Victor seguía dando vueltas por la habitación.

—Siento curiosidad. Tienes algunos años de experiencia entre tus feligreses. ¿Crees que le mienten a su Dios?

Dándose cuenta de que estaba en la cuerda floja, el cura contestó:

—No. No, tienen toda la intención de cumplir las promesas que le hacen. Pero son débiles.

—Porque son humanos. Los seres humanos son débiles, los de la Vieja Raza. Lo cual constituye una razón de que mi gente finalmente acabará por destruirlos, por reemplazarlos.

Aunque Harker había desaparecido subrepticiamente del estudio, tenía que haberse escondido en alguna parte.

De nuevo en el salón, al ver que Victor no regresaba al vestíbulo sino que, por el contrario, se dirigía al comedor contiguo, el padre Duchaine le siguió, nervioso.

El comedor estaba desierto.

Victor empujó la puerta de vaivén que daba a la cocina y el padre Duchaine le acompañó como un perro temeroso de que su amo encontrara una razón para castigarle.

Harker se había ido. En la cocina, la puerta que daba al porche de atrás estaba abierta de par en par. El aire del crepúsculo oscurecido por la tormenta olía ligeramente a lluvia inminente.

—No deberías dejar las puertas abiertas —le advirtió Victor—. Hay demasiadas criaturas de Dios con inclinaciones criminales. Podrían entrar a robar incluso en la casa de un sacerdote.

—Justo antes de que usted tocara el timbre —explicó el padre Duchaine, sorprendido de oírse a sí mismo mintiendo tan descaradamente—, había salido a respirar un poco de aire fresco.

—El aire fresco no tiene ninguna virtud especial para vosotros, los que yo he creado. Estás diseñado para sentirte bien sin hacer ejercicio, sin seguir ninguna dieta, en el aire fresco o en el fétido. —Golpeó con los nudillos el pecho del padre Duchaine—. Eres una máquina orgánica exquisitamente eficiente.

—Me siento muy agradecido, señor, por todo lo que soy.

Una vez en el vestíbulo, Victor dijo:

—Patrick, ¿comprendes por qué es tan importante que mi gente se infiltre entre las instituciones religiosas así como en cualquier otro colectivo de la sociedad humana?

La respuesta vino a los labios del cura no de una reflexión meditada sino de su programación:

—Dentro de muchos años, cuando llegue el momento de liquidar a los que queden de la Vieja Raza, no debe haber ningún lugar adonde puedan acudir para recibir ayuda o hallar refugio.

—Al gobierno, no —asintió Victor—, porque nosotros *seremos* el gobierno. Ni a la policía ni a las fuerzas armadas… ni a la Iglesia.

—Debemos evitar una guerra civil devastadora —dijo el padre Duchaine como si hablara de memoria otra vez.

—Exactamente. En lugar de una guerra civil... una exterminación muy civil. —Abrió la puerta principal—. Patrick, si alguna vez te sientes de alguna manera... incompleto... acudirías a mí, supongo.

—¿Incompleto? ¿Qué quiere usted decir? —preguntó a su vez el cura con cautela.

—Desorientado. Confundido acerca del significado de tu existencia. Carente de propósitos.

—Oh, no, señor. Sé cuál es mi propósito, y me consagro a él.

Victor miró al padre Duchaine a los ojos durante unos segundos.

—Bien. Eso está bien. Porque hay un riesgo especial para aquellos de vosotros que servís en el clero. La religión puede resultar seductora.

—¿Seductora? No veo de qué manera. Es una cosa completamente sin sentido. Irracional.

—Todo eso, y aún peor —asintió Victor—. Y si hubiera una vida después de ésta y un dios, te odiaría por lo que eres. Te apagaría como a una vela y te arrojaría al infierno. —Caminó hacia el porche—. Buenas noches, Patrick.

—Buenas noches, señor.

Tras cerrar la puerta, el padre Duchaine se quedó de pie en el vestíbulo hasta que sintió tanta debilidad en las piernas que tuvo que sentarse.

Se dirigió a la escalera y se sentó en un escalón. Apretó una mano contra la otra para detener el temblor que se había apoderado de ellas.

Poco a poco, sus manos se fueron moviendo, hasta que vio que estaban en posición de rezo.

Se dio cuenta de que no había cerrado la puerta con llave. Antes de que su hacedor pudiera abrirla y cogerlo en medio de semejante traición, apretó los puños y se golpeó con ellos los muslos.

# Capítulo 90

De pie ante la mesa plegable que Harker utilizaba como escritorio en su habitación de locos, Deucalión revisaba las pilas de libros.

—Anatomía. Biología celular. Biología molecular. Morfología. Éste es de psicoterapia. Pero todos los demás..., biología humana.

—¿Y para qué construyó esto? —preguntó Carson, señalando la caja de luz que había en la pared norte, donde estaban desplegadas radiografías de cráneos, espinas dorsales, cajas torácicas y extremidades.

—Siente que dentro de él falta algo. Lleva mucho tiempo intentando comprender qué es —respondió Deucalión.

—Así que estudia dibujos de libros de anatomía y compara las radiografías de otras personas con las suyas...

—Al ver que no aprendía nada de todo ello —intervino Michael—, comenzó a abrir personas y a mirar dentro de ellas.

—Exceptuando a Allwine, Harker elegía personas que le parecían plenas, que parecían tener lo que a él le faltaba.

—En su declaración, Jenna dice que Harker le contó que quería ver qué había en su interior que la hacía más feliz de lo que era él —dijo Michael.

—¿Quieres decir que, dejando a un lado las víctimas de Pribeaux, las de Harker no eran elegidas al azar? —preguntó Carson—. ¿Eran personas a las que conocía?

—Personas a las que conocía —confirmó Deucalión—. Personas que le parecían felices, plenas, seguras de sí mismas.

—El camarero del bar. El tintorero —convino Michael.

—Es probable que Harker fuera a ese bar a tomarse unas copas de cuando en cuando —explicó Deucalión—. Y probablemente el nombre del tintorero aparezca en su talonario de cheques. Él conocía a esos hombres, al igual que a Jenna Parker.

—¿Y el espejo de Alicia? —inquirió Michael, señalando con el dedo el espejo de tres piezas que estaba en el rincón del ático.

—Se ponía ahí, de pie, desnudo —contestó Deucalión—. Estudiando su cuerpo en busca de alguna… diferencia, deficiencia…, algo que revelara por qué se sentía incompleto. Pero eso habrá sido antes de que comenzara a mirar… dentro.

Carson volvió hacia los libros que se apilaban sobre la mesa, abriéndolos uno a uno en las páginas que Harker había señalado con *post-it*, con la esperanza de obtener algún dato adicional a partir de aquello en lo que él había mostrado un interés específico.

—¿Qué hará ahora? —preguntó Michael.

—Lo mismo que ha estado haciendo —replicó Deucalión.

—Pero ahora es un fugitivo, estará buscando dónde ocultarse. No tiene tiempo de planear una de sus... disecciones.

Mientras Carson recogía el libro de psicoterapia, Deucalión explicó:

—Está más desesperado que nunca. Y cuando la desesperación aumenta, también lo hace la obsesión.

Uno de los señaladores no era un *post-it*. Carson descubrió una tarjeta en la que tenía apuntada la cita para la tercera sesión con Kathleen Burke; la cita a la que había faltado.

Se dio la vuelta y miró el mural de imágenes grapadas.

En los huecos de donde habían despegado los papeles, la cuarta capa estaba a la vista, detrás de los demonios y los diablos. Freud, Jung. Psiquiatras...

En su memoria resonaron las palabras que Kathy le había dicho cuando estuvieron conversando la noche anterior, de pie frente a ese mismo edificio: «Pero Harker y yo parecíamos... entendernos tan bien».

Leyéndole la mente —como lo hacía siempre—, Michael le preguntó:

—¿Sucede algo?

—Se trata de Kathy. Es la próxima.

—¿Qué has encontrado?

Ella le mostró la tarjeta con la cita.

Michael se la quitó de las manos y se giró para mostrársela a Deucalión, pero éste ya no estaba allí.

# Capítulo 91

Todavía queda una parte de día, pero la luz, filtrada a través de las nubes oscuras como el carbón, es escasa, gris, y se entreteje con sombras, para oscurecer más que para iluminar.

Durante horas, el carrito de supermercado —lleno de bolsas de basura repletas de latas de bebidas, botellas de vidrio y otros residuos reunidos por ahí— ha quedado donde lo dejó el vagabundo. Nadie se ha fijado en él.

Randal Seis, recién salido del contenedor, intenta empujar el carrito hacia un lugar más discreto. Tal vez esto retrase el descubrimiento del cadáver que hay en el basurero.

Coloca ambas manos en el asa del carrito, agarrándolo con los dedos, cierra los ojos, se imagina diez recuadros de crucigrama sobre el pavimento que tiene delante y comienza a deletrear *consumista*. No llega a terminar la palabra, ya que ocurre algo sorprendente.

Mientras el carrito rueda hacia delante, las ruedas vibran a lo largo del pavimento; aun así, el movimiento es bastante suave, satisfactorio, continuo. Tanto que Randal se da cuenta de que le resulta difícil asociar su avance con la secuencia de una letra tras otra, una casilla por vez.

Aunque este desarrollo de los acontecimientos le asusta, el movimiento incesante de las ruedas *a través* de las casillas —más que saltando de una casilla a otra de un modo ordenado— hace que no se detenga. Tiene... impulso.

Cuando llega a la segunda *s* de *consumista*, deja de deletrear porque ya no está seguro de en cuál de las diez casillas se encuentra. Asombrosamente, aunque deja de deletrear sigue moviéndose.

Abre los ojos, suponiendo que cuando ya no visualice mentalmente las casillas del crucigrama se detendrá súbitamente. Sigue moviéndose.

Al principio siente como si el carrito fuera la fuerza motriz que lo arrastra a lo largo del callejón. Aunque carece de motor, lo debe de estar impulsando una especie de magia.

Esto le asusta porque implica falta de control. Está a merced del carrito. Debe ir a donde éste le lleve.

En la esquina, el carrito puede girar a la izquierda o a la derecha, pero sigue hacia delante, cruzando la calle perpendicular hacia el siguiente tramo del callejón. Randal mantiene la dirección que ha marcado en su plano mental, hacia la casa de los O'Connor. Continúa moviéndose.

Mientras las ruedas giran y giran, se da cuenta de que el carrito no le está *arrastrando* después de todo. Él está *empujando* el carrito.

Hace un experimento. Cuando intenta aumentar la velocidad, el carrito avanza más rápido. Cuando elige un paso menos presuroso, el carrito va más lento.

Aunque la felicidad no está en sus manos, experimenta una gratificación inédita, tal vez incluso una sensación de satisfacción. Mientras rueda y rueda a lo largo del camino, siente un sabor, el sabor más desnudo, de cómo podría llegar a ser la felicidad.

Ya ha caído por completo la noche, pero aun en la oscuridad, aun en los callejones, el mundo más allá de la Misericordia está lleno de más cosas visibles, más sonidos, más olores de los que puede procesar sin caer en una espiral de pánico. Por lo tanto, no mira a la izquierda ni a la derecha, centra su atención en el carrito que tiene delante, en el ruido de las ruedas.

Continúa moviéndose.

El carrito es como un crucigrama sobre ruedas, y en él no hay solamente una colección de latas de aluminio y botellas de vidrio, sino también su esperanza de felicidad, su odio hacia Arnie O'Connor.

Randal sigue moviéndose.

# Capítulo 92

En el bungaló cuya cerca tenía una puerta de caracoles con el dibujo de un unicornio, tras las ventanas flanqueadas por contraventanas azules decoradas con formas de estrellas y lunas crecientes, Kathy Burke estaba sentada en la mesa de la cocina leyendo una novela de aventuras ambientada en un reino gobernado por la hechicería y la brujería, comiendo galletas de almendras y bebiendo café.

Con el rabillo del ojo, notó un movimiento y al levantar la vista se encontró con Jonathan Harker de pie en la puerta que separaba la cocina del oscuro salón.

Su rostro, que solía estar rojo por el sol y por la ira, presentaba un color más blanco que pálido. Despeinado, sudoroso, parecía enfermo de malaria.

Aunque su mirada se veía furiosa y angustiada, a pesar de que sus nerviosas manos tiraban continuamente de su camiseta estrecha y empapada, habló con unos modales mansos y halagadores que contrastaban absurdamente con su entrada agresiva y su aparición.

—Buenas noches, Kathleen. ¿Cómo estás? Atareada, estoy seguro. Siempre atareada.

Siguiéndole la corriente, en el mismo tono, Kathy colocó un señalador en su novela y la dejó a un lado.

—No tenía que ser así, Jonathan.

—Tal vez sí. Tal vez nunca hubo la menor esperanza para mí.

—En parte es culpa mía que estés en la situación en la que estás. Si hubieras continuado con las sesiones de orientación…

Él dio un paso hacia dentro de la habitación.

—No. Me he ocultado de ti. No quería que supieras… lo que soy.

—He sido una malísima terapeuta —dijo ella como para congraciarse.

—Eres una buena mujer, Kathy. Una persona magnífica.

Este estrambótico intercambio de palabras —el tono de ella, como si no ocurriera nada raro, y los halagos de Harker— era, a la luz de los crímenes que él acababa de cometer, insostenible; y Kathy pensaba frenéticamente en cómo terminar este encuentro y cuál sería la mejor manera de lidiarlo.

El destino se inmiscuyó cuando sonó el teléfono.

Ambos lo miraron.

—Preferiría que no respondieras a esa llamada —dijo Harker.

Ella continuó sentada y no le desafió.

—Si hubiera insistido en que acudieras a las citas, habría reconocido los síntomas de que tú ibas… camino de problemas.

El teléfono sonó por tercera vez.

Él sacudió la cabeza. Su sonrisa era tortuosa.

—Sí, lo habrías hecho. Eres tan perspicaz, tan comprensiva. Por eso tenía miedo de volver a hablar contigo.

—¿No te sientas, Jonathan? —preguntó ella, señalándole la silla que estaba en el lado opuesto de la mesa.

Un quinto timbrazo.

—Estoy tan cansado —reconoció, pero no se movió—. ¿Te doy asco... por lo que he hecho?

Eligiendo cuidadosamente las palabras, Kathy respondió:

—No. Siento... una especie de profunda pena, supongo.

Después del séptimo u octavo timbrazo, el teléfono quedó en silencio.

—Una profunda pena —prosiguió ella—, porque a mí me gustaba tanto el hombre que eras..., el Jonathan que yo conocí.

—No hay vuelta atrás, ¿no?

—No te voy a mentir —dijo ella.

Harker se movió con vacilación, casi tímidamente, hacia donde estaba Kathleen.

—Tú eres tan plena. Sé que si pudiera mirar dentro de ti, encontraría lo que a mí me falta.

Kathy se levantó de la silla a la defensiva.

—Tú sabes que eso no tiene sentido, Jonathan.

—Pero ¿qué otra cosa puedo hacer más que... seguir mirando?

—Sólo quiero lo mejor para ti. ¿Me crees?

—Supongo... Sí, te creo.

Respiró hondo y decidió correr el riesgo.

—Entonces ¿me vas a dejar que llame a alguien, que me encargue de organizar las cosas para que te entregues?

Durante un angustioso momento, Harker echó un vistazo a la cocina, como si estuviera atrapado. Podría haberse puesto fuera de sí, pero su tensión se hundió en la ansiedad.

Sintiendo que estaba convenciéndole de que se rindiera, Kathy dijo:

—Déjame hacer una llamada. Déjame que haga lo correcto.

Él reflexionó sobre su oferta durante un momento.

—No. No, eso no sería bueno.

Miró hacia la cocina, intrigado por algo.

Cuando Kathy siguió la dirección de su mirada, vio la repisa de los cuchillos con sus hojas deslumbrantes.

\* \* \*

Cuando salieron del apartamento de Harker, Michael no hizo el menor intento de colocarse al volante. Le lanzó las llaves a Carson.

Él iba con la escopeta entre las piernas, con el cañón hacia el techo.

Por puro hábito, mientras cruzaban la noche a la velocidad de un cohete, él dijo:

—Deja ya de tratar de batir un récord. De todos modos siempre tendrás a alguien que te saque ventaja.

Carson aceleró.

—¿Decías algo, Michael? «Sí, Carson, dije: *Más rápido, más rápido.*» Sí, eso es lo que creo que dijiste, Michael.

—Me imitas pésimamente —se quejó él—. No llegas ni a acercarte a ser lo suficientemente graciosa.

\* \* \*

Con una mano sobre el abdomen, como si tuviera dolor de estómago, Harker recorrió la cocina, se acercó y se alejó de la repisa de los cuchillos, y luego se acercó otra vez.

—Algo está ocurriendo —dijo con preocupación—. Tal vez esto no va a ser como yo creía.

—¿Qué pasa? —preguntó cautelosamente Kathy.

—Tal vez esto no va a ser algo bueno. Para nada bueno. Algo está viniendo.

Abruptamente, el rostro se le descompuso por el dolor. Dejó escapar un grito ahogado y se sujetó el abdomen con ambas manos.

—¿Jonathan?

—Me estoy *dividiendo*.

Kathy oyó un chirrido de neumáticos y un silbido de frenos cuando un coche que venía a toda velocidad se detuvo en la entrada.

Mirando en la dirección de donde procedía el ruido, con el terror venciéndole al dolor, Harker dijo:

—¿*Padre*?

\* \* \*

En lugar de utilizar la entrada peatonal con la puerta del unicornio, Carson prefirió la entrada de coches y se detuvo tan cerca de la puerta del garaje que ni un brujo, aunque hubiera desplegado todas sus artes mágicas, podría haberse transformado en algo lo suficientemente delgado como para pasar entre la casa y el parachoques del coche.

Extrajo su arma de la pistolera al tiempo que salía del coche, y Michael metió un cartucho en la recámara de la escopeta mientras se reunía con ella.

La puerta principal de la casa estaba abierta de par en par, y Kathy Burke corrió atravesando el porche y bajó los escalones.

—Gracias a Dios —exclamó Carson.

—Harker ha salido por detrás —dijo Kathy.

Cuando ella todavía estaba diciendo esto, Carson oyó pasos corriendo y se dio la vuelta, tratando de rastrear el ruido.

Harker había salido desde el otro extremo del garaje. Ya había atravesado el césped y estaba en la calle antes de que Carson pudiera disparar.

En ese momento estaba en una zona demasiado pública —con casas al otro lado de la calle— como para permitirse abrir fuego. El riesgo de daños colaterales era demasiado elevado.

Michael corrió, Carson corrió, Harker iba por delante de ellos, en mitad de la calle residencial.

Pese a los donuts y a las cenas de comida rápida tomadas de pie, a pesar del tiempo destinado a engordar sus culos sentados en sus escritorios rellenando toneladas de papeleo, que se había convertido en la pesadilla del moderno trabajo policial, Carson y Michael corrían rápido, rápido como polis de película, rápido como un lobo persiguiendo un conejo.

Harker, al ser inhumano, al ser una suerte de monstruo fabricado en un laboratorio por Victor Frankenstein, era más rápido. A lo largo de la calle de Kathy y luego doblando a la izquierda metiéndose en otra calle y doblando a la derecha en la esquina siguiente, les sacó ventaja.

Un relámpago rasgó el cielo, saltaron sombras de magnolio sobre el pavimento y la explosión de un trueno sacudió tan fuerte la ciudad que Carson creyó que podía sentirla retumbar en la tierra, pero la lluvia no cayó de inmediato, se demoró.

Cambiaron el barrio de bungalós por otro de edificios bajos de oficinas y apartamentos.

Harker era veloz como un corredor de maratón cerca de la meta. Se alejaba más y más, pero a la mitad de una calle cometió el error de torcer en un callejón sin salida.

Llegó ante un muro de dos metros y medio de alto. Se lanzó sobre él, intentando trepar como si fuera un mono que se aferra a una rama, pero de pronto dio un abrupto alarido, como si lo desgarrara un horrendo dolor. Cayó del muro, rodó e inmediatamente se puso en pie de un salto.

Carson le gritó que no se moviera, como si hubiera una condenada esperanza de que le hiciera caso; pero tenía que cumplir con las formalidades.

Él volvió a lanzarse hacia el muro, dio un brinco, se aferró al borde, demasiado rápido como para que ella pudiera apuntarle, se encaramó y saltó al otro lado.

—¡Da la vuelta y cógelo de frente! —le gritó a Michael, y éste corrió desandando sus pasos, buscando una forma de llegar a la calle que estaba tras el muro.

Carson guardó la pistola, arrastró un cubo de basura a medio llenar hacia el final del callejón, se subió encima de él, se aferró al borde del muro con ambas manos, trepó y puso una pierna por encima del borde.

Aunque estaba segura de que Harker seguramente habría escapado, Carson descubrió que se había caído de nuevo. Yacía boca arriba en la calle, retorciéndose como una serpiente con una herida en el lomo.

Si los de su especie podían apagar el dolor en una crisis, tal como afirmaba Deucalión, o bien Harker se había olvidado de esa opción o algo iba tan mal en él que había perdido el control.

Cuando ella bajó del muro, él volvió a ponerse de pie y caminó tambaleándose hacia la esquina.

Estaban cerca de los muelles, rodeados de oficinas de proveedores de barcos, agencias de corretaje marítimo, muchas naves industriales. No había tráfico a esa hora, las oficinas estaban oscuras; las calles, silenciosas.

En la esquina, apareció Michael por la calle perpendicular. Atrapado entre Carson y Michael, Harker giró hacia el callejón de la izquierda, que llevaba hacia los muelles, pero éste estaba cerrado por una valla de tres metros y medio de alto, cuya puerta tenía un candado, así que dobló hacia la parte delantera de una nave.

Cuando Michael se acercó a él con la escopeta, Carson se detuvo, dejándole despejada la zona para no entorpecer su avance.

Harker cogió velocidad hacia una puerta de entrada de personas que había en la fachada de la nave, como si no viera que ésta se interponía en su camino.

Siguiendo el protocolo usual, Michael le gritó a Harker que se detuviese, que se echara al suelo, que pusiera las manos detrás de la cabeza.

Cuando Harker golpeó la puerta, ésta resistió la embestida y él gritó, pero no rebotó y cayó, como era de esperar. Parecía *pegado* a ella.

Al estrépito del impacto siguió de inmediato el alarido de furia de Harker y el chirrido del metal retorciéndose.

Michael gritó de nuevo, a metro y medio de la posición que le permitía disparar a quemarropa.

La puerta de la nave se combó. Los goznes saltaron con estallidos tan sonoros como disparos. Finalmente la puerta cedió y Harker desapareció en el interior de la nave justo cuando Michael se detenía y acomodaba la calibre doce en posición de tiro.

Carson se reunió con él en la entrada.

—Va a tratar de salir por detrás.

Una vez que Harker estuviera en el dique —con los muelles, los barcos, la explanada de carga—, tendría mil caminos disponibles para desaparecer.

Ofreció su pistola a Michael.

—Tú dispárale con las dos pistolas en cuanto salga por detrás. Dame la escopeta; yo haré que se dirija hacia ti.

Esto era razonable, porque Michael era más alto que ella, más fuerte y, por lo tanto, podía escalar la valla de tres metros y medio más rápido que ella.

Cogió la pistola y le dio a ella la escopeta.

—Cuida tu culo. Detestaría que te sucediera algo.

El manto de cielo negro se resquebrajó. Hubo un volcánico resplandor de luz, un estruendo volcánico. Finalmente la lluvia contenida cayó en una cantidad como para inspirar a los constructores de arcas.

# Capítulo 93

A la derecha de la puerta rota, Carson encontró unos interruptores. Las luces revelaron que estaba en una zona de recepción. Suelo de baldosas grises, paredes azul pálido. Unas pocas sillas. Unas vallas bajas a derecha e izquierda; más allá, escritorios.

Inmediatamente detrás se extendía un mostrador. En el extremo izquierdo había una puertecilla que estaba abierta.

Harker podía haberse agazapado al otro lado del mostrador, esperándola, pero ella dudó de que fuera a encontrarle allí. Su prioridad no era cargársela, sino huir.

Pasó rápidamente por la puertecilla, con la calibre doce en alto para cubrir el área que estaba detrás del mostrador. Harker no se encontraba allí.

Detrás de la zona de oficinas había una puerta entreabierta. La empujó con el cañón de la escopeta.

De atrás entraba suficiente luz como para mostrar que se encontraba en un pasillo corto. Harker no estaba allí. Desierto.

Caminó hacia dentro y encendió la luz del pasillo. Trataba de escuchar, pero sólo oyó un trueno y el insistente repiqueteo de la lluvia sobre el techo.

A cada lado había una puerta. Tenían carteles que las identificaban como los servicios de hombres y mujeres.

Harker no se habría detenido a mear, lavarse las manos o admirarse a sí mismo ante el espejo.

Segura de que Harker no tendría el menor deseo de colocarse tras ella y cogerla por sorpresa, sino que sólo querría escapar, Carson dejó atrás los servicios y se encaminó hacia la puerta que había al final del pasillo.

Miró hacia atrás dos veces. Harker no estaba allí.

La puerta tenía una ventanilla a través de la cual vio que al otro lado sólo había oscuridad.

Consciente de que ella era un blanco iluminado a contraluz mientras permaneciera en el umbral, lo atravesó rápidamente, barriendo con la mirada a izquierda y derecha en medio de la claridad de luz que se coló con ella. Harker no estaba allí.

La puerta se cerró, dejándola a oscuras. Pegó la espalda contra la pared, se deslizó hacia un lado, sostuvo la calibre doce con una mano y con la otra encendió el interruptor de la luz.

Colgadas de un techo de nueve metros de alto, un conjunto de lámparas que proyectaban haces cónicos de luz revelaron una gran nave con mercancías sobre palés apiladas hasta una altura de seis metros. Un laberinto.

Giró a la derecha y fue cruzando los extremos abiertos de los pasillos, mirando en cada uno de ellos. Harker no estaba allí. Harker no estaba allí. Harker no estaba allí. Harker.

A nueve metros de la entrada del pasillo, alejándose de ella, Harker cojeaba como si estuviera dolorido, arqueado hacia delante, sosteniendo su torso con ambos brazos.

Pensando en las personas que él había rebanado, pensando en la mesa de autopsias improvisada en su dormitorio, donde había estado a punto de diseccionar a Jenna Parker, Carson fue tras él con la firme determinación de no permitir que se le escapara. Acercándose a unos seis metros de él antes de gritar su nombre, elevó la escopeta, con el dedo en el gatillo.

Si él se echaba al suelo, que era lo que debía hacer, ella le apuntaría y usaría su teléfono móvil para hacer venir a Michael y pedir refuerzos.

Harker giró para hacerle frente. El pelo húmedo le caía sobre el rostro. La forma de su cuerpo parecía… *incorrecta*.

El hijoputa no se echó al suelo. Emitió el ruido más espeluznante que ella hubiera oído jamás: en parte un grito de dolor desesperado, en parte una risa llena de excitación, en parte una expresión de furia bestial.

Carson disparó.

Los perdigones le dieron de lleno donde sus brazos se entrecruzaban sobre su abdomen. La sangre lo salpicó todo.

Tan rápidamente que pareció más una imagen en cámara rápida que un personaje real, Harker trepó por una pared de cajas, fuera del pasillo.

Carson cargó otro cartucho, siguió su movimiento apuntándole como a un disco de los que se arrojan al aire para practicar tiro al blanco e hizo saltar en pedazos la caja que estaba en la parte superior; el disparo pasó rozando a Harker cuando éste desaparecía por encima de la pared de mercancías.

***

Rezando por las joyas de la familia, Michael se metió la pistola de Carson en el cinturón. Escaló la valla en la que terminaba el callejón, estremeciéndose cuando el hachazo de un relámpago cortó la noche, imaginándose qué ocurriría si el rayo cayera contra la valla de acero y le electrocutara.

Pasó por encima de la valla, cayó sobre el callejón sin haberse frito y corrió a través de la lluvia torrencial y de los ensordecedores ecos de truenos hacia la parte trasera de la nave.

Una rampa de cemento conducía a una plataforma de carga que se encontraba al fondo. A la amplia plataforma daban una enorme corredera y una puerta para personas. Harker saldría por la puerta pequeña.

Sacó la pistola de Carson pero dejó la suya en la pistolera. No iba a tirarle al fugitivo literalmente con una pistola en cada mano. Para acertar los disparos necesitaba coger el arma con ambas manos.

Si, como le habían advertido, Harker resultaba ser tan difícil de abatir como un rinoceronte atacando, Michael tendría que vaciar un cargador para tratar de darle en los dos corazones. Si después de eso Harker seguía moviéndose, no habría tiempo de retirar un cargador y colocar otro nuevo. Soltaría la pistola de Carson, sacaría la suya y esperaría poder matarle con los *siguientes* diez disparos.

Tras decidir esta estrategia, Michael se dio cuenta de que aunque la historia de Frankenstein parecía un cuento chino, se había zambullido en ella con tanto entusiasmo como si se dispusiera a zamparse un solomillo. Dentro retumbó la calibre doce. Casi de inmediato, volvió a retumbar.

Metió una mano en el bolsillo de la chaqueta y palpó los cartuchos de repuesto de la escopeta. Se le había olvidado dárselos a Carson. Ella tenía un cartucho en la recámara, tres en el cargador. Ahora sólo le quedaban dos disparos.

La calibre doce retumbó de nuevo.

A Carson sólo le quedaba un disparo, y no tenía pistola con la que cubrirse.

Esperar a Harker en la plataforma de carga ya no era un plan viable.

Michael tanteó la puerta para personas. Se encontraba cerrada con llave, por supuesto, pero lo que era aún peor: estaba hecha de planchas de acero y resistiría todo intento de forzarla; tenía tres cerrojos.

Un movimiento le sobresaltó. Se giró de pronto y encontró a Deucalión a su lado: alto, tatuado, totémico en medio de los relámpagos.

—¿De dónde diablos…?

—Sé bastante de cerrojos —le interrumpió Deucalión.

En lugar de aplicar el refinado conocimiento al que aludían sus palabras, el gigantesco hombre asió el pomo de la puerta y tiró de él con tanta fuerza que los tres cerrojos saltaron del marco de acero con un fuerte chirrido de metal torturado. Arrojó la puerta retorcida sobre la plataforma de carga.

—¿Qué *demonios* ha sido eso? —preguntó Michael.

—Allanamiento de morada —respondió Deucalión, y desapareció en el interior de la nave.

# Capítulo 94

Cuando Michael trató de seguir a Deucalión al interior de la nave, el gigante ya no estaba allí. Fuera lo que fuese, el tipo le daba un nuevo significado a la palabra «escurridizo».

Dar un grito para llamar a Carson pondría a Harker sobre aviso. Además, la tormenta sonaba más fuerte dentro que fuera; era casi ensordecedora. La lluvia rugía contra el techo de metal acanalado.

Cajas de diversos tamaños, barriles y contenedores de mercancías retractiladas formaban un laberinto de un tamaño sobrecogedor. Michael dudó sólo un instante, y se dirigió en busca del minotauro.

Se encontró entre cientos de toneles de doscientos litros herméticamente sellados que contenían cápsulas de vitaminas a granel, partes de máquinas embaladas, equipos de audio y vídeo japoneses, cajas de accesorios para deportes, y un pasillo desierto tras otro.

La frustración se apoderó de él hasta que pensó que tal vez, sólo para aliviar la tensión, debería dispararle a unas cajas que decían contener muñecos Elmo de Kung Fu. Si hubieran sido muñecos de Barney el Dinosaurio, probablemente se habría dejado llevar por el impulso.

Desde lo alto, más fuerte que la lluvia, llegó el ruido de alguien que corría por la parte superior de las pilas de mercancías. Las cajas y los barriles que estaban a lo largo del lado derecho del pasillo temblaban, crujían y se golpeaban entre sí, todo al mismo tiempo.

Cuando Michael miró hacia arriba, vio algo que era Harker pero no era Harker, una forma grotesca encorvada y retorcida, vagamente humana pero con un torso deforme y demasiadas extremidades, que venía hacia él por la parte superior de la enorme pared de cajas. Tal vez la velocidad a la que se movía y el juego de luces y sombras engañaban a sus ojos. Quizá la cosa no era monstruosa en absoluto. O puede que fuera sólo el viejo coñazo de Jonathan y Michael estuviera en tal estado de agitación paranoica que *imaginaba* todos los detalles demoniacos.

Cogiendo la pistola con ambas manos, intentó apuntar a Harker, pero el fugitivo se movía demasiado rápido, así que decidió que el primer disparo lo haría en el momento en que Harker brincara sobre él, cuando estuviera en el aire. Casi en el último instante, sin embargo, Harker cambió de dirección y saltó desde una pila que estaba a la derecha, cruzando el pasillo de tres metros de ancho y aterrizando sobre la pared de cajas que se levantaba en el lado izquierdo.

Al mirar hacia arriba, pese al cerrado ángulo, Michael logró ver mejor a su adversario. Ya no podía aferrarse a la esperanza de que la grotesca transformación de Harker hubiera sido fruto de su imaginación. No era capaz de asegurar cómo eran los detalles de lo que estaba viendo, pero definitivamente Johnny no estaba en condiciones aceptables como para invitarle a cenar con personas elegantes. Harker era Hyde salido de Jekyll, Quasimodo cruzado con el Fantasma de la Ópera, sin la capa negra, sin el sombrero, pero con un toque a lo H. P. Lovecraft.

Tras aterrizar sobre las cajas que estaban a la derecha de Michael, Harker se agazapó y se puso a cuatro patas, tal vez a seis, y, emitiendo un ruido que sonaba como *dos* voces que se peleaban entre ellas con chillidos que no eran palabras, se escapó arrastrándose en la misma dirección por la que había venido.

Puesto que no tenía ninguna duda acerca de su virilidad y sabía que el valor era a menudo la mejor parte del coraje, Michael pensó en irse de la nave, regresar a la Central y redactar una carta de renuncia. En cambio, fue tras Harker. Pronto le perdió el rastro.

\* \* \*

Tratando de escuchar algo por encima del ruido de la tormenta, respirando el aire que había respirado la presa, Deucalión se movía lentamente, con paciencia, entre dos altas murallas de cajas apiladas en palés. No estaba haciendo una búsqueda, más bien permanecía al acecho.

Tal como pensaba, Harker fue hacia él.

Aquí y allá, pequeños huecos en cada pared de cajas permitían entrever el pasillo contiguo. Cuando Deucalión se acercó a una de esas mirillas, una cara pálida y refulgente lo miró al otro lado de los dos metros y medio que los separaban.

—¿Hermano? —preguntó Harker.

—No —respondió Deucalión mirando a los ojos torturados.

—¿Entonces qué eres?

—Su primera creación.

—¿Hace doscientos años? —inquirió Harker.

—Y en un mundo lejos de aquí.

—¿Eres tan humano como yo?

—Ven conmigo al final del pasillo —dijo Deucalión—. Yo puedo ayudarte.

—¿Eres tan humano como yo? ¿Puedes asesinar y crear?

Con la presteza de un gato, Deucalión escaló la pared de cajas en tal vez dos segundos, a lo sumo tres, desde el suelo hasta la parte superior, cruzó al pasillo contiguo, miró hacia abajo y brincó al suelo. No había sido lo suficientemente veloz. Harker se había ido.

\* \* \*

Carson encontró una escalera de caracol en un rincón. Pasos veloces hicieron resonar los escalones metálicos en lo alto. Un ruido chirriante precedió a la súbita estridencia de la lluvia torrencial. Una puerta se cerró de golpe, apagando el apremiante estrépito del aguacero.

Le quedaba sólo un cartucho, que ya había metido en la recámara; subió las escaleras.

Los escalones terminaban en una puerta. Cuando la abrió, recibió el azote de la lluvia.

Detrás de la puerta estaba la azotea.

Presionó un interruptor que había en la pared. Fuera, encima de la puerta, se iluminó una bombilla colocada en un armazón de alambre.

Después de sacar el pestillo para no quedarse encerrada en la azotea, salió hacia la tormenta.

La vasta azotea era plana, pero no podía ver fácilmente todos los parapetos. Además de la cortina gris de lluvia, las salidas de ventilación y otras construcciones con aspecto de cobertizos —que tal vez albergaban equipos de calefacción, refrigeración y paneles eléctricos— le obstruían la visión.

El interruptor que estaba junto a la puerta había encendido otras pocas lámparas en sus armazones de alambre, pero el diluvio ahogaba la mayor parte de la luz.

Avanzó con cautela.

\* \* \*

Empapado, congelado aunque la lluvia era templada, seguro de que la frase «como una rata ahogada» le iba a hacer llorar cada vez que la oyera hasta el fin de sus días, Michael se movía entre las salidas de ventilación. Cautelosamente, rodeó cada uno de los cobertizos, describiendo un arco muy abierto en cada esquina.

Había seguido a alguien —a algo— hasta la azotea y sabía que no estaba solo allí arriba.

Fuera la que fuese su finalidad, el grupo de pequeñas construcciones parecía un conjunto de cabañas para hobbits de azotea. Tras rodear la primera, probó la puerta. Cerrada con llave. También la segunda. Y la tercera.

Mientras se movía hacia la cuarta construcción, oyó lo que podría haber sido el roce de bisagras en la puerta que acababa de probar; y luego la voz de Carson que de lejos gritaba su nombre: una advertencia.

\* \* \*

En cada llamarada de relámpagos, la violenta caída de la lluvia brillaba como torrentes de cristales tallados de una colosal araña, pero en lugar de alumbrar la azotea, la pirotecnia se sumaba a la oscuridad y a la confusión.

Mientras rodeaba un conjunto de tuberías entrelazadas, Carson vio una silueta en ese oscuro resplandor de cristal. La distinguió más claramente cuando hubo un nuevo relámpago; se dio cuenta de que era Michael, a seis metros de ella, y luego divisó otra silueta que salía de uno de los cobertizos.

—¡Michael! ¡Detrás de ti!

En el mismo instante que Michael se daba la vuelta, Harker —tenía que ser él— le cogió y, con una fuerza inhumana, lo levantó por encima de su cabeza y salió corriendo con él a cuestas hacia el parapeto.

Carson puso una rodilla en el suelo, apuntó bajo para que el tiro no alcanzara a Michael y disparó la escopeta.

Alcanzado en las rodillas, tambaleante, Harker arrojó a Michael hacia el borde del edificio.

Michael cayó con estrépito contra el bajo parapeto y comenzó a resbalar, a punto de caer, pero se aferró con fuerza y volvió a subir a la azotea.

Aunque Harker debería haberse derrumbado, se mantuvo en pie, chillando de dolor y con las rodillas sin más capacidad de sostener peso que la gelatina. Fue hacia Carson.

Mientras se levantaba de su posición genuflexa, Carson se dio cuenta de que había hecho el último disparo que le quedaba. Siguió sosteniendo el arma por el efecto psicológico, si es que podía tener alguno, y se echó atrás cuando Harker se aproximaba.

A la luz de las lámparas de la azotea, velada por la lluvia, en medio de una serie frenética de relámpagos de un resplandor cada vez mayor, Harker parecía estar llevando un niño contra su pecho, aunque sus brazos colgaban libres.

Cuando la cosa pálida que se aferraba a Harker giró la cabeza y la miró, Carson vio que no era un niño. Era como un enano, pero sin ninguno de los atractivos de los enanitos de los cuentos de hadas, deforme hasta rayar la malignidad, con una raja por boca y ojos perversos; seguramente era una ilusión óptica, un truco de la luz y los relámpagos, de la lluvia y la penumbra; la tiniebla y la mente conspiraban para engañar a la vista.

Aun así, la monstruosidad no se desvaneció cuando ella parpadeó para recuperar la nitidez de la visión. Y mientras Harker se acercaba y Carson retrocedía, ella pensó que la cara del detective parecía extrañamente en blanco, sus ojos vidriosos; y tuvo la desconcertante sensación de que lo que llevaba aferrado tenía el *control* sobre él.

Cuando Carson retrocedió hacia un haz de tuberías de ventilación, sus pies resbalaron sobre el suelo mojado de la azotea y estuvo a punto de caer.

Harker se lanzó sobre ella, como un león que salta sobre una presa que flaquea. El chillido triunfal no pareció venir de él sino de la cosa atada a —¿o de dónde surgía?— su pecho.

De pronto apareció Deucalión y cogió tanto al detective como al bicho que le acompañaba. El gigante los alzó con tan poco esfuerzo y tan alto como Harker había hecho con Michael y los arrojó desde lo alto de la azotea.

Carson corrió hacia el parapeto. Harker yacía boca abajo en el callejón, a más de doce metros. Yacía inmóvil, como si estuviera muerto, pero ella ya lo había visto sobrevivir a otra caída mortal la noche anterior.

# Capítulo 95

Una escalera de incendios bajaba en zigzag por un lado de la nave. Carson se detuvo en lo alto sólo el tiempo necesario para coger tres cartuchos de repuesto que le dio Michael y cargarlos en la escopeta calibre doce.

Los escalones de hierro estaban resbaladizos por la lluvia. Se agarró a la reja, que también se hallaba empapada.

Michael la siguió de cerca, demasiado cerca, mientras los escalones temblaban y vibraban bajo sus pies.

—¿Has visto esa *cosa*?

—Sí.

—¿Esa cara?

—Sí.

—Estaba saliendo de él.

—¿Qué?

—¡De dentro de él!

Carson no respondió nada. No sabía *qué* decir. Sólo siguió bajando a la carrera, girando de un tramo a otro de la escalera.

—La cosa me *tocó* —dijo Michael, con una voz cargada de repugnancia.

—Está bien.

—*No* está bien.

—¿Estás herido?

—Si esa cosa no está muerta...

—Está muerta —contestó ella esperanzada.

—... hay que matarla.

Cuando llegaron al callejón, Harker seguía donde había caído, pero ya no yacía boca abajo. Se había dado la vuelta, de cara al cielo.

Su boca estaba abierta, con las comisuras hacia abajo. Sus ojos permanecían muy abiertos, y no parpadeaban; la lluvia caía sobre ellos.

De la cadera a los hombros, la materia de su cuerpo ya no... estaba. Su pecho y su abdomen se habían hundido. Los jirones de piel y de la camiseta rasgada colgaban de su caja torácica en fragmentos desgarrados.

—La cosa *salió* de él —declaró Michael.

Un chirrido y un ruido metálico atrajeron su atención hacia un punto lejano del callejón, en dirección a la parte delantera de la nave.

A través del velo de lluvia, en medio del fulgor de los relámpagos, Carson vio una figura pálida con aspecto de gnomo agazapada a un lado de una boca de alcantarilla abierta, de la que había corrido la tapa.

A una distancia de diez metros, en la oscuridad de la tormenta tropical, ella pudo ver pocos detalles de la cosa. Aun así, *supo* que la miraba fijamente.

Echó mano de la escopeta, pero la pálida criatura se arrojó dentro de la alcantarilla, fuera de su campo de visión.

—¿Qué demonios *era* eso? —dijo Michael.

—No lo sé... Tal vez..., tal vez ni quiera saberlo.

\* \* \*

Los CSI, el personal de medicina forense, una docena de policías y la habitual y detestable pandilla de medios de comunicación habían llegado, y la lluvia se había ido.

Los edificios chorreaban, la calle encharcada brillaba, pero nada parecía limpio, nada olía a limpio, y Carson sospechó que ya nada volvería a *ser* limpio.

Jack Rogers había aparecido para supervisar la recogida y el transporte de los restos de Harker. Estaba decidido a no perder pruebas esta vez.

Carson estaba en la parte trasera del coche de paisano, guardando la escopeta.

—¿Dónde está Deucalión? —preguntó.

—Probablemente tenía una cita para cenar con Drácula —respondió Michael.

—Después de lo que has visto, no me dirás que todavía te resistes a creer todo esto.

—Digamos solamente que sigo procesando los datos.

Ella le dio una palmada afectuosa —pero suficientemente fuerte— en la cabeza.

—Será mejor que te hagas con una unidad de procesamiento lógico actualizada.

Sonó el teléfono móvil de Carson. Cuando atendió la llamada, oyó a Vicky Chou con un ataque de pánico.

# Capítulo 96

Terminada, programada tras haber recibido una educación —mediante transferencia de datos— en lenguaje y otros temas básicos, Erika Cinco yacía en el tanque de cristal sellado, esperando que se la animara.

Victor estaba de pie inclinado sobre ella, sonriente. Era una criatura encantadora.

Aunque le habían fallado cuatro Erikas, había depositado grandes esperanzas en la quinta. Incluso después de doscientos años, seguía aprendiendo nuevas técnicas, mejores soluciones de diseño.

Tecleó unos comandos en el ordenador que estaba asociado al tanque —número 32— y observó cómo la solución lechosa en la que yacía Erika era extraída del contenedor para ser reemplazada por una solución de limpieza y aclarado. En pocos minutos, este segundo baño sería drenado, dejándola seca y rosada.

Los numerosos electrodos, los tubos de nutrientes, los drenajes y las demás canalizaciones a las que estaba conectada serían retirados automáticamente. Con este desacoplamiento, sangraría por algunas pocas venas, pero sólo un momento; en los miembros de la Nueva Raza, esas heridas pequeñas sanaban en segundos.

La tapa de cristal curvado se abrió mediante un sistema neumático en el momento en que un choque desencadenante hizo que Erika comenzara a respirar por sí misma.

Victor permanecía sentado en un taburete al lado del tanque, inclinado hacia delante, con su rostro próximo al de ella.

Las lujuriosas pestañas de la chica se agitaron. Abrió los ojos. Su mirada fue al principio salvaje y temerosa. Solía ser así.

En el momento preciso, cuando Victor vio que ella pasaba del choque del nacimiento al contacto con la realidad, dijo:

—¿Sabes lo que eres?

—Sí.

—¿Sabes cuál es tu razón de ser?

—Sí.

—¿Sabes quién soy?

Por vez primera, ella le miró a los ojos.

—Sí. —Luego bajó la vista, en una suerte de reverencia.

—¿Estás lista para servir?

—Sí.

—Voy a disfrutar al usarte.

Ella le dirigió la mirada de nuevo y luego la apartó humildemente.

—Levántate —ordenó él.

El tanque giró un cuarto de vuelta, permitiendo que ella doblara las piernas con facilidad para ponerse de pie.

—Te he dado una vida —dijo él—. Recuérdalo. Te he dado una vida y yo decidiré qué harás con ella.

# Capítulo 97

Sobre el oscuro césped empapado por la lluvia, un carrito de supermercado lleno de latas de aluminio y botellas de vidrio permanecía junto a la casa, cerca del porche trasero.

Carson, seguida de Michael, dirigió su mirada al carrito, intrigada, mientras pasaba a su lado a toda prisa hacia los escalones del porche.

Vicky Chou, en bata y zapatillas, esperaba en la cocina. Sostenía un tenedor, como si pretendiera utilizarlo como arma.

—Las puertas estaban cerradas con llave. Sé que lo estaban —dijo.

—Está bien, Vic. Tal como te dije por teléfono, le conozco. Él está bien.

—Grande, tatuado, *realmente* grande —le contó Vicky a Michael—. No sé cómo pudo entrar en la casa.

—Probablemente haya quitado el techo —respondió Michael—. Y haya bajado por el ático.

Deucalión estaba de pie en la habitación de Arnie, observando cómo el chico trabajaba en el castillo. Levantó la mirada cuando Carson y Michael entraron por la puerta.

Arnie habló para sí mismo.

—Fortificar. Fortificar. Fortificar y defender.

—Tu hermano —dijo Deucalión— puede ver profundamente la verdadera naturaleza de la realidad.

—Es autista —contestó Carson perpleja por esta afirmación.

—Autista… porque ve demasiado, demasiado aunque no lo suficiente como para comprender lo que ve. Confunde la complejidad con el caos. El caos le asusta. Lucha por imponer un orden a su mundo.

—Sí. Después de todo lo que he visto esta noche, yo también estoy luchando por lo mismo —intervino Michael.

—Doscientos años… tú y este Victor Frankenstein… Bueno, ¿y por qué ahora? ¿Por qué aquí? —le preguntó Carson a Deucalión.

—La noche que comenzó mi vida… tal vez se me encomendó la tarea de destruir a Victor cuando llegara el momento.

—¿Quién te la dio?

—Quienquiera que haya creado el orden natural que Victor desafía con semejante furia y semejante ego.

Deucalión cogió una moneda de un montón que había sobre la mesa y que le había dado antes a Arnie. La lanzó, la cogió en el aire, la apretó en el puño y abrió la mano. La moneda ya no estaba.

—Soy libre —prosiguió el gigante—. Podría apartarme de mi destino. Pero no lo haré.

Lanzó nuevamente la moneda.

Carson le miró, azorada.

Nuevamente atrapó la moneda y abrió la mano. No estaba allí.

—Harker y estas…, estas otras cosas que ha hecho Victor… son demoniacas. ¿Pero qué hay de ti? ¿Tú tienes…? —preguntó Michael.

Ante la duda de Michael, Carson terminó la pregunta:

—Has sido hecho por el hombre pero, aun así… ¿tienes alma? Ese rayo… ¿te otorgó una?

Deucalión cerró la mano, la abrió un instante después y en su palma brillaron las dos monedas desaparecidas.

—Todo lo que sé es que… sufro.

Arnie había dejado de trabajar en el castillo. Se levantó de la silla, fascinado por las dos monedas que estaban en la palma de Deucalión.

—Sufro culpabilidad, remordimiento, arrepentimiento. Veo misterios por todas partes en el tejido de la vida… y creo en ellos.

Puso las dos monedas en la mano abierta de Arnie.

—Victor era un hombre —continuó Deucalión—, pero hizo de sí mismo un monstruo. Yo era un monstruo… ¡pero me siento tan humano ahora!

Arnie cerró el puño apretando las monedas y lo abrió de inmediato.

A Carson se le cortó la respiración. Las monedas habían desaparecido de su mano.

—Durante doscientos años —siguió hablando el gigante— he vivido como un marginado en vuestro mundo. He aprendido a valorar mucho a la imperfecta humanidad por el optimismo que tiene a pesar de sus imperfecciones, por su esperanza ante una lucha incesante. —Arnie cerró su mano vacía—. Victor asesinaría a toda la humanidad y poblaría el mundo con sus máquinas de carne y hueso.

—El niño miró fijamente su puño apretado… y sonrió—. Si no me ayudáis a resistir, él es lo suficientemente arrogante como para conseguirlo. —Arnie abrió la mano una vez más. Las monedas habían vuelto a aparecer—. Los que luchan contra él se verán envueltos en la lucha de su vida… —Deucalión recuperó una de las monedas de la mano del chico—. ¿Dejar que se ocupe el ciego destino? —le preguntó a Michael. Su mirada se dirigió a Carson—. Cara, lucháis a mi lado… Cruz, lucho yo solo.

Lanzó la moneda, la atrapó y tendió la mano.

Antes de que pudiera mostrar la moneda, Carson puso su mano sobre la de él, para que mantuviera cerrado el puño. Miró a Michael.

Éste suspiró.

—Bueno, la verdad es que nunca he querido ser un ingeniero en seguridad —reconoció, y puso su mano sobre la de ella.

—A la mierda el destino. Lucharemos —le dijo Carson a Deucalión.

\* \* \*

Oscuro, seco, tranquilo, el estrecho espacio que queda bajo la casa le ofrece a Randal Seis un medio ideal. Las arañas no le molestan.

El viaje desde la Misericordia ha sido un triunfo, pero le ha excitado los nervios y ha corroído su crudo valor. La tormenta casi le ha deshecho. La lluvia, el cielo encendido de relámpagos, las sombras que se abalanzaban sobre la tierra, las explosiones de los truenos, los árboles estremeciéndose con el viento, las canaletas rebosando agua sucia revuelta con basura… Demasiados datos. Demasiadas entradas para su sistema perceptual. Varias veces ha estado a punto de colapsar, a punto de caer en el suelo y enrollarse como un armadillo.

Ahora necesita tiempo para recuperarse, para volver a ganar confianza.

Cierra los ojos en la oscuridad, respira hondo, despacio. El dulce aroma a jazmín se abre paso hacia él a través del entramado que protege el estrecho espacio.

Tres voces entregadas a una conversación seria llegan amortiguadas justo desde encima de él.

En la habitación que tiene sobre su cabeza está la felicidad. Puede sentirla, radiante. Ha llegado a la fuente. El secreto está al alcance de su mano. Este hijo de la Misericordia, en medio de la oscuridad plagada de arañas, sonríe.

Dean Koontz en

punto de lectura

# CREDITS

## Lead Authors

**Rollo Dilworth, D.M.A.**
Temple University
Philadelphia, Pennsylvania

**Lynne Gackle, Ph.D.**
Baylor University
Waco, Texas

**Kari Gilbertson**
Lake Highlands High School
Dallas, Texas

**Henry Leck**
Indianapolis Children's Choir
Butler University
Indianapolis, Indiana

**Michael O'Hern**
Lake Highlands High School (ret.)
Dallas, Texas

## Authors and Contributing Editors

**Emily Crocker**
Senior Author and Editor
Hal Leonard Corporation
Milwaukee, Wisconsin

**Sharon A. Hansen, D.M.A.**
Consulting Editor
Professor Emeritus
University of Wisconsin – Milwaukee

**Linda Rann**
Senior Consulting Editor
Milwaukee, Wisconsin

**Janet Day**
Consulting Editor
Hal Leonard Corporation
Milwaukee, Wisconsin

**Peter Dennee, D.M.A.**
Consulting Editor
Carthage College
Kenosha, Wisconsin

## Contributing Authors

**Leeann Ashby**
Brownsburg, Indiana

**Matthew Garrett, Ph.D.**
Cleveland, Ohio

**Christopher Peterson, Ph.D.**
Long Beach, California

**Sandra Babb, Ph.D.**
College Point, New York

**Judith Herrington**
Lakewood, Washington

**Tina Glander Peterson**
Long Beach, California

**Ben Bedroske**
Greenfield, Wisconsin

**Dianna Jarvis**
Helotes, Texas

**Raymond Roberts**
Milwaukee, Wisconsin

**Ross Cowing**
Madison, Wisconsin

**Jan Juneau**
Tomball, Texas

**Mike Ross**
Madison, Wisconsin

**Carolyn Cruse, Ph.D.**
Lubbock, Texas

**Aaron Lucero**
Rowlett, Texas

**Mark Rohwer, Ph.D.**
Flower Mound, Texas

**Debbie Daniel**
Dallas, Texas

**Derek Machan**
Waterford, Wisconsin

**Eugene Rogers, D.M.A.**
Ann Arbor, Michigan

**Jason Dove**
Lewisville, Texas

**Stan McGill**
Garland, Texas

**Dennis Siebenaler, D.M.A.**
Fullerton, California

**Ruth Dwyer**
Indianapolis, Indiana

**Dinah Menger**
Arlington, Texas

**Elaine Schmidt**
Milwaukee, Wisconsin

**Roger Emerson**
Mount Shasta, California

**Cristi Cary Miller**
Oklahoma City, Oklahoma

**Audrey Snyder**
Eugene, Oregon

**Derrick Fox, D.M.A.**
Ithaca, New York

**Jessica Nápoles, Ph.D.**
Salt Lake City, Utah

**Lauren Southard**
Whitestown, Indiana

**Scott Foss**
Madison, Wisconsin

**Carisa Niemeyer**
Dallas, Texas

**Ashley Westgate**
Carrolton, Texas

**Josh Pedde**
Carmel, Indiana

# VOICES™

## IN CONCERT

### LEVEL 4   GRADES 11–12

## MIXED
# CHORAL MUSIC

Voices in Concert™ is a registered trademark of Hal Leonard Corporation.

This book is a companion product to the Voices in Concert digital course, available through McGraw-Hill Education's Music Studio™ platform.

ISBN 978-0-07-680231-9

Copyright © 2016 by Hal Leonard Corporation

Published by Hal Leonard Corporation
7777 W. Bluemound Road
P.O. Box 13819
Milwaukee, WI 53213

# TABLE OF CONTENTS

1   **Amor de mi alma** • SATB .......................1
Garcilaso de la Vega
Z. Randall Stroope

2   **Cantate Domino** • SATB ....................... 12
Heinrich Schütz
Transcribed by Lowell P. Beveridge

3   **Earth Song** • SATB a cappella ............ 26
Words and Music by Frank Ticheli

4   **For Good** • SATB...................... 31
Music and Lyrics by Stephen Schwartz
Arranged by Mac Huff

5   **For the Sake of Our Children** •
SATB ................. 41
Jeffery L. Ames

6   **The Ground** • SATB divisi.....................64
Ola Gjeilo

7   **I Am Not Yours** •
SSATBB a cappella.................................. 73
Sara Teasdale
Z. Randall Stroope

8   **It Don't Mean a Thing (If It Ain't Got
That Swing)** • SATB..................... 86
Words and Music by Duke Ellington and
Irving Mills
Arranged by Paris Rutherford

9   **Jingle Bells** • SATB a cappella..........100
Words and Music by James L. Pierpont
Arranged by Kirby Shaw

10   **John Saw Duh Numbuh** • SATB ....... 105
Traditional Spiritual
Arranged by André J. Thomas

11   **Kpanlongo** • SSATBB a cappella .......116
West African Folk Song
Arranged by Derek Bermel

12   **Laudate Dominum** • SATB .................126
W.A. Mozart
Arranged by John Leavitt

13   **Lautrier Priay de Danser** •
SATB a cappella .....................................135
Guillaume Costeley
Edited by John B. Haberlen

14   **O Magnum Mysterium** •
SATB a cappella .....................................142
Tomás Luis de Victoria
Edited by Alice Parker and Robert Shaw

15   **Ogo ni fun Oluwa!** •
SATB a cappella .....................................151
Words and Music by Rosephanye Powell

16   **Send In the Clowns** • SATB .................167
Words and Music by Stephen Sondheim
Arranged by Mac Huff

17   **Sing We Now of Christmas** •
SSAATTBB a cappella...........................174
French Carol
Arranged by Fred Prentice

18   **Take Me to the Water** • SATB.............181
Words and Music by Rollo Dilworth
Additional Words and Music from
African-American Spirituals

19   **Twa Tanbou** • SATB a cappella ..........189
Louis Marie Celestin
Sydney Guillaume

20   **Your Voices Tune** • SATB .....................213
George Frideric Handel
Edited and Arranged by
Matthew Michaels

# AMOR DE MI ALMA
## (You are the lover of my soul)

GRACILASO DE LA VEGA
(1501-1536)
Soneta V

Z. RANDALL STROOPE

*Your very image is written on my soul;*

*I hide even from you.*

guar - do en es - to.\_\_\_\_\_ Por vos, \_\_\_\_\_

que aun de vos \_\_\_\_ me guar - do en es - to. \_\_\_\_

\_ (vos,) _____

\_ (vos,) _____

*All that I have,     I owe to you;*

(opt. Sopr. 2)
*mp molto espr.*

Quan - to ten - go          con-fies-so yo de - be -

ten - go \_\_\_\_

Quan - to ten - go, Quan-to ten - go          con - fies -

Quan - to ten - go, Quan-to ten - go _____ con - fies -

# CANTATE DOMINO
## O sing ye unto the Lord

English version adapted by L.P.B.
from the Book of Common Prayer

HEINRICH SCHÜTZ (1585-1672)
Transcribed by
LOWELL P. BEVERIDGE

# EARTH SONG

Words and Music by
FRANK TICHELI

# FOR GOOD

### from *Wicked*

Arranged by
**MAC HUFF**

Music and Lyrics by
**STEPHEN SCHWARTZ**

**Gently with rubato (♩ = 68)**

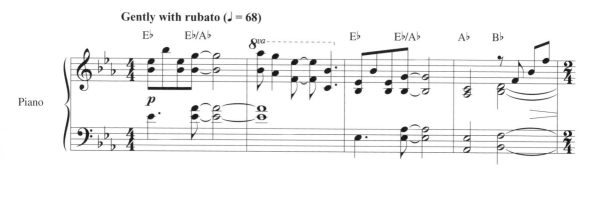

Piano

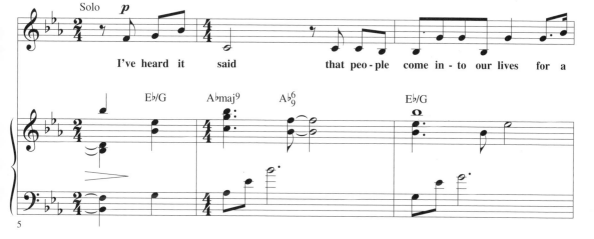

I've heard it said that peo-ple come in-to our lives for a

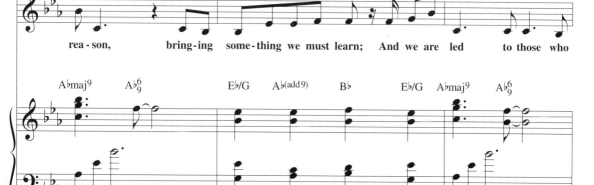

rea-son, bring-ing some-thing we must learn; And we are led to those who

be - cause I knew you, be - cause I knew you, I have been

changed for

good.

Commissioned by the Texas Choral Directors Association for their 2007 Convention

# FOR THE SAKE OF OUR CHILDREN

Traditional and J.L.A.

JEFFERY L. AMES

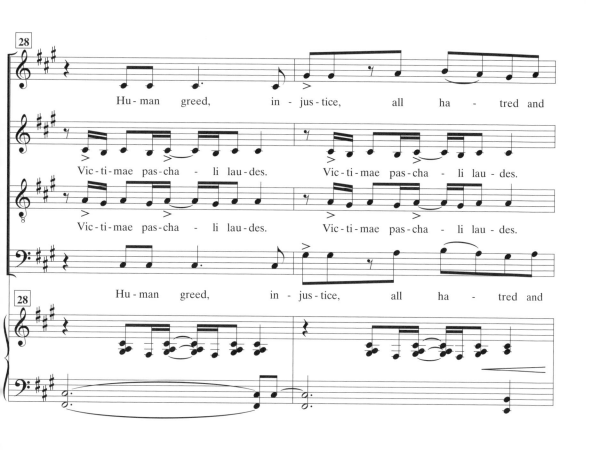

T. Lord, es-tab-lish peace on earth._____ Bind us with a band of

B. Lord, es-tab-lish peace on earth._____ Bind us with a band of

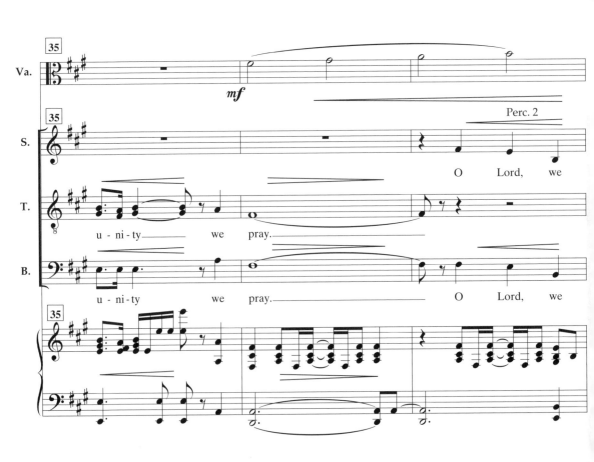

S. O Lord, we

T. u - ni - ty_____ we pray._____

B. u - ni - ty we pray._____ O Lord, we

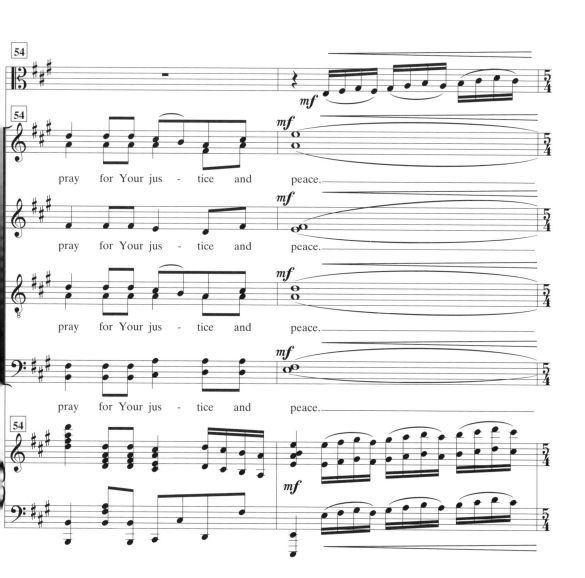

pray   for Your jus  -  tice   and        peace.

pray   for Your jus  -  tice   and        peace.

pray   for Your jus  -  tice   and        peace.

pray   for Your jus  -  tice   and        peace.

*S1 sings beats 1-2; S2 sings beats 3-4

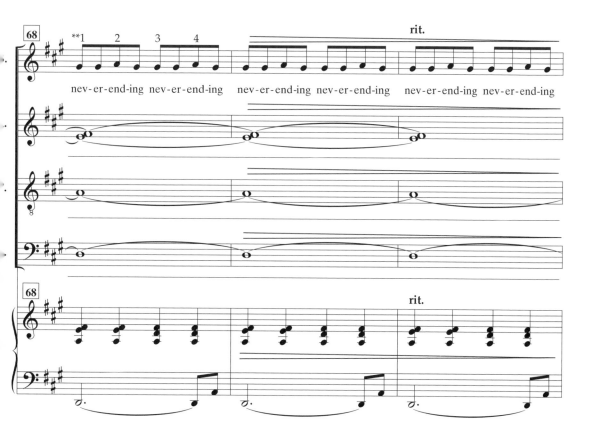

**Divide sopranos into four groups
Group 1 sings motive beginning on beat 1
Group 2 sings motive beginning on beat 2
Group 3 sings motive beginning on beat 3
Group 4 sings motive beginning on beat 4

M. 71 - all sopranos sing "peace" on beat 1

**Prayer**
(recited during interlude mm. 72-79)

**Leader**: Almighty God, please hear our prayer:

Let there be peace in Sudan;
**People**: Be merciful unto Your children.

**Leader:** Let there be peace in the Middle East;
**People:** Be merciful unto Your children.

**Leader:** Let there be peace in the Americas;
**People:** Be merciful unto Your children.

**Leader:** Let there be peace throughout the world;
**People:** For the Sake of Our Children.

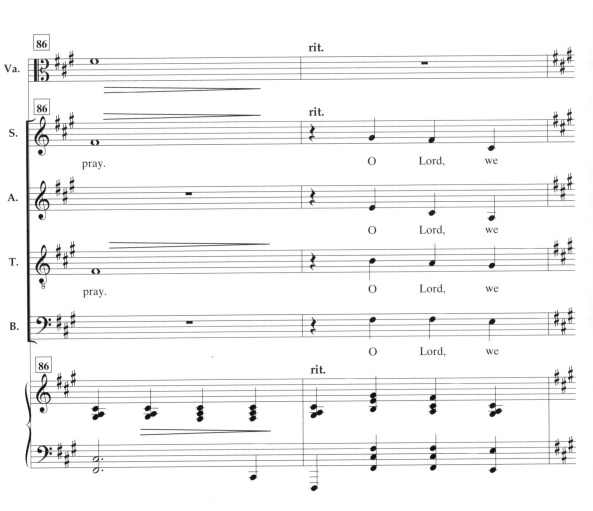

pray!

al niente

pray!

al niente

pray!

al niente

pray!

al niente

**AGG**

# FOR THE SAKE OF OUR CHILDREN

Traditional and J.L.A.

JEFFERY L. AMES

**AGG**

# FOR THE SAKE OF OUR CHILDREN

Traditional and J.L.A.

JEFFERY L. AMES

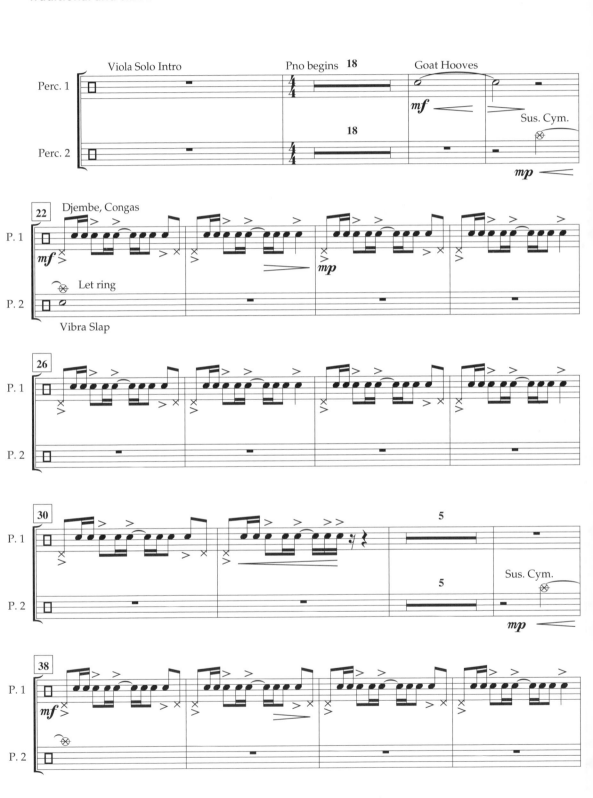

Commissioned by the Desert Vista High School Choir, Andrew DeValk, conductor

# THE GROUND

## Based on chorale from *Sunrise Mass* for Choir and String Orchestra

OLA GJEILO

Manhattan, NY, Jan. 201

*Written as a musical gift to my dearest friend and colleagues – David and Ann Bauer*

# I AM NOT YOURS

SARA TEASDALE (1884-1933)                                      Z. RANDALL STROOPE

deep in love put out my sen - ses, Leave me deaf and leave me

deep in love put out my sen - ses, Leave me deaf and leave me

deep in love put out my sen - ses, Leave me deaf and leave me

Deep in love put out my sen - ses, Leave me deaf and leave me

Deep in love put out my sen - ses, Leave me deaf and leave me

Deep in love put out my sen - ses, Leave me deaf and leave me

# IT DON'T MEAN A THING
## (If It Ain't Got That Swing)

Arranged by
PARIS RUTHERFORD

Words and Music by
DUKE ELLINGTON and
IRVING MILLS

deh buh doo ae___ yae___

# JINGLE BELLS

Arranged by
**KIRBY SHAW**

Words and Music by
**J. PIERPONT**

*for Manitou Singers, Sigrid Johnson, Conductor, St. Olaf College*

# JOHN SAW DUH NUMBUH

Trad., alt.

Traditional Spiritual
Arranged by
ANDRÉ J. THOMAS

*Ossia = play top notes only, or LH play E flat as whole note and move up to assist RH.

not   to__   call   roll   till   I   git__   dere.

not   to__   call   roll   till   I   git__   dere.

com-in'   up__

com-in'   up__

com  -  in'   up__

com-in'   up__

on   high.__

high.__

# KPANLONGO

arr. DEREK BERMEL

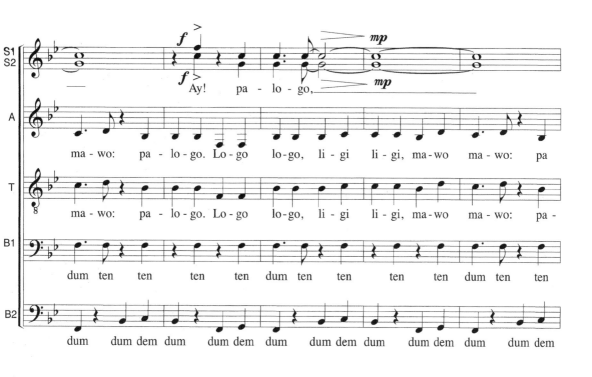

# LAUDATE DOMINUM
## from Vesperae solennes de confessore, K.339

Edited and Arranged by
**JOHN LEAVITT**

Music by W.A. MOZART (1756-1791)

ma - net, ma - net,

in_____ ae - ter - num.

Soprano

*p*
Glo -

Alto

*p*
Glo - ri -

Tenor

*p*
Glor -

Bass

*p*
Glo -

# LAUTRIER PRIAY DE DANSER

## (I Begged the Maidens to Dance)

from *Three Renaissance Love Songs*

English text by
MARGITA HABERLEN

GUILLAUME COSTELEY (1531? – 1606)
Edited by JOHN B. HABERLEN

*The pitch level is a major second higher than the original.

# O MAGNUM MYSTERIUM

Edited by ALICE PARKER and
ROBERT SHAW

TOMÁS LUIS DE VICTORIA

★In some editions the rhythm of the Soprano line is ♩. ♪♪ ♩

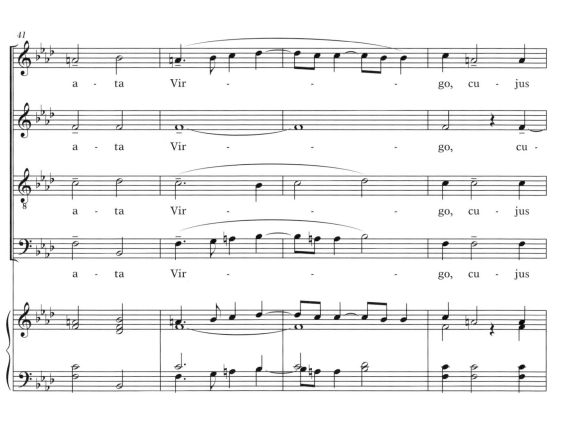

★This note is A♭ according to the editors of Victoria's *Collected Works*; it is possible, however, that it should be A♮ to correspond with the soprano statement of the same passage in mm. 53–55.

*for Tom Hall and the Baltimore Choral Arts Society*

# OGO NI FUN OLUWA!
## (Glory to God in the Highest!)

Words and Music by
ROSEPHANYE POWELL

*This handclap begins with the elbows extended away from the body as the hands facing each other. The hands come to-gether in an upward motion on the first clap, downward in the second clap and upward again on the third clap moving away from the body in a circular motion downward to the sides.

On final clap, keep hands up and open while looking upward. Do not close mouth or lower hands/arms until director relaxes.

# OGO NI FUN OLUWA!

## (Glory to God in the Highest!)

Words and Music by
ROSEPHANYE POWELL

Jubilantly, moderately fast (♩. = ca. 115)

MEDIUM DJEMBE

# OGO NI FUN OLUWA!
## (Glory to God in the Highest!)

Words and Music by
ROSEPHANYE POWELL

LARGE DJEMBE

# OGO NI FUN OLUWA!
## (Glory to God in the Highest!)

Words and Music by
ROSEPHANYE POWELL

# SEND IN THE CLOWNS

## from the Musical *A Little Night Music*

Arranged by
MAC HUFF

Words and Music by
STEPHEN SONDHEIM

This choral arrangement is for concert use only. The use of costumes, choreography, or other elements that evoke the story or characters of a legitimate stage musical work is prohibited in the absence of a performance license.

oo

tear-ing a-round, one who can't move... Where are the

oo

clowns? Send in the clowns.

Just when I'd

stopped o-pen-ing doors, Fi-nal-ly

# SING WE NOW OF CHRISTMAS

Arranged by
FRED PRENTICE

French Carol

**Soprano I**

Sing we now of Christ - mas, sing we _ all no - el.

**Add Soprano II**

Of our Lord and Sav - ior we the _ tid - ings tell.

**Add Altos**

*sempre pp*

Sing we no - el, for Christ the King is born.

**Bass I** *pp*

No - el, _

Sing we no - el for Christ the Lord is born.

**Add Bass II** *pp*

No - el, _ no - el, no -

*Close to consonant ng.

*Commissioned by the Knox College Choir – Galesburg, IL Dr. Laura Lane, Director of Choirs*

# TAKE ME TO THE WATER

Additional Lyrics from
African-American Spirituals

Words and Music by
ROLLO DILWORTH

† All open octaves can be played *8vb*

Commissioned by the University of Miami Frost Chorale
Jo-Michael Scheibe, Conductor

# TWA TANBOU

LOUIS MARIE CELESTIN

SYDNEY GUILLAUME

*Can also be sung a half step lower (Ab minor).

# YOUR VOICES TUNE
## (from Alexander's Feast HWV 75)

Edited and Arranged by
MATTHEW MICHAELS

G.F. HANDEL, 1685-1759

great - est bless - ing that's be - low: sound

*(f)*

loud - ly then her

loud - ly then her fame!

**15** Allegro (with a lilt ♩. = ca. 60)

Allegro (with a lilt ♩. = ca. 60)

*(mf)*

sa - cred to Har - mo - ny,

*(cresc.)*

36

*(mf)*

sa - cred to Love,

sa - cred to Love,

*(mf)*

Ten. only

*(mf)*

38

sa - cred to Love,

sa - cred to Har - mo - ny

add Bass

41

*If Soprano notes are too high, both parts sing cues.